文春文庫

北条政子

永井路子

文藝春秋

北条政子／目　次

北条政子

あしおと

ながあめは今日も一日降りくらした。

が、今夜だけは、あきもせずくりかえされる単調な雨の歌に、じっと聞き耳をたてていなければならない。

もうすぐ——。

雨の音の底から、ひそかにしのびよる足音が伝わってくるはずなのだから……。

あしおと……。

そうだ。まぎれもなく男のあしおとだ。年ごろの娘なら誰でも覚えのあるそれが、おくればせながら、やっと政子のそばに近づきつつあるのだ。

もうすぐ？　そうしたらどうしよう。

政子は思わず体を固くしてしまう。ふいに胸苦しいまでの激しさで、乳房から、からだのしんにかけて、痛みに似たものが走った。あわてて、ほのぐらい灯から顔をそむけたとき、もうひとりの自分の少し意地悪なささやきを耳もとで聞いた。

——おばかさん。待ってるくせに……

政子は頰《ほお》をほてらせて、それに小さく答えるよりほかはない。

——そうなのよ。ほんとうは待っているのよ、それを。

待っていないと言ったらうそになるだろう。すでに二十一歳、処女は政子にとってそろそろ重荷になりかけている。

ふつう、十五、六になれば男に言いよられ、まもなく女は身ごもる。それなのに、とうとう政子は今日まで男を知らずにきてしまった。

顔立ちだって、さほどいいとはいえないが、まず人並みである。東女《あずまおんな》のつねとして肌の色こそ白くはなかったが、浅黒い皮膚の底から、ねっとりしみ出たつややがあった。なき母親ゆずりの眼は黒眼がちにすずやかで、野性の光をたたえている。

ただ口が、ちょっとばかり大きすぎるのが泣きどころで、無口な兄の三郎にさえ、

「そうだな、それだけしゃべるには、そのくらい大きくなければな」

などとからかわれたものだが、その兄だって、

「大きいけれど、それもご愛嬌《あいきょう》だ。案外かわいげもあるしさ」

といってくれたではないか。

それに、北伊豆の北条といえば、ちっとは名の知れた土豪のひとり、多少の田畑、郎党《ろうとう》も持っている。

こう並べると、嫁《い》きおくれる原因はどこにもない。にもかかわらず、現実には政子はあきらかに嫁きおくれだった。むりにさがせば、年ごろになりかけたころ、母親が病気になり、末の弟の五郎を生んだあとの肥立《ひだ》ちが悪くてとうとうこの世を去ったこと、その直後に時政に大番役が廻って来て上洛《じょうらく》してしまったことなどがあげられるかもしれない。大番役というのは、地方武士

たちが交替でつとめる都の警固役で、出かけたら三年はもどってこないのだ。母の看病から葬儀、そして父の出発後は、しぜん、政子は女あるじに代わって乳呑子《ちのみご》の五郎の世話をする役をひきうけねばならなくなった。

が、そんなことは言いわけで、本人さえその気になれば、男にめぐりあう機会はいくらでもあった。じじつ、つけ文をされたり、道ですれちがって、いわくありげな流し目でみつめられたりしたことは度々あったのに、どういうわけか、それ以上に進まなかったし、そのことを格別くやしいとも思わなかったのがのんきすぎたのだろうか。

つまり、とりたてて理由もなく――というよりほかに言いようはないのである。いや、こんなふうに、なんの理由もなく、ずるずる機を逸するしまつの悪さこそ、いつの世にも変わらぬ嫁きおくれというものの特徴なのかもしれないが……。

それが、この春――。

久々にいわくありげな男の文が届けられた。思わず、ぼうっと瞼《まぶた》のうえがほのあからんでくるような気がして、

――まだ私には恋が残されている。

うっとりとしたとき、耳もとで侍女のさつきがささやいた。

「韮山《にらやま》のお館《やかた》からですよ」

年は政子より二つ下、男のうわさをするのが大好きな彼女は、まるで自分が恋文をもらったように興奮していた。

「韮山のお館」

この地方では特別な響きを持つ言葉である。この北条とは狩野《かの》川を隔てた小高い丘陵の上に構

えられたその館には、平家の代官、山木兼隆が住んでいる。本来ならこの伊豆の国でいちばん権威のあるのは、三島にある国府の役人たちのはずなのだが、伊豆にある平家の所領の管理にやって来たというこの山木兼隆は、今をときめくその平家の一門だというふれこみなので、土地の人々は別格あつかいなのである。

「まあ、この筆のあと、紙の色。ごらんなさいませ、このへんの地侍とはまるで違います」

手紙をのぞきこんでいたさつきは声を上ずらせた。そういわれれば、

ぜひ一目逢瀬《おうせ》を。お話したいことがあるのです。

御承諾なら裏の楓《かえで》の木に御返事を……

無記名の、ごくありきたりの文句さえも、ひどく優雅なものに思われた。

「韮山のお館のどなたでしょう？　あそこには都からいらした公達《きんだち》がたくさんいらっしゃるから……」

さつきは目を輝かせてそう言い、しつこく政子に返事をうながした。

短い政子の手紙に返事が来るより前に、さつきは早くも文使いの男と親しくなって、

「むこうではとてもお喜びですって」

早速様子をしらせてきた。その日以来さつきは妙にうきうきし、韮山と政子との交渉は、すべて彼女を通して行われるようになった。

そのさつきが、

「今夜あたり……」

思わせぶりな耳うちをしたのが昨日の朝だった。

いよいよ「韮山の公達」が、その名を告げる日がやってきたのである。

単調な雨脚にまじって、
ひた、ひた、ひた……。

政子の耳があきらかに人の足音を聞きわけたのは、亥《い》の刻（午後十時）すぎだった。そしてその瞬間、政子は思わず目をつぶって、床の近くの燭《しょく》を吹き消していた。

直前まで、灯を消すつもりはなかった。

はじめて見るそのひとを、ほのぐらい灯の下でじっとみつめ、やがて静かにほほえみかけて、身をなげだして激しく唇《くちびる》を求める――そんな恥しらずな空想が奔放にひろがっていたのに、いざとなると、処女というものは、こんなにいくじのないものか……。

だらしなく、からだがふるえる。

ひた、ひた、ひた……。

足音はさらに迫ってきた。

――どうぞ誰にも気づかれませんように。

大番で父がいないのはありがたかったが、こんなにはっきりした足音では、兄や弟妹や郎従たちみんなにわかってしまわないか。

そのとき、とつぜん。

けーん。

裏山で、山犬とも狐《きつね》ともつかぬ鳴声がした。あっ、と息をのんだ瞬間、足音はぴたりとまり、
雨脚は急にはげしさを加えたのであったが……。

ふしぎなことに、これをしおに足音はぷっつりとだえてしまった。いくら耳をすましても、なにひとつ聞こえはしない。ひどく長いような短いような不安と焦燥の時間がすぎたあと、政子の

耳は思いがけないものを聞いたのである。

女のかすかなうめき声だ。

いやおうなしに、すぐ声のありかは知れた。かすかに灯のもれる侍女のさつきの臥所《ふしど》——。まぎれもなく、そこから、すすり泣きともつかぬうめき声は洩《も》れていたのである。

それが何かを知らないほど政子は稚《おさな》くない。思わず背筋がぴくりとふるえた瞬間、政子は足音の聞こえなくなった理由を知った。

——足音は行ってしまったのだ。さつきの所へ……

ぱあっとからだじゅうの血が燃えあがるような気がして、乳房をおさえたなり、政子はその場に突伏していた。

翌日もながあめは降りやまなかった。

思いきり悪く軒端《のきば》にすがっていた白いしずくが、ある瞬間、決心をつけたとでもいうように、きらりと身をくねらせて飛びおりると、続いて、た、た、たと足早に仲間が続き、暫《しばら》くすると、またためらいをくりかえす。そんな光景も、濡《ぬ》れそぼちた山吹が、時おり重たげに葉先をゆする庭のたたずまいも、まったく昨夜そのままだ。

政子はじっと、それを見ている。

それよりほかに眼のやりばがないからだ。

もし、予想していた通りに事が運んだら、このものうげな風景も、まるきり違った色どりをもって、その眼に映るはずだったのに。

心中べそをかく思いでもある。いやじつをいえばそんななまやさしいものではないのだ。

——私だって、あの雨だれのように、軒端から飛びおりる決心をつけていたのに……

それなのに、残念ながら、政子は昨日のまま、依然として嫁きおくれの娘であることに変わりはないのである。

昼ちかくなって、さつきが、おそるおそるやってきた。

「姫さま……。申しわけもございません」

何をいまさら図々しい。

返事もしないでいると、

「それが、姫さま。いろいろ訳がございまして……じつは、はじめからお話しませんといけませんのですが」

くどくどとさつきは弁解がましく並べたてた。耳はかさないつもりだったが、そのうち、

「いえ、私も、ほんとうのところ、ゆうべ使いの者にはじめて聞いたんでございますけれど……」

という言葉がふと政子の耳にひっかかった。

「え、何ですって、使いが？」

「は、はい……ゆうべ、来まして……」

頬をあからめてどもるさつきのその言葉を聞いたとき、すとんと体の中から力がぬけてしまった。

なんだ、そうだったのか。つまりあの足音は、はじめからさつきの所へしのんでゆく男のものだったのだ。

――それをひとり相撲《ずもう》していた私……。ふるえたり、胸をとどろかせたり、ひっくり返ったりしたことを思い出すと、耳の奥がカーンとなるほど恥ずかしかった。

さつきはまだ喋《しゃべ》っている。

――もういいわ。おやめったら。行き違いだのなんのと言うけれど、つまりは相手にその気がなかったってことじゃないの。女にとってこれ以上恥ずかしいことはないのに、そのいきさつを聞かされるのはがまんができなかった。

「いいわ、もう」

ひどく不機嫌になっているのが自分にもわかった。

――早くおかえり。いいわけより何より今はあんたの姿が目の前から消えてなくなることが、いちばん気のきいた心づかいだってことがわからないの。

なにか言いたりなさそうな顔つきでさつきがひきさがったあと、政子は長道を歩きつづけたようにがっくりしていた。

――やっとひとりになれた。やれやれ。

ところが、いまいましいことに、入れかわって、もう一人の自分の声が耳もとでささやくではないか。

――つまり、あんたは、ていよく、さつきたちの逢い引きのだしに使われたのさ。

くやしいけれどそうかもしれない。

――お気のどくさま。こんどもとうとう女になりそこねて。

足許のすぐそばまで来ていながら、ついと身をひるがえして引いてしまった波のように、追いかけても、もう機会はもどってはこない。

――もてあましてるんだねえ、その体を。

やめてよ！

政子は大声で叫びそうになって慌《あわ》てて首をふった。そんなことはない、そんなことは……と思いながら、もしかしたら私っていつもこんなふうに機会を逃してしまうのではないかと、内心不安になった。と、そのとき、また後で、さつきの声がした。

「姫さま、もし、姫さま」

「あ、まだそこにいたの」

心の中を見すかされたかとぎくりとしたが、さつきのほうは、もっとおずおずとして首をふった。

「いえ、あの……お客さまでございます」


その訪問客を、あまり政子は好きではなかった。図々しくて、品が悪くて……。いや、政子だけでなく、北条一門、誰もいい顔をしない訪問客だ。

その名は安達《あだち》藤九郎盛長、蛭ケ小島《ひるがこじま》の流人《るにん》、前兵衛佐《さきのひょうえのすけ》、源頼朝の家人である。彼が北条館にあらわれるときは、たいてい何かの無心にきまっているのだ。

「いや、佐《すけ》どの（頼朝）のような浮世ばなれしたあるじを持つと、なかなかつらいもんでな」

盛長は、鼻の先にしわをよせ、黄色い歯をむきだして、ひ、ひ、ひいと笑うのがくせだ。ひどい馬面で、どことなく、笑い声も馬のいななきに似ている。

「朝から晩まで読経三昧《どきょうざんまい》。それが十六年という根気のよさなんだから、まわりのほうがまいってしまうよ」

鼻の頭をこすりながら、藤九郎は、蛭ケ小島のわがあるじをいつもこう言う。

蛭ケ小島は、北条の館の守山からは、ちょうど眼の下に見下ろされる。別に「島」ではないのだが、狩野川に抱かれた形で、いったん増水すると、すっぽり孤立して中洲のようになってしまうので、この名がある。

流されびとといっても衣食にこと欠くわけではない。重要な罪人だから、ここから程近い三島にある伊豆の国府の役人が、監視かたがた一応のめんどうを見ている。が、それでも、時々日常の品が滞ったりすることもあるので、そんなとき藤九郎は、図々しく北条の館に押しかけて来るのだ。北条にしてみればいい迷惑だ。

が、藤九郎のほうは、そんなことはおかまいなしである。

「ほう、これはこれは……姫御前、いちだんときれいになられましたなあ」

いつものとおり、無遠慮にこういい、ひ、ひ、ひい、と高調子に笑った。

「およしなさい、藤九郎どの」

「ほい、いけませんでしたか」

「それより、何か御無心か」

わざとそっけなく言うと、藤九郎は大げさに首をふった。

「これは、姫御前、心外な。藤九郎、無心ではございませぬ。米や粟なんど、そんなしみったれたものを借りる気はありませんな」

「おや、そうでしたの」

「そうとも。一寸《ちよつと》馬を借りたいだけじゃ」

「そら、やはり御無心じゃありませんか」

「いや、ちがう、借りるといっても馬は違う」

「なぜ」

「米は食べれば消えてしまうが、馬は消えぬ」

妙な理屈をいった。じつは藤九郎の妻の実家は武蔵《むさし》の比企にある。そこまでちょっと行きたいので、と言い、早手廻しの借用証だ、と何やら紙きれをとりだした。

が、それを請取ってなにげなくひらいたとき、政子の顔色が、ちらと変わった。

紙きれは、借用証ではなかったのだ。まごうかたなく、それは恋文だった。

言わずと知れた、藤九郎のあるじ、頼朝の自筆で、

「一度ぜひ、お目にかかってお話したいことがあります。御許しを頂けるならば、裏の楓の木に御返事を」

例の恋文とは、筆跡はあきらかに違っている。が、まるで今までのいきさつのすべてをのみこんでいるような気味の悪さ。

ふと政子は時おり守山の下道ですれちがう馬上の頼朝を思いうかべた。色白のはっきりした目鼻立ち。が、その眼は一度だって政子をみつめたことさえなかった。

またからかわれてるんだわ、私……。

藤九郎の目の前で、びりり、とそれを裂きかけて、しかし、政子の手はとまった。

なぜか、わからない。

あとになってみれば、これが「運命」というものだったかもしれない。

もしも、これが、その日のその時刻でなかったならば、おそらく、政子は、この手紙をうけいれることは拒んだろう。そして、頼朝と政子は、おそらく、永遠に別々の人生を歩んでいったに違いない。

が、いま、まだその手紙は政子の手の中にある。

なにが政子の手をとめたのか？前夜の事件からぬけきれずにいる、なかば自棄《やけ》じみた心のゆらぎ。そしてなによりも胸の中のもうひとりの自分が、遠慮会釈なく指さしたあのこと。

二十一歳のからだをもてあまし、みずから火をつけずにはいられないでいる政子自身！

そんなものが、ないまぜになって、両の手の動きをとめてしまったのか……。藤九郎はまだ黄色い歯をむきだして笑っている。

「よろしいかな。証文も入れましたで、馬は借りますぞ」

ひ、ひ、ひいと声高に笑ってはいるが、その眼は、ちっとも笑っていないことに気がついたのはこのときだ。

——こわいひとだ、藤九郎どのは……

が、藤九郎はわざと声高に喋《しゃべ》っている。

「女房めがうるそうてな。早く実家へゆけとぬかす。母者に衣を貰《もろ》うてこいとぬかす。歌などよみくさって、自分では裁ち縫いもようせんのじゃ」

そのくせ、藤九郎は、自分の妻が、かつて宮仕えをし、相当の歌よみであることが自慢らしいのだ。立ちあがるとき、もう一度彼は念を押した。

「借りましたぞ。もし馬が戻らねば、証文もって取りにおじゃれ」

政子は彼の言う意味を理解した。恐らく馬は戻ってこないだろう。そして蛭ケ小島の館に、今度は政子が足音をひびかせる番なのだ、と……。

京みやげ

　この国の人は、みなこう、うぬぼれている。

——富士は伊豆。

「なんといってもこの姿のやさしさ。やはり富士はここからにかぎるて。海道をくだる道すがら、あきるほど見もしたが、これほどいい姿をしているところはなかった。なあ」

　駿河あたりの人がきいたら、頭から湯気をたてて怒りそうなことを、平気で大声にしゃべり散らしているのは仁田忠常《にったただつね》である。

　大柄な髭《ひげ》の濃いこの若者の大声は生まれつきだが、今日にかぎって、さらにその声の大きいのは、京都警固の役を終えて、久々にご自慢伊豆の白富士と対面したからだ。

　大番——京都警固のこの役は、地方武士にとっては、あまりありがたくない役目である。

　北伊豆の小豪族、北条時政が、家の子郎党をひきつれ、近郷の仁田忠常や土肥実平《といさねひら》らとともに上京してから足かけ三年、今やっと三島にある伊豆の国府に帰国のあいさつをすませ、わが家へ急ぐところなのだ。

　だれの顔も日やけしている。都の朝夕に思いうかべた、なつかしい伊豆の白富士であってみれば、忠常の声に、日ごろ無風流な北条時政までが馬をとめ、群青《ぐんじょう》の秋空を背にしてそそりたつ白い峰をふりむいたのも、むりからぬことだったかもしれない。

年のころは四十がらみ、赫《あか》ら顔が直接胴にのめりこんだようにみえるのは、猪首《いくび》のせいか、肩の肉が盛りあがりすぎているせいか。

特に目立つのはその鼻だ。鼻筋は生まれるときにどこかへ置き忘れてきたようだが、先端にきて、急にそのとりかえしをつけるつもりか、大ぶりの土まんじゅうをこねてくっつけたような――つまり、典型的にみごとな団子鼻なのだ。

土臭い風貌《ふうぼう》にふさわしく、その性格もいたって詩情に乏しい。酒をのめば仁田忠常に負けない大声で陽気に騒ぐ。彼の鼻が大活躍をするのはこのときである。こんもりした団子に急にしわがよったり、鼻の穴が倍くらいにふくらんだり、百面相がなんとも忙しい。

「面白いぜ、まるで別の生きものだ、あの鼻」

仁田忠常などは首をすくめて、こんなかげ口をきいている。

が、今日の時政は、その秘蔵の鼻をぴくりともさせず、すましこんで言ったものだ。

「いい景色だ。ひとやすみいたそうか」

おや、風向きが違うぞ、はて？

侍たちは顔を見合わせた。三島を出れば、北条の館はもうすぐ。一刻も早くと先を急ぐのがあたりまえなのに、さりとは悠暢《ゆうちょう》な。

が、仁田忠常だけは、時政が富士をふりかえるとみせて、そっと隊の半ばに目をやっているのに気づいて、意味ありげにあごをなでた。

「なにしろ、おみやげが重いからな、今度は」

ふりかえると、馬の背で市女笠《いちめがさ》がゆれていた。ぱあっとそこだけ大輪の花が咲きこぼれたような、華やかな壺装束《つぼそうぞく》――大番の帰りにはふさわしからぬ、なまめいたみやげものではあった。

——大番のみやげに生きた女をつれ帰る。

伊豆をたつとき、だれがこんなことを想像したろう。時政自身だって、そんなことは夢にも思っていなかった。彼の今度の大番勤務のねらいは、まったく別のところにあったのだから。

都の警固は決してらくな仕事ではない。しかも食糧、衣料、武備はすべて自前だから、ひっきりなしに本国から運ばねばならない。その上朝廷の貴族どもには、まるで犬かなんかのように、あごで使われる。

しゃくにさわる大番勤務ではあったが、ただひとつ、いいことがあった。中央の権力者にとりいる絶好のチャンスなのだ。

せいぜいごまをすって、兵衛尉《ひょうえのじょう》とか右馬允《うまのじょう》とか、名前だけでも中央の役人の肩書きを手に入れればしめたものだ。いや、いずれも大した役ではないのだが、田舎ではこれが案外威力を発揮するし、たとえ肩書きがなくとも、

「俺は右大臣何々どのとも知りあいだぞ」

このひと言がひどくききめがある。ときは平安末期、地方豪族の切りとり勝手時代だから、後楯のあるなしではずいぶんちがうのだ。

後楯として、いちばんたのもしいのは、いまをときめく平家一門だ。小豪族時政の分際では、さすがに前太政大臣清盛までは手がとどきかねたが、見こみのありそうな平家一族にはぬかりなく顔出しした。一見田舎まるだしながら、この男、なかなかぬけ目はない。いや、おとくいの鼻の百面相やえげつないおしゃべりで、案外、

——おもしろい男だ、こいつ。

貴族のうけは悪くなかったようだ。

当時、都にはこうしたごますり族は右往左往していた。そのうち時政は、このごますり仲間に、ひときわ目立つ才はじけた男を発見した。年のころは三十がらみ、いかにも都なれた物腰だと思ったら、

「池どのの駿河の牧をお預りしてますので」

自信たっぷりにこういった。

池どの――。

きいて時政はきもをつぶした。それこそ今をときめく平相国、平清盛の異父弟、頼盛ではないか。男の名は大岡時親――駿河大岡の牧というのは頼盛の所領で、彼はそこの預《あずかり》、つまり管理人なのだ。

「うっ……じゃあ、そのう、大岡どの……」

口ごもる時政にみなまで言わせず、

「いつでもお連れしますよ、池どのへ」

うなずいた時親という男のカンも相当なものだ。

池どの、の名前のとおり、頼盛の館は王朝ふうの池をもった大邸宅である。なにからなにまで豪奢《ごうしゃ》ずくめの造りにきょろきょろしていると、突然この世ならぬ――と時政には思われた――美女が現われてほほえみかけた。

――わ、わ……人違いではござらぬか。

たしかに人違いだった。彼女のほほえみかけたのは、時親のほうだった。

――こいつ、うまいことを……

思わず舌うちしたとき、時親が、にやりとして、彼の耳に口をよせた。

大げさに言えば、そのときの大岡時親のひとことが、時政の生涯のひとつの転機となった、といっていい。

はじめその言葉を聞いたとき、がくっと力がぬけ、次の瞬間、今度は別の力が、もりもりと体の中から湧いてきた。

「妹ですよ、私の……」

時親はこう言ったのだ。

この世ならぬ天女は、突然、時政の手のとどく、現実の女体に変身したのである。

以来、時政は時親の妹におぼれこんだ。駿河生まれとはいえ、少女のころから都へでて来たせいか、京おんなのような、柔肌の持主だった。小柄で、かれんで、そのくせ裸になれば思いがけない胸の豊かさで、興奮すると、形のよい小梅のような双の突起に、さらに紅味《あかみ》がさして、思わず唇をおしあてずにはいられなくなる。

――このからだ、だれにも渡すものか……

そのためには、毎夜通わなくてはならない。それまで熱心だった権力者へのごますりも、だんだんめんどうになってきた。

大番に出る直前、彼は妻に先立たれている。嬰児の世話はしっかり者の長女の政子にまかせて上京したものの、伊豆の館のことは、いつも時政の念頭を去らなかった。

それが――。

なんということか……。

新しい恋人があらわれたとたん、伊豆の館のことを、けろりと彼は忘れた。そしていよいよ大番があけて帰る段になると、今度は故郷のわが館が、意外な重さでその胸にのしかかってきた。

妻のいない現在、新しい恋人をつれて帰ろうと、遠慮はいらない。しかも、このとき、どうしてもつれて帰らなければならない「事情」が生まれつつあった。彼女が時政の子を身ごもったのだ。もういまは、

「あなたさまとなら、どこへでも——」

すっかり伊豆へ行く気になっている。

条件はそろっている。なのに、彼の胸が何となく重い理由はたったひとつ。

「恋人と政子が同い年だ」

ということだった。あらためて婚期のおくれた娘のふびんさが身にしみた。それでいて、しっかり者の政子が何となく煙たい——父親と男がないまぜになって、彼は頭をかかえこんでしまった。

思案の末、長男の三郎宗時に手紙を書いた。彼はまだ二十三だが、なかなか落着いた、頼りになる息子である。

——政子によく事情を話しておいてくれ。

さて、もうその息子はそろそろ迎えに来てくれてもよいころだ。時政が、わざとこのへんでゆっくり道草をくっているのは、じつはそのためなのだ。

と、そのとき、道の向こうに騎馬姿が浮かんだ。どうやらお待ちかねの息子の出現らしい。

騎馬姿の侍は、疾風《はやて》のように近づくと、一行の前で軽々と馬からとびおりた。案にたがわず北条家の嫡男、三郎宗時だった(北条家では上の二人が早死したので、彼は三男ながら、この家のあとつぎなのである)。

「お疲れではありませんか」

相当の速さで馬をとばしてきたのに、息も乱れず、山鳩いろの直垂《ひたたれ》の衣紋《えもん》も着くずれてはいない。浅黒い、ひきしまった顔立ちは政子に似ていて、団子鼻の親父どのとはあまり共通点がない。がみがみ、わあわあと騒ぎの大きい父とは対照的に落着きはらった性格の彼の前では、

「いや、なんのなんの」

手紙の一件の弱味もあって、かえって時政のほうが、へどもどしている。

「あちらでは、お体のおさわりもなく？」

「ふむ、まあ、まずまず」

「都の様子はいかがで？」

「ふむ、それもまずまず」

「つい先ごろ、謀叛《むほん》のさわぎがあったそうですな。何でも鹿ケ谷《ししがたに》で俊寛僧都《そうず》とかが、清盛公を討つ密談をしたとか」

「ほ、よく知っているな」

「いや、このへんでも専らのうわさでしたから。そのとき、父上はどうなさいました？」

「う……いや、なに、別に――」

じつはそのころ、時政は新しい恋人に夢中で、ぱっと起こって、あっけなくつぶれてしまった陰謀事件など眼中になかったのだ。

いや、それより……。

時政には聞きたくてたまらないことがあった。

――そんなことより、三郎よ、手紙の一件はどうなっている？　政子にはうまく話してくれた

かな。

が、宗時は、そしらぬ顔で、例の陰謀事件を根ほり葉ほりたずねるではないか。

――察しの悪いやつだな、そなた。

ついにがまんしきれず、時政は口を切った。

「ときに館はどうだったか。その、う、う、ほれ、政子は、元気かな」

さりげなく聞くつもりが、途中でつっかえたのは、われながら不覚だった。すると、宗時はやっと思い出したという顔で、

「それはもう元気で、父上のお帰りを待ちわびております」

大きくうなずき、それから、さりげなく隊列の中にいる市女笠に目礼を送った。

――さすがは三郎、万事は上首尾！

とたんに時政の団子鼻はふくらんだ。

そこから守山のふもとの北条館まではすぐだった。出迎えた政子の笑顔をみつけると、時政は馬をとびおり、その肩を抱いて、

「いい絹を買って来たぞ、たんとな」

吠えるようにいった。

時政の若い愛人は、その日から大岡牧の名をとって牧の方とよばれるようになった。

が、時政は、少し有頂天になりすぎていたようだ。彼は政子の微笑のかげにあるものに、気がつかなかったらしい。

じつをいうと、政子は決して平静な気持で牧の方を迎えたのではない。時政が懸念《けねん》したように、いや、それ以上に、彼女の衝撃は大きかった。

父が母のかわりのひとを迎える――。

父の帰国に先だってそれを政子につげるとき、兄の三郎はこう言った。

「まだ父上だってお若いんだし、小さいながらも家の子郎党をかかえたこの屋敷には、どうしても女あるじがいるからな」

理屈としてはたしかにそうなのだが、政子はある抵抗を感じないわけにはゆかなかった。それと察してか、三郎は静かに続けた。

「そりゃ母上のことを思えば、俺だってわだかまりがないわけじゃないさ。だが、父上の身にもなってあげないと……」

この兄はいつもおだやかだ。かんでふくめるようにこう言われたら、反対のしようもない、といったんは納得しかけた政子だったが兄の次の言葉を耳にしたとたん、体じゅうの血がとまったような気がしたのである。

――新しく母になるそのひとは、政子と同い年で、すでに父の種をやどしている！

かあっと頰がほてり、次の瞬間、からだが、がくがくふるえた。

「いやっ。いやだわ、そんなこと！」

気がつくと耳をおさえていた。

どうしてもふるえがとまらない。しかもこのとき政子の胸にうかんだのは、むしろ、父の恋人となったその女への嫉妬《しっと》ではなくて、自分自身が父に犯されているような、惑乱だった。むうっとするほどなまぐさいものが、胸の底からつきあげてきて、目の前がくらくらした。

――お父さま、お父さま、あなたは……

政子は父が好きだった。幼いときから性格は父ゆずりだといわれて育った。冷静な兄、むっつりやの弟などにくらべて、おしゃべりで積極的なところは、たしかに父に似ているし、政子自身、父をいちばんよく理解しているつもりだった。

——なのに、お父さまは私と同い年の女と……

それが自分にどんな衝撃を与えるか、考えもしなかったというのだろうか。

性を異にする肉親の隔絶感に、ふと、政子は断崖《だんがい》をのぞきみるようなめまいを感じたそのとき、遠くの谷間からでも伝わってくるように、兄の声が聞こえた。

「落着いてくれないと困るな、お前は長女なんだから……。家の中をまるくおさめるように、小さい連中にいいきかせる立場じゃないか」

「いやっ。お兄さまはね、ちっともわかってはいないのよ」

ああ、いやだ、いやだ。お父さまも、お兄さまも、女の気持はわからない。だから男なんかきらい、と思った瞬間——。政子の眼の前に、一つの顔が、あるなつかしさをもって思いうかべられたのはふしぎなことだ。

それは、ながあめのあの日以来、ろくな返事もしないのに、あきもせず、便りをつづけている源頼朝、そのひとの顔だった。

男なんかきらい！　と思ったその瞬間、もう、ひとりの男の顔を眼にうかべているなんて、女とは、なんと、ふしぎな、わけのわからないものなのか……。

それでいて、政子はこの自分のわけのわからなさに気づいてはいない。そのときの彼女は、まるで自分が暴行でもうけたようにとり乱し、粘っこい液体の中へでも落ちたようにもがき、うめいた。そしてそのとき、ちらと頭をかすめたのは、

——もし、自分のからだがそれを知っていたら、こんな思いはしなかったろうに。

ということだった。そしてその瞬間、久々に彼女はもうひとりの自分の声を聞いたのだ。

――そうよ、それにきまっているじゃないの。お気のどくさま。

自分で自分をあわれむなんて、みじめすぎると思った。

家にいたくなかった。父が帰る前に、このままどこかへ行ってしまえたら……と思った。

ちょうど、その日は三島大社の秋祭、朝からの神事につづいて、夜は火の輪をかこんで若い男女の田楽もどきの歌や踊りがある。

そして火の輪が消えたあと、待っているのは、野放図もない性のたのしみ――。豊作を祈る神秘な饗宴《きょうえん》としてその夜だけは原始の姿にかえることが許されていた。

しかも、つい二、三日前、蛭ケ小島の頼朝は、そっと手紙を送ってきている。

「祭りの夜、ぜひお目にかかりたい……」

かすかに心が動いた。

じつをいうと、あのとき以来、二人の仲はいっこうに進んでいなかった。ひとつには、頼朝が、政子の恋人になるにしては、少し年をとりすぎていたからだ。

彼はすでに三十――中年男もいいところだ。

大きな瞳《ひとみ》、肉厚な鼻筋、さすがに品のある顔立ちだったが、青年の覇気《はき》はうかがえない。大きすぎる瞳はどちらかといえばおずおずとしていたし、騎馬姿も猫背で年寄りくさかった。

それより気にいらなかったことは、あきもせず恋文を送りつづけてきながら、この猫背の佐どのが、道ですれちがったとき、まるきり知らぬ顔をきめこんでいることだった。

――こんな女、見たこともない。

流し目ひとつくれない馬乗姿に、

──にくらしい。それならこっちだって。

政子は負けずにそっぽを向いていた。

が、だからこそ、いま、彼女は頼朝の存在を思いだしたのかも知れない。父のことを知った後では、宇佐美、加賀美、狩野など北条家と似たりよったりの小豪族の、むんむん男のにおいのする若者より、むしろ、この覇気に乏しい男のほうが、心を安めてくれるような気がする。

三島の祭りの笛はここまで聞こえてこない。が、政子は耳の底の笛の音にさそわれるようにして外へ出た。

妖《あや》しい笛の音は、その夜じゅう、政子の耳のなかで鳴りつづけた。そしてその笛のしらべのままに、彼女は頼朝の許へみちびかれた──。

いや、これは言葉のあやというものだ。実際の道案内には、れっきとした人間がいた。いつも北条館にのっそりと長い顔を出す、藤九郎盛長である。

政子が館の裏門をしのび出たとき、あたかも、以前から、この夜、この時刻に彼女がそこにあらわれることを知ってでもいたように、彼は暗闇《くらやみ》から姿をあらわし、

「お足許、お危うございますぞ」

土に膝《ひざ》をついて低い声で言い、日ごろ館へやってきて、しわがれ声で横柄な口をきく盛長とは別人のようなうやうやしさで、先に立ち、

「ここに小石が、ここには溝が……」

と、暗闇の中を一々指さしながら、蛭ケ小島へと政子をいざなったのである。藤九郎のうってかわった心づかいに、まるで魔法にかけられたように小さな館に吸いよせられた政子だったが、入口まで来て、ふと、足がとまった。

――とりかえしのつかないことをしようとしているのじゃないかしら、私……

が、次の瞬間、夜霧にぬれたその肩は、小さなその館のあたたかい灯に包まれていた。

その灯が特に明るかったわけではない。北条の館にくらべては、むしろ暗いその灯が、心の不安を払い落とすだけのあたたかさにみちていると感じたのは、灯を背に出迎えたその館のあるじの瞳の色のせいかもしれない。

足早に縁先まで出て来た彼は、立止まるなり、まじまじと政子をみつめた。信じられない、ふしぎなものでもみつけたように政子にむけられた大きな深々とした瞳に、とつぜん、無邪気ともいえるよろこびの色があふれたのはこのときである。

「ああ、やっぱり……」

女性的な、やわらかい声だった。

「来てくれたんですね、とうとう……」

言うなり、少年のように庭にとびおりると、

「さ……」

まっすぐ腕をさしのべてきた。

「道が悪かったでしょう、石や溝があって」

「よくご存じですこと」

「そりゃあ……」

黒い眼が笑った。まつげが少年のように長い。

「あの道のことなら何でも知ってますよ。眼をつぶって歩いたって溝に落ちはしない」

「まあ、どうして？」

「だってあれから毎晩、あなたの館の裏門へしのんで行っていたんだ」

「うそ！」

「うそなものか、信じてくれないのかなあ。藤九郎にきいてごらんなさい。なあ、そうだろ、藤九郎」

言いながら、藤九郎の存在を無視して、その指はもう、政子の頬にふれていた。

天衣無縫——。

頼朝の愛撫には、そんなところがあった。藤九郎の眼を気にして、頼朝の指を避けるうち、政子の頬はほてってきた。

「うそばかり。道でお会いしたって、すましてそっぽむいてらしたくせに」

「そりゃあたりまえですよ」

「え？」

「私みたいなものが懸想《けそう》してるとわかったら、御迷惑だと思って——。でも、ほんとうは待ってたんです。もしや、と思ってね」

「………」

「出てきたら、背負って逃げるつもりだった。藤九郎は背負ってくれましたか」

まさか、そんなこと……と首をふると、

「だめだなあ、藤九郎。そう言いつけておいたじゃないか」

そのくせ、彼は藤九郎などはまるで眼中にないように、つと、やわらかい大きな手で政子の頬をさしはさんだ。

政子はとまどった。

——父や母はこうではなかった。

いや、父にかぎらず、この国の男たちは、いつも女の前では、いばりちらしている。甘い言葉などかけるのは、男のこけんにかかわる、とでもいうように……。

なのに、目の前のこのひとには、そんなけはいはみじんもない。大人にしては澄みすぎている大きな瞳は一瞬でも惜しいというふうに政子をみつめている。まるで少年のように、からだじゅうにあふれているよろこびをかくそうとはしないのだ。

——私、どうして、このひとを今まで年寄りじみてるなんて思っていたのだろう。

が、政子のからだは、その夜彼のよろこびにこたえるには、なにも知らなさすぎたようである。はやてのようにそれはすぎてしまった。はじめてふれた男の裸のぬくみにとまどい、こばむまもなく、おしひしがれ、痛みともつかないものが体中を通りぬけて……。

——これが……これがそうなの？

いぶかる思いだけが残った。このとき、むしろとまどいを見せたのは頼朝だった。

「……そうか。はじめてだったのだね」

ゆるしを乞う眼になって、やわらかい手が、しきりに肩を撫でた。

恥じらいに似た熱いものが、からだにあふれてきたのはそのときである。思わず広い胸に顔をうずめると、頼朝は、

「いいんだ、いいんだ」

あやすように言って身を起こし、ほのぐらい灯を近づけると、吐息をもらした。

「きれいなからだをしてるなあ」

政子は浅黒い自分のからだを、これまで一度も美しいと思ったことはない。

ほんとうだろうか？

恥ずかしくもあり、また、誰の眼にもさらしたことのない裸身を、今夜頼朝にほめてもらえたことが、うれしくもあった。

父と子

「ばか、まぬけめ！」

北条館には、けさも猛獣の吠えるような声がひびいている。声の主は、いわずと知れた館のあるじ、北条時政だ。

「ちぇ、御帰館早々、何てえ雷だ」

「こう朝から晩までがなりたてられちゃ、かなわねえな」

「あんな若いお上臈《じょうろう》をおともにお国入りなさったというによ」

郎党たちは不平たらたらである。

「なんじゃねえか、ほれ、そのお上臈とうまくいかねえのと違うか」

「あまりかわいがりすぎたりすると、そろそろお館もお年ごろだからな」

「いや、そうではあるめえ、だいたいお館はしつこすぎるのよ。わらわはもういやでございまする、なあんていわれて」

「しいっ！」

が、彼らの想像ははずれていた。時政の不機嫌のたねは、別のところにあった。娘の政子から、頼朝とのことをうちあけられたのだ。

「な、なんということを！」

聞くなり飛びあがらんばかりにして彼はわめきだした。

娘というものは、父親にとっては、ふしぎに聖なる存在である。しかも、特に彼は政子がお気に入りだった。早くひとにしなければならぬ。こうしておいてはかわいそうだ。と思いながらも、なおも手ばなしかねていたのは、男たちに娘をふみにじらせたくなかったからだ。

――それを俺の留守に政子のやつめ！

からだがふるえた。政子が父の再婚に衝撃をうけたと同様に、いや、それ以上に彼の打撃は大きかったかもしれない。人の眼がなかったら髪をひっつかんでひきずりまわし、横っ面をはりとばしてやりたい。愛情が深いだけ、怒りは、やりばがなかった。

しかも、なお気にいらないのは、政子が、へんにふてぶてしくなっていることだ。

――前はそうではなかった。女ながらもさばさばしたたちで、なんでも包みかくさずに打ち明けてくれた。それが、ひどく口数少なくなってしまって、

「申しわけございません。お父さまのお許しもなく……」

殊勝げにうなだれてみせたりする。しおらしくしてくどきおとそうという魂胆なのだろうが、それが第一にしゃくのたねだった。しおらしいどころか、てこでも動かぬ図々しい「女」の構えである。むしろ政子らしく洗いざらいうちあけてくれたほうが、ずっと気持がいいのに、処女を失うと、こうまで変わってしまうものか……。

――ちっ、奴の入れ知恵にちがいない！

時政は頼朝を憎んだ。が、これは興奮した時政の見当ちがいだった。

「何も口答えをしてはだめだぞ。ひたすらお許しを乞うのだ」

政子にそう教えてくれたのは兄の三郎宗時だったのである。

この館では、政子と頼朝の恋は兄の三郎のほかは、まだ誰も気づいてはいない。

あの初めてのあいびきの晩も、夜深いうちに頼朝自身が館の裏まで送ってくれて、誰にも見つけられず門に入ることができた。幸いなことに、次の間にいた侍女のさつきさえも、祭りのさわぎに寝くたれて、ぬけだしたのも帰ったのも知らないらしかった。

翌朝念入りに政子は身じまいした。気づかうまでもなく、鏡のなかの自分は前日までと、まったく変わりがなかった。あのことがあったら、まるきり違った自分になるなどと空想していたのがおかしいくらいだった。頼朝からあれほど濃密な愛撫をうけた唇さえ、いまはなんの痕跡もとどめていない。

が、それでいて、

「お早うございます」

父代わりの宗時の所に挨拶《あいさつ》に出たとき、政子はわれにもなくどぎまぎしてしまった。

「ああ、お早う」

三郎の返辞はいつものとおりだったが、その頰に、水のように静かな微笑がたたえられているのを見たとき、

——あ、ご存じなのだ、お兄さまは。

一つちがいの彼にはまだ定まった妻はいない。無口で、家族には何も打ち明けないが、それでもひそかに交渉のある女の二人や三人はいるらしいから、今日の政子の変化に気づかないはずは

ないのである。

　三郎はそのあとも、頼朝のことは何も言わなかった。政子は三郎が今日そのことにふれるか、明日言いだすか、と顔をみるたびにどきどきしてすごした。

　が、彼女のカンはまちがってはいなかったようだ。明日時政が帰ってくる、というその日、

「俺はなにも言わない。ただ——」

　三郎はさりげなく言いだした。

「政子、ほんとうに佐どのが好きなら、よく考えて父上をお迎えするのだな」

「はい」

　政子は小さくなってうなずいた。

「おそらく、お許しを得るのはむずかしいかもしれないが……」

「はい、それはもう、覚悟しています」

「お前がじかに言うのがいいと思う。が、あまり余計なことはしゃべるな。お前は正直だが、思ったことをすぐ口にしすぎるところがあるからな」

　と言われて口をつつしんだのが、かえってそれが父を怒らせた。いつになく黙りこくっている政子にいらだったあげく、時政は叫んだ。

「三郎！　三郎も来い！」

　時政のふんまんは、三郎宗時にも、まともにぶつけられた。

「そこへすわれ、三郎。政子も政子だが、そなたもそなただ。俺のいない間は、三郎、そなたが館のあるじではないか。それが、妹のふしだらにも気づかずにいるとは——」

　——ふしだらですって！　まあ……

政子が声をあげる前に三郎はすなおに手をついていた。

「申しわけありません。私の手落ちです。困ったことになりました」

——まあ、お兄さま……。

政子は顔色を変えた。時政は三郎の言葉にさらに勢いを得たようだ。

「よもや、こんなことをする女だとは思ってはいなかった。いや、そんなことをする女に育てたつもりはなかったのに」

「そうです、私もそう思っていました」

——ひどい！　ひどいお兄さま！

自分だけ、いい子になろうとおっしゃるの？　私の味方のようなことを言ってらしたのに、お父さまがお帰りになったら、ころりと変わっておしまいになった……。

「それを馬鹿めが！　親の心を知らないのか。今日まで嫁がせなかったのは何のためだと思っている」

時政は次第にぐちっぽい口調になってきた。

「それもみな、政子のしあわせを願うてのこと。それも知らずになんということを……」

三郎はうなずくとおだやかに言った。

「そうです。が、政子だって、父上の心をまったく知らなかったわけでもありますまい」

「いや、わかっておらんよ、こいつは」

「そうでもないと思いますが、なあ、政子」

——なんとでもおっしゃい、お兄さま。

政子はかたくなに横をむいた。みがきぬかれた広床を、小さなこおろぎがそろそろと這《は》ってはうずくまる。少し冷たすぎる晩秋の風が吹きぬけるたびに、その鬚《ひげ》がかすかにふるえるのを見ていると、わけもなく胸に迫ってきた。三郎はそんな政子には気づかないのか、父に向かってしゃべりつづけている。

「たしかに政子は、まだ父上のおっしゃることがわからぬところがあるかもしれませんな。どうです父上、ここで、とっくりと政子に言ってきかせてやっては……。なぜ佐どのは政子にふさわしくないかということを」

「ふ……む」

時政の興奮は少ししずまったようだが、それでも苦々しげに言いすてた。

「なにもかも気に入らんのよ」

「それはそうでしょうが、例えば？」

「第一、もう婿にとる年ではないな。なんだ、あのしおたれた、猫背の、じじいくさい顔」

「そうですなあ、私もあんな年寄りじみた義弟を持つのは、うんざりです。政子、なにもえりにもえって、あんなに年の違う男と――」

言いかけて、何を思ったか、三郎はわざとらしく、政子に聞いた。

「そなた、いくつになった？」

「二十一です」

政子は兄に年をたずねられたとき、まだその意味をさとってはいなかった。

そっけなく答えると、三郎は、ひどく驚いた表情をしてみせた。

「二十一。そんなになるのか」

それからゆっくり時政のほうをふりむくと、さりげなく言ったものだ。

「驚きましたな、もう二十一とは……女はすぐ年をとってしまう。じゃあ、義母上《ははうえ》とはいくつ違うのですかな」

とたんに、時政の団子鼻は赤くなってふくらんだ。

「う、う……」

あきらかに足をすくわれた形だった。牧の方は、じつは政子と同い年だ。四十に手のとどいた自分が、その牧の方を後妻にむかえたのだから、年のことで頼朝に文句をつける資格はないのである。

――お兄さま!

政子は、ぱっと顔を輝かせた。

――ありがとうございます。やっぱりお兄さまは政子の味方でいらしたのね。

が、安心するのは少し早すぎたようだ。そこは年の功というものだろう。時政は、またたく間に、みごと態勢をたてなおしてしまったのである。

「いや、なに、俺は、あの男が年をとりすぎているの、年寄りじみているのと、外側のことを言っているのではない。いや、その、あいつの、じじいくさい顔の……つまり、その顔からもわかる根性よ」

「……」

「へんに陰気くさくて若さがない。男らしくないんだな」

しだいに時政はもとの元気をとりもどしてきた。

「男なら、正々堂々と娘を欲しい、と言ってのりこんでくればよいものを、あの男は、いつも泥棒猫のようなやりかたをする」

それから時政は、背をかがめ、短い頸《くび》をますます胴にめりこませて、蟇《ひき》のような構えになると、じろりと二人を見た。

「あの男の手口はいつもそうよ」

「……」

「いつもその手で女をだます。流人のくせに、とんだ女たらしなんだぞ」

「……」

「あの男がこの手を使ったのは、こんどがはじめてではない」

知りたくば教えてやろう、と、時政の赤鼻は、こんどは得意げにふくらんだ。

「あの伊東祐親《すけちか》の娘な、あれが先ごろ父《てて》なし子を生んで、大騒動を起こしたのは、そなたたちも知っているだろうが」

たしかにその話は政子も知っていた。伊東祐親は北条よりもひとまわりもふたまわりも大きい、このへん切っての大豪族だ。その祐親が目の中に入れても痛くないと思っていた愛娘《まなむすめ》が、親にないしょで父なし子を生んだことは、このへんでは知らないものはいない。

「あれは、ちょうど祐親が大番で上洛している留守のことだった。祐親は帰ってそれを聞くなり、その赤児を殺してしまった。なぜだか、わかるか？」

時政は声を落とすと、しみじみとした調子になった。

「むごい父、鬼のような親父、と思うか？」

田舎武士だが、こうした話術にかけてはなかなかたくみである。

「祐親はわが娘の生んだ子を殺した。泣きながら殺したんだ。わかるか？」

二人の顔をみつめると、ゆっくり言った。

「その赤児の父が、ほかならぬあの男、流人の頼朝だったからだ……」

政子はぎくりとした。その事件は、よく知っていたが、その恋の相手が頼朝だということは、はじめて聞くことだった。

「なぜあの男の子は生んではならぬのか、これは三郎ならすぐわかるだろう……」

なにしろ頼朝は流人である。といっても、ただの罪人ではない。いわば政治犯のような存在なのだ。

過ぐる保元、平治のころ、都では二度大きな合戦があった。その二度めの、いわゆる平治の乱のとき、頼朝は父の義朝とともに、平清盛を相手に戦って敗れて捉えられた。頼朝十四歳の冬のできごとである。

敗北者たちは、ほとんど戦死するか捉えられて殺された。父の義朝も尾張まで逃げてきて殺されているし、兄たちもすべて死んだ。が、幸いにも彼が命を助けられたのは、清盛の継母の池禅尼が、早死した息子の家盛に似ているから、といって、必死に命乞いしてくれたおかげである。このほか異母弟にあたる今若、乙若、牛若らも、幼年のゆえに助けられて、それぞれ寺に入れられたが、頼朝は伊豆国へ流されることになった。

この源氏との合戦に勝って以来、世は平家全盛時代である。頼朝はだから、反体制的な政治犯として、この平家時代が続くかぎり、生涯伊豆にとじこめられる運命を背負わされているのだ。

「いわば、頼朝は、平家の御敵だ。そういう奴に娘をくれることは、とりもなおさず、平家に弓をひくことになる」

わかるか、というように、時政は政子の顔をのぞきこんだ。

「伊東の親父が娘の無考えを怒ったのはそこなんだ。われわれ武者は百姓とはちがう。百姓なら、惚れた、夫婦になろう、で事はすむが、われわれはそうはゆかぬ。まかりまちがえば家を危くする」

と、そのとき、うなずきながら聞いていた宗時が、ひかえめに口をはさんだ。

「しかし、伊東とわが家では、少し事情はちがいます。伊東はわが家に数倍する豪族ですから、そのくらい世渡りには気も使わねばなりますまいが、そこへゆくとわが家は……」

出鼻をくじかれて、時政はちょっといやな顔をした。が、このとき政子は、どうも、二人とは全く別のことを考えていたようである。突然、うわごとのように、しかし、ひどく思いつめた口調で彼女は言った。

「お父さま──」

なぜ急に、そんなことを口に出そうとしたのか、政子自身もわからない。気がついたら、ふわふわと言葉が口を離れていた、というところだろうか。

「お父さま──」

ひしと父をみつめて、彼女は口走ったのだ。

「もし、私があのかたの子を生んだら、やっぱり、殺しておしまいになります？」

時政はぎょっとしたらしい。

「政子……」

「もし、そんなことになったら、私もいっしょに殺してくださいませね」

「政子……」

ふたたび呼んだとき、妙にしわがれた声になった時政は、おどおどと政子の瞳をのぞきこんだ。

「もしや、そなた、赤児《やや》を……」

その表情があまり真剣だったので、かえってびっくりしたのは政子のほうである。次の瞬間、父の感ちがいに気がついて、おかしくなった。すると、今まで尖《とが》りに尖っていた心がやわらげられて、少しゆとりがでてきた。

「いやな、お父さま。もし、そんなことになったら、って申し上げてるじゃ、ありませんか」

「あ、そうか」

現金に時政の表情もゆるんできた。

「でもね、お父さま」

「うんうん」

「お父さまは、いまあのかたを女たらし、っておっしゃいましたけれど、今までのお話では、決して女たらしとはいえないと思いますわ」

「ふ……む」

「あのかたは、その伊東の娘御を好きでいらしたのでしょう。それをまわりが、むりやり、ひき裂いた、というだけのことで――」

「ふうむ、や？　なんだって！」

さすがは時政だ。娘がまだみごもっていないという安心から、うっかりあいづちを打ちかけたものの、話が核心にふれてくると、にわかに渋い顔にもどった。

「とにかく、あれはいかん、俺が許さん」

「なぜですの？」

「ばかな奴。いま話したではないか」

「だから、佐どのは、決して女たらしではなくて――」

——よせよ、政子……

というふうに、そっと袖をおさえたのは、兄の三郎である。

これ以上言ってもむだだ。それを言いすぎるのが、そなたの悪いくせだぞ。

このぶんではなかなか父の説得はむずかしい。政子はとほうにくれた。眼にうかんだのは、思いきり顔をうずめられる、その人の広い胸であった。

——いますぐに、飛んでゆきたい。

切実にそう思った。

こがらしの館

「いいひとだな。あなたは……」

耳もとに、熱い息吹《いぶ》きがこころよい。

「ほんとに言ってくれたんですね。子供を殺すなら、私も殺してくださいって……」

蒼味《あおみ》をおびた深い瞳のいろ、そして、やわらかい声音《こわね》——。

この瞳、この声。それにふれたいばかりに、私は前後の見境いさえもなくなってしまうのだと、政子は思う。

時政が帰って以来、政子が頼朝と会うことは、ほとんどできなくなってしまった。が、今日は三島の国府に時政が出かけたので、今夜をはずしたら当分会う折はない、と郎党を手なずけ、夕闇にまぎれてそっと館をぬけだしてきたのである。

「ああ、来てくれたんだね、やっと……」

頼朝は外聞もなく庭にとびおりて政子の肩を抱き、部屋にひきいれるなり、なめるように政子の全身をながめまわした。

いや、なめるように、ではない。じじつ、彼の唇は、政子のからだのすみずみまで捉えて離さないのだ。そしてそれはいつもはじめてのときのように政子を恥じらわせた。すると頼朝は、

「そんなあなたが、またいとしいんだ」

そっと乳房に唇を押しつけてくる。

きれいだ、かわいい、いとしいひと……。

聞くほうがとまどうような言葉を、彼は飽きずにくりかえす。ほかの男の口から出たら、身の毛がよだつような、そらぞらしい言葉なのに、頼朝がそれを口にすると言葉のひとつひとつが、きらきらと光り出すように、政子には思われた。

裸の政子には、この光る言葉が衣裳だった。そしてそれをまとうとき、北条館のしっかり者、勝気な伊豆女政子は、まるで別世界の人間に変身してしまう。

「伊東の娘のことはほんとうだ」

その話をしたとき、頼朝はすなおにうなずいた。

「好きだった。しんそこから……。鬼のような父親に隔てられて苦しかったけれども、いまは悔いてはいない。そうなったおかげで、あなたのようないいひととめぐりあえたのだから……」

その夜の愛撫は特に濃密だった。そして政子は、はじめて、短いけれども、鮮烈な、虹いろの瞬間を経験した。

「あ……」

流星のきらめきにも似て消えてしまったそれを追いもとめようとしながら、ふと、

——身ごもるのかしら、私……

と思った。それが天からの啓示だったら悔いはしない。たとえその小さな命とともに死ぬことがあっても……。頼朝もそれに気づいたのだろうか、館の近くまで送ってきて、熱っぽく言った。

「もし、あなたが殺されるようなことがあったら、私も生きてはいない」

が、館に帰った政子を待ちうけていたのは、その夜の甘美な夢を、いっぺんに吹き消すようなできごとだった。

深い堀を渡って、丈高い土塁の中に踏みこむ。中は深い木立に蔽《おお》われた暗闇だったが、二十年育ったわが家の道を誤ることはない。むしろ暗ければ暗いほどいい——と思っていたのに、館に近づくと、父の局《つぼね》のあたりから、明々と灯がもれている。

——まあ、もうお帰りなのだわ。

三島の庁へ行けば酒盛りがあって、いつも帰りは夜中ときまっていたので、つい気を許して、頼朝のひきとめるままにぐずぐずしていたのだが、とんだことになってしまった！

しかも、政子のいやな予感は的中した。

「たいへんでございますよ」

部屋に入ると、侍女のさつきが息を殺してささやいた。

「政子、政子はおらぬか」

三島の庁から帰るなり、時政はせかせかと呼びたて、いないとわかると、

「どこへ行った？」

たいへんなけんまくなのだという。

「お気をつけてくださいませ」

が、気をつけてみたところではじまらない。どうやら事態は最悪である。

「お兄さまは？」

と聞くと、今夜は山ひとつ越した土肥実平の館に招かれていったという答えだった。

なんと運の悪いことか。あの沈着な兄さえいたら、何とか切りぬける知恵を授けてくれるだろうに……。

政子は覚悟した。

「あなたが殺されたら私も生きてはいない」

頼朝の最後の言葉がふいに思い出された。

――佐どの……

政子はそのおもかげによびかけながら唇をひきしめた。

時政は案の定、不機嫌そうに大あぐらをかいている。

「およびでございましたか」

手をついた政子をじろりと見るだけで返辞もしない。気の短い時政にしては珍しくもあり、それだけ薄気味悪くもあった。

このとき、遠くから、地唸《じうな》りのようなこがらしが伝わってきた。伊豆野には珍しい狂暴な風が、野のはてに生まれ、息づきはじめたらしい。その狂ったような第一陣が、館じゅうの樹々にからんで、

ど、ど、どおっ！

とすぎたあと、時政はやっと口を開いた。

「政子、おまえはたいへんな女だな」

「…………」

「いや、今日は蛭ケ小島の住人のことではない」

蛭ケ小島の住人——頼朝のことでなければなんだろう。見当がつきかねていると、

「もっと大事なことをかくしていたな」

「そんなことございません」

「大うそつきめが」

いぶかり顔の政子に、彼は、思いがけない言葉をあびせたのである。

「山木兼隆どのからの文のことを、なぜかくすのだ？」

山木兼隆——いわれても、政子はしばらくきょとんとしていた。

あの事件を思い出すには、やや時間がかかった。そういえば、この近くの韮山に住む平家の代官の山木家のだれかから、たわむれの文が来たことはたしかにあった。

が、あのとき彼女は苦い経験をしている。本気で相手になっていたのに、結局は政子のひとり相撲だったではないか。

「ああ、あのことですか。なぜそんなことをお聞きになるんですか」

「何でもいい、山木の文を見せるんだ」

「だって、あんなもの」

「あんなものとは何だ。かりにも山木どのだ。蛭ケ小島の流人とはちがうぞ。れっきとした平家の縁者なのだから」

「でも、お父さま」

いまさらどうして、あの恥さらしな事件の告白をしなければならないのだろうか。

「もうあれは過ぎたことですわ」

が、いっこうに時政は納得しない。それどころか、ますます、不機嫌になってきて、

「政子、見えすいたうそをつくな」

「うそなど言っておりません」

「まだかくすつもりか。俺は今日三島で山木どのに会い、そこで大恥をかいたのだぞ」

その酒宴の席で、山木兼隆は、やんわりと、

「北条どのの姫御前はえらいかたですな」

手紙を出しても返辞をくれぬ、と嫌味をいわれた、というのである。

山木兼隆といえば、都で検非違使《けびいし》尉《じょう》をつとめ、いまはこの国の平家の荘園《しょうえん》の管理に来ている代官で、平家全盛の今は、むしろ国の庁の役人よりも威勢のある存在ではないか。

「その山木どのに言われて、俺はひや汗をかいた」

言われて今度は政子が驚く番だった。

たしかにあのときも、さつきが何かくどくどと弁解していた。が、興奮していた政子にはその言葉も耳に入らなかったのだが、どうやら手落ちは使いにたった男にあったらしい。さつきとの仲に夢中になったその男は、うっかりして政子の手紙をなくし、

「北条家からの返事はありませんでした」

と、うやむやにし、北条のほうへは、さつきに逢いたいばかりに、調子のよい返事をしていたのである。

事情がわかると、時政は、早速山木の館に出かけていった。そして帰るなり上機嫌で政子をよびつけて言ったものだ。

「政子、わしはきめたぞ」

「ま、なにを……」

「そなたを山木兼隆どのに嫁がせる事にした」

「そんなこと急におっしゃったって……」

「つべこべいうな。きめたものはきめたのだ」

流人のことなど思い切るんだな、と時政はぴしゃりと言った。

言いだしたら決してあとへひく時政ではない。それにしても、山木の館にいくなり、その場で縁談をきめてしまうとは……。

「お父さま、それは、あんまりです」

政子は顔色をかえたが、時政は涼しい顔をしている。

「なにがあんまりだ。山木どのなら家柄も人柄もりっぱ。このへんの豪族の小せがれとはわけがちがう。まず伊豆きっての婿どのだ」

「でも……」

「でも？　政子、おい」

時政の鼻は赤くふくらんだ。

「俺はまじめな話をしておる」

じろりと政子を見やった。

「色恋ではない、嫁入りの話なのだぞ」

「はい」

「なればだ――」

それは親のきめるものだ、口出しは許さぬ、と彼は言った。もっともこれは当時の豪族の家の常識ではあった。

嫁入り、婿とりは家と家との取引だ。縁談は親がきめる。見合いも婚前交際もない。花婿花嫁は、婚礼の夜はじめて顔をあわすのがふつうだ。

そのかわり――といってはおかしいが、婚前の恋愛や性経験についてはわりと寛大だ。年ごろの娘なら男の二人や三人知っているのはあたりまえだったし、もらうほうも処女のなんのとやかましくは言わない。時政にしたところで、政子を「ふしだら」などとののしりはしたが、心の底ではさほど大げさに考えているわけではないのである。

ただ困るのは、一本気な政子が、はじめての経験にのぼせあがって、頼朝に夢中になっていることである。

「そなた、もうすこし大人になることだな。考えてもみるがいい、山木どのと平家の御敵と、どちらに嫁ぐのがしあわせか――」

政子は顔を伏せ、しばらくためらっていた。が、やがて、時政のほうへ大きな瞳をあげると、ゆっくり言った。

「それは山木どのの妻になったほうがしあわせです」

「おお、やっとその気になってくれたか」

思わず時政は膝をのりだしていた。

「そうだ、そうだとも」

赤い鼻をうごめかせようとしたとたん、もう一度政子の口がひらいた。

「ひとのことだったら、私はとっくにそうお答えしていますわ、お父さま」

な、なんだって。この不届者！

と叫ぶより早く、眼の前の不届者の少し大きめの口が、すさまじい速さで言葉を弾き出してきた。

「だけど、だけどね、お父さま。私はそうは思いませんのよ。そりゃあ佐どのは一介の流人です。一生かかったって出世のみこみはありませんわ。でも、私、それでいいんです。山木どのの奥方になって、いい着物を着てちやほやされたいとは思いません」

「ば、ばかめ。黙れ、黙らぬか」

「いいえ、黙りません。黙れないんです」

——何と気の強い娘か。

時政は呆れた。興奮すると手がつけられなくなるところなんか、俺そっくりではないか。

「お願いです。お気にめさなければ殺してください。山木に嫁ぐよりそのほうがましです」

しようのない奴だ。すっかり逆上してしまっている。

が、もう政子は父親の顔をみていなかった。なかば放心したように見開かれたその瞳は、ひとりのおもかげを求めていた。

——いとしいひと。あなたがいなければ生きていない。

そう熱っぽくささやいた頼朝の顔を。

「そうなんです。だから私、死んでもいいの」

思わずそう口走ってから、やっと政子は気がついた。当然顔を真赤にしてつかみかかってくるにちがいないと思った父は、意外に落着いてにやにやしているではないか。

「あほうめが」

政子の口が閉じられるのを待って、時政はゆっくり言った。

「すっかり丸めこまれているのに気がつかんのだな」

「いいえ、丸めこまれてなんかいません」

「それ、それ、それが何より証拠よ。あの色男め、言いおったんだろう。そなたがいなけりゃ生きておれんなどと」

「え」

ずばり言いあてられてどぎまぎしたとき、時政は、さらに落着きはらって言ったものだ。

「そうじゃろうが。だがな、政子、あいつは、そなたに言ったと同じことを、別の女にもいっているんだぞ」

「なんですって」

「げんにその女と乳繰りあっているやもしれぬ」

あのかたが、別の女と——。

信じられなかった。

「いとしいひと、好きだ、離れられない」

私の胸をまさぐり、あえぎ、

「あなたが死んだら、生きてはいない」

と言ったあのかたが、私以外の女を愛しているなんて……。とっさに、政子は、

——お父さまの作りごとにきまっている。

と思った。そのくせ、

うそです！

即座にきりかえすことができなかったのはなぜだろう。

水の上を微風が通りすぎたあとの、あるかないかの波紋——心のすみにそんなかすかな波立ちがあった。しかも父は、すかさず、そのゆらめきにつけこんできた。

「あいつは都育ちでぐどくのはうまいからな。たいていの女はまいってしまう。自分ひとりが惚れられてると思いこむ」

「……」

「お前だってそうだろ。自分以外の女を抱いているあいつなんて想像もできまい。てっきり、これは俺の作りばなしだと思っている」

「……」

「が、事実はさにあらず、だ」

時政はにやりと笑った。

「俺はちゃあんと証拠を摑んでいる。なんなら相手の名前を聞かせてやってもいい」

ひどく確信にみちた口調である。政子には父のからだが、急に倍ぐらいにふくらんだようにみえた。というより、ふいに自分が小さくなってしまったのだ。

——うそ、お父さまのうそつき……

さっきの勢いはどこへやら、抵抗しようとする気持までが、みるみる、いくじなく萎《な》えしぼんでゆく。

ぐらり、と心がゆらいだ。政子は胸の中をふきぬけるあわただしい風の音をきいた。

「聞かせてやろうか」

――いいえ、聞きたくありません。

言おうとして言葉がのどにはりついているあいだに、父は口を開いてしまった。

「その、ほれ、韮山のすその、良橋太郎な、そなたも知っていようが――」

「……」

「あそこの娘よ、なんでも亀とかいう……」

ああ聞いてしまった、とうとう……。

が、聞いてしまったことで、政子はむしろほっとした。

良橋太郎――たしかに知っている。北条家とはくらべものにならない小身の、郎党もろくにいない地侍だ。そこの娘の顔はよく知らない。多分自分より年は下のはずだが、美人だといううわさも聞いてはいない。

――そんなみすぼらしい地侍の娘を、あのかたが相手にされるはずがない。お父さま、いいかげんなうそを……

それでいて、次の瞬間、またもや、あわただしい風が政子の胸をふきぬけたのだ。相手が豪族の娘でなかったことが、かえって奇妙な真実味をおびて、肌にせまってきたのである。

その晩、どうやって北条の館をぬけだし、頼朝の館まで走っていったか、政子は覚えていない。が、そのときの胸の思いだけは、鮮烈に後まで残っている。

――もう館には帰るまい。

本気でそう考えていた。家に帰ればまた父が、いいかげんなことを言って、二人の仲をひき裂こうとするにきまっている。

「もう、がまんできないんです。私……。父はこう言うんです」

恋人の胸に顔をうずめて、こう打ち明ける姿を思い描いて、政子はこがらしの道を走った。

「ね、そんなこと、うそでしょ、亀どののことなんか……」

そうしたらきっと、あのかたは、やわらかい、あたたかい手で私をつつみこむようにして、言ってくれるにちがいない。

「そうだよ、うそにきまっているじゃないか」

激しいくちづけ、そして抱擁。

だが、もし——。

そうでなかったら？……。

ちらりと不安がかすめたが、政子はあわてて首をふった。

考えるのはよそう。そんなことありっこない。もしそうだとしても、それはそのとき考えればいいことだ。とにかく私があのかたが好きだということだけはたしかなのだから。

頼朝は想像どおりやさしく彼女を迎えてくれた。政子の訴えるのにとりあわず、

「かわいそうに、こんなに冷えて……」

乳房を包みこんだ大きな手のぬくもりに、自分の肌のつめたさを思いしらされた。ちかごろ頼朝の愛撫はさらに濃密になってきている。政子が父の言葉をつげても、執拗《しつよう》な舌は肌を求めることをやめなかった。

快美な波が、しだいに政子をゆすりはじめる。眼にみえないからだの奥に灯がともりはじめると、もう言葉はいらないのだった。そしてその灯が、ぱっと輝きをまし、いっせいにゆらいだそのせつな、政子はひしと相手のからだにとりすがっていた。

なんというきめのこまかさか。

肩も太股《ふともも》も足の先も、女のようにしっとりとやさしい。おそらく陽にさらすことがないからなのだろう。父をふくめてこのへんの男たちは夏は素裸同然でくらすから、男といえば赤銅《しゃくどう》いろのざらざらした肌しか思いうかべなかった政子にとって、京育ちのその肌は、こちらがひけめを感じるくらいだった。

弛緩のときがきたが、政子は、いつまでもこうしていたかった。そのとき頼朝は、はじめて口を開いたのである。

「ばかだなあ、こんなに好きなのに——」

ほっとした。もう家には帰らなくたっていい、とさえ思った。頼朝の頬には、無邪気にさえみえる微笑があった。

「北条どのも北条どのよ。ほかの女のことと、いっしょに考えられるなんて——」

「え?」

政子は思わず身を起こした。

良橋の娘、亀とのことはほんとうだし、今も続いている、と頼朝が告白するまで、そう時間はかからなかった。いや、告白するというより、ごく当然のことのように、わるびれたふうもなくそれをみとめ、

「そんなことに、どうして気をもむのかなあ」

やさしく政子の裸の肩を吸いながら、むしろいぶかしそうな瞳でみつめるのだった。

「だって——」

陶酔もさめて、政子は頬を蒼白《あおじろ》ませた。

「たったいま、あなたは、私を好きだと」

「そうだとも、それに違いないよ」

「それでいながら、亀どのも好きだとおっしゃるの」

「嫌いじゃない」

ゆったりと答えた。

「器量はよくないんだ。でも、そばかすがあってね、気だては悪くないのさ」

まあ、ぬけぬけと……。まるで、そばかすのあることが気だてのよいことの証拠のような言いかたをする。そばかすのない政子は、その亀という女のそばかすに奇妙な嫉妬を感じた。

「そんなに気だてがよいかたなら、その亀どのをお迎えなさいませ」

「まだそんなことを言う。あなたのことは一番好きだといっているのに……」

それから頼朝は大きな瞳をまっすぐにむけて、こともなげに言ってのけた。

「都ではね、一度に何人ものひとのところに通うのはあたりまえなんだがなあ」

「まあ……」

「私の父上だって、十八人くらいの女はいた」

それをなぜとがめるのか、とむしろいぶかしそうに言われたとき、政子は絶句した。

東国ももちろん一夫一婦ではないし、婚前の性交渉も自由だ。が、正妻をきめるときには特別のけじめがあった。そう言っても頼朝は、

「ふうん、そんなものか」

いっこうにこたえた様子もない。

——都びとだったのだわ、このひとは……

十四歳まで都で育った頼朝なのだと、ふいに政子は隔絶感におそわれた。都の神経では、二人の女を同時に愛することはあたりまえなのかもしれない。が、政子には、どうにもそれが許せなかった。皮膚がうけつけない、といったらいいのだろうか。わからずやと言われてもいい、いやなものはいやなのだ。

「さ、きめてくださいな。私か、亀どのか。どちらをおえらびになります？」

が、必死の思いは、ついに頼朝には通じなかった。やさしく乳房を求めながら、

「おかしなひとだねえ、あなたは……」

やわらかな声でいった。

——ああ、だめ、わかってくれない。

腕をはらいのけて政子は立ちあがった。

「帰ります、私——」

蛭ケ小島から北条館までの道を、政子はボロボロ涙をこぼしながら走った。

——ああ、なんてことだろう。好きのいとしいのと並べておいて。佐どの。あなたは、そういう人だったのですね。

体じゅうが、ずたずたにひきさかれるような思いがした。足もとがふらふらと頼りなく、一気に走ってきた道が、また何と遠く感じられることか。

道の半ばをすぎたとき、ふいに政子は立ちどまった。後から走ってくる足音がきこえるような気がしたからだ。

——もしや、佐どのが、追いかけてきたのじゃないかしら。

悪かった。許してくれ。あなたなしでは生きてゆけない。こんどこそは本気だ。あのひとはそ

うかもしれない。

ああ、しかしそれはどうやら思いすごしだったようだ。立ちどまって闇をすかしても、遂に人影は現われなかった。しんとしずまりかえった闇の中で、ますます政子は、絶望的な気持を味わうよりほかはなかった。

――追いかけてきてもくださらないのね、佐どの。

あんまりひどい。自分がみじめすぎる。

――それならいい。それなら……

もう頼朝のことは考えまい、と思った。


「山木の館へまいります」

政子が父にそう答えたのは、その翌日のことである。

「ほう、やっと聞きわけてくれたか」

時政は満面に笑みをあふれさせ、娘の肩を抱かんばかりにした。

「はい」

うつむいて政子は小さく答えた。

「うん、それでよし」

男親らしく、それ以上何もたずねないのが、政子にとってはせめてもの救いだった。

その日以来婚礼のしたくは早速進められた。まるで政子の承諾は筋書きどおりだったとでもいわぬばかりの手まわしのよさだ。京下りの綾《あや》の袿《うちぎ》、螺鈿《らでん》の櫛箱《くしばこ》――。相手が都びとじゃに、はりこまねばならん、と時政は赤鼻をふくらませて忙しげである。

が、当の政子は、いっこうに浮きたたない。もう決して頼朝のことなど思い出してやるものか、と決心したにもかかわらず、日がたつにつれて、かえって情事の苦さが、からだじゅうにぎりぎりともみこまれてくる。それをさとられまいとして、つとめて無表情を装っているのだが、ほんとうは、

「ああっ」

叫び声をあげて全身をかきむしりたい。

なんという男なのか。結局、私のことは、もてあそんだだけなのだ。

しかも、そのそばから、もうひとりの自分の声が容赦なくひびいてくるのだ。

——そのとおりだともさ。おもちゃにされたにきまってるじゃないか。

——第一、甘い言葉をうのみにするなんて、二十一にもなって、いいざまだねえ。

——いえ、二十一だからこそたぶらかされたのさね、嫁《い》きおくれたあせりから。

「ああ、いや、いや」

耳をふさいでも、心の中の目は、意地悪くつきまとってくる。しかもくやしいことに、その声の言うことは、ほんとうなのだ。

——ふん、京育ちにひかれたのだろうが、たかが流人じゃないか。それもあっちこっちの娘に手をだすような浮気男をさ。

——二十一まで待っていて、つまりは、くずをつかんだというわけだね。おみごとだよ。

そうだ。まさしく政子は人生の門出でつまずいた。いや、つまずいたどころではない。ずたずたに傷つき、血を流してうめいている。

さらに、くやしいのは、頼朝がこのこと自体で、なにひとつ傷ついていないことだ。今ごろは

亀とかいう女を抱いて、私の悪口でもいっているに違いない……。

——忘れてしまいたい。

と思う。だれにだってよくあることだ、とむりにも思いこもうとする。が、それができないのは、自分のたちなのだろうか。

思い悩んでいるところへ兄の三郎宗時がやっと土肥から帰って来た。その兄が、

「政子、土肥みやげを見せてやろう」

そう言ってよんだのは二、三日後のことである。

三郎は一月近く土肥実平のところに遊びにいっていた。土肥郷はいまの湯河原あたり、冬も海おだやかな藍《あい》色に凪《な》いであたたかである。

「毎日舟に乗って釣りばかりしていた。それに、あのへんの山にはきれいな木の実が多くてね。あたたかいからなんだなあ」

みやげだと手渡してくれたのは小粒の梅の実ほどの紅い木の実だった。

「山たちばな、とか言ったけどね。食べちゃ酸っぱいらしいぜ」

「まあ、食べられないものをくださるの？」

「いいじゃないか、飾っとくだけでもたのしい」

「それだけですか、おみやげは？」

わざと口をとがらせた。心のなかの傷が癒えたわけではなかったが、それでも久しぶりに兄の顔を見て少し気持がほぐれた。三郎はまじめに首をかしげている。

「そのほか？　ないなあ。釣れた魚はそばから食ってしまったし」

それから、ふと、目をまたたかせ、政子の顔をじろっとのぞきこむようにして笑った。

「そなた、きれいになったな」

「え?」

「一月見ないうちに、見ちがえるように美しくなった」

政子は笑おうとして、頰をこわばらせやがてうつむいてしまった。いま、ずたずたに身も心も切りさかれているとき、そういわれることはひどくつらい。

鋭い兄のことだ。館に帰るなり、婚礼の準備に追われているざわついた空気に気づかなかったはずはない。それでいて、そのいきさつをたずねるわけでもなく、やんわりと、「美しくなった」などと言いだしたのは、妹をやさしく包みこんでやろうということなのだろうが、そのおだやかさは、かえって政子を落着かなくさせた。

顔をあげたとき、彼女は堅い声になっていた。

「そんなはずはありませんわ。私、この一月で変わってしまったんですもの。美しくなんかなれない人間になっちゃったんです」

「どうして?」

「人を信じなくなったんです」

「ほう……」

「それも佐どののとのことからですわ」

「ふうむ」

「もうあのかたのことなんかあきらめました。山木どのにまいります」

「そうかい」

相変わらず三郎の頰には微笑があった。おだやかな返事に反発するように、政子は声をうわずらせた。

「ね、お兄さま、私はまちがってますかしら？　まちがってなんかいませんでしょ」

しぜんに涙があふれはじめた。

「俺は何も言わない」

政子の涙を見たとき、三郎は静かに言った。

「まちがったの、なんのと、ほかから言えることではないからな」

それがひどく突放したようにきこえたので、政子ははっとした。

「怒っていらっしゃるの」

「いや、なにも……」

「だって、せっかくお兄さまが、佐どののことで骨折ってくださったのに……でも、でも、あんまりひどいかたなんです」

言いかけると、どっと涙と言葉があふれでた。泣きながら頼朝とのいきさつを、洗いざらい兄にうちあけているうち、政子は、ふしぎに心が落着いてくるのを感じた。

「私がばかだったんです」

といったときには、微笑をうかべられるくらいになっていた。

「ばかなことはないさ」

切れの長い瞳でじっと妹をみつめた三郎も微笑している。

「いつまでも同じだなあ」

「え？」

「子供のときと同じだっていうのさ。一本気で、すぐむきになって……。でも、ま、いい。そこが政子らしいところなんだから。仕方ないな、佐どののことは……」

「……」

「お前の気持もわかるよ。まあ山木判官のほうが好きだというなら、それも」

「お兄さま」

政子は兄をさえぎった。

「好きなんかじゃあ、ありません。山木どののことなんか」

「だって、いま、お前は山木に嫁ぐと――」

「ええ、言いました。でも山木どののことは何も知りません。ただ佐どのがいやなんです」

「佐どののことがきらいだから、好きでもきらいでもない山木のところへ行くんだね」

「ええ」

「それでいいんだね」

「いいんです、それで」

「政子らしいな」

はっきりした妹の言葉に兄はもう一度微笑した。

「山木どののことは知りませんが、佐どののことは、自分でたしかめてしまったんですもの。よもやあんなかただとは――」

「それまでは信じていたのだね」

「ええ」

「少なくとも佐どのを好きだったわけだ」

俺は女の気持はわからないが、とつぶやくように言って、三郎は続けた。

「人を好きになるとか、きらいになるとかいうことは、そんなものかなあ」

その澄みきった眼が、政子をなぜかたじろがせた。

「お前は、いまどきの女にしては、珍しく愛憎がはっきりしている。好きになればどこまでも好きだし、きらいなものはきらい。それもいい、しかしな」

「…………」

「今まで好きだったひとが、それほど自分を思っていないらしいとなると、ぴったり愛することをやめてしまう。そんなことができるものかなあ」

「だって……」

「それでは取り引きみたいじゃあないか。好きだと思ったら、とことんまで愛しぬく――たとえむくわれることがなくてもだ。それがほんとうじゃないのかな」

――たとえむくわれることがなくても……

兄の声は静かだったが、その言葉は政子の胸をさしつらぬいた。

突然眼の前に別の世界がひらけたような気がして、

「お兄さま、私って……」

政子は絶句した。

これまで泣いたり騒いだりしたことが、何と的はずれな、おろかなことだったったか。

「お兄さま、私、ほんとうにばかでした。人を愛するってことがわかってなかったんです」

「いや、そんなことはないさ、わかってたよ。さっき、お前は泣いたね。珍しいことだ。子供のときのけんかにだって、めったに泣かない、気の強い政子が――」

「それは、やっぱり、佐どのを真剣に愛しているからだよ。ほんとうに憎んでいれば泣きはしない」

「……」

政子も幼な子のようにうなずいた。

「ただ意地をはってるんだ。それで好きでもない山木へ嫁ぐなんて強がりをいっている」

そうだ、そのとおりなのだ。なぜこの兄は自分でも気づかなかった心の奥を、こんなにあざやかに浮き彫りにしてくれるのか。

「が、意地はいけない。意地で生涯をきめちゃいけないな。あとできっと後悔する」

ああ、とりかえしのつかないことをした。もう間にあわない。あとさきの考えもなしに、お父さまには山木へ嫁ぐといってしまったではないか……。

「お兄さま、私って、なんて考えなしだったのかしら」

「激しすぎるんだよ、気性が。苦労するぞ、この先も」

ふいに政子の顔が幼い表情になった。べそでもかいたように造作がゆがんで、

「お兄さま……、どうしましょう、私」

駄々っ子のように三郎のふところに倒れこんだ。

「だめだわ、もう……だって、私、もうお父さまに、山木へいくって申し上げてしまったんですもの」

幼いときよくやったように静かに三郎は政子の髪をなでてやった。

「ほんとうに私って、いつもこうなんだから。もうだめね。間にあいませんわね」

子供のように涙をぼろぼろこぼし、それをぬぐおうともしない政子をみつめて、三郎はゆっく

り首をふった。

「いや、そうでもないさ。たったひとつだけ、道は残されていると思うな」

夜の峠

今日も京から荷駄がついた。

婚礼は弥生《やよい》はじめ、ときまってから、またもや時政が早馬であつらえたしたくができてきたのである。

いくらしたくをしても、まだ足りないような……。

そんな気をもむ時政だったが、かと思うと、

——やりすぎたな、こいつは……

ふいに、都へ使いなどやったことが腹立しくなったりする。一日のうちに何度も上機嫌になったり、まわりにあたりちらしたり、その表情はくるくる変わった。

伊豆の春は早い。まだ空のいろは冬のなごりの冷たい藍色で、富士の峰も白雪に蔽われているのに、土は早くもうるみをおびて、館の桜もふくらみはじめた。ふと、それに目をとめると、

「山木どのの館の桜は、もっとみごとだ」

日に一度か二度は必ずこう言う。その桜の満開のころには、政子の婚礼が行われる、という意味なのだろう。あまり度々くりかえすので、誰も、もう本気ではとりあわない。

いいかげんな返事をして、お館の御機嫌の変わらぬうちに、とすたこら逃げだしてしまう。飽きもせずにその相手をつとめているのは、三郎くらいなものだ。

「その木は何年ぐらいのものですか」

「そうさな、三、四十年というところか」

「そのころが桜はいちばんみごとだそうですからな。ここから見えましょうか？」

「それはむりだろう。離れすぎている」

「館の裏手、守山の上からならどうでしょう。あちらの館もかなりの高みですから」

北条館は守山のふもと、山木館は韮山の中腹で、狩野川とかなりの平地にへだてられているから、見えるかどうかわからないし、また、見えても見えなくても大したことはないはずなのに、それでも三郎が、そんなことを持ち出すのは、父の心を知ってのことらしい。

嫁入り、嫁入り、とさわぎたてながらも、娘を手放す淋しさを、どうにもまぎらわせようがない。その上機嫌も不機嫌も、じつはそれゆえなのだ、と三郎は見透していたようである。

が時政は、三郎の表情などに一向気をつけていない。いや、もし気をつけていたにしても、その物静かな面差しからは、なにも感じとることはできなかっただろう。

時政だけではない。政子にしてもそうだ。あの日以来、兄は、ひどく突放した表情をしていて、ろくに口もきいてくれない。

――方法は一つある。

といった。それは何なのか。早く何とかしなければ、嫁入りは一日一日と近づいているではないか。たまりかねて、政子は二人きりになったある日の午後、そっとたずねた。

「へ、左様で……」

「お兄さま。どうしたらいいんですか、私」

　すると涼しい顔で三郎は答えた。

「慌《あわ》てるな。時期を狙《ねら》っている」

　三郎の瞳は政子をじらすように笑っている。

「ほんとうに、お前覚悟はできているのだろうな。二度と山木に嫁ぐなどと言い出しはしないな」

「ええ、それはもう、言うまでもありませんわ。私の心はきまっています」

「すぐ決心してはすぐ変わる。お前の悪いくせだからな」

「ひどいお兄さま。でも、もう迷いません。とにかく、山木どののことは早くお兄さまから、お父さまへお願いしてとりやめにしてくださいませ」

「そうはいかない」

「え？」

「俺の一言で父上が動かせるものか」

「じゃあ、どうしたらいいのです？」

「だから言ってるじゃないか、道はひとつしかない、って」

「それなら、私は、いったい――」

　まあ、待て、と三郎は手をふった。

「それより聞いておきたいことがある。山木をやめにするとして、その先はどうする？」

「え？」

「佐どのと、そのあたりは話しあっているのか」

「いいえ」

じつはあれ以来、頼朝とは会っていない。でも、山木との婚礼をとりやめれば、そのことは自然伝わるはずだ。

――そうすれば、きっとあのかたは私の心をわかってくださるにちがいない。そしていつかまた会う日がくれば……

が、兄は気むずかしげに首をふった。

「そんなのんきなことをいっているときじゃないぞ、政子」

いままでやさしいと思っていた兄の瞳に思いがけないきびしい光があった。

「いま、お前は岐《わか》れ路に立っている」

「……………」

「そして佐どのもだ。いや、もう佐どのは、道を歩みはじめた」

これを読め、と三郎は、ふところから一通の文を取り出した。そこにはまぎれもなく、大ぶりな頼朝の筆跡で、

「待申し候。ただに」

とだけあった。顔をあげたとき兄はゆっくり言った。

「決心はきまったか？」

「……………」

「決まったなら、そなたもゆけ。ただし蛭ケ小島ではない」

それから声を低めて、

「伊豆山だ。土肥実平も待っているはずだ」

ああ、そうだったのか、と驚く政子に、

「行くなら今夜だ」

と短く言った。その日昼すぎから降り出した雨には、どうやら風さえまじりはじめていた。

三郎が土肥実平の家にいったきり、一月も帰らなかったわけを、政子は、はじめて知らされた。

彼は政子の身辺に起こった事件をすべて聞いていて、実平と対策を練っていたのである。しかも、
それを知らせたのが、頼朝自身だと聞いて、政子は目をみはった。

「まあ……」

思ったより二人のつながりは深いらしい。

「藤九郎が駆けつけて来てな――」

と、三郎は微笑した。そこで、三郎、実平、藤九郎が額をあつめて考え出したのは、伊豆山権
現の参拝に名をかりて頼朝に蛭ケ小島を離れさせ、そこで政子と落ち合わせるということだった。

伊豆山権現なら実平の本拠に近く、日ごろよしみも通じているし、箱根権現に匹敵する権威をも
っているから、あたりから手出しはできない。まずは絶好なかくれ場である。とそこまで語って
から、三郎は、

「そこまでは手が打ってある。だが、その先は、お前ひとりがきめることだ」

政子の瞳をみつめて、ゆっくり言った。

「人間はな、一生のうちには、どうしてもひとりで自分の行く道をきめなければならないときが
あるものだよ」

「……」

「あるいは、しあわせにむかって羽ばたく瞬間ではなくて、苦しみを覚悟する瞬間かもしれない

がね」

そうだ、たしかに……。兄の言葉ひとつひとつが、政子の胸に彫りこまれた。

この前、家に帰るまいと思って頼朝の所へ走ったときとは何という違いだろう。あのときは、なかば意地になっていたし、夢のようなしあわせをつかむための冒険のような気がしていた。が、今度は違う。

――私はいま、自分の足で歩みはじめた。それ以外に、私に残された道はない、と思い定めたからだ。愛するということの苦しさから目をそむけまい、という覚悟がついたのだ。

外の風雨は、ますますつのりはじめた。でも私はゆくだろう。もしかすると、それこそ私の門出にふさわしいのかもしれない。

政子はきっと顔をあげた。

「お兄さま、お願いいたします。おつれくださいませ、佐どののところへ」

三郎の瞳がやさしく光った。

「決心がついたか。よし。だが、俺はいっしょには行かないよ」

「え？」

「あとへ残って始末をつけなければならないから。四郎をつれていけばよいだろう」

「まあ、四郎をですか」

これにはいささか不満だった。背たけは人なみに高いが、弟の四郎はまだ十五の少年だ。が、三郎は多勢では目につくといってそれ以外の侍の同行は許さなかった。

ぬけだすのは夜に入ってからときめられた。それとなくあたりを片づけていると、のっそり四郎が入ってきて、

「姉さん、そんな格好で行くのか」

　坐りもせずに、ぶあいそうに言った。

「四郎、ものを言うときぐらい、坐ったらどうなの」

　政子は眉をよせた。兄の三郎の前では、すなおになれる政子だったが、この四郎とは、どうも、うまがあわない。いつもむっつりしていて笑顔などは見せたこともないし、しゃべるときも、そっぽをむいているという、あつかいにくい弟だったから。

　四郎は腰だけはおろしたが、こんどは無作法に長いすねを抱いたまま、軒先のはげしい雨脚をながめている。色は浅黒いが、口もとのしまった、三郎によく似た顔立ちだ。が、三郎が、落着いたあたたかみのある印象を与えるのに、四郎はどこかふてぶてしい。しばらく、むっつり黙っていたが、やがて、

「すべるぜ、外は」

　めんどうくさそうに言った。こんな日に姉のおともはごめんだ、といわぬばかりである。それから、

「袿なんか脱いでってくれよな」

　外をむいたまま言った。

「雨の中を歩くんだから。俺おぶったりするのいやだぜ」

「いいわ、おぶってなんかもらわないから」

　なんてにくらしい子なんだろう。不機嫌にまわりをかたづけていると、また口を出した。

「あんまり、かたづけないほうがいい」

「………」

「館のどこかへ行っているようにしておくんだ。あんまりきちんとしてたら、怪しまれちゃうじゃないか」

しゃくにさわるが、いうことはほんとうだ。

「ほかの姉妹には黙ってたほうがいい。女は口がうるさいからな」

一々指図をする。

館をぬけだしたのは戌《いぬ》の刻（午後八時）ごろだった。風雨はさらにはげしくなっていたが、おかげで風音にまぎれ怪しまれずに館をぬけだすことができた。門の近くまで来て、政子はさすがに父の局のほうをふりかえった。かすかに灯がもれている。今夜も婚礼のしたくをあれこれ考えているのか、と思うと、急に足が進まなくなってしまった。

――お許しください。お父さま。

「早く行こう。見つかってしまうぜ」

四郎はそっけなくせきたてた。

――四郎、あなたなんかに、わかりっこないのよ。

政子は泣きながら走り出した。涙のあふれる頰を大粒の雨が打つ。堀の外にはもう木蔭もない。笠も被衣《かつぎ》も、すぐ役には立たなくなった。髪がべったり顔にはりつく。足もとはすぐすべりそうになる。が、四郎は手をひこうともしない。平地はまだよかったが、伊豆山へぬけるには山一つ越さねばならない。山路にかかると政子はすぐにあえぎだした。ふりむくと追いかけてくる小さな灯が見えた。

――見つかったのか？

「四郎」

政子は息をひそめて、暗闇の中でわずかに動く弟の肩先によびかけた。

「灯がみえるわ」

一瞬四郎の足音がとまった。

「気がついたのかしら。追いかけているのかもしれない」

が、それに答えず、もう四郎は歩きはじめている。思いなしか灯の速度が速まった。伊豆野を、まるで飛ぶような速さで、山路へかかろうとしている。

とたんに、政子の頭をかすめるものがあった。

――馬だわ。馬に乗って追いかけてくる。

四郎っ！

追いすがろうとしたはずみに、ぬるり、と苔《こけ》のはえた石を踏んでしまった。

あっ！

夢中で暗闇をつかむ。かぼそい、頼りないような小笹の手ごたえしかない、と思ったときは、ずるずるとぬかるみに倒れこんでいた。じゃりじゃりっ、と腕を石に嚙まれながら、必死でその石の角にすがった。

「あ、草履《ぞうり》が……」

後の気配に四郎はすぐ気がついたらしい。黙ってかかえこむと、一気に政子を掬《すく》いあげた。

が、暗闇の中ではどうしようもない。

「探したってむりだよ」

さすがにそれからは手をひいてくれたが、

「よそ見するからいけない」

無愛想に言った。

「だって、うしろから灯が……」

「そんなもの見えやしないじゃないか」

「たしかに、ほら」

が、なんとふしぎなことか、今まで見えたはずの灯が見えないのだ。

「それより急ぐことだよ、姉さん。今さらどうにもならないじゃないか」

それなりに押しだまると、乱暴に、ぐいぐい手をひいてゆく。女だからといういたわりはまるでしない、男の速さだ。姉に手をかすというより、むしろ、いじめて喜んでいるような荒々しい歩きかただった。

足の裏に小石がめりこむ。おそらく素足は血まみれになっているに違いない。悲しいよりもくやしさが先に立った。泥まみれ、傷だらけになって……。なんで私はこんな目にあわなければならないのか。

——佐どの……

が、そのひとはひどく遠くに思えた。しかし歩けば歩くほどそのひとから遠ざかって行くような気がした。

とつぜん、四郎は歩むのをやめた。と、思うと、ぐい、と強く手をひっぱると、道のない笹群《ささむら》の中に政子を引張りこんだ。

「馬だ、すぐ近くまで来ている……」

え？

耳をすましたが政子はひづめの音は聞こえなかった。暗闇の中で四郎が息をととのえ、身がまえるけはいがした。

彼の眼は闇の中でも見えるのだろうか、笹の中にじっと伏せていたが、やがておし殺した息の中でささやいた。

「ひとりだ。やりすごしてしまおう」

言われたとき、やっと政子の耳もとに、嵐にまじって、ひづめの音が聞こえてきた。

たしかに、それは一騎だった。灯は持っていない。でもゆだんはできない。幸い暗闇と嵐が二人を守ってくれるだろうけれども……。

ひづめの音は、さほど速くはなかった。が、かなりの乗り手らしく、この山路でも、まるで平地を歩ませるように、一定の速度を保って近づいてくる。

政子の手を握る四郎の指に力が入った。身じろぎもせず、ひたと、ひづめの音の伝わってくるほうをみつめている。

かつ、かつ、というその音が、すぐそこまで近づいたとき、四郎の指が離れた。おそらく、刀の柄《つか》に手をかけたのだろう。闇を見すかすほどの四郎だ。いざとなればよもや仕損じはしまいが……。

と、そのとき、ふいにひづめの音が止んだ。

――感づいたのか。

政子は息がとまる思いだった。この暗夜の嵐の中で、二人のけはいを感じとるとは、なんと鋭い勘だろう。この男は、四郎よりもよく見える眼をもっているのか。

闇がゆれた。

男が馬から降りたのだ。

——あ、来る！

さっ！　と四郎のからだに殺気がみなぎるのが感じとられた。

が、相手はひどく無造作なかんじで、近づいてくる。ずかずか、と、まるで四郎の殺気などには気づいていない、という調子で、近づいてくる。は気づいていない、という調子で、笹のしげみに一歩ふみいれたところで立ち止まると、声をかけた。

「北条家のおふたかた——」

「馬をもって参じました」

ひどくのんびりした口調であった。

聞きおぼえのあるしわがれ声の主に思いあたった瞬間、政子はからだの中の力が一度にぬけてしまうような気がした。

藤九郎盛長——。

頼朝にかしずく、もっとも忠実なその男の声ではないか。

「三郎どのからの知らせでな、急いで駆けつけましたが、あまり急ぎすぎて、松明《たいまつ》をぬらしてしもうた。今つけますぞ」

暗闇で何かごそごそやっていたが、やがてぼうっと光の輪の中にうかびあがったのは、まぎれもない例の馬づらだった。

「さ、乗りなされませ」

藤九郎はうながした。

「御遠慮はいらぬ。北条家の馬じゃ、おとなしゅう馴《な》れております」

「え？」

「はて、お忘れか。いつぞやお借りしましたろうが」

政子を馬にのせると、藤九郎は言った。

「あのとき、えらい、うさんくさげな顔をしてござらっしゃったが……」

「まあ、いやな――」

そういえば、藤九郎が、女房の実家へ行くから馬を貸してくれ、といったとき、どうせ返しはしないくせに、と思ったことを政子は思いだした。

「こうしてお返しすればようござる。藤九郎、これでなかなか義理堅い男でな」

松明片手に、馬づらはすましたものだ。

馬と灯を得てから先の山越えは、ずっとらくになった。夜あけちかく、伊豆山権現についたときは、嵐もおさまっていた。

頼朝は、その夜、まんじりともしないで待っていたらしい。外のけはいに気づくやいなや、足早に階《きざはし》をかけおりて来た彼の顔を、政子は一生忘れはしないだろう。

「ああ――」

かすかな吐息と、深々としたまなざしが、いつの抱擁よりもまして、あたたかく、はてしのないやさしさで彼女をつつみこんだ。

沈黙の中で山の朝靄《あさもや》は、霽《は》れかけていた。丹塗《にぬ》りの社殿の後から、薄墨いろの杉木立が静かに姿をあらわしてきたが、頼朝はそれには気づかないらしい。いま、彼の瞳には政子のほかは何も映ってはいないのだ。人目もはばからずに、つと手をとると、

「あ、血が……」

驚いたように声をあげた。多分山道ですべったとき石の角で傷つけたのだろう。

「かわいそうに、爪がはがれかけている……」

言うなり、ふいに唇をおしあてた。はっとして政子が手をひっこめようとした瞬間、

「帰ります」

怒ったように言ったのは、四郎だった。

「ま、ひとやすみしたら？」

あわてて政子は言ったが、首をふると、

「姉上、では、おすこやかに――」

急に言葉づかいを改めて一礼した。

「どうしたの、急に」

とまどって尋ねると、四郎は白い歯をみせて、

「今日からは、姉上は佐どのの御内室だもの」

それから藤九郎をふりかえるなり、

「馬はたしかに返してもらったよ」

馬にとびのると、もう杉木立の中に姿は消えていた。

「いい弟御をお持ちでございますなあ」

目を細めた藤九郎は、急に、

「ほい、忘れておった。御免」

ぐいと諸肌《もろはだ》ぬぎになり、小袖の下からうやうやしげに取出したのは、女物の装束の一そろえだった。それを目にしたとき、政子は泥だらけの自分の姿にはじめて気がついた。

宿坊に招じ入れられて着がえる間も、頼朝はそのそばを離れようとはしなかった。恥じらいつ

つ小袖をぬぎ、最後の下着を肩からすべらせたとき、

「そのままで――」

軽々と裸の政子を抱きあげた。

外の闇は、ほのかな藍色をおびはじめ、灯の光はひどく頼りなげになってきた。あわい光の中で床の上へ抱きおろされ、頼朝の大きな瞳にみつめられたそのとき、政子はふいに爪先から全身に恥じらいがひろがってゆくのを感じた。

その肌のぬくもりを知らないわけではない。

その舌のやさしさを知らないわけではない。

なのに、この恥じらいはどうしたことだろう。まるで、頼朝とはじめてふれあうかのように、からだがふるえている。その大きな瞳をみつめ返すことさえできなくなって、政子は思わず顔を蔽った。

「許してくれ、もうこれからは、あなたを苦しめることはしないから」

頼朝は凍《い》てついた花のつぼみを、たんねんに愛撫した。それでもおののきやまない政子の耳もとに、熱い息吹きがささやく。

「やっと私たちは、ほんとうの夫婦になれるんだね」

そうなのだと思う。とすれば、この夜あけこそ、やはり、政子にとって、はじめて花嫁となるときであり、自分で、どうにもならないほどのこのおののきはそのための恥じらいでもあるのだろうか。

からだをゆるめながらも、政子はひどくぎこちない抱かれかたをした。頼朝は敏感にそれと知ったのだろうか、

「いいんだ、いいんだ」

はじめての夜と同じようないたわりかたをみせて言った。

「感じやすいからだなんだなあ」

「え？」

「心の波がはげしくて、それがおどろくほどはっきり、からだに出てしまう」

「いや」

あたたかい匂いのする胸に政子は顔をうずめた。

「そんなこと、おっしゃってはいや」

裸の自分が、その胸の中で、みどりごのように小さくなってしまっている。ふと、

——いまごろ、父上は？

不安がかすめたが、しいてそれをおいのけるように政子は目をつむった。

——このままでいたい。

このやさしい、あたたかい匂い。そのなかで子供のように甘ったれていたい。

——しばらく、ほんのしばらくでいい。このかくれがをお父さまに気づかれませんように……

からす天狗

——しばらくのやすらぎを……

必死でそう祈った政子の願いはどうやらかなえられたようだ。じじつ、自身が望んだよりも、はるかに長い期間を、彼女はここですごすことになる。

ひとつには、まもなく身ごもったからだ。はじめは雨にうたれた疲れかと思っていたが、一月ほどして不調の原因がわかった。つわりのひどいたちで、死んだほうがましだとさえ思ったが、こんなとき弱った体をやすめるには、ここはなによりも安心なところだった。

伊豆山権現は、伊豆半島の根もと、海ぎわに迫った山の中にあり、広大な領地と多くの僧兵をかかえ、めったに他人が足を踏みいれることを許さない構えをみせている。ここで数か月をすごしたあと、産み月が近づくと、政子は近くの土肥実平の館に移った。中年の実平は朴訥《ぼくとつ》なあたたかい人柄で、まるで叔父かなにかのようにめんどうをみてくれた。

その年の暮れ、女の子が生まれた。そしてそのことが、父時政との和解のきっかけとなった。父はどうしているか、あの一本気なたちからすれば、無断の出奔を、どんなに怒っているかわからない。兄は果たしてそれをなだめきるかどうか。そのことは家をとびだして以来、一日も頭から離れなかったのだが、孫の顔を見るという口実で、実平は父の時政を館にまねいたのである。

このこころみは大成功だった。小人数の供をつれてやって来た時政は、頼朝や政子への挨拶もそこそこに、

「赤児《やや》はどうした？」

きょろきょろと奥をのぞきこんだ。もっともこれは、大騒動のあと、はじめて顔をあわす父親の、てれかくしだったのかもしれないのだが……。

生まれたばかりの、大姫と呼ばれる女児のくしゃくしゃした赤い顔を見ると、時政は上機嫌で、吠えるようにいった。

「おお、いい子じゃ。政子、お前の生まれたときにそっくりだぞ」

そばから頼朝がすかさず口を入れた。

「そうでしょうか。私は舅《しゅうと》どのによく似た子だと思ったのですが——」

父と娘と婿のわだかまりは、いっぺんに消しとんでしまった感じだった。

時政は、それをきっかけに、しばしば土肥の頼朝夫妻をたずねるようになった。時政だけでなく、ちかごろ、頼朝の所へ出入りする人数はめっきりふえてきている。宇佐見助茂、天野遠景、加藤景廉《かげかど》、仁田忠常——どれも伊豆の豪族の家の若者たちだ。

その夜も、来あわせた時政や若者たちをまじえて、土肥の館では、にぎやかな酒盛がはじめられた。大姫が生まれて半年ほどした夏の宵のことである。

こんなとき、いちばん大声で騒ぐのは時政だ。例の赤い鼻を縮めたりふくらませたりして、笑い、歌い——いやその歌というのが、聞いてはいられない調子っぱずれの珍品なのだが……。

「あら、また、お父さまが……」

思わず政子は肩をすくめたが、やがて馬のいななきに似た歌が終ると、どたどたと廊下を渡る足音と哄笑《こうしょう》が聞こえて、ぬっと時政のあから顔が現われた。

「ああ、いい晩じゃった」

時政は笑いつづけながら、政子の胸の中で眠っている大姫の頰をつついた。

「まあ、起きてしまいますわ」

「なんの」

彼は厚い胸に大姫を抱きとると、器用にあやし、髭面《ひげづら》をそのやわらかい頰におしつけた。

「よしよし、さ、姫、明日は、じいといっしょに北条へもどろ。な」

「まあ、お父さま――北条へ？」

突然の父の言葉に政子は目を丸くした。

「ああ、もうよかろう。姫も大きくなったし」

「でも……」

山木の眼が、と言いかけると、時政は事もなげにかぶりをふった。

「なんの。向こうはとうにうまくおさめてある。ただし、佐どのと連れだってでは困るが」

馬もちゃんと手配してある、と言うところを見ると、今度は、はじめから政子たちをひきとるつもりで出てきたらしい。

翌日、久しぶりに政子は伊豆の山をこえた。のぼりはじめたときは、静かに道をつつんでいた霧が、峠ちかくになると俄《にわ》かに渦巻きはじめて、一瞬のうちに、さっと消えた。濃い緑の山の向こうに、左手には相模《さがみ》の海が光り、右手には、駿河の海の、ゆるやかな弧をえがいた浜辺がひろがっている。そしてその背後には、群青の空を背に、くっきりと夏富士がそびえ立っていた。

――ああ、この道を、夢中で私は走ったのだ……

下り坂になると、やがてなつかしい北条の里が見えてきた。いま、田畑に緑の波がひろがり、その緑の海になかば体をうずめるようにして、低い丘陵が四方をかこんでいる。

館の門に出て迎えてくれたのは、兄の三郎だった。

「おかえり――。久しぶりだな、政子」

細い切れ長の瞳が妹をいたわるようにじっとみつめていた。

北条館で一、二年は平穏な日が続いた。その間に大姫はめきめき大きくなった。色白で、つぶらな瞳の、父親似の顔立ちだ。くせのない、さらさらしたうない髪と、濃いまつげを持つ、ちょっとひょわげな童女だが、これでなかなか、おしゃまである。三つぐらいになると、けっこう口も達者になった。

人おじしないたちで、年中どなりちらして郎党をふるえあがらせている祖父の時政のことも、まったく友だちあつかいで、酒宴の席にものこのこ出かけてゆく。

ある晩、酒のまわった時政が、例によって鼻を真赤にふくらませて上機嫌になっていると、膝にのった大姫が、ふいに小さな手をその鼻にさしのべ、大まじめに言ったものだ。

「おじいちゃまの鼻、赤い割に熱くないのね」

蛭ケ小島の頼朝館から毎日のようにやってくる藤九郎盛長も、彼女のよい遊び相手だが、

「姫さま、お馬にのせて進ぜましょう」

馬によく似た彼の長い顔と、ほんものの馬を見くらべていた大姫は、ふしぎそうに言った。

「藤九郎のお耳はどうして動かないの？　お馬の耳は動くのに」

これには藤九郎も眼を白黒させた。大人が思わずふきだすほど人の特徴をつかむのがたくみで、近くの奈古谷の山寺に住む荒法師の文覚が、のっしのっしと現われたときも、額と頬骨のとび出した顔をみるなり、

「やつがしらのお坊さま」

とやってまわりをあわてさせた。

文覚という人間は、ひと癖もふた癖もある怪人物だ。もともと武士の出で、友達の妻である袈《け》裟《さ》御前に恋し、しかも誤ってこれを殺したことから出家したという変わった経歴の持主である。

その後、すさまじい荒行の後、京都高雄の神護寺の復興を思いたったが、その勧進《かんじん》のやりかたが強引で、後白河法皇の御所へ押しかけ、相手にされないとみるや、法皇やそれをとりまく平家

一門にさんざん悪態をついた。いま伊豆へ来ているのも、その悪口がたたって流されたのである。

悪い人間ではないが、ずけずけ物をいいすぎるし、平地に波をたてる性癖がある。その文覚が、政子の帰館以来、頼朝の来訪どきを狙ってやってくるのはどうも物騒だ。頼朝もあまりいい気持はしないらしく、よく居留守を使う。大姫はそんなことにはおかまいなしだ。そのものおじしない態度がかえって文覚は気にいったらしく、

「この俺がやつがしらか。うまいことをいう」

以来二人は大の仲よしになった。文覚がやってくると、大姫は父の渋い顔などにはおかまいなしで、大喜びでとび出してゆく。

「お父さまはね、お留守ってことになっているけど、ほんとはいらっしゃるのよ」

頼朝も文覚もこれには苦笑せざるをえない。

その大姫が、ある日、館の門前に立った人をみるなり、大あわてで母の政子のところにとんで来ると、息をひそめて言った。

「からすが……からす天狗《てんぐ》が来たわよ」

からす天狗？

たしかに門前に立った人の風態は、大姫の言葉どおりだった。黒ずくめの山伏姿は埃《ほこり》にまみれ、日やけした頬はこけ、とがった口が突出て、眼ばかり鋭い。

「からす天狗って、ほんとにいるのねえ、お母さま」

大姫は政子の袖をひっぱって、こわごわ言った。彼女はついこの間、母から寝物語に深山に住む鬼や天狗や、その手下のからす天狗の話を聞いたばかりなのだ。

そのからす天狗が、突然わが家に現われた。これはいったいどうしたことか？

大姫の小さな頭でははかりきれない一大事である。いや、大姫だけではない。いわくありげなその山伏が何ものなのか、政子にもさっぱり見当がつかなかった。

と、そこへ、ぬっと頼朝が入って来た。近ごろ彼は蛭ケ小島の館よりも、時政が政子のために建て増してくれた北条の裏館に来ていることが多い。そこへ彼は念持仏の聖観音像をすえて読経しているかと思うと、奥にはいって、ごろりと昼寝をしたりする。

ちょうど初夏の昼下がり、館の裏手の守山の裾を這った山吹のさかりを眺めながら、うつらうつらしていたのを、からす天狗の来訪で起こされたらしい。少し萎えた直垂《ひたたれ》のしわを気にしたのか、立ったまま、

「着がえる。水干《すいかん》を……」

短くいった。

「ま、水干を？……」

水干といえば、直垂よりはいちだんと改まった礼装である。あんなからす天狗に会うのに、わざわざ水干にも及ばないが。

「藍摺《あいずり》のお直垂ができていますけど……」

が、頼朝は首をふった。

「水干を。新しいのがいい」

生絹《すずし》の水干は彼によく似あった。政子が襟《えり》を整え、胸の紐《ひも》を結ぶ間、頼朝はじっと前庭をながめている。いつもおだやかにみえる大まかな造作がひきしまって、一点を見すえた瞳には、容易ならぬことを思い定めようとして、まだ定めかねているような、ひとすじのたゆたいがあった。

奥の局での頼朝と山伏との対面はかなり時間がかかった。そのあと、館のあるじの時政が、つ

づいて嫡男の三郎がよばれて、しばらく、ひっそりと話がつづけられた。政子がよばれたのはそのあとである。まもなく、つれだって奥の局を出てきた父と母をみると大姫は父の腕にとびついてたずねた。

「ね、あの、からす天狗のおじさんはなんなの、お父さま」

頼朝は苦笑をうかべている。

「姫、そんなことをいうものじゃない。あのかたは、お父さまの叔父さまなんだよ」

「まあ！」

からす天狗が叔父だという父の答えは、少なからず大姫の自尊心を傷つけたようである。が、それにもまして、なぜか、頼朝はうかない顔をしていた。

からす天狗の叔父君は、その後も二、三日滞在してやがて姿を消したが、大姫はその間じゅうとうとう彼の部屋によりつかなかった。人みしりしない彼女にしては珍しいことである。そういえば館のだれもが、ふしぎにあの山伏のことを口にしようとはしない。

頼朝にしても読経と昼寝にあけくれるばかりで、山伏のことはすっかり忘れたような顔をしている。さりとて、例のふっきれない表情が完全に消えたわけでもないのだが……。

が、まもなく館のぎこちない静かさが破られるときが来た。奈古谷の荒法師、文覚が、ふらりとあらわれたのだ。

「いるか、姫。やつがしらが来たぞ」

このごろ文覚は、まず大姫に声をかける。大姫もその声を聞くと、顔を輝かせ、くせのない髪をさらさら揺らせてとんでゆく。

「いらっしゃい。お父さまもいらっしゃるわよ」

先まわりしてそんなことまで言う。

「しばらくだったなあ。変わりはないか」

「ええ、でも、あのね……」

大姫はかがみこんだ文覚の耳にささやいた。

「からす天狗が来たの」

「なに、からす天狗が？」

「しいっ、大きな声で言っちゃだめ！」

あは、あは、と文覚は笑いとばし、無遠慮に入ってくると、破《わ》れ鐘《がね》のような声で言った。

「いよいよ時節到来かのう、佐どの……」

そばで大姫はきょとんとしている。

がんぜない大姫にかわって、このあたりのいきさつを説明すると――。

彼女をおびえさせたからす天狗は、まぎれもない頼朝の叔父、多田行家だった。彼はそのとき、都で反平家の挙兵計画をすすめていた以仁王《もちひとおう》の令旨《りょうじ》（命令書）をはるばる伝えにやってきたのである。

その年――治承四年のこの事件は、ふつう源頼政が、以仁王をいただいての挙兵、ということになっているが、これは真相ではない。むしろ中心は延暦寺、園城寺の僧徒である。

かねがね、平家に強い不満をいだいていた彼らは、同じように平家にうとんぜられ、親王にもなれずに不遇をかこっていた以仁王をかつぎ出して兵をあげたのだ。寺といっても数千の僧兵を持つ武力集団だから自信は満々だった。頼政はこのよびかけをうけて同調したにすぎない。

もっとも頼政自身、さらに遠大な計画を持っていたことはたしかである。彼はこれを京都中心のクーデターにせず、全国の源氏によびかけて、もっと大規模な、全国的な平家打倒運動にもりあげようとした。行家が以仁王の令旨をもってここへやってきたのはこのためだった。

僧徒や頼政の計画は事前に平家にもれたために挫折するのだが、行家がここに来たのは四月の末で、まだ戦いは始まっていない。が、頼朝はこのとき、行家の話にはおいそれとのらなかった。なぜなら、その話があまりうますぎたからだ。

多田行家は、生まれつき弁舌さわやかである。彼は二十数年ぶりに会う甥の頼朝に、まるでその間ずっとつきあいつづけてきたかのようになれなれしく話しかけ、頼政の挙兵の計画についても、平家打倒を、既定の事実のように語った。

頼朝はただ黙ってそれを聞いた。以仁王からの令旨と言われては受けないわけにはいかないから、衣服もわざわざ水干にあらためて受けとったものの、

「われこそは皇位につかん。諸国の源氏よ、たちあがって平家を討て」

という文面まで、ありがたく了承したわけではない。いや、むしろ、

——とんでもないものが舞いこんできたぞ、これは……

いささか迷惑なのである。

政子にすれば、なおさらのことだ。わが眼でたしかめたわけではないが、父の話を聞くだけでも、都の平氏の権勢はたいへんなものだと想像がつく。

——それを目の前にいるわが夫が打倒するなんて、まあ、大それた……

そんなことはできっこない、と思っている。馬に乗らせても、矢を射させても、やっと人なみ、年のせいもあろうが、兄の三郎にくらべて数段見劣りする夫なのだ。今でも女はえてして夫を棚の吊りかたとか、持てる荷物の重さなどで評価しがちなものだが、そのときの政子の見かたはそ

の域を出ていなかった。ちょっと優雅で女にやさしいのは取柄だが、武将として天下をとる器量とはとうてい思えない。げんに頼朝自身、文覚の鼻息には、いささか、へきえきのていで、

「時節？　なんのことですか、それは」

困ったような微笑をうかべている。

「知れたこと、以仁王の令旨よ。多田行家どのが置いてゆかれたそうな」

怪物だけあって、文覚、なかなかの地獄耳である。が、頼朝は知らぬふりだ。

「令旨、知りませんなあ」

毛筋ほども表情を動かしてはいない。とうとう知らぬ存ぜぬの押問答で、その日は文覚を帰してしまった。

「ああいう手合いはうるさいからな」

後姿を見送ってそういう夫の言葉に、政子はやっとほっとした。何かというと、口から唾《つば》をとばして天下国家を論じ、ふたことめには、

「平家がいかん。あいつらは馬鹿と泥棒よ」

口ぎたなくののしるあの危険人物に、わが家の平和をかきみだされてはたまったものではない。

「なんて騒々しいお坊さま。あんな人の言うこと、とりあわないでくださいね」

眉をひそめていうと、頼朝はうなずいた。

「何をいまさら、そんな馬鹿げたことをするものか。戦さにはこりているよ」

が、その数日後、政子は聞きずてならないことを耳にした。しゃべったのは大姫である。

「ね、きょう、お父さまのお馬にのせてもらって、やつがしらのお坊さまのところへ行ってきたのよ」

大姫は奈古谷の文覚訪問が、かなりお気にめしたようだった。

「とってもこわい段々を上ってゆくのよ。もすこしで滑りそうになっちゃった。お山のむこうに滝があるの。お坊さまはそこで水をあびるんですって。つめたいわね、きっと」

が、政子の聞きたいのは、そんなことではないのである。

「ね、姫。そこでお父さまは、お坊さまと、どんなお話をなさったの？」

「へいけがげんじで、はたあげですって」

大姫の言葉にはとりとめがなかったが、政子にはすぐ察しがついた。やっぱりあの危険人物は夫をそそのかしているとみえる。

が、そんなところへのこのこと出かけてゆく頼朝も頼朝だ。せっかく北条へもどって、これから平和で楽しい生活を始めようというのに……。これからのしあわせを守るためにも物騒なつきあいはやめてもらわなくては。頼朝と顔をあわせたときの政子の言葉は、しぜんきつくなった。

「なんであのへんな坊さんの所へなんかお出かけになりますの？　あんな手合いは相手にしないなどとおっしゃっておきながら……」

いや、と頼朝は微笑した。

「別に行く気はなかったんだが、久しぶりに奈古谷の方へ駈けさせてみただけさ。やつがしら法師の住居はここから近いといったら、姫がひどくせがむのでね」

「うそ！　平家がどうの、旗上げがどうのとおっしゃったとか。よもや頼政どのにお味方するつもりではないでしょうね」

頼朝の大きな瞳が、やさしくまばたきした。少しぐあいの悪いとき、とろけるような甘い笑顔をしてみせるのが彼のくせである。

「まさか……戦いはこりごりだよ」

それからまじめな顔になった。

「政子、知ってのとおり、俺は毎日法華経を読んでいる。何のためか、わかっているだろう。非業の死をとげられた父上や兄上への供養《くよう》のためだ。二年前に千部読誦《どくじゅ》を思いたって、今日で七百八十五部、いまはその所願をはたすことしか考えていない」

しみじみとした瞳のいろには、よもや、いつわりがあろうとも思えなかった。

「それどころか、令旨をうけてしまったことさえ、じつは後悔しているんだ」

頼朝は声を低めた。

「源三位《げんざんみ》頼政どのも、子息仲綱どのも討死されたらしい」

「まあ、文覚法師からお聞きになって？」

「いや、今日都から使いが来た。さすがの荒法師の地獄耳もそこまでは知らぬようだったが……ちと容易ならぬことになるかもしれないぞ」

頼政死すのしらせを都からもたらしたのは、三善康信という男の使いだった。彼は都の小役人だが、叔母が昔、頼朝の乳母《めのと》をしていたというよしみを忘れず、今でも月に二、三度は、義理堅く都の情勢を知らせてくるのである。

頼朝が行家のさそいにもおいそれとはのらず、ゆっくり構えていたのは、じつは、康信からのしらせで、都の様子を手にとるように知っていたからである。

「うかつには動けませぬ、とあのときも言ってきたが」

こうまで早くつぶれるとはな、と頼朝はつぶやいた。挙兵の計画は実行前に平家にもれて、あえなく挫折し、頼政父子は討死、以仁王もゆくえ知れずなのだという。

「さらに困ったことはだ、例の令旨の持廻り先をきびしく調べているらしいんだ。この分ではここにも詮議が来るな」

「まあ……」

からす天狗はとんでもないものを持ってきてくれたものである。

それにしても、北条へもどって来たとたんに、また心落着かぬ日々を過さねばならないとは……。このとき頼朝は、まるで、ひとりごとのようにぽつりと言った。

「康信は奥州へ逃げろと言ってきている」

「え？　奥州へですって」

「あそこには藤原秀衡《ひでひら》がいる。平家の追及をのがれるとしたら、そこしかないだろうな」

「ほんとう？　ほんとうにそんなことになっているんですか」

聞いてもまだ実感がわいてこない。

「そうらしいな、どうも」

文覚をたずねたのも、じつはそのあたりの情勢をどうみるか、その意見も聞いて見たかったからだと頼朝は、はじめて打ち明けた。

「あの法師、経のよみかたは俺より下手《へた》だが、時勢を見ぬく眼だけは持っているからな」

「それで御坊は？」

「断然起《た》って平家を討て、と吠えた。もっとも頼政どのの挙兵はうまく行くまい、とこれはみごとに言いあてたが」

逃亡か挙兵か？　そんなあやうげな道しか夫には残されていないというのか。

「俺がここにいることで、北条一族に迷惑をかけても悪かろう。そのときは姫をたのむ」

「まあ、私をおいていらっしゃるおつもり？」

政子は子供のようにべそをかいた。

そのうち波しぶきは遂に政子のところまでかかってきた。継母の牧の方が頼朝と政子を追い出したがっている、というのである。

――とんだ婿どのを背負いこんで……

継母の牧の方は人々にそういいふらしているという。もともと牧の方の実家の大岡家は、平頼盛の所領を預っているくらいだから、どうしても平家びいきなのだ。

頼政の挙兵失敗のうわさが入ってくると、

「ほれごらんなさい」

といい、源氏一門の詮議が始まると聞くや、

「北条家に傷がつかねばよいが」

と騒ぎだした。

政子は自分と同い年のこの継母とはどうしてもそりがあわない。その母がこう言っていると聞いて、政子の心は一瞬のうちにきまった。頼朝が奥州にのがれたあと、ここに残っていては大姫も自分もどんなことになるかわからない。

――やっぱり私はこの館にいられる人間ではないらしい。

女の運命とはそういうものなのだろうか。が、一度め二度め、そして今度と、家を出ようとするときの思いの何とちがうことか。おそらく今度は一番困難が待ちかまえているだろうに一番決心は固い。それは大姫というものがいるからだろうか。

――この子の命を守るためには、強くならなくちゃあ。

と政子は思った。身のまわりをかたづけ、妹や弟にそれとなくかたみの品をわけた。今度出たら、ふたたびここへは帰れないような気がしたからだ。いちばん力になってくれた兄の三郎のところへは、秘蔵の蒔絵《まきえ》の硯箱《すずりばこ》を持っていったが、それを見ると兄は、

「ほう、えらく気前がよくなったものだな」

おだやかに笑って言った。

「またとびだそうというのかい」

どうも兄には何もかも見通されてしまう。

「だって佐どのが」

「例によって気が早いな。佐どのだって、まだ、はっきりきめられたわけでもあるまい」

「でも、もし、平家の探索の手がのびてきては北条の家に迷惑がかかりますもの」

すると、三郎は軽く笑った。

「あわてるな。そりゃ、この北条には平家一門をむかえうつだけの兵力はないが、さりとて娘と婿を見殺しにするほど腰ぬけぞろいではないぞ」

「でも、お義母《かあ》さまが……」

「それは父上におまかせするんだな」

「出て行かなくてもいいのですか」

ほっとはしたが不安も残った。みすみす自分のために、北条の家を渦中に巻きこむのではないだろうか……。が、三郎は一向に気にもとめぬ様子で、それより、父上のところへ行ってみるように、と言った。

「客人が来ている。会っておくほうがいい」

父の局には坂東武者が二人来ていた。中年の思慮ぶかげなほうは三浦義澄、若くて精悍《せいかん》なほうは千葉胤頼《たねより》と名のった。いずれも京都の大番の帰りだという。

「これらの方々はみな同志だ」

三郎が短くいったとき、遠くで雷のとどろく音がした。広床にふきこむ風もにわかに変わったようである。

月下兵鼓

目ざめたのは強い雨のためであった。

――きのうの名月はあんなにすばらしかったのに……

それが政子にはひどい不吉な前兆のように思われた。傍らのしとねの頼朝は、まだ目ざめてはいない。身じまいをすませて廊へ出ると、白煙をあげるほどの激しい雨脚で、前庭の萩《はぎ》は、むざんに地面へ叩きつけられていた。

――ちょうど髪ふりみだした女の屍骸《しがい》のような……

あわてて、いやな連想を打ち消して部屋の蔀《しとみ》をあげた。

治承四年八月十六日。

その日の朝をむかえたとき、

――いよいよたいへんな日が来てしまった。

政子の思いはそれでしかなかった。

あとになってみれば、この日こそ、源頼朝が伊豆に旗上げをする前日——いわば、日本が古代社会から中世武家社会へと、大きく歴史をぬりかえる日となるわけだが、東国の一土豪の娘にすぎない北条政子に、なんでそれだけの見通しがあったろうか。

夫とそしてわが子と自分に襲いかかってくるであろう平家の討手におびえ、悩み、苦しんだ二か月だった。夫のためなら奥州へ落ちのびてもいいとまで思いつめ、三郎にとめられはしたものの、さりとて、いつまでもここに安住できるとも思われなかった。

これは頼朝にしても同じ思いだった。後世、その挙兵を彼の予定の行動のように思いこんでいるが、本人にとっては、決してそんなものではない。誰の場合でもそうだが、やるかやらぬかは大きな賭けなのだ。百パーセントの確信をもってはじめられる革命などというものは、ありはしないのである。

だいたいが慎重居士《こじ》で腰の重いたちだ。年も三十を半ばにちかい。

——大ばくちをやる柄ではない。

自分でもそう思っている。その彼が、多少とも考えを変えはじめたのは、半月ほど前、例の三浦義澄、千葉胤頼などの都帰りの坂東武者に会ったときからである。

「いや、勝つには勝ちましたが……」

以仁王の事件のときの平家の行動を、そんなふうに彼らはいった。

「たったひとつまみの頼政どのの軍勢に、平家一門総がかりになりましてな。ま、蚊一匹とらえるのに、槍、長刀《なぎなた》をふりまわす、といったあんばいで……しかもその蚊をよう押さえきりませんのじゃ」

口をきわめてその腰ぬけぶりを罵倒《ばとう》した。

坂東武者とは比較にならぬともいった。

人々はもう平家に飽いているともいった。

――そんなものか……

と頼朝は思ったようだ。文覚の大ぶろしきとちがって、実地を見ている彼らの話には説得力があった。

「もう平家の時世は長くはありませんのう」

が、義澄、胤頼らのその言葉に、頼朝はおいそれと乗ったわけではない。もともと、三浦や千葉、そのほかの坂東武者は頼朝の父、義朝の家人だったから、

「万一のときは喜んでお役に立ちます」

という言葉には、うそいつわりはなかったのだろうが、頼朝は、

「いや、ありがとう」

それだけ言って彼らを帰してしまった。それでも、彼らが帰ったあと、

「坂東武者はたのもしいな」

ぽつりと言った。

このあとも政子の見知らぬ武者が、館をたずねて来ることはしばしばあったが、頼朝は彼らをていねいにもてなしはするが、勇ましい話におだてられて、反平家的なそぶりを見せることはなかった。

ただ、つい先ごろまで世話になっていた伊豆山の僧がやってきたとき、

「千部経というものは——」

ふと、思いついたようにたずねた。

「必ず千部読まねば功徳《くどく》をつむことはできないものですかな」

「ま、そういうことになっておりますが」

「たとえば、八百部読んだとする。いや、げんに今日でちょうど八百部なのですが」

「ほう」

「それが急にやむを得ない事情で打切らねばならないとしたら？」

僧は即座に答えた。

「よろしゅうございましょう。千部のうち八百部、おみごとなものです。功徳に変わりはありますまい。それに八百とは縁起のよい数で」

「まことか」

頼朝の顔が輝いた。

——夫の心は揺れている。

と政子は思った。

そんな頼朝のもとへ、ある日彼に最後の決断をうながす客がやってきた。

佐々木定綱——。

日焼けした若武者はそう名のった。そういえば、これまで二、三度この館によく似た弟たちを連れて現われたことのある若者である。

「佐どのは？」

在宅をたしかめるのももどかしげに奥へ通ると、頼朝の前にぴたりと坐って、

「容易ならぬことになりました」

太い眉をあげて口早に言った。

「お覚悟ください。いよいよ平家が攻めてまいります」

さきにここをたずねた三浦や千葉一族同様に都の警備に召されていた相模の豪族大庭景親が急にもどってきた。しかも彼は平家からの特別の命令をうけているらしい。

さきに討死した源仲綱（頼政の子）が伊豆守だった関係で、残党が伊豆へ逃げこんできている。その掃蕩《そうとう》のために、というのだが、

「いや、真実の目あては、佐どの、あなたさまでございますぞ」

大庭景親のうごきをいちはやく知ったのは、定綱の父、秀義である。彼は平治の乱のとき、頼朝の父義朝に従って敗れ、以来、近江《おうみ》の所領を奪われて、武蔵の豪族、渋谷重国のところへ親子で身をよせていた。

もとをただせば大庭景親も義朝に従っていたひとりなので、二人はかなり親しい。そんなわけで帰国した景親は、秀義を招いて、つい口をすべらせたのである。

「大庭は私どもが、よもやこれほどお館に近づきまいらせているとは知らないのです。なんでも十九日に出陣とか。いずれ韮山の平家の代官、山木兼隆などとともに攻めよせる魂胆と思われます」

定綱の言葉にうなずいた頼朝は、思いのほか落着いていた。

「十九日か、日がないな、もう」

つぶやくように言い、

「疲れたろう、一杯どうだ」

「ありがとうございます。が、それより――」

かえって定綱のほうがそわそわしている。

「ま、今になってあわてても始まるまい。それは俺の運はどんづまりに来て開くことがある。いや、そこまで来なければ、どうも開かぬらしいのでな」

頼朝はその場には不似合いな微笑をうかべて、ゆっくり言った。たしかにそうかもしれない。平治の乱で敗れ、捉えられて危く斬られる、というところで助かったのだから。

「が、今度は、もっと、いけないらしいな」

ひとごとのように頼朝はいった。

平家の来襲は予想していたが、よもや大庭が急に帰国して攻めてくるとは思わなかった。平家は西から――だれもそう思っていた。だからこそ逃げもせずに、ここに踏みとどまっていた、ともいえる。なぜなら、

「いざとなったら、いつでもお味方にはせ参じます」

坂東武者たち――三浦、千葉などの有力な豪族たちが、その後も、しばしば使いをよこしてこう言ってきていたからだ。

が、大庭景親の所領、大庭御厨は、いまの藤沢市付近で、坂東と伊豆の中間にある。その彼がたちあがったとなると、頼朝と坂東の兵力との通路はふさがれてしまう。伊豆の小天地に閉じこめられれば、戦力は知れたものだ。大庭の大軍の前にひとたまりもあるまい。これをどう打開するか？

酒のはこばれた席に、時政や三郎たちもよばれた。にわかに対策が練られたが、こうなっては平凡だが、坂東に挙兵の急使を走らせ、呼応して大庭をはさみうちにするよりほかはない。

とすれば出陣は、大庭の態勢のととのわぬ十七日の暁方《あけがた》、ときまった。

直後に、あわただしく坂東にむかって使いがとばされた。さほど手勢の多くない館の中は、よけい手薄になった。二、三日すると、佐々木定綱も、

「弟たちをつれて出直してまいります」

と帰っていった。頼朝はひきとめたのだが、鎧《よろい》兜《かぶと》の支度もあるので、と無理に座を立った。

それが三日前の十三日の夕方だった。

目ざめたとき、政子に不吉な思いをさせた雨は、その日一日降りつづけた。風はなかったが、まるで庭の立木まで蔽《おお》いかくしそうな勢いで降りつづけ、昼になっても、館の内はいっこうに明るくならなかった。

日ごろ陽気に騒がしい時政の声も、今日はどうしたのか、ひとつも響いてこない。遠く近くざわめきが聞こえるのは家の子、郎党が集まってきたのだろうが、それもただぼそぼそと話し声が伝わってくるだけで、出陣らしい威勢のよさはまったく感じられない。

——これでいいのだろうか?

頼朝が表の大床へ行ってしまったあと、ひとり奥の局で夫の念持仏の聖観音に祈りをささげながら政子は心が落着かない。

というのも、十七日旗上げを知らせにやった密使の報告が、あまりかんばしくないのを知っているからだ。たいていは、おざなりな返事しかしなかったし、ひどいのになると鼻先でせせら笑って追い出したという。

「まるで気狂《きちが》いあつかいをうけましてな」

相模の山内荘を領有する首藤経俊《すどうつねとし》のところから昨夜帰って来た藤九郎盛長は、憮然たるおもちで、そう言った。

「みな父君義朝公には御恩をこうむったやつらですのになあ」

「時勢がちがうからな――」

むしろ頼朝はなぐさめ顔だったが、彼とて、内心は落胆しているに違いない。

「すると結局、まちがいないのは三浦だけか」

「は、これは大丈夫です。総帥大介義明は八十九歳の老武者ですが、一門あげて必ずはせ参じると申しました」

が、三浦からの出陣では、かなりの道のりである。十七日の挙兵に間にあうかどうか。

雨脚を見ながら、政子が暗い気持になっているとき、表の門あたりで、にわかに人馬のざわめきが聞こえた。やがて早足で廊を渡ってくる足音がした。

「政子、いるか、土肥どのが到着されたぞ」

兄の三郎だった。藍摺の直垂に腹巻をつけた姿は、陰気な雨の中でも、ひとりさわやかである。

「お兄さま……」

政子はその胸にすがりつきたかった。

「何だ？」

「大丈夫でしょうか」

「心配するな」

いつものやさしい微笑がその頬にあった。

「皆、集まっている。宇佐見、加藤、天野、仁田。どうだ、みな土肥に集まった連中だよ」

「まあ……」

「あのときから、我々は、かねてこの日の来ることを考えていたんだ」

そうだったのか……と、少しほっとしたころ、館に灯がともりはじめた。

が、そのころから頼朝はむしろ落着きをなくしてきたようである。

「佐々木が来ないな。ふむ、すると、これは困ったことになった。……大事がもれたかもしれぬ」

――十六日の昼までには……

佐々木定綱は、館をでるとき、たしかにそう言いおいていった。

「が、今もって来ないとなると……俺としたことが、早まったことをしたらしい」

頼朝は、いつになく、動揺のいろをみせた。

「まあ、でも、あの佐々木どのが、よもや」

「それはそうだ。定綱に二心がないのはわかっている。が――」

彼は渋谷重国のところへ身をよせている。彼の話では重国自身も、かなり頼朝に好意的だということだったので、定綱が帰るとき、重国にも、つい「たのみに思うぞ」ということづてをしてしまったのだという。

「しかし考えてみれば、渋谷は代々平家につかえているからな。そこから大庭へ事が洩れれば……」

なんであんなことを言ってしまったのか、と頼朝はみずからを悔いるふうだった。しかも、その間にも、時刻はどんどん移って、夜半をすぎた。どうやら雨は大分小降りになった様子である。

が、まだ、佐々木兄弟はあらわれない。出陣はすでに夜あけときめてある。まず手はじめに、こちらに向かって警戒の色を強めてきている平家の代官、山木兼隆の韮山の館を討ち、ついで三島の国府をおさえ、大庭の出鼻をくじく。この作戦を成功させるためには、いま一刻の猶予も許されない。げんに時政は、佐々木が不参と聞いても、その計画を変更しようとは毛頭考えてはいない様子だ。

「来ないものは仕方がない。このまま出陣だ」

が、頼朝は、その決定に、なぜかためらいをみせた。

「ちょっと待ってみよう」

時政は眉をよせた。

「戦さは人より機。たかが三、四人の武者よりも時機こそ勝敗のかなめですぞ」

それでもうなずかぬ頼朝に、彼はいらだってきたようである。

「佐どの。今、あなたは、渋谷から大庭に洩れたかもしれぬ、といわれましたろうが」

「ふむ」

「それでいて、佐々木を待つのはおかしい」

「そうだな」

頼朝はゆっくり答えた。

「たしかにおかしい。自分でもそう思っている。だが……どうも今発つ気になれない」

「そんな、無茶な。理屈にあわんことを言ってる時期ではない」

気色ばんだ時政を三郎がなだめた。

「父上。ともあれ、今度の旗上げは、佐どのを大将に仰いでのことです。まず、ここは、佐どのの言われることに従われては」

が、やはり時政は不服そうだった。

「みすみす時機をのがすかも知れんのに」

そうかもしれない。頼朝も決して確信のある顔つきではなかった。

いつかまわりは明るくなっていた。それでも佐々木兄弟はまだ来ない。頼朝のこめかみに、脂汗が流れるのを政子は見た。

戦いは「機」である。一刻、いや、一瞬のずれが勝敗を逆転してしまう。

十七日の朝がすっかり明けきったとき、人々の胸にひろがったのは、まさしく、「機を失した」という思いだった。何ともやりばのない、はりあいぬけした気分が館の中にみなぎっていることが、政子にはよくわかった。

雨はやみ、さわやかな秋空がのぞきはじめたというのに、むしろ雨の昨日よりも、館の空気は沈鬱《ちんうつ》である。

——これが大きなつまずきの始まりなのではないか……

いても立ってもいられない政子の気持に感づいてか、けさの大姫は甘ったれることさえやめてしまった。ひどく真剣な顔つきで、両親のそばに坐りこみ、

「お父さま、召しあがれ」

あぶなかしい手つきで食事をすすめたりする。が、日ごろ子ぼんのうな頼朝も、

「うむ？」

差しだした椀《わん》を受け取ろうともしない。大姫は、すると悲しそうにそれを引っこめ、そっと後ろにさがると、また子猫のようにおとなしくじっとしている。

ひととき、ふたとき……時間は経った。やがて午《うま》の刻（正午）になったが、それでも佐々木兄

弟は現われない。

——もう来ぬにきまった。

——裏切りおったな、あやつらめ。

館じゅうに、そんな気分があふれたそのときである。そばでおとなしくしていた大姫が、ぴくりとからだを震わせて、口走ったのは……。

「お馬よ！」

物に憑《つ》かれたような、異様な瞳の輝きが、政子をぎょっとさせた。

「どうしたの、姫」

あわててふところに抱きとった。

「何も聞こえないじゃないの」

が、大姫は、長いまつげの下の黒い瞳を目ばたきもさせず、確信ありげに言いきった。

「お馬が来るわ」

門前の、どっというような人々のざわめきが伝わってきたのは、それからしばらくしてからだった。

そのけはいに、はじかれたように頼朝が廊に出るのと、泥まみれの若武者四人が、その前に転がりこんで手をつくのと同時だった。

「遅参、申しわけございませぬっ」

泥と汗と涙にぬれたその顔は、まさしく佐々木兄弟だった。縁に立ちつくしたまま、頼朝は声もない。

思わず政子は眼をとじて大姫を抱きしめた。

「姫……」

まぶたの裏が熱くなり、じいんと眼のしんが痛んだ。

「待っていたぞ」

頼朝の声はかすれている。そんな中で大姫はたったひとり、さっきのことは忘れたような、きょとんとした顔つきで、なりゆきをみつめていた。

佐々木兄弟がおくれたのは、豪雨で途中の川が氾濫《はんらん》したためだった。事情を話しはじめたところへ時政や三郎もやってきた。昨夜一睡もしないでじれていただけに時政は上機嫌である。

「いや、てっきり、佐々木兄弟には裏切られたかと思ってな、あっはっはっ」

「そうだとも」

はじめて頼朝の顔もほぐれた。

「お前たちのおかげで、朝がけの計画はめちゃめちゃになってしまった」

「申しわけありません。そのかわり、いのちをかけて戦います」

「うん、うん」

まるで子供のような無邪気な笑顔をみせている。

「いかにも佐どのらしいな」

そんな頼朝を見て、兄の三郎がそっと言った。

「気をもんでみたり、手ばなしで喜んだり……。ちっとも日ごろの佐どのと変わらない。それがあのひとのいいところなんだ」

わかるか、というように微笑した。

「内心、心配なくせに、わざと肩肘《かたひじ》いからしたりするのは、誰だってできる。が、あのひとはそれをしない。やはり総大将の器だな。俺たちは、どうもそこまで無邪気ではいられない」

たしかに頼朝のすることは、無邪気といえば無邪気である。昨日この館につめかけて来た小豪族を一人一人室内によびいれ、

「大儀だ。今度の合戦には、そなただけを頼りにしている」

手をとらんばかりにしてそう言っている。一人出れば、また別の一人をよびいれて「そなただけが……」というのは見かたによっては、ひどく卑屈なはなしなのだが、それを彼は大まじめでやるのである。しかもそれが、おくめんもないくらい堂々としているので、相手は気を呑まれ、この人のためなら命をすてても惜しくはないと思ってしまうらしい。

「そこが源家の御曹子なんだろうな」

三郎は笑っている。

ともあれ、佐々木兄弟を迎えて、山木奇襲の計画はあわただしく練りなおされた。早ければ早いほどいいのだが、明るくては人目につく。

月の出を待って出陣！

これには誰も異存はなかった。

やがて夕闇《ゆうやみ》がおとずれ、

「ひとつ、いまのうちに兵糧《ひょうろう》でも……」

館の内がざわめきはじめたそのとき、ふいに、厨《くりや》のあたりで叫びが起こった。

「くせものおッ」

しわがれ声は藤九郎である。

「なにッ」

館はにわかにいろめきたった。すでに敵方は秘密をかぎつけたのか……。

厨の物音が一段と激しくなったと思うと、藤九郎のしわがれ声が響いた。

「なにィ、たわごとぬかすな！」

「そんならなぜ館の内をのぞく？」

どうやら彼はくせものをつかまえたらしい。が、争う相手の声は聞こえず、なにやらけたたましい女の声がそれにからんだ。

おや？――。

いぶかしく思うまもなく、藤九郎は、若い男の衿がみをつかんで、ずるずると庭先に引きずってきた。それを追いかけるようにして現われたのは侍女のさつきだった。よほど興奮しているのだろう。髪をふりみだし、眼はつりあがっている。

「太いやつです、こいつ。山木の下郎め、しきりに館の中をうかがっていました」

「わ、わ、わたくしはなにも……」

敵の間者にしては肝のすわらない顔つきのその男は、ひどくおどおどして答えた。

「うそですっ！」

そばから上ずった声で叫んだのはさつきである。

「お忘れですか。あのときの文使いをした、あの男でございますよっ」

あっ！　と政子は心の中で叫び声をあげた。二、三年前に山木兼隆からの恋文を持って来て、政子をいい気持にさせておいて、いつのまにか、さつきといい仲になってしまったのは、この男だったのか……。

が、それにしては、さつきの男を見る目はひどく憎々しげである。

「で、さつき、お前は、ずっとこの男と……」

「いいえ」

とんでもない、というふうに、かぶりをふった。何しろひどい浮気者で、来たかと思うと、もうよそに女をこしらえたりするので、いつも口論がたえず、一年ほど前に大げんかして以来、よりつきもしなかったのだという。

「それが、いまごろ、のこのこやってきたのは、わけがあるにきまっています」

言うなり、さつきは男をふりむいた。

「そうだろう。さっさと白状おし」

「なんだって」

男はさつき相手だと急に元気になった。

「たまに来てやりゃ、何て口だ。俺が何の白状することがあるっていうんだ」

「うまいことといって、この大うそつき」

人目もかまわず、恥も外聞もない下郎仲間の痴話げんかが始まりかけたとき、

「ま、いいではないか」

やおら身を起こし、笑みをふくんでそういったのは頼朝だった。

「どうもその男、間者ではないらしいな」

「かと申して許してやりますのは……」

藤九郎は不服そうな顔をした。

「むろん許すわけにはゆかぬ。そのかわり、どうだ、その男から山木の館の様子をとくと聞き出しては。今宵この男が飛び込んできたというのも、案外縁起のよい前兆かもしれぬ」

たしかに山木の下郎がしのびこんできたのは、北条側にとって運のいいことだった。命を助けられるとわかると、この男は山木の館の間取りや備えをべらべらしゃべりたて、おまけにこんなことまでつけ加えた。

「なにしろ、今日は三島大社の御祭礼でございますからな。おもだった衆はみなお出かけでして。何でも帰りには、黄瀬川辺の遊女をからかってくるとかで、へい」

まさに好機である。佐々木兄弟を待った時間のおくれは一気にうめあわせができそうだ。男を納屋《なや》にほうりこんでおいて、蒼白《あおじろ》い月光の冴えてきたころ、三騎、五騎、とひそかに館の門を出た。

本来ならときの声をあげて堂々と出陣したいところだが、不意を狙っての夜討ちである。誰にも感づかれてはまずいのだ。蛭ケ小島を通る小道を駈けぬけたほうが近いのだが、わざと三島祭りの人波にまぎれて、大通りを行こうというのも、人目をくらます苦肉の策である。

総勢といっても、せいぜい三、四十騎——歴史を変えた頼朝の旗上げといえばものものしいが、そのじつは、たかだかこの程度のなぐりこみにすぎなかったのだ。

このとき、頼朝は北条館に残っていた。身辺の警固には、腕っぷしの強い加藤景廉と、佐々木盛綱など二、三人があたることになった。

「首尾よく山木の首をあげましたら、すぐ館に火をかけます」

最後に三郎がこう言って、父や四郎とともに出発すると、急に館の中はひっそりした。

静寂のなかの時のながれというものは、なんと重苦しく、つらいものか。

——今ごろお父さまは？　お兄さまは？

大姫を抱きしめたまま、頼朝のそばによりそっている政子は、一刻、一刻に、命をきざまれるような思いがした。

——まだか、火の手は？

もうずいぶん時がたったような気がする。しぜんと、大姫を抱く指の先にぎゅっと力が入った。何もしらないのか、腕のなかの大姫は軽い寝息をたてている。

——ああ、お父さま……

思わず息がつまりそうになったとき、そばの頼朝が、あぐらを組みなおすと口を開いた。

「さつきは、案外、あの男に惚れているのじゃないか」

「え？」

あっけにとられて夫の顔をみつめた。月光をうけた頼朝の顔には、意外にのんびりした微笑があった。

「政子、そなたどう思う。女というものは、おそろしいものだな」

「まあ、なにをおっしゃいます。こんな時に」

が、頼朝も向かいの山の火の手が気にならないわけではないらしい。

「まだかな。少しおそいようだが……」

縁に出ると庭先の郎党を松の木にのぼらせ、それをふり仰ぐようにして言った。

「見えぬか」

「見えませぬ」

が、このとき、じりじりしていたのは、頼朝よりも、むしろ加藤景廉や佐々木盛綱だった。

「ちっ、何をしてるんだ。やつら」

「いくら大通りを迂回したって、もう、とっくに着いてるはずじゃないか」

「しかも相手は手薄だときているのに、なにをまごまごしてるんだ」

景廉はしきりに指をぽきぽきならした。俺さえ出れば、という表情は、ありありとわかるが、頼朝はそれに気づかぬふりをしている。

月はいよいよ中天に達した。まさに子《ね》の刻――午前零時である。が、依然あたりは海の底のように蒼く静まりかえっている。

遂にたまりかねた景廉が進み出た。

「佐どの……」

瞬間、頼朝の大きな瞳が蒼い光をはなつのを政子は見た。

「行くか」

傍らの小長刀《こなぎなた》をつかむと、鋭く言った。

「行け。これで山木を討て」

「頂けるのですか、ありがたいっ」

ひったくるようにして小脇にかかえるなり、縁にとびおりた。

「盛綱そちも。皆つれてゆけ！」

「お身のまわりは？」

「かまうな」

すでに馬はなかった。小豪族の悲しさ、先発隊が出るともう厩《うまや》はからっぽだった。

「いいです。蛭ケ小島の通りを走ってゆきます」

ばらばらっと彼らが走り去ると、ほんとうに館の中は無人同様になった。頼朝、政子、大姫は、もし味方が逆襲されて全滅すれば、素裸のまま敵の来襲をうけるのである。

が、そうなってから、奇妙なことに、政子は目立って落着きを取り戻したようである。今まで立ったり坐ったりそわそわしていたのが、大姫を寝かしつけると、静かに傍らのしとねにおろし、ゆっくり夫に話しかけた。

「憶えていらっしゃいます？　私いちばんはじめに結ばれたのは、三年前の今夜でした」

ふいに話しかけられて、頼朝のほうは、びっくりした表情になった。

「え？　そうだったかな」

「いやね、お忘れなんですか、もう」

いいながら、何を思ったのか傍らの文机《ふづくえ》の硯箱をあけ、筆をとりだした。が、別に何を書くというのでもなく、それを握ったまま、

「ほら、ちょうど、三島大社のお祭りで」

「そう、そう、そうだった」

「あのとき、あなたは庭にとびおりて、ほんとうに来てくれたんですね、とおっしゃって」

「おい、よせよせ、あいつに聞こえる」

庭先の木にのぼっている下郎を気にして指さしたそのとき、

「火が、火が見えましたっ」

けたたましい声が、梢《こずえ》から降ってきた。

「見えたかっ」

思わず縁先に走り出ようとする頼朝の袖に、政子は、ふらふらとすがりついた。

「あなた……」

いまのいままで、ひどく落着きをみせていた政子にとりすがられて、頼朝は、けげんな顔をし

た。

「なんだ。今までしゃんとしていたのに。ほれ、見てごらん、火が燃えている」

「ええ」

政子は泣笑いの顔になった。みればからだが小刻みにふるえている。

「ほんとうはこわかったんです。いつ敵が攻めよせてくるかと思って。そのときは、これで大姫を殺して、自分も死ぬつもりでした」

差しだされたものを見て、頼朝はふしぎそうに言った。

「どうして筆で殺せるんだ」

「え？」

政子は、改めて、自分の手に握ったものを見直した。

「まあ……」

まちがいなく、それは筆だった。

「なんで私、こんなものを……」

どう考えてもわからない。いつ硯箱のふたをあけたのかも覚えていなかった。無意識にそれを取り出し、小刀か何かを握りしめている気になっていたのである。

筆とわかるなり、急に全身の力がぬけて、へたへたと政子はその座にすわりこんでしまっていた。

「なあんだ。俺はいやにお前が落着いてるなと感心していたんだ。女は度胸のいいものだって」

「とんでもない、こわくて、こわくて」

「急に昔のことなんか言いだすから、少しはおかしいとは思ったが」

「そんなこと言いましたか、私……」

「いやだな、だから女はこわいよ」

たしかに何か言ったような気もする。それも黙っていてはこわいからだった。

まもなく、どやどやと、出陣した男たちが帰って来た。血を見たあとの、奇妙に陽気な興奮が、たちまち館にみちあふれた。

一番の手柄は加藤景廉だったという。いくら手薄といっても、さすがに平家の代官の館は守りが固く、先発隊が攻めあぐんでいるとき、景廉は彼らを押しのけるようにして館の中に強引に突入し、奥にひそんでいた山木兼隆の首をあげた。

「この長刀。佐どのから賜ったこの長刀でな、うわっはっはっ」

景廉はすこぶる上機嫌である。

男というものは妙なものだと政子は思う。肉体のぶつかりあいなんて、考えただけでぞっとするのに、血を見た彼らはひどく陽気でさえある。

——私はだめだ、一回でこりごりだ。

男たちのようには喜べない。勝つことによって、戦さの容易でないことが身にしみた。しかも山木に数倍する大庭がもうすぐ攻めてくるというではないか。いやおうなしに、私たちは渦にまきこまれねばならないのか……。

月下にくりひろげられた勝利の宴《うたげ》の中で、政子のおののきはやまなかった。

白玉の……


朝から雲の脚が飛ぶようにはやい。

こんなふうに海のほうから陸へと雲が飛ぶのは嵐の前ぶれとわかっている。

が、今日は大庭館の郎党たちには、雲脚をみあげて天気の詮議をするほどのひまはなかった。

昨日から今日にかけて、坂東の武者たちが、まるでけさの空を飛ぶちぎれ雲のような速さで続々とつめかけ、さしも広い大庭の館の庭から門の外まで、あふれていたからである。

ろくに寝ていない郎党たちの眼は真赤だ。

「おどろいたな、これは。いくらお館が広くっても、これでは間にあわん」

「いまに俺たちの居場所もなくなる」

「まったく、いくさ場みたいな騒ぎだな」

「ばか！　いくさ場みたいだと？　正真正銘のいくさが始まるんじゃないか」

「ばかとは何だ。いくさが始まるくらい誰だって知っている。ただ俺は、このお館の中が戦場のようだと――」

興奮してあちこちで口論がおきるのもむりはない。血の気の多い坂東武者にとって、今度は久々の本格的な動員令なのだから。

夜討ち朝がけの私闘ならなれっこだ。が、今日は館のあるじ大庭景親が、都の平相国（清盛）

から正式の命令をうけての出陣である。

めざすは伊豆。さきごろ挙兵に失敗した源頼政、仲綱父子が、長い間国の守《かみ》をしていた関係で、その残敵がひそんでいる。それを掃蕩しようと準備していたところ、一足早く、流人の頼朝が、平家の代官、山木兼隆の館になぐりこみをかけたという情報が入ったのだ。

――たかが流人の叛乱など……

俺の手勢でひともみだ、と景親は思ったようだ。が、都からのふれをまわすと、思いがけないくらいの反響で、相模、武蔵などの豪族が集まって来た。こんなとき、一働きして平家のお覚えをよくしておこうという魂胆なのだろう。それぞれ旗差物を押したてて、これみよがしの陣立てである。

「山内庄司、首藤三郎経俊」

「武蔵国の住人、熊谷《くまがい》次郎直実《なおざね》」

噂にきいた大領主や豪勇無双の聞こえのある武者たちの到着に郎党たちは腰をぬかした。

「このほか、ここに寄らず、じかに伊豆へ行かれる衆も多いそうな」

「ほう。じゃあ、いったいどのくらいの数になるんだ」

「さあ、ざっと、三千騎とか聞いたぞ」

「げっ！」

その間にも集まって来る武者の数はぐんぐんふえてくる。

「で、頼朝の兵力は？」

きかれた男は答えるより先に唇をゆがめて、蔑《さげす》むような表情になった。

「なんでも、山木館に押しよせたのは三、四十騎だったというぜ。今は少しはふえていようが」

聞きちがいではないかというふうに首を傾けた相手は、やがて気のぬけた声でいった。

「え？」

「なあんだ。それじゃ、俺のところへまではとても首は廻ってきそうもない」

まるで赤児と相撲をとるようなものだ、と彼らは口々に笑いあった。

それにしても頼朝という男、なんとばかな戦いをはじめたものか。巻きぞえをくった北条も大あほうよ。そもそも娘をくれたのが悪い。

そうだな。とんだ悪因縁の不孝娘よ。

彼らに口をきわめて罵倒されていた当の政子はそのころもう北条館にはいなかった。

相模の大庭景親が、慌《あわただ》しく出陣の準備をととのえていたそのころ、政子はすでに大姫をつれて、妹たちといっしょに伊豆山権現に身をよせていた。

「この戦いが終るまで、ともかく──」

こう提案したのは兄の三郎である。が、山木との一戦に勝ったばかりの時政は、はじめは三郎のその意見を問題にもしなかった。

「それほど大事をとるには及ばんさ」

勝ち戦さで、みな気が大きくなっている。それに大庭が人数を集めているといっても、よもやそれほど大規模な動員だとは思ってもいなかった。慎重居士の頼朝さえ、

「どうせ一戦したらすぐ帰ってくるのだから」

当然勝つものと思いこんでいる様子である。つい二、三日前までひどく追いつめられたぎりぎりの気持でいた連中の、この変わりようはどうだろう。これが戦いというもののおそろしさでもある。寡よく衆を制するのもこうした敵を呑む気概のたまものだが、まかりまちがえば、全員を

破滅の淵《ふち》にみちびく。

　が、異様な興奮にうかされた一団のなかで三郎ひとりは平生の冷静さを失ってはいなかった。

「ま、万が一を考えて後顧の憂いをなくすることが、勝利の妙諦《みょうてい》ですから……」

　前にも書いたが、当時の伊豆山権現は、多数の僧兵をかかえた強大な武力集団でもあった。しかも国司もみだりに立ち入りを許されない聖域として、箱根権現とならんで、独立王国の観を呈している。

　あとになってみると、この三郎の提案はまことに賢明だったといえる。なぜならこのとき、大庭の誘いに応じて、山をへだてた東伊豆の大豪族、伊東祐親が、北条氏の背後を襲うべく、すでに行動を起こしていたからだ。

　が、そんなことは頼朝は気づいていない。出陣の前祝いだと言って、昼すぎから酒肴《しゅこう》をはこばせ、

「さ、しばしの別れだ。ついでやろうか」

　すこぶる上機嫌だった。

　が、それをうけるにしては、政子の笑顔はどことなくこわばっていた。山木攻めの夜のおののきが、まださめきっていない、という面持ちである。

「どうしたんだ、元気がないじゃないか」

「いえ、そんなこと……」

　まさか、この期におよんで、こわいなどとは口には出せない。しぜん、笑顔はあいまいになって、急いで瓶子《へいし》をとりあげた。

　ありていに言えば、なにか、とんでもないことをやりはじめている、という思いが先に立つ

――歴史の歯車の動きなど、感じてもいないそのときの政子だった。

「早く呑めよ、そなたも。そして……」

「え？」

わかっているじゃないか、というような頼朝の表情に政子の頰があからんだ。あの日以来頼朝の抱擁はひどく濃密になっていたのである。

戦いと性のいとなみが、男のなかでどんなふうに結びつけられるか、などということを政子はそのとき考えていたわけではない。いや、考えるゆとりもないくらいな荒々しさで、毎夜、頼朝は彼女をうずめつくし、むさぼりつくすのである。

もともと、そのおだやかな風貌《ふうぼう》に似ず、執拗《しつよう》なまでにたくましく飽くことを知らない頼朝だった。それにこたえて、みずから、からだの中にたたえられた湖をゆすぶり、虹いろのしぶきをあげさせ、そのまま恍惚《こうこつ》の炎に変えて、自分の身を焼くことも、いつのまにか政子は知った。が、山木攻めのあとの彼の求めかたは激しすぎた。政子はまるで海の底をずるずるとひきずりまわされているように、夢中で狂い、もだえ、気がついたときは、まるで透明なくらげかなにかのように漂っているのだった。

「さ……」

頼朝の指が袿《うちぎ》にかかった。つめたい指先が、かえって乳房を燃えたたせるようだった。

が、まだ、外は夕あかりである。

「いいじゃないか、そんなこと」

頼朝はまったく頓着しない。天衣無縫なのである。

外をはばかって、声を出すまいと政子はきゅっと眉をよせたが、あとはどうだったろうか……。

自分でも覚えていない。

気がつくと、はるかに足音が聞こえた。あわてて、しどけない裸を蔽った。

「佐どの……」

近づいた足音がとまった。三郎の声である。

「ただいま」

頼朝は悠々と身づくろいをした。

やがて兄が入ってきたとき、政子はさすがにその視線を避けようとしたが、三郎の瞳には、そんな気づかいを忘れさせるような、あるあたたかい、いたわりの光があった。

三郎はその瞳で妹にうなずいてみせてから、頼朝のほうにむきなおった。

「すぐにも出陣をいたさねばなりませぬ」

「ほう、それは」

「三浦の援軍はここへは参りませぬ」

このところ、晴れたかと思うと気狂いじみた豪雨が降ったり荒模様の天気が続いている。はじめ三浦勢の半分は海を渡って頼朝、北条勢に合流するはずだったが、波風が高くて、それは不可能になった。

「全員あげて陸路大庭の背後を襲うことにして、いま出発する。佐どのも急ぎ御出陣を」

という密使が今ついたのだ、と三郎は言った。とすれば一刻も早くここを発たねばならぬ。援軍が来ないとなればここの守備に人を割くわけにもゆかないから、やはり、政子たちは伊豆山へ預けるべきだろう。

「義母上は伊豆より駿河の実家へといって、いましがたお発ちになった。そなたも今宵すぐ……」

三郎は政子をふりかえって、ふところのものをとりだした。

「これはなき母上のおかたみだ。伊豆山でよくよく佐どのの武運を祈るように」

てのひらに水晶の数珠《じゅず》が光っていた。

大姫をつれた政子は、妹たちといっしょに、その夜慌しく伊豆の山なみを越えた。出陣が早められて、館じゅうが、にわかにざわめきたつ中で、

「お父さま、では……」

挨拶すると、それまで例の大声で指図していた時政は、あから顔に精悍《せいかん》な眼を光らせて、

「すぐにむかえにゆくからな、待っとれよ」

吠えるように言った。

が、頼朝は、館をゆすりはじめた殺気に何となく落着きがない様子だった。

「御武運を……」

最後に政子がこう言っても、

「ああ」

しきりにほかのことに気をとられている顔つきで、大姫の頭を軽くなでただけだった。

月の出のおそい山路をたどりながら、政子はふと、そのことにこだわった。

——あれでよかったのだろうか。

——あんな別れの仕方があるのだろうか……

何か大事なことを言い忘れてしまったような気がする。それでいて、何を言おうとしていたのか、自分でもさぐりあてられない。

ふと、政子は自分の心のかげにあるものに気づいてぎょっとする。

——よそう。何を言い忘れたというのかしら。まるで、これっきり会えないみたいじゃないか。なんてまあ、不吉な。

と、そのとき、大姫を抱いて政子のそばを歩いていた妹の保子が声をかけた。

「お姉さま、この前のときよりおらくね」

「え？」

「あのときは、嵐でしたものね」

政子が同じ道を頼朝の許に走ったことを思いだしたものらしい。姉と違ってのんびりやの保子は、今夜の山越えもちっとも苦にはならない様子で、大姫をむりに侍女から抱きとると、夜道におびえないようにたくみにあやしつづけている。時には立ちどまって、草むらの虫の音に耳をかたむけさせて、

「ほら、聞こえて？　チンチロリンって。あれは松虫よ。チンチンチンはかねたたき」

「ガチャガチャは？」

「くつわむし。もうすぐのんのさまも出てよ」

「やあだ、のんのさまだなんて。おつきさまって言うのよ」

「あらそう。知ってるのね。えらいえらい」

政子たちが伊豆山へ移った翌日、北条勢は同じく山をこえて土肥実平の本拠まで押し出した。時政、三郎、四郎、佐々木兄弟、加藤景廉、仁田忠常、土肥実平、安達藤九郎盛長……その数三百騎。源氏の嫡流を象徴する白旗をなびかせ、その先には以仁王の令旨をつけた。

大庭が平家の命令でくるなら、こっちには皇子の御命令があるぞというわけだ。まだ以仁王の

生死は不明だし、もし討死していても、なに、かまうものか、大義名分さえあれば、士気はふるいたつのである。

数もふえた。令旨もある。山木攻めにくらべると、なんと華々しい出陣か！　が、彼らはこのとき、その前途に、待ちうける敵が、その十倍もの兵力にふくれあがっていることに、まだ気づいてはいなかった。

いったん土肥に集結した頼朝、北条軍は、やがて進撃を開始した。いまの地図で言えば、湯河原から、真鶴《まなづる》を通って、海ぞいの道を小田原のほうへと進んだことになる。山木攻めに勝って気をよくしていた彼らの進軍の速度はかなり速かった。

しかし、このとき、頼みとする三浦軍は、まだやっとその本拠を出発したところだった。海路を急に陸路に変更したり、その上打ち続く悪天候で道が崩れていたりしたので、予定はかなりおくれている。約束の時刻に戦場につくことは次第にむずかしくなりつつあった。

が、海山をへだてた両者は、すでに連絡は不可能である。矢は弦《つる》を放れたのだ！　重大な呼応作戦に失敗したとも知らず、頼朝、北条勢は、雨のまじってきた道を依然行進を続けている。そしてまた、政子は、夫や父たちが、死の行進を続けているともしらず、伊豆山権現の宿坊で、勝利を念じつづけていたのだった。

山木攻めのような簡単な勝ちは期待できない。が、ひたすら政子は祈った。兄の三郎から渡された母のかたみの数珠をつまぐりながら祈るよりほか、彼女に残された道はなかったのである。

両軍の接触したのは八月二十三日夜あけだった。いまの小田原から程近い石橋山で、谷ひとつ隔てての矢合わせからはじまった。ちょうどそのころ、雨脚はさらに強まり、ときおり間歇的《かんけってき》な豪雨が襲ってくるようになった。

三百と三千――。常識からいえば、とうていまともに戦える相手ではない。が、それにしては頼朝勢はよく戦った。緒戦に山木を降した自信が彼らをふるいたたせたのだろう。さらにもうひとつ、やがて敵の背後に現われるであろう三浦の大軍が、彼らの心の大きなささえになっていた。

――今にみておれ。吠え面かくなよ！

そのうち風雨はますますつのり、泥まみれの戦場には悽愴《せいそう》の気がみなぎってきた。が、三浦はなかなか現われない。日暮れが近づくと、さすがに頼朝方には疲労が目立ちはじめた。

――まだか、三浦は？

口には出さないが、誰の思いも同じだった。石橋山の山裾は切りたつような急傾斜で海へなだれこんでいる。松の木ごしに見えるその鈍色《にびいろ》の海を、のびあがるようにしてみつめるのは、もしや海ぞいにでもそれらの人影が見えはしないかと思うからだった。

始めのうち、戦況は土肥の郎党によって、しばしば政子の許へもたらされた。

「御心配なく。お味方は勇敢に闘っております。大庭ふぜい何ほどのことがありましょう」

「依然戦いはつづいていますが、皆様は御健在です」

そのうち、使いは間遠になった。政子は少し疲れの色を見せてたどりついた郎党にたずねた。

「三浦の援軍は？」

「まだでございます」

夜になるとその使いさえぱったりとだえた。

「どうしたのかしら？」

戦況をしらせる郎党の足がとだえると、しだいに政子の不安はつのった。

「夜いくさはございませんのでしょう」

「まる一日の戦いですもの、むこうだって疲れていますわ」

侍女たちは口々にそういったが、それはもちろん気やすめにすぎない。夜いくさはないどころか、ちょうどそのころ、大庭勢は、本格的な攻撃を始めていた。昼間頼朝勢がもちこたえられたというのも、じつは彼らが本気で相手にならなかったからで、本腰をいれるのは夜、と最初からきめてかかっていたのである。

政子はそんなことは知らない。が、胸の中の不安はひろがる一方だ。

──ああ、やっぱり、とんだことを始めてしまった……

出発前の頼朝の屈託なげな笑顔や濃密な抱擁を、思い出すだけで胸が痛んだ。その間にも嵐はますます激しさを加えている。社殿を蔽う大木をねじ切り、押し倒し、はては、伊豆山じたいをゆすぶりあげては海の中へ突き落とそうとするかのように狂いまわる。

こわい!

何もかもがこわい。大声をあげてここをとびだしたくなるくらいこわい。と、そのとき、近くで軽い息が洩れた。保子があくびをしたのである。

まあ、こんなときに……あきれると同時に、むらむらと怒りがこみあげてきた。

「保子!」

「え!」

きょとんとした顔が答えた。

「だめじゃないの、居眠りなんかしては」

「眠ってはいません」

「聞こえたわよ、あくびが。いまをどんなときだと思っているの」

「すみません」

「北条家の大事のときなのに……。それをお祈りもしないで、あなたってひとは……」

が、保子の面目なさそうにしょんぼりした顔に気づくと、あわてて政子は口をつぐんだ。

――いけない！　また言いすぎてしまった、私……

考えてみれば、妹たちをこんな危い目にあわせるのも、つまりは私が佐どのと結ばれたからではないか。

そう思うと、それに不満も言わず、おとなしく顔をならべている妹たちが急にふびんになり、自分だけがひどく手前勝手な人間に思えてきて、急いで保子の肩に手をかけた。

「悪かったわ。ごめんなさい。眠ければ寝てもいいのよ」

突然の変化に保子はあっけにとられている。

――お前は思ったことをすぐ口に出しすぎる……

お兄さまはいつもそうおっしゃった。

いまごろ、そのお兄さまは……と思いつづけていると、かすかに戸を叩く音がした。

「もしっ。お目ざめでございますかっ」

押し殺したような声のささやきに、あわてて蔀戸《しとみど》をあけた。

まだ夜中かと思ったのに、いつのまにか外の闇はかすかな藍色をおびはじめていた。風もしだいにしずまりかけてきている。

燭を近づけると、縁先にうずくまったものが、かすかに身うごきした。やがて全身の力をふりしぼるようにして面をあげたとき、女たちの口から、あ、という叫びがもれた。

その顔には皮膚の色はなかった。泥と雨と血にべたべたにまみれ、眼ばかりがぎらぎら光っている。籠手《こて》をひきちぎられ、肩先がざっくり割れて、今も血が噴き出している。さらに足や腰にも傷をうけているらしい。

「お味方は……」

縁にすがってそれだけ言うなり、ずるずると体が崩れた。

みなまで聞かなくとも、政子はすべてを了解したようだった。つと立って小走りに縁ぎわまで近づくと、ざくろのように割れた肩先をいたわしげにみつめ、

「手当てをしておやり」

侍女を見まわした。が、侍女たちは、生まれてはじめて見る悽惨な手負いの姿に度胆をぬかれて、とっさには身動きもできない。

と、政子はすらりと袿を肩からすべらせると、だしぬけに下の衣の袖付に歯をあてた。

きり、きり、きりっ。

手早く糸がひきぬかれ、最後にきゅっとかすかな音をたててひきちぎられた袖が、次の瞬間には、傷口を蔽っていた。

みるまに白い袖に血がしみこんでゆく。

「も、もったいのうございます」

あえぐようにいうのを、

「じっとしておいで、雨がしみて痛かったろうに……」

政子はそっと傷口をぬぐいつづけた。そのうち、やっと気をとりもどした侍女たちが、血どめ薬をもってかけよって来た。

介抱をうけながら、とぎれとぎれに郎党の語るには――。

夜に入るとともに、俄然大庭勢は攻勢に転じた。まるで木の根草の根を一本一本わけるようなしつこさで攻めてきました」

「お味方の疲れを待っていたのです。

ひとり見つけると、十人、二十人とわっとかかってくる。絶対勝味はなかったのだが、嵐が幸いして風音にまぎれて後の山に逃げこんだ者もあった。

「というわけで、北条のお館さま、三郎さま、四郎さまは御無事です。が……」

郎党は口ごもり、目を伏せた。

「佐どののお行方は知れませぬ」

侍女たちは息をつめた。ここに来て以来、政子が頼朝の無事を祈り続けているのはよく知っている。そうでなくとも感情の起伏の激しいこの女あるじが、この一言を聞いたら、どんなに狂乱するだろう……。

が、政子はこのときほとんど無表情だった。

「行方知れずなら、死んだことではありませんね」

自分に言いきかせるようにつぶやいた。

頼朝の行方不明――。

とうとう最悪の事態が起こってしまった。

政子がひそかにおそれ、その思いにぶつかるとあわてて眼をそらせていたことが、現実になってしまったのだ。

政子が意識してそこから逃げていたのは、そのときに自分がどうなるか、考えただけでもこわかったからだ。

狂ったように泣き崩れるか、失神してしまうか——女はそうしたものだと物語には書いてある。いや、坂東育ちの政子は、こむずかしい物語など読んでいたわけではないが、そういうことになっているらしい。

ところが——。

現実には、どうだろう。泣き崩れもしなければ失神もしないでいるではないか。

もっとも、そのことに政子自身気がついたのは少したってからのことだった。瞬間、ちかちかと稲妻のようにひらめいたのは、

——私はいま、生涯の最悪の状態にある。

——いま、その私にできることは？

というような、きれぎれの考えだった。考えというより、もっと感覚的なものがパッパッと明滅し、反射的に彼女は立ち上がっていたのである。

——とにかく、できることからしよう。

夢中で袖をひきさき、郎党の傷の手当てをしていた。

——いま、私にできることは、この男の命を助けることだ……

そして傷口の手当てを終ったとき、

——おや、私は……

失神もしていない自分のふしぎさに改めてわれとわが身を見つめなおす思いであった。

それまでは勝気だといわれながらも、結局は父や兄や夫を頼りにしていた政子だった。父にさからったといっても、言ってみれば甘えの変型のようなものだし、いざというときは、いつも兄

の判断をあてにしていた。

それが、いま、誰ひとり彼女を支える人もいない最悪の状態に追いこまれたとき、はじめて、足をつっぱって大地に立つことを政子は知ったのである。物語の中の女——いわゆる王朝の女性とは違う、土のにおいのする坂東女の生きかたを政子がつかんだのは、まさに、この瞬間であったかもしれない。

「行方不明は死んだことではない」

という言葉も、強がりではなく、自然に口から出た。

——先のことを考えてもしかたがない。今のことを考えよう。

そして今のことと言えば、皆を落着かせることだ。とにかく次の使いを待とう。

が、使いはなかなか現われなかった。

まる一日たってやってきたのは、正式の使いではなく、土肥の落武者である。

「主人にはぐれ、やっとここまで辿《たど》りつきましたが、御安否のほどは——」

うなずくと政子はちょっと遠くをみる瞳になってから、やがて思い決したように口を切った。

「そろそろここを出る準備をしなくてはね」

「まあ、どうしてここを？」

女たちはひどく不安な表情になった。

伊豆山権現を出る？　これ以上安全なところはないと思われたこの社を、なんで出なければならないのか。

女たちは口々に反対をとなえた。

「ここを出たら、それこそ大庭方にすぐつかまってしまいます」

「それにお社のほうだって、私たちに出てゆけといっているわけでもありませんのに」

政子はうなずいた。

「そう、出てゆけとはいっていません。だから、いまのうちに出てゆくのです」

「まあ、なぜに？　いくらお味方が敗れましても、お社が手の裏をかえすようなことはありませんでしょう」

「そうかもしれないけれども……」

大庭勢は勝ちに乗じている。私たちが北条にいないことがわかれば、当然ここに来ているものとにらんで、引渡しを要求するだろう。伊豆山側ではこばむかもしれない。が、そのためにもし合戦でも起これば、たいへんなめいわくをかけることになる。しかも大庭の大軍を相手では、いかに伊豆山の僧兵が勇敢でも、勝敗はあきらかだ。

「攻めてくるのがわかっているのに、みすみすここに留まっているよりは、逃げられるだけ逃げてみましょう」

夫も兄も父も、多分、必死に生きるための努力をしているに違いない。

——そして、もし、お兄さまだったら、こんなときは……

そう思ったとき政子の決心はついたのだ。

政子はそばの大姫をしっかり胸に抱きあげた。この子を何で敵に渡すものか、というふうにしゃんと首をあげた。

「でも、ここを出て、いったい、どこへ……」

女たちはおびえた顔つきをしている。

「それは私にもわかりません。そなた心当たりはありませぬか。土肥どのの御領地でかくれ里のようなところは」

政子は落武者にたずねた。

「さあ……」

しばらくして頭をかしげていたその男は、やがて、秋戸郷ならば、と答えた。秋戸――いまの熱海である。歓楽街になってしまった姿からは想像もできないことだが、そのころの秋戸は未開の山村だった。しかも伊豆山からはさして遠くもないし、海にも近いからいざというときは舟で逃げだすこともできる。

伊豆山権現の僧侶《そうりょ》たちがひきとめるのを、

「ごめいわくをかけるといけませんので」

無理にふりきって行方を知らせずに、その日のうちに秋戸に移った。

「そなたは御苦労だけれど、土肥どのの御館へ行って、私たちがここにいることをそっとお知らせしておくように」

男に衣や砂金を惜しみなく与えた。

土肥からは三日たっても五日たっても何の連絡もなかった。が、政子は自分のしたことがまちがっているとは思えなかった。

四日たち、五日たった。その後も頼朝の消息は依然として不明である。が、ふしぎに政子は夫が死んだと思えなかった。

この戦いが始まる前のように、そのことを考えるのをわざと避けていたのではない。

――考えてもしかたがない。

度胸がきまったというのか、奇妙な落着きが出てきたのは、われながらふしぎなことだった。

――とにかく今日一日をすごすことを考えよう。

北条へはもう帰れないかもしれないが、ここで農婦としてすごしてもいいではないか。佐どのだって、二十年、伊豆で流人のくらしをしていらっしゃる……。

そんなとき、どこからか兄の声が聞こえるような気がする。

――よしよし、軽はずみなお前にしては、上できの思案だよ。

――これでいいんですね、お兄さま。お兄さまでもこうなさいますね。

心の中の兄との対話が政子を力づけてくれたようである。

だから秋戸へ移って七日めに、例の落武者が、土肥実平の長男、遠平を案内してやってきたとき、政子は思いのほかに落着いてこれを迎えることができた。

――まあ、ずいぶん早く。一年でも二年でも待つつもりだったのに……

むしろ、遠平のほうが政子の顔をみるなり、若い瞳に涙をあふれさせた。

「よく、御無事で……」

ひざまずき、涙をこぶしで押しぬぐうと、まず何よりも先に、というふうに、

「佐どのは御無事です」

政子をふりあおぐ額の刀傷が、激戦のあとを物語っていた。

彼の語るところによれば――。凄惨な夜戦のあと、明るくなると大庭勢の攻撃はますます激しくなった。味方はすでに矢種もつき、生き残った郎党たちが、だっ！　となぐりこみをかけ、なま身の楯となって最後のささえとする間に、頼朝はかろうじて後の峰に逃げこんだが、気がついたとき、従うものはたった七人になっていた。

その中に遠平の父、実平もまじっていた。とある洞窟の薄くらがりにもぐりこんだときも、さ

すがに彼だけは呼吸も乱れていなくて、鎧をひきずりあげて緒をしめなおすと、

「さ、ここからどう逃げだすかだ」

ぎろりと眼を光らせ、

「ちょっと人数が多すぎるな」

一人一人の顔を順々に見まわして、

「すまんが、なるべく早くここを出て行ってもらおうか」

と言ったという。ここまで遠平が語ったとき、政子は口をはさんだ。

「そのとき、佐どのは何と仰せられました？」

「は……」

遠平はちょっと口ごもった。

「なかなか御決断がつかぬ様子でしたが」

政子はちらとほほえんだ。

——佐どのらしいためらいだ。

と思った。実平の主張は、

「こう袋の鼠になっては、四、五人の群れが動いても目についてしまう」

ということだったらしい。彼は言った。

「佐どのは俺が守る。この山のことなら石一つ木一本知らぬものはない。なあに大庭が目を皿にして探そうと、こっちはぬけ道をいくらでも知っているんだ。一月でも二月でもかくれおおせてみせる」

それぞれにぬけ道を教えて、早く、と促すと、頼朝は、

「みんな行ってしまうのか」

ひどく心細そうな顔をした。すると、実平は頼朝をにらみつけるようにして、

「御運のわかれめですぞ」

厳しい口調で言った。

「いまの別れはのちの再起の基。もう一刻の御猶予もなりませぬ」

「そうか」

納得できぬ顔つきで、それでも頼朝は渋々うなずいたという。総大将にしては度胸のなさすぎる振舞いだが、政子はそのことに全く別のものを感じた。夫婦にだけわかる直感のようなものかもしれない。

——生きとおすつもりなのだ！

ふいにそう思った。いさぎよい最期をとげようなどとはゆめゆめ考えていない。こわければこわいと、ごくありのままをさらけだして恥じないのは、逆にいえば、度々生死の瀬戸際を通りぬけてきたひとの持つ図太さでもある。強がりや英雄気どりがないのだ。

あの山木攻めの折りにも、勝敗がわからず、皆がいらいらしている最中、突然侍女のさつきと山木の郎党の情事のせんさくをしてみたりする神経と共通した何か——それがあるかぎり佐どのは死にはしない……と政子はほほえんだのである。

人々と別れて、実平と頼朝は間道づたいに箱根にのがれた。当時の箱根権現は多くの僧兵にまもられた要塞でもある。伊豆山よりさらに規模が大きく、しかも別当（長官）の行実は、源家代々とゆかりが深いので、よもや冷たいしうちはしない、と見当をつけたのだ。

はたせるかな、行実は彼らが宿坊にたどりつく前に、弟の永実に食糧をもたせ、ひそかに頼朝

のありかをさがさせていた。

「佐どのは運よくめぐりあわれまして。そこへ北条どのも来合わされました」

「まあ……」

遠平の報告は、一挙に政子を力づけた。時政も別の尾根づたいに箱根に逃げこんだのだ。箱根に一泊すると、彼らは大庭方に気づかれぬように迂回して実平の本拠、土肥郷にもどり、やがて舟で真鶴岬から安房《あわ》へ渡った。

「まあ、安房へ？」

「は、いったん敗れましたものの、坂東では佐どののお出をお待ちしていますので」

「では、北条の父や兄もいっしょに？」

政子がきくと瞬間遠平は答をためらった。

「は、はい。いや、それが……」

「遠平どの……」

政子は、彼のためらいの意味をときかねた。いま遠平は、父の時政たちも箱根で合流したといったではないか。

「父も佐どのといっしょに安房へまいりましたのでしょう」

「は、たしかに安房へ渡られました」

くわしくいうといったん両者は別れ、別々に舟出している。時政のほうが多分一日早かったはずだ、と遠平は答えた。

「まあ、でも、むこうでは、きっといっしょになれますわね」

「はあ……」

遠平の顔色はなぜかさえない。汗も出ていないのに額をおしぬぐい、まばたきをくりかえし、二、三度すわりなおしてから思い決したふうに顔をあげた。

「たしかに北条どのは御無事だと思います。四郎どのもごいっしょです。が、しかし……」

遠平は口ごもってから低く言った。

「三郎どのは……」

兄の名を聞いたとたん、政子は、はねおきるようにして座を立ち、縁先の遠平に走りよっていた。その肩に手をおくと、

「兄は……兄はいっしょではなかったのですかっ」

うめくように言った。

「は、石橋山から早河のほうへ向かわれて……」

「まあ、大庭勢の真只中ではありませんか。なんでまた、そのような危い道を……」

「敵中突破して三浦と連絡をつける役をひきうけられたのです」

政子は思わず眼をとじた。足もとがゆれて、まともに遠平の顔をみつめていられない。眼の裏の暗闇の奥で、どすぐろい血の色をした赤い球がしきりに踊った。そのまま地の底にひきいれられそうになりながら、遠平の声をかすかに聞いた。

「三郎どのは沈着なかたですから、みごと大庭の裏をかいて背後に出てしまわれたのですが、運悪く伊東の別動隊にぶつかって」

たった十数騎、伊東の三百騎を迎えて、一歩も退かず、壮烈な戦死だったという。

眼の裏の暗黒の中で踊っていた赤い球がいつか白い球に変わっていた。

――お兄さま……

静かに政子の体が傾き、黒髪が床を蔽った。

——お兄さまが死ぬなんて……

考えもしないことだった。夫や父はともかく、兄だけは絶対に死にはしない、という気がしていた。いつも自分を力づけ、行きづまったときは必ずやさしく助けてくれた兄は、生涯自分のそばにいてくれるような気がしていた。だから今度も追いつめられたときは、しぜんと兄に問いかけていたではないか。なのに、そのときはもう兄はこの世にいなかったのだ。

私はやっぱりとんでもないことをしてしまった。私が佐どのの妻となったばかりに、お兄さまは命を失っておしまいになった……。

命をきりきざまれるような悔いに身を焼かれ、はてしもなく涙があふれた。

気がつくと、兄が最後に残していった数珠が手の中にあった。それはいましがた瞳の奥でゆれていたふしぎな白い球に似ていた。

海光る

土肥遠平が去ってから、しばらくの間、頼朝からの連絡はまったくとだえた。

季節はやがて秋から冬——秋戸郷を包む薄《すすき》の穂は白くほおけた。

幸い大庭の探索も、このかくれ里まではのびては来ず、醇朴《じゅんぼく》な村人にかこまれて、やっとひと息ついたものの、この先のめあてはまったくない。村人にまじって、ただの農婦として生きても悔いはなかったが、それにしても海を渡った夫や父たちはどうしたのか……。娘が、はるかかなたの夫の安否よりも、もっとさしせまった苦難が政子にふりかかって来た。娘の大姫が病気になってしまったのだ。

ひどく感じやすい子で、ふつうの子供とはどこか違った繊細な感覚をもつこの子が、俄《にわ》かに熱を出したのは、遠平が帰って、二、三日たった朝のことだ。

「お姉さま、大姫の様子がおかしいのです」

けたたましく保子によばれてかけつけると、その日の朝は元気に起きたはずの大姫が、まだ一《いっ》刻《とき》もたたないのに、侍女の腕の中で、ぐったりしていた。

急いで手をあててみると、ひどい熱だ。

「まあ、どうしてこんなになるまで気がつかなかったの」

つい侍女を叱る口調になったが、瞬間、政子は激しく自分を責めていた。

——私がいけなかったのだ！

夫や父の安否を気づかうあまり、この子の異常にかぼそい神経をいたわることを、つい忘れていた。大人でもまいってしまいそうな、この十日あまりの激動に、この子が堪えられるはずはなかったのだ。

「姫、姫、お母さまが悪かった。許して！」

急いで抱きとって、燃えるような頬に顔を押しあてた。

「お風邪《かぜ》でしょうか。けさはめっきり寒くなりましたから。ついさっきまでお元気だったのに、急に寒い寒いとおっしゃって……。それがあまりだしぬけだったので、からかっていらっしゃるのかと思ったのです」

侍女の言葉を政子は聞いていなかった。

――風邪でも何でもない。母としてのつとめを忘れていた私への罰なのだ。革の鞭《むち》で、すきまもなく責めさいなまれる思いだった。

「大姫、しっかりおし！」

慌しく小袖の胸をくつろげて、大姫を抱きいれた。できることなら、この高熱を、自分の肌に吸いとってしまいたい……。

「さ、大丈夫よ、お母さまがずっと抱いててあげますからね、何か食べる？」

大姫は薄く瞼《まぶた》をあけると政子の顔をみつめ、それから、かすかに微笑して首をふった。不安を訴える幼な子の瞳ではなくて、母の苦しさを知っていて、

――いいの……

むりに苦しさをこらえている微笑であった。

大姫の病気は、その後もいっこうによくなる兆《きざ》しはみえなかった。火のような熱はひきはしたものの、こんどは気味が悪くなるくらい体の温かみが失われてゆくのである。額も手足もぞっとするくらいつめたい。

――このままつめたくなって死んでしまうのではないかしら？

と政子はおろおろした。

もともと骨の細い、きゃしゃな大姫の体つきは、めだって瘦せて小さくなってしまった。それとともにおしゃまだったのがしだいに赤児のようになってゆく。人にたべさせてもらうのがきらいで、もみじのような手で椀と箸《はし》を器用に持って食べるのがじまんだったのに、政子が箸でつまんで口先へもっていってやらなければ食べなくなった。しまいにはそれさえいやがって、そっと

政子の乳房を求める。

――まあ、赤ン坊にかえってしまうのかしら……

政子は大姫の小さな指先のふれる自分の乳房が凍りつくような思いがした。このままだんだん小さくなって、しまいには消えてしまうのではないか。

薬草をせんじたり、神に祈ったり、あらゆることをやってみたが、大姫は日ごとに衰弱してゆくばかりである。

「どこがお悪いのでしょうか」

とほうにくれて侍女たちは眉をよせあったが、政子だけは、大姫の衰えてゆく理由がわかるような気がしている。

おそろしいような繊細さを持ったこの子は、眼にみえない何かの糸で父の命に結びつけられ、父の運命の一進一退を、そのまま、小さな命の灯に映しているのではないか。

あの旗上げの晩、誰も聞きつけなかった佐々木兄弟の馬のひづめの音を、耳ざとくとらえたこの子のことだ。私たちの感じられない何かを予感して、苦しみ、おそれ、もだえているに違いない。

そう思ったとき、

――おろおろしているときではないわ。

政子は何物かに立ちむかうような眼をした。

――何としてでもこの子を守らなくては。

それがとりもなおさず、夫の命を守ることのようにも思われた。

――意地でもこの子を助けてみせる！

母の強さなのかもしれない。

政子はその日から髪をとくことを忘れた。なま身でその子を温め、口うつしで薬湯を飲ませた。それさえも大姫は吐き出して、政子の袖を濡らしたが、あきらめずに、せめて一滴でも小さな歯の間を流れこんでくれればと、しんぼうづよく唇を愛撫しつづけた。

喜怒哀楽の表情さえ政子の頬から消えはてたぎりぎりのところで、どうやら大姫は小康をとりもどしたらしい。昏睡《こんすい》状態だったのが、かすかに薄眼をあけて、政子のさしだした椀の水をひと口だけ飲んだのだ。

政子はほとんど放心していた。始めは喜ぶことさえも忘れていた。

「飲んだわ。飲んでくれたわ、この子……」

呆けたようにいったそのとき、侍女の声がした。

「お使いが……佐どのからのお使いが着きました」

何という偶然だろう。大姫が危機を脱したそのとき、坂東から頼朝の使いは、旗上げ成功のしらせをもたらしたのである。

「上総《かずさ》、下総《しもうさ》、武蔵の豪族に迎えられ、今日相模の鎌倉に入った。すぐ出発するように」

夢のようなしらせを聞いたとき、政子の唇からしぜんと洩れたのは、

「やっぱり……」

というつぶやきだった。

「え？　何とおっしゃいまして？」

侍女がいぶかったとき、

——よそう、よそう、言うのはよそう。

首をすくめてひとり笑いした。大姫の命と頼朝の運命を結びつけて考えていたのが、あまりにぴったり符号したので、少し気味が悪くもあった。

その当時の女にしては、決して政子は迷信ぶかいほうではない。むしろ縁起はかつがないほうなのに、

——言ってしまったら、効力がなくなってしまうかもしれない。

珍しく神妙になっていた。

大姫を抱いたまま、使いの郎党から、敗走後の頼朝の動静を聞いた。

頼朝が安房へ着いたのと前後して三浦一族もそこへ逃れて来た。途中洪水にはばまれて石橋山の合戦に間にあわず、がっかりして帰ったあと、謀叛人の烙印《らくいん》を押され、平家の命をうけた坂東連合軍に攻められ、いたたまれずに逃げだしたのだ。

が、幸い、安房の安西氏や、上総の豪族、千葉常胤《つねたね》らはあたたかく迎えてくれた。これは常胤の子胤頼が前から頼朝のところへ出入りしていたこと、三浦と千葉とは親戚《しんせき》で、特に親しい間柄だったこと、などのためである。

しかし、千葉より一まわり大きい豪族の上総介広常は、頼朝が使いをやっても、なかなかみこしをあげない。矢の催促をうけて、やっと顔を出したが、見るとおびただしい軍勢をひきいて来ている。これは頼朝を威嚇《いかく》し、隙《すき》あらばその首を討って平家への手柄にしようという魂胆だったらしい。

頼朝は、このとき、わざと傲然《ごうぜん》と構えて、目通りを許さなかった。

「もう遅い。なにをぐずぐずしていたんだ」

このひとことで広常は頼朝にまいってしまった。

「ふうむ、さすがは武家の棟梁《とうりよう》のお血すじだけある。みごとな御胆力だ」

その話を聞いて、政子は思わずくすりと笑ってしまった。

「まあ、佐どのはお芝居が上手におなりだこと」

伊豆にいたころとは何という変わりようだろう。苦労が頼朝に度胸をつけたのか。

上総介広常の大軍を加えて頼朝はやがて武蔵にはいった。時の勢いはおそろしいもので、石橋山で敵方に廻った連中——畠山重忠や江戸重長なども、わびを入れてきた。さらに頼朝の軍はふくれ上がって、父義朝ゆかりの鎌倉に入り、政子に迎えの使いをよこしたのである。

一日も早く、と急《せ》かされて、その日のうちに政子は秋戸を発った。大姫と保子だけをつれ、ほかの妹たちは一応情勢のおさまった北条へ戻ったが、その別れもそこそこに、大磯あたりから磯づたいに腰越についた。何しろ病みあがりの大姫を抱いての旅なので、気はあせってもなかなか足ははかどらず、そこまで来ると、もう夕暮れになってしまった。

海は黄金《こがね》いろに染まり、波はおだやかに紫色の砂浜にくちづけをくりかえしている。夕映えの中に浮き出た右手の島の名を聞くと、

「江の島というのだそうです」

案内の武者もこのごろ鎌倉入りしたばかりなので、あまりくわしいことは知らない。

「なにしろこのあたりは、人気少ない漁村でございましてな。一方が海、のこりの三方は屏風《びようぶ》をめぐらしたように山が迫っております」

その山あいの細道を辿って、小さな川のほとりにつくと、もう日はくれて、向こう側に、松明《たいまつ》が二十本ほどずらりと並んでいる。

何かしら？

と、いぶかっていると松明の中から声がした。

「北条の御かたでいらせられますな」

迎えの人々だったのだ。年とった武者が、

「いざ、これへ」

先に立って案内した。どうやら、右脚を少しひきずっている。彼は川のほとりのささやかな家に政子たちを案内すると、

「大庭景義にござりまする」

四角ばってあいさつした。先ごろ頼朝追討の中心になっている大庭景親の一族なのだが、彼だけは、はじめから頼朝方についていた。

「と申しますのも、御父君左馬頭《さまのかみ》義朝さま以来の家人でござりますのでな。保元の乱にも御供をし、鎮西八郎為朝どのの矢をうけて、ほれ、この通り、脚が不自由で」

笑うと人のよさそうな田舎の老爺の顔になった。

が、それにしても——と政子は家の中を見廻した。いかに漁村の急ごしらえの根拠地にしても、この家はみすぼらしすぎる。が景義は、そんなことに気がつかないのか、

「さらば、また明朝——」

またもとの四角ばった態度に戻ってあいさつすると、のこのこ帰りかけるのを、政子はあわてて呼びとめた。

「佐どのは、ここにおいでなのですか」

「いいや」

景義はとんでもないというふうに首をふる。

「こんなむさくるしいところには」

「それなら佐どのの所へおつれください」

「いや今日は日が悪い。明日お出かけを」

だって、佐どのはすぐ来いとおっしゃったではないか、と政子は抗議したが景義は老人らしい頑固さで首をふった。

「これは御所さまの仰せです」

御所さま？　誰のことかといぶかる政子に景義は言った。

「御台所さまのお渡りは明日です」

御台所さま？　この私が？……政子はきょとんとした眼つきで景義の顔をみつめた。

――佐どのは御所さまで、私は御台所さま？

まあ、この私が御台所さまだなんて……。

政子はひどく坐り心地の悪い石の上かなにかにむりやり坐らされたような気持がした。

翌日はいい天気だった。

河口に近いその家からは、潮騒《しおざい》がひっきりなしに聞こえる。空と海の明るさを映してか、隅々まで白っぽく明るい感じの部屋の中で、政子はそっと小さな鏡をのぞいて見た。

相変わらず、色は浅黒く、鼻はちんまりと小さく、口は大きい。どうひいき目にみても御台所さま、という顔つきではない。瞳がぱっちりしているのがせめてもの救いである。そっと鼻の頭をつまんでみた。

――これで、鼻がすんなりしていれば、少しはましなのだけれど……

夫に会えるという一心で駆けつけてきたが、どうやら、鎌倉の空気は大分違うようである。

——それにしては、きものが貧弱すぎたわ。

戦火に追われて着のみ着のままで家をとびだした上に、大姫を看病する間は、着がえるひまもなかったので、衣装はしわだらけだ。

——やっぱり北条へもどって着がえてくるんだった。薄紅梅の衣《きぬ》にもえぎの袿。あの亀甲花菱《きっこうはなびし》のは佐どのもお気にめしていたのに……

女らしい気のもみかたをした。

大庭景義が迎えにやって来たのは卯の刻（午前六時）、馬に乗せられ、数十人の武者につきそわれた政子は、しわくちゃな衣装にあらためて恥ずかしい思いをした。頼朝のいる館までは大した道のりではなかったが、その館の門のあたりには、さらに多勢の武者たちが居ならび、うやうやしげに政子の到着を迎えた。

頼朝は、奥の部屋でくつろいだ直垂姿で、坐っていたが、政子の姿を見るなり、

「やあ」

といってほほえんだ。つい四、五日、別れていてまた会ったとでもいうような、何げなく、おだやかなその微笑には、一月間の波瀾のかげはどこにもない。

——ああ、前のとおりの佐どのだわ。

政子はやっと伊豆の匂いを見出したようである。が、一面、

——前には庭までとびおりて、私を抱いてくれたのに……

その落着きぶりには、ちょっぴり不満がないわけではなかった。それと知ってか、知らずか、
頼朝は言った。

「いま館は別に作らせているんだ。それができてからよぼうかと思ったんだが」

そういえば、冬空にこだまして、のみの音が聞こえてくる。

「また出陣しなくてはならないし、それに、一日も早くそなたを抱きたかったのさ」

とろけるような笑みをうかべて、耳もとでぬけぬけと言った。

会ったら、話したいことは山ほどあった。伊豆山からの脱出、大姫の病気――いやそれにもまして、別れているあいだ、いかに、頼朝のことを思いつづけていたかを……。

が、頼朝は、政子のその言葉さえ奪ってしまった。あらあらしい熱気にみちた唇がおそいかかり、こちこちに堅くなっていたからだのすみずみまで、ときほぐした。忘れていた扉がひとつひとつ押しひらかれていったとき、
わあっ！

とつぜん、政子の中の女が歓声をあげた。唐突に、からだの中に奔放な野性の嵐がまきおこったのだ。

言葉にならない言葉が、政子のからだの中でうめき声をあげた。

――忘れていた。このことを私、忘れてたんだわ。

どうしてなのだろう。どうして別れて以来、そのことを切りとったように忘れていたのだろう。どうしてまた、この頼朝というひとは、私自身さえ忘れていたものを、からだの底からよびさまし、我を忘れさせてしまうのか……。

眠っていた花園の扉がおしひらかれると、蝶は舞いたち、それぞれが勝手に踊り狂い、政子自身にさえとどめようがなくなってしまう。

深い陶酔からさめたとき、思いがけない近さから、頼朝の顔がのぞいていた。

「会えてよかったなあ……」

はじめて彼も言葉の世界に帰ってきたのだった。

「このぬくもりが忘れられなくてさ」

やわらかな掌で乳房を蔽いながら、むしろ無邪気に頼朝は言う。

「そうですか。私、ほんとのことというとすっかり忘れてたんです。今の今まで」

「薄情なやつ」

「薄情じゃありません。女ってそんなものなんです」

「そうかな、俺にはわからん。男はいつだってそれを忘れやしないがね」

御所さままでも御台さままでもない、健康な男と女の素顔がそこにはあった。

けれども——。

やがて、政子は、頼朝が素顔を見せるのは、臥床《ふしど》にあるときだけなのを知るようになる。政子が別れていた短い時期に鎌倉では、頼朝をめぐって、伊豆とは違った歴史がすでに始まっていたのである。

このころは、まだ、世間の眼からは頼朝は叛乱軍の首領でしかなかった。中央の権力者のひとり、九条兼実などは、

「伊豆にいる義朝の遺児が謀叛《むほん》を起こしたそうな」

と苦々しげにその日記に書きとめているくらいで、世間では、頼朝という名さえ知らないくらいだった。だから、是が非でも、ここで、

——俺たちは山賊野盗ではない。

と、叛乱軍は天下に主張せねばならなかった。そのため、

——御大将はれっきとした源家の嫡流だ。

必要以上に頼朝にはもったいがつけられた。彼の館を御所と呼ばせ、政子や大姫の住む奥の一角を小御所と呼ばせるのも、そのひとつのあらわれで、俺たちの大将は、平氏とならぶ家柄、都の平家の連中にひけはとらないのだぞ、ということを、こんなところにもしめしたいのである。いやこうしたことだけでなく、じじつ頼朝のまわりには少しずつ、変化が起こりかけている。そのひとつは、一人の青年僧の出現である。

政子がその青年僧が誰であるかを知るまでに数日とはかからなかった。夫婦だけで話をしているところへ、足音もせずに現われたその黒衣の青年をみるなり、頼朝は、顔をぱっと輝かせて政子にひきあわせたのだ。

「あ、よいところへ来た。政子、弟の全成《ぜんじょう》だ。はるばる都からやってきたんだ」

「まあ、弟御ですの……」

「うん、都の醍醐《だいご》寺で修業していたのだが」

旗上げを聞いて寺をとびだし、苦労のすえに、やっと武蔵の鷺沼《さぎぬま》というところで、めぐりあったのだと、頼朝は語った。

「よもや、こんなにすぐ来てくれるとは思わなかったからなあ……」

全成が来たと知ると、頼朝は床几《しょうぎ》から腰を浮かせ、

「なにっ！　弟が？　早くこれへ呼べ」

叫ぶように言い、その姿を見るなりぽろぽろ涙を流したという。

——まあ佐どのらしい……

源氏の総大将という見栄も体裁もかなぐりすてた頼朝のそのときの姿を思いうかべ、政子も眼がしらを熱くした。

もっとも全成と頼朝は母がちがう。頼朝の母は熱田神宮の大宮司の娘で家柄もいいが、全成の母常盤《ときわ》は九条院に仕える雑仕女《ぞうしめ》にすぎない。彼の幼名は今若、その下に乙若と牛若、二人の弟がいる。父が殺される以前には、もちろん全成と頼朝は顔も合わせていない。しかも、平治の乱後、全成の弟たちもそれぞれ寺にあずけられて今日まで育った。母の血筋の違いからくる遠慮もあるのか、彼は兄のような手放しの喜びを見せず、一段へりくだって、

「お見知りおきを」

つつましくあいさつした。頼朝とは顔立ちのちがう、眼の鋭い、細面の美青年のこのつつましさを、政子は、好ましく思った。

全成の弟の牛若——元服した九郎義経が現われたのはその半月ほど後のことである。

その間に頼朝は平家来襲の報をうけて鎌倉をたち、東海道を富士川まで出陣した。が、このときの合戦は、平家側が源氏の陽動作戦にひっかかってあわてて逃げ出したので頼朝は戦わずして勝利を手にいれてしまった。

この対戦には甲斐《かい》源氏もかけつけている。これは上総で頼朝と別れた政子の父時政が各地を説いてまわったからで、時政や四郎はここで頼朝と対面した。甲斐源氏の加わった頼朝勢は出陣のときの倍以上にふくれあがった。

九郎義経はこの富士川の合戦の終ったところへ、奥州からかけつけたのだ。

「また弟がふえたぞ」

鎌倉へ帰った頼朝が政子にひきあわせると、

「あ、義姉上ですか」

若者は人なつこそうに笑ってひょこっと首をさげた。同じ兄弟でも全成とはかなり人柄がちが

う。全成は頼朝の都人らしい優雅さを、九郎は天衣無縫を――血のつながらぬはずの弟がそれぞれ兄に以たものを持っているのがほほえましかった。が、このとき政子は、二人が、この先、兄とどんな運命のかかわりあいを持つのか、考えてもいなかった。

炎

「忙しい、忙しい、いやどうもこれは」

藤九郎盛長は、しきりにぶつぶつ言いながら、鎌倉の町を歩いている。

八月なかば――中秋の名月も間近いというのに、夏がぶりかえしたかと思う暑さで、白っぽい砂まじりの土のあたたかさが草履《ぞうり》の下から伝わってくる。

「なんともはや、これは暑くてかなわぬ」

うつむいて歩いて行く藤九郎は、突然、なまあたたかいものにぶつかった。

「ねえ、いいじゃないの。寄っておゆきよ」

「わほッ」

目の前に、はげっちょろけた化粧の白首がいた。

「昼間だからさ、安くしとくよ」

女は流し目をくれながら、早くも胸をはだけて乳房をのぞかせた。

「なにを言う」

藤九郎はしなだれかかる手をあわてて払いのけた。

「からだがほてってるんだよ。抱いとくれな」

「ば、ば、ばかめ」

「てれることないだろ、おじさん、好きなくせに。あんたの面に書いてあるよ。そういう鼻の穴のひとは、好きにきまってるのさ」

「どけどけ」

苦々しげに長い顔をしかめた。

——だいたい、この俺をつかまえて、おじさんとはなんだ。

遊女はなおもうしろから悪態をついている。

「こわいのか、意気地なしの馬面！」

これだからいかん、と藤九郎はむずかしい顔になった。

新しい町づくりを始めてまだ二年たらずというのに、もうこのざまだ。あいつらときた日には、人のいるところには蜜につく蟻《あり》のように集まって来よる。おかげで、このところ、めっぽう若いものの風紀が乱れてきた。

しかも、あの売女《ばいた》め、俺を誰だと思っている。鎌倉御所でもお覚えのめでたい安達藤九郎盛長であるぞ。

が、これは無理というものであろう。あの遊女ならずとも古びた直垂で、せかせか歩くこの馬面の男を、だれが旗上げ以来の側近の有力者だと見分けられよう。

藤九郎が、その長い顔をふりふり、前へつんのめるように急いで歩いていたのは、わけがあった。御台所政子が産気づいたというしらせがあったからだ。鎌倉入りして二年、藤九郎が文使いしてからでは、まる五年にもなる。大姫を産んだあとどういうものか子供にめぐまれず、やきもきしていたのが、やっと去年の暮れ懐妊のきざしが見えた。

——こんどは男の子であってくれればいいが……

なにしろそのころは、たいてい男は二十そこそこで父親になるのに、頼朝は三十六の今日まであとつぎがない。こんどこそ男の子を、と思うのも、むりはないではないか。

藤九郎の館は鎌倉の西のはずれにある。海ぞいの道をせかせか歩いて来て左に折れると、正面に八幡宮、ここから道がぐんとよくなる。それというのも、この春頼朝の発願《ほつがん》で道がなおされたからだ。

表面の理由は、

「御台所の安産を祈って」

の土木工事である。が、藤九郎はその奥にひめられた真の願いを知っている。頼朝は是が非でも男の子がほしいのだ。

——そりゃ俺とて同じことだ。

歩きながら藤九郎は思う。何しろ頼朝と政子のとりもちをしたのは彼なのだから、あとつぎが生まれてくれなければ立場がなくなる。八幡宮の赤い鳥居が見えてきたとき、

「なにとぞ、男の子をっ」

彼は、がばと頼朝の作ったばかりのその道にひれふすなり、必死で手をあわせていた。

気がつくと、通りすがりの物売り女や百姓たちが、もの珍しげにながめている。

藤九郎はてれた。

——いやいや、こればっかりはさずかりものじゃ、俺の力ではどうもならん。

苦笑いして立ち上がった。頼朝の御所は八幡宮の右奥だが、今日彼が行くのは、そこではない。ぐっと海寄りの高台にある武蔵の豪族、比企《ひき》能員《よしかず》の館である。そこが今度の政子の産所なのだ。

そのころ、身分ある女性はわが家では子を産まず、しかるべき産所に移るのだが、このときに比企の館がえらばれたのは、わけがあった。館のあるじ能員の姑《しゅうとめ》にあたる比企尼が、頼朝の乳母をつとめたからだ。

しかもこの比企尼の頼朝への奉仕ぶりは徹底していた。義朝がやぶれ、伊豆に流された頼朝が二十年間鳴かず飛ばずでいる間、尼は武蔵の領地から生活の資を送りつづけたのである。

もっともこのころの乳母というのは、その子が成人するまで、夫ともども一家あげて奉仕するならわしになっていたのだが、それにしても、尼の頼朝へのつくしかたは義務をこえたひたむきさがあった。

尼は生活の資を送るとき、必ず自分の娘婿に持ってゆかせた。長女の婿が比企能員、次女の婿が河越重頼、そして三女の婿、藤九郎盛長は、いつか頼朝の側にすみつくようになっていた。

――おばばのそれまでの苦労を思えばな。

がらにもなく鼻をすすりながら、藤九郎は比企の館の門をくぐった。ここは山を背に、南のひらけた高台で、鎌倉でも指折りの場所である。尼の功績にむくいるために、頼朝はまずここを能員に与えたのだ。そのさしもの広い館も、今日はつめかけた御家人でごったがえしている。人々をかきわけるようにして、奥へ入った藤九郎は義兄をつかまえて聞いた。

「お生まれになったか？　もう」

能員は首をふった。

「いいや、陣痛も消えてしまわれた」

はて、と藤九郎はまた気をもみはじめた。

「陣痛が消えてしまわれたとなると……」

藤九郎は眉をよせた。

「このまま、腹の御子も消えしぼんでしまうことはないだろうか」

「ま、なにをおっしゃいます」

そばに来た能員の妻が笑いころげた。

「だいじょうぶですわ。お産はみんなこんなものです」

いやに落着きはらっている、と藤九郎は思った。

——どうも女というものは、へんに図々しいところがあるからな……

「御心配には及びません、藤九郎どの。あなただって人の親じゃありませんか」

能員の妻——義姉はすましている。

「まんざらお産のことを知らないわけでもないでしょうに。妹が申しておりましたよ、藤九郎どのは私のお産のとき何一つ心配してくれなかったって。それを今度はまあ……」

とんでもないところで、ちくりとやられた。

——む、む、それとこれとは別だ。

いらいらしているうちに日暮れが来た。あちこちに燭をともしはじめたころ、奥からにわかにあわただしい足音がして、

「殿さまっ」

能員を呼ぶ侍女の声がした。

藤九郎はその声を聞くなり、ぎょっとして思わず縁先まで転がり出ていた。

言った。

「駄目だったかっ」

「え？」

藤九郎とぶつかりそうになった侍女はむしろきょとんとしてその顔をみつめ、やがてゆっくり言った。

「男のお子さまです」

藤九郎はその場にへなへなと坐りこんでしまっていた。

後になって、彼は泣き笑いをしながら頼朝に言ったものだ。

「いや、どうしてああいうときは、悪いことしか考えぬものでございましょうかの」

御曹子誕生！　の報に鎌倉じゅうはわきたった。乳母に藤九郎の妻の姉、河越重頼の妻が召されたのは尼のゆかりによるものだ。御家人たちが、争って太刀や馬を献上して祝いをのべたので、厩《うまや》には二百匹もの馬があふれるしまつ、若君の三夜の祝は小山朝政、五夜は上総広常、七夜は千葉常胤と坂東の豪族が祝宴をうけもち、最後の九夜の祝は外祖父にあたる北条時政がつとめた。

藤九郎はうれしくてならなかった。

――こりゃ、どうにも御所さまと、とっくり過ぎこし方の物語をせずばなるまい。

祝の宴がひととおり終ったころを見計って御所へ出かけてゆくと、頼朝は留守だった。

「由比ケ浜で騎射のおけいこです」

「そりゃ御精の出ることで」

が、その翌日も翌日も、頼朝は騎射のけいこで留守続きである。

「今日もおけいこか、はあて……」

藤九郎は若君誕生以来の笑顔をひっこめて、あごをなでた。

日ごろ藤九郎は、

――俺の鼻は天下一品じゃ。

と自負している。頼朝の流人時代、政子の存在をかぎつけたのもこの鼻だし、二人の結びつきには一役も二役も買っている。

――その鼻がなんと効かなんだことよ。

思わず鼻先をこすりあげた。政子のお産に気をとられて、ほかのことがお留守になっていた。鎌倉入りして以来の忙しさも手伝って、どうやら彼は主人頼朝の困ったくせを、すっかり忘れていたようである。

困ったくせ――言うまでもない女ぐせだ。しかも頼朝のは徹底している。見染めた女には、なりふりをかまわずつくすのだ。藤九郎が見てさえ、

――熊かむじなか？

首をかしげるような百姓女に対しても、そのことは変わらない。年じゅう威張りちらしている東男しか知らない女は、ついついいい気持にさせられてしまう。じつは政子もその手にのせられた口で、はじめて蛭ケ小島の館にたずねて来たとき、頼朝は、

「ああ来てくれたんですね、ほんとうに……」

はだしで庭にとびおりて政子をうっとりさせたが、藤九郎に言わせれば、このくらいは朝飯まえなのだ。

男の前では無口で、頭が高いくせに、女の前ではうって変わって口も軽く、やさしい頼朝を、藤九郎は、

――都そだちのお人だな、やはり……

と思っている。当時都では女の人にやさしく奉仕するのが貴族のエチケットになっているが、十四歳まで都に育った頼朝はそれをしらずしらずに身につけてしまっていた。しかも女に奉仕することと、一人の女を愛しぬくということは、頼朝の中ではまるきり別のことだった。これも都人の倫理である。奉仕する対象は多ければ多いほどいいし、一人しかいないなどとは考えられない。

――その御所が御台所のお産の間、おとなしくしておられるはずはなかったよ、なあ。

藤九郎は自分の鼻に語りかける思いだった。

その日以来、彼の鼻は、また俄然活潑《かっぱつ》に動きはじめたが、そうなってから、改めて、彼は自分にも似合わないうかつさを痛感しなければならなかった。頼朝の情事は、もう御所の侍女たちの間では公然の秘密になっていたのだ。

浮気は、政子が比企の産所に移るか移らないかのうちに始まっていた。そして藤九郎のカン通り、最近の海辺の騎射のけいこは、まさしく頼朝の口実で、家来にだけやらせておいて、本人はさっさと、おめあての女性のかくれがに行ってしまう。

そのかくれがは、小坪――鎌倉からちょっと離れた海ぎわにある。

そしてその中にいる女性の名を聞いたとき、

「こいつは、いけぬ」

藤九郎は、あごをなでる手を止め、とほうにくれた顔になった。かつて伊豆で政子にやきもちをやかせた女性――亀御前そのひとだったからだ。

亀どの、亀の方、亀御前――。

政子の前では、とにかくその名前は禁句である。頼朝がその女性と交渉があると聞いて興奮し、それまでの頼朝への愛を断ちきって、山木へ嫁ごうとまでした政子なのだから、もし産後のからだで、こんなことを聞いたら、どんなことになるかわからない。

「いいか、お前ら、くれぐれも口はつつしめよ」

藤九郎は、しつこいほど御所の侍女のひとりひとりに説いてまわった。

「このことは誓って御台さまのお耳にいれてはならんぞ」

「あい」

けんまくに驚いて侍女たちは、小鳩のようにおとなしくうなずく。が、いずれを見ても田舎育ちの坂東女、気のきかぬやつらだからな、と藤九郎はひとり気をもんだ。

が、頼朝は、そんなことは考えてもいないらしい。ちかごろはさらにいい気になって、亀御前を、小坪から一段と鎌倉に近い飯島崎の伏見広綱の家に移し、かなり大っぴらに通うようになった。

「これも、一刻でも長くそなたの顔をみていたいからなのさ」

そんなことを言って相手をよろこばせていると聞いて、

「御所の口のうまさは、いまに始まったことじゃないが……」

と藤九郎は苦笑いした。もっとも彼にしても頼朝の気持がわからぬでもない。

「あれはいい、あんなおとなしい娘はいない」

伊豆にいるときから頼朝はそういっていた。そばかすのある平凡な顔立ちの女性で、ちょっとおずおずしたところがあって、それが男の心をとらえるのだ。政子との結婚をひかえて、むりに別れてしまっただけに、ふびんさがつのって、頼朝は前よりものぼせあがっているらしい。

そのうち政子がいよいよ御所へ帰ることになった。産後のからだが、はっきりせず、二月ちか

く比企館にとどまっていたのだが、十月十七日帰館ときまった。その前夜、

「いいか、御台さまによけいなことを言ったら、命はないものと思え」

もう一度、藤九郎はこわい顔をして侍女たちに言った。

依然としてその答えは、

「あい」

いかにも頼りないものではあったが……。

翌日政子は、挙兵に功績のあった佐々木兄弟や比企能員に守られて御所へもどってきた。

「どうです。御所さまに似ておりましょう」

万寿となづけられたみどりごをさし出す政子の顔は、まだやつれていたが、幸福そうな母親の微笑があった。藤九郎は、不覚にも涙をこぼした。

「おや、どうかしましたの？」

「いや、うれし涙でございます」

目頭をぬぐいながら彼は思った。

——何としてでも秘密は守らねばならぬ。頼りない侍女たちだが、あれだけおどしておけば、よもや口をすべらせはしまい。

藤九郎はそう思ったのだったが、秘密はしかし洩れた。

しかも思いがけなく早く、思いがけないところから……。そのことを聞いたとき、藤九郎は、思わず、

「う……む」

頭をかかえるなり、その場に坐りこんでしまっていた。

「よもや、よもや、よもや……」

はてしなく、よもやを繰返した。まさかそんな所から洩れるとは思わなかったのだ。

政子に告げ口したのは、北条時政の室――政子には継母にあたる牧の方である。

しかも牧の方は、政子の妹の保子から聞いたのだという。そろいもそろって政子の肉親ではないか。いっしょに産後の政子をいたわるべき人が、何ということをしてくれた、と藤九郎は嘆息した。

第一に浮かんだのは保子ののんびりした笑顔である。

――いい人なんだが……

陽気で、気さくな、この保子は、いま頼朝の異母弟、全成の妻になり、すでに男の子を産んでいる。鎌倉では頼朝夫婦に次ぐ血筋の夫婦のわけだが、夫の全成もひかえめだし、保子にいたっては、御台所の妹だなどと気どったところはひとつもない。

ただひとつ。

ほがらかすぎて口が軽い。

――それそれ、それがいけなかったな。

藤九郎は頭をかかえて舌打ちした。

きっと、さほど深い考えもなく、どこかで噂を聞きつけて、ちょろりと牧の方にしゃべってしまったのだろう。

が、牧の方となると多少様子は変わってくる。この人が北条家に後妻に入ったそのときから、政子とはそりがあわなかったらしいのを藤九郎は知っている。

第一、牧の方と政子は同い年だった。しかも、牧の方はふたことめにはそれまでの都での生活

を鼻にかけたし、例の旗上げのどさくさには、

「政子どのが佐どのに嫁いだばかりに、北条家もとんだとばっちりをうけた」

と騒ぎ、一族が伊豆山権現に避難したときも、自分だけは駿河の実家へ帰ってしまった。その後頼朝の旗色がよくなって、鎌倉のあるじとなってからは、さすがにおとなしくしているので、表面二人の間はなごやかに見えるが、決しておたがいのわだかまりがとれたわけではない。

だから今度の事件には、微妙なかげがある。

表面はいかにも政子のためを思っての密告のようにみえるが、牧の方の本心は、男の子を生んでうれしがっている政子に、どかんと一撃を加えるつもりではなかったか。

――こわいな、女というものは。

藤九郎は憮然としてあごをなでた。せっかくの彼の配慮も水の泡になったあとで、はたして、なにが起こるのだろうか。とうてい、ただですむとは思われなかった。

しかし、しばらくの間は、藤九郎の憂えていたような事は何ひとつ起こらなかった。御所の侍女たちに聞いても、頼朝夫妻の間はしごくおだやかであるという。

――やれやれ。

藤九郎は鼻の頭をこすった。

――若君が生まれて、御台さまも大人になられたのかもしれぬ。

亀の前のことを聞いて逆上した伊豆時代から見れば、大分人間が丸くなったかな、と胸をなでおろした。

鎌倉の海もすっかり冬になった。いちだんと藍の濃さを増し、名も知れぬ小さな水鳥の群が波間にゆられていたりして、遠浅の浜はめったに荒れもせず、冬は冬なりのおだやかさを見せてい

る。

けさもその浜には遠がけにでも出るのか、騎馬武者が十数騎、馬を飛ばせている。新しく手にいれた馬の足ならしをしていた藤九郎は、近づいた先頭の武者に、会釈した。

「やあ」

北条時政の後妻、牧の方の兄、牧三郎宗親である。藤九郎はあまりこの男を好かない。牧の方の親戚だということを笠に着て、まるで頼朝の一族のような顔をしているからだ。だいたい軽薄なたちで、口先はうまいが、武技のほうはさっぱりだという噂もある。その男が珍しく、軽装ながら一応弓矢までもっているので、ふと声をかける気になった。

「鷹狩りですか、どちらへ」

が、宗親は、怒ったような顔つきで、

「いや」

ろくにあいさつもしないで行ってしまった。

――これがあの男の悪い所さ。

藤九郎は苦笑した。

――もっとも、うっかり鷹狩りだなんて言ってしまって、一羽もとれませんでしたじゃ格好もつくまいからな。

こっちも口の中で悪態をついた。

義兄の比企能員が馬を飛ばせてかけつけてきたのは、その夜のことである。

「おいっ、えらいことになったぞ」

藤九郎はとびあがっていた。

「はじまったかっ」

能員のほうがあっけにとられている。

「なにが？」

「その……御所と御台所のいさかいが──」

「うん、そうなんだが、それが──」

けんかには違いないが、もっと困ったことなんだと、能員は眉をよせた。

いましがた彼は御所から帰ってきた妻にてんまつを聞いたのだ。彼の妻は、河越重頼に嫁いだ妹と同様、若君万寿の乳母に召されて、このごろは御所に詰めきりなのだが、今日の夕方、政子のそばに牧宗親がやってきてしゃべったことを小耳にはさんだのだという。

「仕って参りました。──牧三郎はそう言ったそうな。ただし亀どのは取り逃がしましたと」

「なにっ」

牧三郎は亀御前のかくれがを打ちこわしにいったのだ。瞬間、藤九郎はけさの宗親の怒ったような顔つきを思い出した。

亀御前のかくれていた飯島崎の伏見広綱の家は、二度とは住めないくらいに打ちこわされてしまったらしい。あるじの広綱は亀御前をつれ、身ひとつで鎌倉とは逆方向の鐙摺《あぶずり》へ逃げたという。

──えらいことになったぞ。

藤九郎は頭をかかえた。頼朝と政子がいかに猛烈な痴話げんかをしても、御所内でのことならば、外部には気づかれないですむ。しかし、こうなっては天下に夫婦げんかを公表してしまったようなものではないか。

いまさらながら、藤九郎は政子の激しい気性を思いしらされた。子供を持って人間が丸くなった、などと思ったのは大まちがいだった！

――なんで一言、この俺に言ってはくださらなかったか。

が、これが愚痴だということは自分でもわかっている。人に悩みをうちあけたりする政子ではないのだ。その強い気性だからこそ、数年間の波風をしのいでここまできたのだし、それが爆発すれば、こんどのように、とんでもないこともしでかしてしまうのだ。

――それにしても、鎌倉御所の御台所ともあろうおかたが……

藤九郎は吐息をつきながら能員にたずねた。

「で、御所はもうご存じか」

「いや、まだだと思う」

「でも、いずれお耳には入るな」

それからが問題である。

翌日になった。

能員から知らせが来た。頼朝と政子は何もなかったような涼しい顔をしているという。

「ふう……む」

大人のけんかになった、と藤九郎は思った。はでな口論をしないだけに事態は深刻だ。頼朝はきっと、悠然と微笑でもうかべているに違いない。伊豆にいたときもそうだったが、近ごろはめったに人に腹の中を読ませなくなった。その顔を見るのが薄気味悪くて、出仕を怠っていると、翌日、また能員から使いが来た。

「今日は朝から、やぶさめのけいこに行く」

頼朝は涼しい顔で政子にこう言ったという。

「いっていらっしゃいませ」

政子もすまして応じた。

と、そこへ頼朝からの使いも来た。

「今日のやぶさめには必ず御供をするように」

どうなることかと出てゆくと、供揃いの行列の中には、おどおどした牧宗親の顔もあった。おそらく藤九郎同様、頼朝じきじきの命令でかり出されたものらしかった。

御所を出たその日の行列はさして多くはなかったが、まっすぐ由比ケ浜にむかった。そこで数人の武者が的を立てて騎射の練習をするのを頼朝はさして面白くもない顔つきでながめていたが、やがて、

「今日はそれまで」

言いすてると馬上の人となって飯島崎のほうへむかった。このままゆけば、いやでも伏見広綱の家の前に出てしまう。

――はて、どういうおつもりか。

藤九郎はかたわらの比企能員と顔を見あわせた。そのうちに、もう広綱の家の屋根が見えてきたが、近づいて藤九郎も驚いた。

板戸はふっとび、柱が一本へしおれて、庇《ひさし》が傾きかけている。

「こりゃどうしたことか」

知らない連中が口々に騒ぎたてる中を、頼朝ひとりは、昔からそこにはえている松の木でもながめるように無表情な瞳でちらりと見たきり、どんどん馬をすすめてゆく。鐙摺の豪族、大多和義久の家についたのは昼すぎ、それまでは事情を知らなかった連中にも、ことのなりゆきがのみ

こめたようだ。

――とんでもないことにならねばいいが。

藤九郎が気づかわしげに頼朝のほうを窺《うかが》ったとき、

「お越しなされませっ」

転がり出てきたのは伏見広綱である。人々の間に軽いどよめきが起こった。顔半分が、紫色に腫《は》れあがっている。

「どうした広綱」

しらばっくれて頼朝は聞く。

「まあ、お聞きください」

奥に通った頼朝の前で、身ぶり手ぶりも大げさに、突然暴徒に襲われたてんまつを語った。

「ふうん、広綱、そなた、よほど人に怨まれることをしたとみえるな」

「心当たりがありません」

「襲ってきたという男は？」

広綱は紫色に腫れた半面をぐるりと廻し、庭先を指さした。

「この男です」

牧宗親が、土に額をこすりつけて、ひきがえるのようにはいつくばっていた。このとき頼朝の顔に、ちらと微笑がうかぶのを藤九郎は見た。睨《にら》みつけるよりも、さらに残忍なつめたい笑いだった。頼朝はゆっくりたずねた。

「牧の三郎、何の遺恨があったのか」

「わ、わたくしは、なにも……」

牧宗親の顔は蒼白だ。さすがに一座の中では亀御前のことは口には出せない。

——それを承知で御所は宗親をなぶろうとしておられる……

藤九郎は胸が凍りつく思いがした。日ごろおだやかな主人の顔がひどく酷薄にみえた。

「頼まれたのか？　そうであろうが」

あきらかに誘導訊問だ。

——言うなよ、宗親。男なら言うなよ。

言えばさらにとりかえしがつかなくなる、と藤九郎は息をつめたが、宗親は、はやくも、

「は、はい……」

簡単にうなずいていた。

牧宗親が、うかうかと頼朝の誘導訊問にひっかかって、うなずいたとき、

——万事休す！

藤九郎はこぶしを握った。

——宗親のあほうめが！

ここで宗親がいっさいの泥をひっかぶって、

「思うところがございまして」

と言い通してしまえば、一応のけりはつく。なのに、この胆ったまの小さな男は、すっかりおびえあがって、なんとか罪をのがれようということしか考えていない。

「頼んだのは誰か？」

ひどくやさしい声で頼朝がたずねると、牧宗親は蚊のなくような声で答えた。

「御台さま……でございます」

——あほうめ、大あほうめ！

藤九郎は腹の中で絶叫した。とびだしていって宗親の横っ面をはりとばしてやりたかった。ここで御台さまの名を出すやつがあるか！

頼朝は宗親の咎を聞いたとき、もう一度、ちらと笑ったようだった。それから静かに、

「御台のか、それは忠義な……」

つぶやくように言うと、急に語気をかえた。

「では、三郎、たずねるが」

「は？……」

「そなた、誰の家人《けにん》か」

「……」

「……」

「この頼朝は今の今までわが家人と思っていたが、どうやら違ったようだな」

「わが家人ならば、たとえ誰に言いつけられようと、まず、それをする前に頼朝に一言申し出るべきではないか。無断のふるまい、主人をないがしろにしたとしか思えぬ」

「そ、そ、そのような」

宗親はがたがたふるえている。

「不忠の家人が、どんな仕置をうけるか、知っていような」

頼朝はゆっくり歩きだしていた。縁へ出た。さらに庭先へ降りた。

宗親の顔が恐怖にひっつれた。

「お許しを！」

――斬るつもりか。

藤九郎がはっとしたとき、頼朝は立ちどまって、刀の柄《つか》に手をかけたまま微笑をうかべた。

「大丈夫だ。そなたと違って手荒なことはせぬ」

左手がゆっくり宗親の髪にふれたかと思うと、右手が目にもとまらぬ速さでこれをかすめた。髻《もとどり》を切ったのだ。宗親の髪がばらりと肩にかかるのと、頼朝が手の中の髪を投げすてたのが同時だった。

――なされたな！

藤九郎は唸《うな》った。髪を切られるというのは当時としては最大の恥辱である。今でいえば頭を半分だけ坊主にされたようなもので、人前には出られなくなってしまう。

――これほどの事をなさろうとは……

日ごろ冷静な頼朝からは想像もできないことだった。その日頼朝は御所には帰らなかった。

一方、御所はその日一日しごく静かだった。奥につかえる女房たちは、御台所の政子が、朝から妙に上機嫌なのに気づいている。

頼朝が出かけたあと、大姫の髪をたんねんに櫛《くし》けずってやった政子は、

「さ、お母さまと双六《すごろく》をしましょう」

陽気に娘の相手になってやった。双六は大姫の大好きな遊びのひとつだが、今日は、

「あ、姫はうまいのねえ、またお母さまは負けてしまったわ」

「それ、こんどこそ畳六《じょうろく》！（賽《さい》の目が二つとも六が出ること）」

などと、はでにはしゃいだ声をあげているのは、むしろ政子のほうだった。

そこへ女房のひとりが縫いあがった冬着をもってやってきた。

「御台さまには、きっとお似あいでございます」

さびた蘇枋色《すおういろ》に雲立涌《くもたてわく》を織り出したそれを手にとった政子は、

「仕立てあげてからのほうが見ばえがしたわね」

そう言うと、

「御苦労さま」

かずけものとして、手近にあった鶴の模様の蒔絵の手箱を無造作にあたえた。

「まあ、こんなものをいただいては……」

さすがに女房はたじろいた。日ごろ気前のよい政子ではあるが、たかが裁ち縫いの駄賃にしては豪勢すぎる。

「いいのよ、いいのよ。とっておきなさい」

政子はうきうきしている。いや、これは何も今日にはじまったことではない。牧宗親に亀の前のかくれがをこわさせたそのときからそうなのだが、頼朝のいない今日はそれがいっそうむきだしになったままでのことなのだ。

——いい気味！

夫の浮気に痛烈なしかえしをしてやったのが、ぞくぞくするほどうれしい。

たぶん事件はもう耳には入っているはずなのに、頼朝はわざと知らんふりをしている。が、それは知らないふりをするよりほかしかたがないからなのだ。面とむかって文句をいえば、かえってやぶ蛇だ。もし、

「なんでそんなことをした」

などと言えば、

「それじゃあ、あなたは、これまでどういうことをなさいましたか」

と逆襲されるにきまっているから、うかつに口がきけないのだ。それだけに夫は、たぶん地団駄をふみ、腹の中は煮えくりかえるようになっているにちがいない。そしてそのことが、何ともいえず、政子をいい気分にしてくれるのだ。

——お気のどくさま。せいぜいくやしがっていらっしゃい。

そのくらいの罰をうけるのは当然だ。子供を生むという、女にとっていちばん大事なその時期に裏切りをやった夫は、情婦ともども、うんとはずかしめをうけるのがいいのだ。ふつうならともかく、折が折だけに、夫のやったことは弁解の余地がない。それはとりもなおさず生まれてきた万寿への侮辱でもある。

けさ夫は何も言わずに出ていった。おそらく例の女の家の前を通るのだろうが、そのとき、どんな表情をするか、ついて行って見られないのが残念というものである。

その日頼朝がなかなか帰ってこないことについては、はじめは政子はさして気にしてはいなかった。もちろん出先で何が起こったか、このときはまだ知らされてはいない。

が、いったん御所を出た夫が何か帰りにくい気持になっていることは察しがつく。だからこそ、帰ってきたときに、どんな顔をするか、見るのが楽しみなのである。

酉《とり》の刻（午後六時）になった。

冬の日はすでにおちてあたりは暗い。

「おそうございますね、お帰りが……」

むしろそわそわしだしたのは女房連である。

戌《いぬ》の刻（午後八時）がすぎた。

お父さまのお帰りになるまで待っているの、といって眼をこすりつづけていた大姫は、乳母の保子の腕の中で、とうとう眠りこけてしまった。

「御寝所におつれしましょうか」

保子はそっと政子の顔をうかがった。

「そうね」

少し政子はそっけなく答えた。昼間の上機嫌はやや薄れている。

とうとう亥《い》の刻（午後十時）になった。時折り燭の灯をかきたてるほかは、女房たちの話もとだえがちだ。かえってこのころになると、誰も、

「お帰りがおそい」

などということは口にはしない。やれ今夜はお寒いの、この分では明日は晴れましょうのと、あたりさわりのないことを繰返しているが、そのじつ、誰もが帰ってこない館のあるじのことを考えているのが政子にはよくわかった。

——何か起こったに違いない。

どの眼もそういっている。ただ、それを口に出さないのは、自分への遠慮からなのだ。

——いいのよ、そんなに気をつかってくれなくても……

心の中でそう言いかけたときである。

とつぜん、政子の耳は虚空《こくう》にひびく哄笑《こうしょう》を聞いた。

——わっはっはっはあ……

——けらけらけらけら……

もちろん、そら耳であろう。珍しく静かな夜ふけ、御所までふと響いてきた、潮鳴りであったかもしれない。が、無意識にそれを払いのけるように首をゆすったとき、ひさしぶりに政子は、もうひとりの自分の声を聞いたのだ。

——おばかさん。だあれもあんたに気をつかってやしないさ。

——え？　なんですって。

——みんな、おもしろがってあんたを見てるのさ。大変なことをやってのけたあんたをね。あたりをそっと見廻した。女房たちは政子の視線がまわって行くと、悪いことでも見つけられたように、おどおどあらぬ方に眼をそらせてしまう。

——そうれごらん。みんなは笑ってるのさ。

——私のことを？

——そうとも。恋がたきのうちになぐりこみをかけるなんて、まともな女のすることじゃないものね。まあ、鎌倉じゅうの話のたねになっていることはたしかだろうね。

政子は耳もとがカッカッとしてきた。

——いいのよ。人がどう思ったって。

——おや、たいした意気ごみだね。

——何とでもおっしゃい。それとも私に泣き寝入りしろっていうの。そんな、ばかばかしい。誰があんな女に負けていられるもんですか。このまま放っておいたら、二人ともますますつけあがるにきまってます。人の思惑なんか気にしちゃいられないわ。私は私よ。

——気の強いあんたらしい言い分だね。ま、それなら、鎌倉じゅうの笑いものになったからって、いまさらどうってことはないだろうけど。

それから、その声は静かに言った。

――私は私って言うけれど、あんたほんとうに自分の気持でやったと思っているの？

――え？

――誰かに踊らされているんじゃないの。いえね、あんたを鎌倉じゅうの笑いものにして、後ろでほくそ笑んでる人がいるってことを考えたことはないの。

――え？　何ですって。

思わず、政子は立ちあがりかけていた。

――おばかさん。

その声は、あわれむように言った。

――気がつかないの、あんたは。なら言ってあげようか。

それからひとつひとつの言葉を区切るようにして、その声はささやいた。

――牧、の、方、さ。

けらけらけら……。

もう一度政子は虚空の笑い声を、いや、はるかな潮鳴りを聞いたように思った。

――私は踊らされていたのだろうか。

政子は亀の前のことを告げてきたのが、ほかならぬその牧の方だったことを改めて思い出した。父の若き後妻、牧の方。政子と同い年の、京育ちのそのひとは、いつも自分のあらさがしをしているような意地の悪いところがあった。例の旗上げのときも、いったん旗色が悪くなると、

「あの娘のおかげで、家がつぶれる」

と黄色い声をあげてわめきたてた。鎌倉に来てからはそれでもおとなしくしていたが、やはり

爪はかくしていたのだ。

おためごかしと見せて、実は政子をきりきり舞いさせようがための、いかにも女らしい意地悪。

そういえば、打ちこわしを命じたとき、牧の方の兄の宗親が、ひどくいそいそとして出かけていったのは、二人して、私に恥さらしをさせようという魂胆だったのか。

全身に冷水をかけられたような気がしたそのとき、

――お兄さま……

ふいに亡き兄、宗時のおもかげがうかんだ。

もし、お兄さまが生きておいでだったら、私をなんとごらんになるだろう。

また、やりすぎたな、例によって――。

きっと、あのおだやかな微笑で、私にそうおっしゃったに違いない。

「正直だが、思ったとおりをすぐ口に出したり、やったりしてしまうんだなあ」

そう言った兄の声が耳の底によみがえってきた。

そうかもしれない。私はまたやりすぎた、と、政子は、まるで兄が眼の前にいるように肩をすくめて小さくなった。

「そんなことをやったって、ひとつもお前のためにならないと思うがなあ」

兄の声はまだ続いている。

――どうしよう、もうとりかえしがつかない。

わあっと声をあげて御所からとび出してしまいたくなった。

と、そのとき、遠くから、あわただしく廊下を踏みならしてくる音が伝わってきた。

「御台、御台――」

大声の主は時政だった。

「大変なことになったぞ」

むずと坐るなり、牧宗親の一件を一気にしゃべった。

「え？　宗親のもとどりを？」

「そうだ、切られたんだ。御所さまが——」

勢いこんで言う時政に、政子は一瞬きょとんとし、それから、ゆっくりと、

「ほんとに？　ほんとうにですか」

やや間のぬけた念の押しかたをしたのに、時政は気づかなかったようだ。

「そうだとも。御所さま、ご自身の手で」

「そうですか。切られましたか」

ちらりと政子の頰がゆるんだことなどには目もくれず、時政はますます鼻を赤くし、膝を叩いて吠えた。

「けしからん。じつにけしからん。義母上はもう半狂乱だぞ。相手は御所さまながら、血筋をたどれば娘のつれあいではないか。それがわが兄にそのような恥辱を加えられるとは、あまりにもないがしろにしたなされようだと、な、そのとおりじゃないか」

「はあ……」

「だいたい、近ごろの御所の御振舞には俺も合点がゆかぬ。三浦だの千葉だのという連中のごますりばかりに耳を貸されて、北条などは見むきもなさらぬ。が、そもそも、この北条がお助けしなければ、旗上げもようなされんじゃったろうが」

「……」

「今度の浮気にしてもそうだ。われら一族をないがしろにしている証拠よ」

そうですとも、という答を期待して娘の顔をみつめたとき、はじめて時政は、政子が自分を見てはいず、あらぬ方をぼんやりみつめているのに気がついた。

「おい、おい」

御台所に対する言葉づかいから、急に娘へのそれに変わって、彼は政子の近くににじりよって、声を低めた。

「何を考えている、政子」

「え？」

呼ばれて、政子は、我にかえって、繰返した。

「そうですか、御所さまが、もとどりをお切りになったんですねえ」

憤慨するにしては、妙に感にたえたようなその声音に、

「なんと？」

時政は眉をよせた。

あまりのことに娘は気が動顚《どうてん》したのだろうか。

「もう、我慢ならぬ。俺には俺の考えがある。この恥辱はこのままではすまされぬ。是が非でもあの男に両手をついてわびさせるぞ」

「………」

「なあに、心配するな、俺がついている」

言いかけて、なんとなく視点の定まらない政子に、彼は初めて不審をいだいたらしい。

「どうした、政子、しっかりしろ」

「は、はい」

「まさか、そなた、御所が恋しくなったのではあるまいな」

「いいえ、そんな……」

打消しかたに元気がないことに時政はみるみる不機嫌になった。

「なんだ、そなたのためを思って言っているのに、親の心もわからんで」

帰るぞ、とわめいて立去る父の後姿を政子は黙って見送った。

多分牧の方は自分のつけた火のひろがりに仰天し、時政に泣きついたのだろう。が、政子はもうその尻馬にのって逆上する気にはなれなかった。

けらけらけらという虚空の笑い声を耳にした瞬間から、なんとも心の中が収拾がつかなくなってしまっている。そして、まことに、ふしぎというよりほかはないのだが、ただひとつ、すがれる糸を見出したように思ったのは、頼朝が宗親のもとどりを切った、という事を聞いたときだった。

ほんとうなら、父と共に憤慨しなければならないはずなのに、政子はそのとき、なんとなく、ほっとしたのである。

つい今しがたまであんなに憎んでいた夫だったのに、この心の動きはどうしたことか、と政子自身がうろたえている間に、時政は吠え、唸って行ってしまったというわけなのである。

一方、政子からはかばかしい返答を得られなかったことは、時政の怒りに油をそそいだ。

「ちっ、くそ面白くもない。もう鎌倉などには居たくもないわ」

短気にまかせて、彼は家の子郎党に伊豆へひきあげの命を下したのである。

「とほ、赤鼻の舅どの、なかなかやるわい」

「鼻の下の長い話よ。おおかた若い内室どのにせっつかれてのことさ」

無責任な御家人は首をすくめてささやきあったが、これを鐙摺で聞いた頼朝の反応はすこしちがっていた。

「なにっ。北条が伊豆へ発つ？」

聞くなり、いつもの悠長さに似ず、

「帰ろう、鎌倉へ」

早くも腰をうかした。

さすがに頼朝は男である。

すばやく政治的な配慮が働いたのだ。

——時政が自分の身辺を離れたら？

とたんに、彼は体のまわりを風が吹きぬけて行くような感じにおそわれたらしい。

今のところ、たしかに彼は鎌倉のあるじである。坂東の地に広大な領地と兵力を持つ豪族たちからも、

「御所さま」

とうやまわれている。が、そのじつ、頼朝は彼らの十分の一ほどの兵力も持っていない。形の上では豪族たちの兵力は一応彼の麾下《きか》にはあったが、実際上は、彼らの直接のあるじの命令がなくては動きはしない。だから、もしも豪族たちが言うことを聞かなければ、頼朝は鎌倉で孤立無援に陥ってしまう。そして、もしそうなったとき、ほんとうに頼朝の手勢として、守ってくれる親衛隊は、北条一族をおいてはいないのである。

——おやじめ。それを計算にいれての嫌がらせだな。

とすぐわかったが、それに憤慨しているときではない。

——名より実を……

くるりと意地を棄てた。このあたりが、彼の政治家的素質というべきだろう。

頼朝は、その日の夜急いで、御所へもどった。が、一足ちがいで、時政は伊豆へ発ったあとだった。

それでも、まだ頼朝はあきらめていなかった。

「ほんとうに誰一人いないのか？」

早速に使いがとばされた。さして遠くない小町の北条館から折返し帰ってきた使いは、息をはずませながら報告した。

「たしかに館はあき家同然ではございますが、ただ——」

「ただ？　どうした」

頼朝は縁のほうへ体をのりだした。

「御曹子、四郎義時どのは残っておられます」

「すぐ——すぐこれへ呼べ」

とたんに頼朝の頬はゆるんだ。

四郎はまもなくやってきた。このごろ一段と背丈が高くなったが、二十歳のこの青年は、あいかわらず、無愛想で、ぬっと入ってくると、頭を下げただけで、黙りこくっている。むしろ、そわそわと機嫌をとったのは頼朝のほうだった。

「お、四郎、夜分よく来てくれた。そなたの親父の短気も困ったものだな」

口ではそう言うものの、肩をすくめて、

「ま、人間のすることだからな、お互い、行きちがいもあるさ、な」

意をむかえるように笑ってみせる頼朝の前で、四郎はにやりとした。ふてぶてしいまでの落着きぶりだった。

「御台の所へも行ってやれ」

四郎は会釈して座を立った。

政子のところに来ても、四郎は依然として無口で、出された干しなつめをむしゃむしゃたべるだけだった。ただ、

「四郎、どうしてあなただけ残ったの」

政子が聞いたときだけ、

「一人ぐらい残ったほうがいいと思って」

短く答え、すぐ立ちあがった。

「帰って寝ます」

たしかに、頼朝の帰館によって事は一応落着したようにみえた。

——やれやれ……

藤九郎盛長も胸をなでおろした一人である。

北条時政は、まだ、へそを曲げて伊豆にひきこもっているが、そのうち時が解決してくれるだろう。ほとぼりのさめるのを待って、藤九郎は久々に政子のところに顔を出した。

小春日和《びより》のその日、政子は縁先で大姫の双六の相手をしてやっていた。

「いつもお変わりもなく——」

平伏する藤九郎に会釈しながら、

──お変わりなくどころか……

心の中で政子はつぶやいていた。かくれがの打ちこわし以来の心のゆれを思えば、お変わりなく、どころではないのである。

夫に対する憎いような恋しいような、なんともいえないこの交錯した気持は、あれ以来一向に整理されていないのだ。

もちろんそこまでかぎとっているわけではないが、藤九郎はまた別の意味で政子の苦労が終ったわけではないことを知っている。時政にはあっさり兜《かぶと》をぬいだ頼朝も、政子の前では、ぬらりくらりで、今でもこっそり亀の前のところへ通っているらしい。

京育ちの頼朝にすれば、男が幾人もの女のところに通うのはごくあたりまえのことで、それをとがめる政子のほうがおかしいのだ。

──このあたりのことを、御台さまも心得ていただかねば……

二人の間の溝を埋めるつもりで、藤九郎は、なんとはなしに頼朝の昔のことに話題を持っていって、さりげない口調でつけ加えた。

「まあ、何といっても、御所さまは、都のお育ちですからな」

「でも、ここは都ではありませぬ。坂東です」

すかさず政子は答えた。

「私は坂東の女ですもの。そんなことはできるもんですか。好きだったら好き、嫌いだったら嫌い。好きとなればいのちをかけます。そのかわり、相手の人もそうしてくれなきゃあ……」

言いかけて、政子は、藤九郎が馬面をなぜているのに気がついた。

──ははあ、すると、よほど御台さまは、御所さまに御執心で……

あきらかにその眼はそう言って笑っている。

――あらっ。

どぎまぎして政子は口をおさえた。

――そうだわ、やっぱり私はあのかたをほんとうに好きなんだ。

数日間のもやもやした思いが、やっとふっ切れたような気がした。それにしても愛しながら憎んだり、憎みながら愛したり、男と女との間は、なんとややこしいものだろう。

気がつくと、大姫が黒いつぶらな瞳をあげて大人の会話に耳をすませている。

――姫……

ああ、この子も女の子。いつかはこうして愛憎の世界で苦しまなければならないのか、と思うと、ふっといじらしくなる。

が、そのとき政子は気づいてはいなかった。いたいけなこの童女の前に、年よりも早く女としての運命の扉がすでに開きかけていたのを……。

泣きぼくろ

鎌倉の町では、このところ、やたらに旅人の姿が目につく。

砂埃《すなぼこり》にまみれ、太刀を背負った髭面《ひげつら》武者、荷物をかついだ供をつれ、いわくありげに市女笠からむしの垂絹《たれぎぬ》をたらした女たち、はては僧侶、神官、旅ぐつ……彼らが一様に物ほしげな顔にみえるのは、鎌倉めがけてやってきたそれぞれの腹の中が、しぜんと鼻の先にあらわれてしまうからであろう。

——わが家は、源家重代の家人でございまして……なにとぞ、お取りたてを……

かと思えば、

——どこそこの荘は私のものでございましたのに、平家に横領されまして……

虫くいだらけの古証文を持ちこむものもいる。海の香の強いこの町にうごめく旅人のなか十中八、九までは、欲にからんだ売込み、訴訟のたぐいである。

まあこれも頼朝の人気のうち、と思ってもいいかもしれない。旗上げ以来もうそろそろ三年、まだ平家との本格的な対決をしたわけではなく、都ではまだ逆賊扱いだった彼なのに、時の流れと言おうか、民衆は彼を棄てておかなかったのだ。

もちろん頼朝も、一日も早く、中央にその実力を見せつけてやりたいと思っている。が、この三年というもの、全国が不作つづきで動くにも動けないのだ。なにしろ兵力を動かすにはまず食糧が必要だ。「腹がへってはいくさはできぬ」のである。

これは平家にしても同じ思いだったし、木曾で鎌首をもたげはじめた源義仲にしても同様である。おかげで三者は三すくみの状態で、国内は、台風の目にはいったような、かりそめの平和が保たれていた。

不作、飢餓が、国内平和をもたらす——とは、いかにも皮肉な話だが、考えてみれば、亀御前の一件も、この奇妙な平和の生みだした副産物であったかもしれない。

ところで、欲と道づれの客のほかに、時折り、鎌倉には風変わりな客も舞いこんでくる。鎧の草摺りはひきちぎれ、顔の傷から流れる血もまだ乾いていないような有様でやってきた山下兵《やまもとひょう》衛尉義経などもその一人だろう。

彼は八幡太郎義家の弟、新羅三郎義光五代の孫で、近江に根を張るかなりの豪族である。生来のあばれ者で放胆なゲリラ戦を得意とし、先ごろから平家の鼻先でさんざんあばれまわっていたが、遂に平家に居城を攻めおとされて逃げてきた。

が、別に頼朝の援助を求めるでもなく、

「なあに、またとりかえしますよ。そして鎌倉殿出陣のときは先陣をつとめますから」

言うなり飄然《ひょうぜん》と立ち去った。じじつその後まもなく彼は京洛でゲリラ戦を始めている。九郎義経と同じ名前なので、混同されたりしているが、彼もなかなかの豪傑だったらしい。

が、今日、鎌倉の若宮大路を歩いている若武者は、これまで流れこんできた多くの客とは少し様子が違うようだった。

若武者――いや、まだ少年といったほうがよいかもしれない。背丈はのびているが、まだどこかに幼な顔が残っている。眉は濃く口をきゅっと結んで、なかなか負けん気の顔立ちだが、そのひきしめた唇さえも、ほんのり桜色で、あごには髭あとさえもない。きれいに澄んだ右眼の下の泣きぼくろも、あどけない印象の一つになっている。

そのくせ、馬の乗りかたは驚くほどうまい。背筋をすっと伸ばして、思わず人をふりむかせるほどの姿のよさだった。

しかも乗っている馬が、ほれぼれするような栗毛だった。全身が濡れ光ってみえる逸物である。

「ほう……あれだけの馬は鎌倉にもめったにおらんが」

が、少年はそんな声には耳もかさず、まっすぐ前を向いている。供には少年よりやや年かさの、色の浅黒い若武者がひとり馬で従い、数人の郎党が荷物をかついで後につづく。

やがて御所の大屋根が見えてきた。このあたりまで来ると、たいていの旅人は、

「あれが御所か」

声を低めて行きかう人にたずね、やおら身じまいをなおし、いよいよ門前にさしかかると、ひどく卑屈な、愛想のいい顔つきになる。

が、少年は違っていた。馬を降りて、つかつか近よって、じっと屋根をみつめた瞳には、卑屈ないろはどこにもない。ただ、少年らしい澄んだ瞳には、かすかな緊張が走ったようだった。

供の若武者が進み出て来意をつげると、しばらく待たされたあげく、通されたのは、侍所《さむらいどころ》ではなくて、奥向きの小御所との間の、とある局だった。

ふつう、御所に用事のある武者は、侍所で待たせるのだから、これは異例のことだといってよい。少年と若武者は、そこでも長い間、ほうっておかれた。むかいあった二人は作りもののように黙りこくっていたが、とうとうしびれをきらしたか、供の若武者が口を切った。

「梅が匂っています」

少年は無言である。

「鎌倉の春は早いですね」

「……………」

「あ、うぐいす」

少年の切れの長い眼がきらりと光ると、若者は口を閉じた。が、しばらくすると、たまりかねたように、

「どうしたのでしょう。もうずいぶん待っているのに……」

不満を爆発させた。

と、そのとき、縁に人影がさした。侍所の別当（長官）の和田義盛であった。義盛は立ったまま二人を見下してぶっきらぼうに言った。

「明日来られるはずではなかったか」

少年は眉をぴくりと動かせ、初めて口を開いた。

「馬の足が速すぎたのでしょう、きっと」

義盛はみるみる不快な表情になった。

少年は義盛の表情を無視した。

「佐どのへのお取次ぎをお願いしたい」

若武者が言葉をそえると、義盛は顔色をかえた。

「佐どの？　この鎌倉では御所と申しあげている」

それから気むずかしげな口調になった。

「御所へのお目通りは明日だ」

「では、我々は明日までここで待つわけですか」

「そうだな。一日早く来てしまったのだから」

なんて杓子定規な――と若者がむっとした表情でつっかかろうとしたとき、少年が義盛にわからないように袖を押さえた。

それなり、少年は、完全に眼前にいる義盛を無視した表情で、庭先の枯れた野芝に、かげろうのゆらめきたつのを見守っている。

気まずい沈黙が流れたそのとき――。

こんどは、子猫のように軽く、どこかたどたどしい足音が、せわしなく近づいてきたと思うと、ぱっと縁先に花びらがこぼれた……。

いや、じじつはそうではない。が、まさしくそんな感じで、その場の重苦しい沈黙が破られた。大姫がころがりこんできたのである。

「あら」

かくれんぼにでも熱中して、ここまで来てしまったのだろう。思いがけない人影にたじろいだが、一人が顔なじみの義盛と見ると、

「こんにちは」

首をかしげて、人なつこく会釈した。

「や、これは姫さま……」

「このかた、だあれ」

丸い眼をあげて無邪気に聞いた。

「こちらは、その……、木曾の」

言い終らぬうちに大きくうなずいた。

「木曾のおじさまのところの、志水冠者《しみずかんじゃ》義高さまでしょ。でも、義高さまなら、あしたいらっしゃるはずだったのに」

「おや、よくご存じですな。それが一日早く着かれたので、ここに御案内したわけで」

何を思ったか大姫は、とことこと少年に近づき、まじまじと相手をみつめてから、

「ようこそ」

六つの童女にしてはませた口調でそう言い、せいいっぱい気どったおじぎをした。大姫のあとを追って侍女のさつきが現われたのはそのときである。

「姫さま、そちらにいらしてはいけませぬ」

義盛たちの姿を見つけて、あわてて手をとろうとしたさつきに大姫はすまして言った。

「さつき、もうかくれんぼはおしまいよ」

「まあ……」

「だって、姫のおむこさまがいらしたんだもの」

「え？　何でございますって」

「このかた、木曾の義高さまなの」

「……」

「そう言ったでしょ、さつき。姫さまに義高さまっていうおむこさまがいらっしゃいますよって」

少年の頰にかすかな動揺がうかんだ。

大姫の言葉は、なかばは真実、なかばまちがっていた。

まさしく、眼の前の少年は、北陸の英雄、木曾義仲の長男、志水冠者義高、供の若者はその家人、海野小太郎幸氏だった。そして義高が将来大姫の婿になるべくこの鎌倉に送られてきたこともたしかである。

が、それがすべてではない。彼は鎌倉にとって重大な人質でもあった。

寿永二年——飢餓のための奇妙な平和が終りかけ、都めざして進撃を開始した木曾義仲は、頼朝に背後を襲われないように協定を結び、そのあかしとして、義高を鎌倉に送ったのである。

大姫はもちろんこうした事情は知らないから、おむこさまの御入来にすっかり御満悦である。もっとも六歳の彼女にとっては、「おむこさま」とは、つまり、かくれんぼや鬼ごっこや双六のお相手でしかなかったけれど……。

このとき義高は十一歳、年からみれば似あいの夫だったが、このときの五歳のひらきは五十歳のひらきでもあった。背たけも十七、八くらいにみえる彼は、彼自身の鎌倉での役割をちゃんと心得ているように見えた。

もともと無口なたちだから、よけいなことは言わない。かなり気は使っているが、決して卑屈ではなく、むしろ毅然《きぜん》としている。人質としては申しぶんのないふるまいと言えた。

が、その彼も、大姫の前では、そんなかまえをかなぐり棄てている。最初のあの日、はりねずみのように体をこわばらせ、警戒していた自分を、思いがけず、手ばなしの大歓迎をしてくれて以来、大姫だけには心を許しているようだった。

「ね、海へ行きましょう」

大姫がさそえばすなおについて来る。大姫は貝ひろいが大すきなのだ。自分の爪に似た薄紅いろの桜貝を並べて、

「こっちが義高さまで、こっちが私なの」

大まじめでいう。なんでも同じようなものが並んでいれば、大きいのが義高さまで小さいのが自分なのだというのである。

そんな大姫が、ある日義高の顔を見ると言った。

「ね、私、義高さまと同じよ」

「なにが」

「顔をよく見て」

「わかんないなあ」

「もっとよく見るのよ」

少しべそをかきそうになった。

「何が同じなの、わかんない」

義高が首をかしげると、ぽろりと涙をこぼしはじめた。あわてて、

「ごめん、ごめん」

肩を抱くとますます激しく泣きはじめる。そのうち、

「おや……」

義高がびっくりしたように顔をのぞきこんだ。大姫の顔が薄黒くよごれている。彼女はそっと政子の眉墨を持ちだして、義高と同じ右の目じりに泣きぼくろをいれ、それを義高に見せたかったのである。

大姫が義高を愛していた——と書けば、あるいは、たった六歳の童女が、と笑うかもしれない。が、そのひとは、自分の幼い日の記憶を忘れているのだ。性のきざしも見えないそのときも、人間の心のなかに愛の炎は燃えさかるものであることを……。

そしてむしろそれは、世間のおもわくも何も考えないだけ、純一でひたむきだ。

が、大人たちは、いつかそれを忘れてしまう。たとえ憶えていたにしても、ひととき、そのひとに吸いよせられるほどうっとりした記憶を、ほんのお笑いぐさにしてしまう。

——あのとき、私は女ではなかったし、相手もまだ男ではなかった……。

だからそんな気持になるはずはなかったのだ、と無理にも思いこもうとする。

この場合の政子もちょうどそれだった。

「義高さまあ、義高さまあ」

ちょっとでもその影が見えなくなると、目の色をかえてさがしまわる大姫を、

「まあ、この子ったら……」

夫婦気どりのままごとをしていると、侍女のさつきと顔を見合わせて笑いころげたりした。

が、このとき、大姫にとって、ままごとは決して「まねごと」ではなく、生きること自体であった。

大姫は義高が好きだった。そばにいるだけでうれしかった。

なぜだか自分にもわからない。いや、そんなことは考えてもみない。はじめてめぐりあったそのときから、そうきまってしまったと言ったらよいのかもしれない。

「姫さま、ほんとうにお似合いの御夫婦ですこと」

侍女がそう言うとき、大人の感覚でからかっているとも知らず、大姫はしごく満足だった。

が、父の頼朝は、少し違っていた。

「姫と義高どのは、そりゃ仲よしですのよ。栗ひろいも、浜あそびも、みんな義高どのといっしょ。それにね——」

弟の万寿が生まれたあとでも、ときにはそっと乳房をもとめたりしたのが、ぴたっと止まった、と政子が笑いながら語るのを聞いて、

「ふん」

少し眉をよせて言った。

「誰だ、姫に義高と夫婦になるなどと言ったのは」

「さあ、誰ということはなく、はじめから姫の耳に入ってしまっていたようですわ」

「口の軽い奴ばかりそろっているからな」

頼朝は不興げであった。

「まあ、いいじゃございませんか。どうせ子供のことですし」

それに政子自身も近くにおいて見ているうちに、義高という少年に次第に好意をもちはじめていた。無口で男らしいが、大姫をみつめるときはじつにやさしい眼をする。冗談ではなく大姫の婿にはうってつけかもしれない。それをなぜ頼朝は嫌がるのだろうか？

御所のなかで、頼朝と政子が、幼い恋人たちの噂をしていたころ、当の二人は、御所にはいなかった。

義高はその日の朝早く、海野小太郎をつれて、遠駈けに出ていた。

「すぐ帰ってくる。そしたら、また遊んであげるからね」

朝起きてから寝るまで、そのそばを離れようとはしない大姫の肩を抱いてやさしくなだめると、彼は自慢の栗鹿毛にひらりとまたがった。今朝は飯島崎から小坪、さらには鐙摺の先まで、磯づたいに馬を飛ばせるつもりだった。

ちょうど真夏の小さな嵐がすぎたあとで、空はぬけるように青い。

「きっとね。早く帰ってね」

小さな指をからませて、大姫はひどく真剣な眼つきでそう言った。

それからしばらくの間、彼女はおとなしく手習いをした。終ると侍女のさつきを相手にひいな遊びをした。それにもすぐ飽きて双六を持ち出したが、これも、さつきの賽《さい》のふりかたが下手だといってむずかった。さつきにしてみれば、手加減をして、わざと大姫に勝たせようと苦労していたのだけれども。

「義高さまはそんなふうじゃないわ」

大姫は口をとがらした。たしかに義高は賽のふりかたはたくみだった。ほら、見ててごらん、と言いながら二つの賽を握ると、おもしろいように畳六（六つならび）や一つならびの目が出るのである。

「義高さまなら、ほら、こんなふうに」

とまねをしてみせるのだが、残念ながら大姫の手からは、そんな奇蹟は生まれてこない。そしてそのことに、また大姫はいらだった。

なにもかも気にいらない。

つまり義高がいないからだ。その空白は、手習いも、ひいな遊びも、双六も、埋めることはできないのだ。

昼をすぎると、とうとう大姫は、たまりかねたように言い出した。

「義高さまをお迎えに行こうかしら」

「まあ、そんなことは……」

さつきは、あわてててとめた。

「今日はまだ、海も荒れております」

「お舟に乗るんじゃないもの」

切りかえすと、大姫はもう走り出していた。

「もし、姫さま、もし……」

くるりと立ちどまると指を口にあてた。

「しいっ。お母さまにはないしょよ」

そのまま、兎のようにすばしこく跳《は》ねてゆくあとを、さつきは夢中で追いかけた。大姫は門に廻らず、草のしげみを分けてゆく。いつ見つけておいたのか、犬でもあけたらしい小さな築地《ついじ》のくずれから外へぬけると、たくみに家並みの間を縫って、滑川《なめりがわ》のほとりに出た。大姫はそこでちらとさつきをふりかえった。その拍子に、体の平均を失ったのか、大きく体がゆらいだ。

「あっ！」

さつきが息を呑んだそのとき、小さな両の手をあげながら、大姫のからだが、滑川の流れにゆっくりと落ちていった。

滑川はその前の日の嵐で増水し、土色に濁って流れていた。ふだんはおだやかな細い流れなのだが、嵐のあとには、すっかり相が変わって堤を蹴破り、人家を押し流してしまったりする。

「ひ、姫さま」

追いすがったさつきが手をさしのべたとき、渦を巻き、ふくれあがって岸を嚙む流れは、すでに大姫を呑みこんでしまっていた。

あたりには運悪く人影もない。

どうしよう……。

目の前が真暗になったそのとき――。

奇蹟というよりほかはないのだが、まるで濁流の中の大姫に吸いよせられるように、義高、小太郎主従が堤のむこうに姿を現わしたのである。

「義高さまっ」

それから先は声にならなかった。が、さつきの震える指先が流れを指さした瞬間、義高は、すべてを了解したようである。

ぎらりと鋭く光った義高の眼が、食いつくように流れにそそがれたそのとき、小さな手が、濁った流れの中に、ちらと浮き沈みしたように、さつきには思われた。

義高は馬からとびおりざま、直垂をむしりとるようにして、濁流に身を躍らせていた。小太郎も同じく後に続くのを見て、さつきは、ふらふらと、その場にしゃがみこんだ。

その後のことはわからない。長い時間かかったのか、それともつい数分のことなのか……。

気がついてみたら素裸から水をしたたらせた義高の胸に、ぐったりした大姫が抱かれていた。濁水をくぐったというのに、薄紅いろの汗衫《かざみ》の色がひどくあざやかで、まるで雨に濡れた花のようにみえた。

「大丈夫だ。あまり水も飲んでいない。火を」

義高はてきぱきと言うと、小太郎に手伝わせて水をはかせ、体をさすった。大姫はまだ眼をとじたままだったが、白蠟のようだったその頰に、やがて、ほんのりと赤味がさしてきた。

「義高さまをお迎えに行くのだとおっしゃって、こんなことに……」

さつきがおろおろしながら言うと、

「迎えに？……そうだったのか」

義高は濡れた頰を、やっと桜色になりかけた大姫の頰におしあてた。

「よかったなあ、帰ってきて。なんだか変に胸さわぎがしたんで、遠駈けを中途でやめてひきかえして来たんだ」

「まあ……」

このあと御所は大騒ぎになったが、この話を聞いて政子はからだを震わせた。

――もし、あのとき、義高が帰る気にならなかったら……

「二人はふしぎな縁で結ばれているのでしょうか？」

が、政子の言葉を聞くと頼朝は皮肉な笑いをうかべた。

「そもそも義高がいなければ、こんな騒ぎは起こらなかったともいえるな」

義高のことというと、きまって頼朝の口調はつめたくなる。それでいて、

「あの子のこと、お嫌いなのですか」

政子がたずねると、

「いや」

首をふった。

「木曾の山家育ちにしては、できすぎている。気だてもよいし、あのまま育ったら姫のいい婿かもしれぬ」

薄い笑みさえうかべたが、

「それならなぜ、もっとやさしくしないか、と言いたいんだろう。そなたの顔に書いてある。だがな、政子、そなた、ひとつ忘れていることがあるぞ」

言いさしてじっと政子の瞳をみつめた。

「それはな、義高が人質だということだ」

聴いているものの胸を風が吹きぬけるような、冷たい、しらじらとした言葉であった。

「それはそうです。でも……」

その冷たさに押し流されそうになりながらも、政子はその言葉にあらがった。

「でも、木曾どのは同じ源氏のお血筋です。両家がこうして結ばれれば、いちばんよいことじゃありませんか」

「世の中が万事約束通りに動くものならばな。だが、人間の約束ほど、心もとないものはないん

だ」

　突きはなすように言った。

「俺はこの年になるまで、約束の破られるのを何度も見てきている。父上は、あの平治の合戦に敗れたとき、尾張の長田忠致《おさだただむね》を頼ってゆかれた。が、忠致はうわべは手厚くもてなすと見せかけて、父上を殺してしまった。源家累代の家人《けにん》でありながらな」

「…………」

「この俺だってそうかもしれぬ」

　頼朝の顔が、無表情な仮面のようになった。

「あのとき、俺のいのち乞いをしてくれたのは、池禅尼――平相国（清盛）の義母君《ははぎみ》だ。おかげで、一生伊豆で経を読んで暮すという約束で一命を助かっている。それがどうだ。二十年経ったいま、俺はこうして約束を破ってしまった」

「…………」

「池禅尼には今でも恩義は感じている。だが、父上を討ち、その首をさらしものにした平家一門のことを俺は許していないんだ。自分の命が助かったからといって父上を殺されたのを忘れるほどお人よしではない」

「ええ。源氏と平家の宿縁を思えば、おっしゃることもよくわかります。でも木曾どのとは源氏どうし、力をあわせて平氏を討とうというお約束ではありませんか。もはや木曾どのがそれを――」

「いや、それはわからない」

　急に頼朝は声を低めた。

「木曾は倶利迦羅谷《くりからだに》で平氏の大軍を破ったそうな。いま、知らせがはいったのだ。さてこの先はどうなるかだ。それによって義高の処遇も考えねばならぬ」

義仲が頼朝を裏切る——。

そんなことはありっこない、とそのとき政子は思っていた。わが子を誓いのあかしとして差し出している以上、むざむざそれを危地に陥れるようなことをする親がいるだろうか。

が、その考えが、いかに女性的な甘いものだったか思いしらされるときが、まもなくやってきた。義仲は破竹の勢いで進撃を始め、その年の冬には、戦わずして平家を西海に追い、都を制してしまったのだ。

かねて平家をこころよく思っていなかった後白河法皇はじめ公家《くげ》たちは義仲を歓迎した。自然児の彼は、勝利に酔い、歓迎に酔って、すっかりいい気持になった。

「そうれみろ、あいつはもう俺との約束なんか、忘れてしまっている」

が、口ではそう言いながらも、頼朝はそれほどいきりたった様子ではなかった。

「ま、うまいものは誰でも一人じめしたいものだからな」

しごく落着きはらっているのは、

——あいつの世は長続きしまい。

ひそかにそう思っているからだった。

なにしろ数年来の飢饉はまだ終っていない。都じゅうが食糧不足にあえいでいるところへ、大軍をひきいていったらどうなるか?

飢えた兵士達は、手あたり次第、物を奪って胃袋にほうりこむに違いない。そして、大歓迎をうけたはずの義仲が都じゅうの鼻つまみになるのは目にみえている。

はたしてその頼朝の観測どおり、まもなく法皇は、義仲に愛想をつかし、鎌倉に向かって、

「早く出て来て乱暴者を追払ってくれ」

しきりにこう言ってくるようになった。万事は頼朝の思うように運んだのである。

彼はまず、弟の九郎義経を大将に先発隊を出発させることにした。表向きは伊勢神宮への神馬献納ということで、ゲリラ的な活躍をさせたり、情報を集めさせようというわけだ。東北の原野を駆けずりまわっていた身の軽い九郎にはうってつけの役だった。

もちろん義仲のほうでも、こうした動きを知らないわけではない。両者の間は次第に険悪になっていった。

九郎が政子の所にあいさつに来たとき、大姫は義高を相手に縁に貝殻を並べて遊んでいた。

「行ってまいります。こんどは手柄をたててくるつもりです」

九郎は白い歯を見せてそう言った。

「どこへいらっしゃるの、叔父ちゃま」

遊びの手をやめて、大姫は瞳をあげた。

「都だよ」

「そお。いってらっしゃい。てがらをたててきてね」

事情も知らぬままに、大姫は無邪気に言う。

が、義高は……。

義高はそしらぬふりで、目をそらせ、ひとり植込みの刈り残された穂薄《ほすすき》をみつめていた。おそらく、彼は、九郎が何をしにゆくのか知っているに違いなかった。都で九郎と義仲が激突する日、はたして勝利はどちらのものになるか。いずれにせよ、その日が、この少年にとって運命の大き

く変わる日であることはまちがいなかった。

芙蓉咲くとき

その年もおしつまってから、頼朝はさらに、弟の蒲冠者《かばのかんじゃ》範頼に大軍をひきいて上洛させることになった。出発が近づくと坂東の御家人たちが、続々と鎌倉に繰込んできて、町じゅうが、慌しい空気に包まれた。畠山重忠、稲毛重成、千葉常胤、河越重頼、土肥実平などの有力な武将たちが、次々に御所へ出陣のあいさつにやってくる。

「いよいよ来ましたな、時が――」

「なんの木曾の山猿め、一押しだわ」

坂東武者はからっ風の中で育っているから、みな声が大きい。そのうえ、待ちに待った出陣というので、興奮は昂《たか》まっている。酒が入れば、ますます騒ぎは大きくなって、野獣のようなわめき声は、いやおうなしに、奥の小御所にまで伝わってくる。

――もし義高が聞きつけたら……

と政子はひやりとしたが、義高の態度は以前とすこしも変わらない。表の騒ぎに特に聞き耳をたてるでもなく、相変わらず、やさしく大姫の遊び相手になってやっている。

が、まるきり外の動きに気がついていないわけではないことは、双六をやっているとき、

「どうしたの、今度は義高さまの番じゃありませんか」

大姫にこづかれるまで、外を眺めてぼんやりしているのでもわかった。

――かわいそうに……

政子は、何度か手をとって慰めてやりたい衝動にかられた。が、手をのばしかけては、そのつど、口を開くことをためらったのは、義高の毅然たる態度のためである。

――いいんです。人質になって来たときから、覚悟していたんですから……

胸を張り、口をきゅっと結んで、彼は体じゅうでそう言っている感じだった。それがりりしいだけに、双六の賽を握りながら、ふと見せる放心が、よけいにいじらしい。

そんな義高に政子がしてやれることはせいぜい、着るものや食膳に気を配ってやることぐらいである。

「これ、義高どのは好きでしたね」

高坏《たかつき》にいっぱいくるみを盛ってやったりすると、そのときだけ、義高の隙のない視線が、ふとゆらぎを見せる。

――安心なさい。御所中がみなあなたの敵というわけではないのですよ。

そう言ってやりたい政子の気持がわかったのだろうか。

たしかに今の政子には頼朝と義高の間をどうする力もない。が、その男の世界のどうにもならない相剋《そうこく》から、せめて義高を守ってやりたい。義高と大姫の、無邪気な愛だけはそっとしておいてやりたい。血みどろな男の世界との間に立って、政子は必死になって羽根をひろげて雛を守る母鳥だった。

が、この間にも歴史の歯車は容赦なく回転を続けた。翌寿永三年（元暦元年）早々、範頼は先に畿内に潜入していた義経と合流して、都に突入した。義高の父義仲がこれと戦い、粟津の原で壮烈な死をとげたのは、一月二十一日のことである。

木曾義仲を討ったあと、範頼、義経軍は、さらに一の谷で平家と戦ってこれを西海に追い、圧倒的な勝利を得た。いままで東国の叛逆者にすぎなかった頼朝は、にわかに国の命運を握る覇者《はしゃ》として中央にクローズアップされることになったのである。

こんな動きを義高はどう見ていたか？

誰も彼の父の死んだことをあからさまに告げた者はいないし、義高もこれまでと同じような毎日を送っている。

が、政子には、義高がすべてを知っていることが痛いようにわかった。

知っていても決してそれを口にしまいとしている、いじらしさ。その父を殺したという後ろめたさも手伝って、政子は義高の顔をまともに見つめられないような気がしている。いや政子だけではない。御所には、

——さすが木曾どのの御曹子よ。

孤児になった義高の毅然たる態度に感嘆する声があちこちに起こりはじめていた。

——せめてこの若者の成長をあたたかく見守ってやりたい。

誰の思いもそれだった。

ちょうどそのころ、一の谷の合戦で捕虜になった平家の将平重衡《しげひら》が鎌倉に送られてきた。頼朝は勝利者のゆとりを見せて重衡に対し、ときには彼のために酒宴を催してやった。

同じころ、平頼盛も鎌倉に来ていた。彼は一門の西国行きにも加わらず、遂に東国へ身をよせたのだが、頼朝は、この頼盛にも、「所領は以前の通り」という保証を与えた。これは、昔、頼

盛の母の池禅尼が、頼朝の命を助けてくれた恩義にむくいたのである。

やがて夏——。

戦いに勝った鎌倉には、ひと息ついた、というような、なごやかな気分が流れ始めていた。そんなある夜、頼朝は、政子と二人きりになった時、ふと言った。

「義高には死んでもらわねばならぬな」

「え？」

あまりその語調がさりげなかったので、政子は思わず聞きかえした。

「死んでもらわねばならぬ」

頼朝の口調は相変わらず静かである。

「まあ、どうして」

信じられない言葉だった。

平重衡、平頼盛——にくむべき平家一族にさえも、あれほど寛大な処置をとった夫が、だしぬけに、どうしてそんなことを言うのか。

が、頼朝は、表情を崩さずに言った。

「それとこれとは別だ。池どのには恩義がある」

「でも、義高はまだ小そうございます。そんなにむごい事をなさらずとも……。あんなにおとなしくしておりますものを……」

「………」

「誰もあの子を悪く言うものはおりません」

「だからよ」

頼朝は目をそらせて言った。

「だから死んでもらわねばならぬのよ」

政子がいくら頼んでも、頼朝は義高を助けようとは言わなかった。

「それは女のものさしだ」

にべもなく言った。

池禅尼に助けられて二十年、今や平家を追う立場になった頼朝は、義高を生かしておけば、いつの日か自分を追うようになるかもしれぬ、とはっきり言った。

が、人間はそんなものだろうか。

疑ぐりあい、不信を投げつけあいながら生きて行くものだろうか。

政子にはそうは思われなかった。

まして義高と大姫の愛――愛と呼ぶにはあまりにも幼くひたすらで、見守る自分たちが、ときにはふっとかなしくなってしまうようなけがれのない愛を、大人たちの手で打ちくだいてしまってよいものなのか……。

――そんなことはできない！

夫が何と言おうと、それだけは守らねば……。

決心すると例によって政子はすばやかった。その夜のうちに、ひそかに義高が呼びよせられた。

政子の顔をみるなり、義高はすべてを察したようである。手短かな話を聞くと、さほど驚きもみせず、

「わかりました」

簡潔に答えて深く頭を下げた。

「私はそなたを信じています」

義高もじっと政子の瞳をみつめかえした。きれいに澄んだ瞳だった。

「あとは何とかしますから、ほとぼりがさめるまで、どこかへ隠れていなさい。さ、今すぐにここを出て」

が、彼はゆっくり首をふった。

「いや、今出ても、逃れられないかもしれません」

「まあ、それはなぜ？」

「この数日、御所の見張りは急にきびしくなっています」

「義高、そなた気づいていたのですか」

「はい、海野小太郎が申しました。あいつは御所に来てから、毎晩一度は必ず私の寝室のまわりを見回ってくれているのです」

そうだったのか。義高よりいくらか年上といっても、まだ童顔のぬけきっていない小太郎が、それほどまでに主人の身を気づかっていたのか。

むろん政子は、そんなに警戒がきびしくなったとは知らないでいた。してみると頼朝は、かなり前からこのことを計画していて、ぎりぎりになってから、はじめて自分にうちあけたのだろうか。それほどまでに、事が切迫しているならば、どうしたらここを無事にぬけださせられるだろう。

そのうち、政子は、ふと、あることを思いついた。

——ようし、そっちがその気なら……

勝気が首をもたげたとたん、頭にひらめくものがあった。決心がつくと、政子は、前とは違った落着いた口調になった。

「そう。夜がだめということになれば、昼間ぬけだすよりほかにありませんね」

「は？」

むしろ義高のほうがいぶかしそうに政子をみつめて口ごもった。

「でも、それはもっとむずかしい事ですが」

「ええ、けれども、案外、目をくらますことはできるかもしれません」

計画というのはこうだった。明日ちょうど政子にかわって奥の侍女たちが、北相模の日向薬師《ひなたやくし》まで参詣にゆくことになっている。義高は女装してその供にまぎれてぬけだしたらどうか、というのである。

「大丈夫、笠を深くかぶって、垂絹《たれぎぬ》をおろしてさえいれば……」

政子は確信にみちた口調で言った。

あわただしく逃避行の準備が始まった。中途で一休みする所の近くまで例の栗毛の馬をそっと引き出しておき、そこから武蔵へ出ればいい。大胆すぎるこの脱出行の手はずが一夜のうちにてきぱきと整ったのは、御所の誰もが、心の中で、このりりしい若者を助けてやりたいと思っていたからであろう。

が、夏の朝は明けやすい。どうにか支度ができあがったとき、すでにあたりは明るくなっていた。

めずらしく霧の深い朝だった。乳色のとばりの中で、しきりに鳥がさえずっている。侍女たちにまじって、女装の義高は霧の流れる庭に降りたった。

「どうですか」

見送りに立った政子の前で義高は、ちょっと笠をかしげて笑ってみせた。いかにも物見遊山《ゆさん》の仮装をしたとでも言いたげな落着きぶりが政子を安心させた。

「とてもきれいですよ。そう、そんなふうに静かに歩くのね」

「裾が重くて早く歩こうったって歩けませんよ」

笑ってから声を低くした。

「姫には急に用事ができて旅に出たとだけ言っておいてください」

「ええ、それはもう……」

「姫が心配するといけないから、わざと会わずに発ちます」

まぶたの下の泣きぼくろのせいだろうか、じっと政子をみつめた義高の眼は何か泣いているように見えた。こんなときにも義高は感じやすい大姫の傷つくのを恐れているのである。

出発のときが来た。霽《は》れていく朝霧を見すかすようにしていた義高が、ふと、

「あ、芙蓉《ふよう》が……。今年はじめてかな」

小さくつぶやいた。どこからかこぼれた種らしい背の低い株が、ひとつだけ、霧の中にあわあわと薄紅色の花をつけている。

一行の姿が政子の視界から消えたころ、ふと気づくと、海野小太郎が側に来ていた。

「そなたも早く！」

小声でうながすと、小太郎はかぶりをふった。

「私は参りません。まだ仕事が残っております」

政子がいぶかしげな眼をすると、小太郎は言った。

「それは私が義高さまになりかわることです」

脱出を気づかれぬよう、彼が義高の居間にいようというのである。

「急に病気になったということにしてください。なに、直垂《ひたたれ》をひっかぶって寝ていれば、わかりっこありません」

言葉は落着いていたが、つきつめたまなざしだった。

大姫がめざめたのは、そんな騒ぎが、ひととおりしずまってからである。

「義高さまあ」

透きとおるような高い声で彼の名を呼ぶことから彼女の日課は始まる。が、今日はそれに答える声が返ってこないので、彼女は大いに不満である。

「義高さまったらあ」

一段と高い声で叫ぶと、あわてて侍女のさつきがとんできた。

「お静かに遊ばしませ、姫さま。義高さまはお出かけです」

「どこへおいでになったの。姫にはきのう何ともいっていらっしゃらなかったのに」

口をとがらせる大姫の手をさつきはひいた。

「さ、御台さまの所にまいりましょう。そうすれば何もかもおわかりになります」

が、政子にしても事の真相をあかすわけにはゆかない。

「義高にはね、お母さまの御用を頼んだのよ」

「何の御用？　どこへいらしたの」

「それはね……あとでね」

「どうしていま言っちゃいけないの？」

大姫は追及をゆるめない。

「大事な御用なの。ほかの人には頼めない事なので義高に頼んだのです。ね、だからないしょなのよ。誰にもいっちゃいけないの。姫もだまっていてね。さ、指切りをして」

つじつまのあったようなあわないような母の口ぶりに、大姫はしぶしぶ指切りをした。

が、一刻とたたないうちに、大姫はまたそわそわと義高をさがしはじめる。がまんしきれなくなって、ついに義高の居間に踏みこんだ瞬間、大姫はよろこびの声をあげた。

「義高さまのうそつき！　どこへもいらっしゃらなかったのね」

が、勢いよく近づいてから、ぎょっとして足をとめた。床の中で海野小太郎が口に指をあてていた。

「お静かに、姫さま」

みるみる大姫は気むずかしい表情になった。

「小太郎、義高さまのお床に入ったりしちゃいけないわ」

「いえ、義高さまの御命令なんです。さ、姫さま、ここで双六をしましょう」

大姫にとっては何ともわけのわからない一日だった。いや、政子にとっては、さらに不安な一日だった。

翌日おそくなって侍女達は薬師詣でから帰って来た。その中のひとりがそっと、

「義高さまは無事お発ちです」

とささやいたとき、政子は体じゅうの力がぬけたような気がした。が、安心したのもつかの間、その翌朝彼女はただならぬ人のざわめきに目をさまされることになった。

「志水冠者義高さま、おられまするか」

表の声はあきらかにそう言っていた。

「御所さまのお召しでございますぞ」

政子は床の上に起きあがっていた。遂に来るものが来た、という思いに、今ごろは緑の夏野をひた走りに馬を走らせているであろう義高の姿がちらと重なった。

まさに危機一髪だった。昨日から今までの時間と距離をあわただしく胸の中で繰ってみた。これから先は、どれだけその距離がひきのばせるかである。政子は呼吸を整えた。

「義高はただいま病でふせっております。いましばらくの御猶予を」

と侍女に伝えさせた。折返し外から声がした。

「病の姿でも苦しからず、直ちに参れとの御所さまの仰せです」

「それが、たいへんな高熱で、うわごとなどを申すのです。もうすこし様子を見させてください」

「いつから御発病ですか。つい先ごろ、御元気な姿をお見かけしたと思いますが。ほんとうに御病気なのでしょうか」

「お疑いなら上がってごらんください」

義高の床では、海野小太郎が顔をかくし、病人らしい唸り声を続けているはずだった。

が、そのひきのばし作戦も、そう長くは続かなかった。遂に武者たちが義高の居間に侵入し、小太郎を床からひきずり出して御所へつれて行ってしまったからだ。

小太郎の顔をみるなり頼朝は唸ったという。

「御台所だな、この細工」

吐きすてるように言い、御家人のひとり、堀藤次親家に、すぐさま義高の後を追わせることにした。

が、政子も負けてはいない。間髪をいれずに堀親家を招きよせ、

「なるべくゆっくり行きなさい。また、万一義高を見つけても、決して、討ちとったりしないように。責任は私がもちます」

くれぐれも念を押した。

――私はまたも意地になっている。

政子は思った。が、今度だけはいくら意地を張りとおしても許されるような気がした。

――うまく逃げてくれますように……

敏捷《びんしょう》な義高のことだ。あの逸物の栗毛にのれば、疾風のように武蔵野を駆けぬけ、信濃の故郷へとびこむことだろう。

大姫はまだ事情を知らない。かわって遊び相手になっていた海野小太郎までいなくなってしまったので、大いに不満である。

「義高さまはまだなの？」

口を開けばそう言う。

「ええ、もうすぐ帰っていらっしゃいますよ。元気でお帰りになれるように、さ、八幡様にお祈りしましょうね」

言われれば何も知らずに、母にならってもみじのような手をあわせている。

二日たち、三日たった。このぶんでは義高は逃げきったかもしれない。政子は希望を持ちはじめたのだが、その数日後、義高が御所を逃れ出たと同じ霧の深い朝、

「御台さまっ」

切迫した侍女のさつきの声に政子は眠りをさまされた。

「堀藤次が帰って参りました」

異様におし殺した声に胸をつかれて、

「さつき!」

言うより早く、さつきは縁にくずれるように手をついていた。

「義高さまは、入間川のほとりで非業の御最期を……」

そうだったのか。やっぱり……。

追手にかこまれながらも最後まで勇敢に戦ったであろう義高の姿を思いうかべて政子は顔を覆った。

「あれほど申しつけておいたのに、藤次は、何ということを……」

「御所さまのお言いつけだそうでございます」

「まあ」

「御台は必ず助けよと申すに違いない。が、決して従ってはならぬと仰せられて」

政子が頼朝の裏をかいたとき、彼はさらにその先廻りをしていたのだ。

——あの方はいつも私の心を読んでいらっしゃる。これが男のやりかたなのだ。

しみじみ思いしらされた。

冷静にわが家の前途を考えれば、頼朝のやり方が正しく、義高を助けようとやっきになった自分はおろかのきわみなのかもしれない。

が、義高の死んだいまも、政子は、決してこれでよかったとは思えないのである。

せめてもの心やりは、御所からぬけださせ、できるだけの手を打って、彼をかばってやったことだ。もしも眼の前で義高が捉えられ殺されたのだったら、その悔いはさらに深いものとなったろうし、第一、大姫にどんな衝撃を与えたかわからない。

大姫はまだ義高の死に気づいてはいない。

「ねえ、いつお帰りになるの」

母の顔をみればそう繰返し、小さな細い指を折って、ひい、ふう、みい、といなくなってからの日数をかぞえている。

この子に何と言って義高の死をうちあけたものか。

思いまどって日をすごすうちに、ある夜、突然、大姫が発熱した。もともと丈夫なほうではなく、急に熱を出したりして驚かされるのは毎度のことで、こうなると日ごろのおしゃまぶりがすっかり消えて、一、二歳の幼児にもどったように甘ったれになって、政子に抱かれなければ寝ようとしなくなる。

「さ、お母さまが抱いてあげますからね」

いつものように添い寝してやろうとしたとき、大姫のかぼそい腕が意外な力で政子を押しのけた。

「お母さま、きらい！」

童女とは思えない憎悪に燃えた瞳が、じっと政子をみつめている。

「知っているのよ。あたし、皆知ってるの」

言うなりくるりと背をむけて静かに泣きはじめた。

大姫はその夜ひと夜を泣きつづけた。しかも、政子がいくら手をさしのべても、その手をふりきって向こうをむいてしまう。

——この子は私たちを責めている。

そうだ、たしかに責められてもしかたがないことをしてしまったのだ。

さすがに、頼朝も沈鬱な表情だ。

「大丈夫か？」

「わかりません。あなたが、あんなむごいことをなさるからです。姫に万一のことでもあったら、みんなあなたのせいですからね」

思わずつめよる口調になってしまう。が、こんなことを言ってもいまさら何になるだろう。言えば言うほど、政子自身がやりきれない思いにおちてゆくのである。

堀藤次も顔色をかえてとんできた。

「申しわけもございませぬ」

「藤次、お前さえ私の言うことを聞いてさえいてくれたら……」

が、そのひとことが思わぬ悲劇を生んだ。あわてふためいて家に帰った藤次は、義高を直接手にかけた郎従の首をはねてしまったのである。

「まあ、なんということを……」

政子は胸をさかなでされる思いがした。その男を殺しても義高が帰ってくるわけでもなし、かえって罪を深くしただけではないか。どうしてこう、ものごとは行きちがってしまうのだろう。

大姫がどうやら床を離れることができたのは二月もたってからである。が、もうそこにいるのは、かつてのおしゃまな大姫ではなかった。御所を走りまわってはおしゃまぶりを発揮して笑いをまきちらしていた大姫は、あの日を境にこの世から姿を消してしまった。

彼女は一日じゅう黙りこくっている。好きだった双六もぴたりとやめ、誰とも遊ぼうとせず、義高とふたりでひろった貝を縁に並べてじっと眺めているのだった。

秋近い今日も、大姫はひとりぼっちだ。縁先に貝を並べ終ると、ぼんやり庭を眺めている。眼の前にこぼれ種の芙蓉があった。義高が最後に眺めていったあの芙蓉だ。

大姫はそれと知ってか知らずにか、よくその芙蓉を眺めている。もうすでに盛りはすぎ、咲きおくれのつぼみが一つ——。いやよくみるとそれはつぼみではなかった。薄紅いろにふくらんだそれは、いまにも開きそうにしているけれども、すでにそれは人知れずに咲いてしぼんだ後だったのだ。

その薄紅《うすあか》い咲きがらは、どこか大姫に似てはいなかったろうか。恋も青春もこれからと思われたとき大姫の恋はすでに燃えつき、この先ついに花咲くことはなかったからだ。

——姫……

しょんぼりした後姿に政子は絶句する。

多分この子は私の生涯の重荷になるに違いない。ふとそんな気がする。

でもそれはしかたのないことだ。ひたむきで激しい性を自分からうけついだこの子を背負うのは、自分しかないのだ……しずまりかえった御所の昼下がり、小さな後姿をみつめながら、政子はそう思うのであった。

白い扇

大姫のことは、たしかに政子にとって大きな心の痛手だった。しかし、

「あの子のことは、生涯私の重荷として背負ってゆこう」

と決心がついたとき、政子は、じめじめ涙をこぼすことはやめていた。

都の女だったらこうではあるまい。

物語に出てくる都の女たちは、こんなときは朝夕涙にかきくれ、どっと病の床にふしてしまう

——その神経の細さが、女らしい美しさだとされてきた。

が、坂東の血の流れる政子は、病に倒れるにしては健康すぎた。いや、それより、

——こうしてはいられない。

という気持が先に立つ。大姫とともに自分まで倒れてしまっては何にもならない。泣くだけでは罪ほろぼしにはならない、と思うのである。このときにかぎらず、ぎりぎり追いつめられたとき、

——くよくよしてもはじまらない。

ふしぎと腹がきまるのだ。

頼朝が討死したかもしれない、と思ったときがそうだった。都人なら、その場で失神して倒れているはずなのに、気がついてみたら、案外てきぱきと、女たちを指図していた。

——あたしは悧口じゃないし、いつもとりかえしのつかない思いばかり繰返しているけれど……

失敗を繰返し、悔いをかさねながら生きて行く——それが人生なのかもしれない。

大姫の健康はその後もかなり不安定だった。突然高熱を出したり、急にひきつけたり……。人を疑うようなまなざしも変わってはいない。

が、政子は、つとめてそれにこだわらないようにした。とやかく言うよりも言葉以上のもので

母の心を通じさせるほかはないと思ったからだ。そのほうが、口に出してあやまったり弁解するよりもずっとむずかしいことだということも知った。大姫に接しているかぎり、政子の神経は、緊張しつづけだった。

しかし、そのおかげで、ひとつだけ恵まれたことがあった。あとになってみると、ちょうどそのころ彼女は身ごもっていたのだが、いつもひどく悩まされるつわりも、ほとんど気づかずにすんだ。

今度生まれたのは女の子で、三幡姫《さんまんひめ》と名づけられた。早速、形の通り乳母が定められたが、女の子だから、儀式のほうはこの前のときのようではない。

が、産所から帰って来た政子が、最初に耳にしたのは、またしても頼朝の浮気の噂であった。それも、あのころあれほどちやほやした亀の前のことは、いつのまにかすっかり忘れていて、今度は営中の野萩《のはぎ》という若い女房にうつつをぬかしているのだという。

「あなたというかたは、いつも……」

が、回を重ねると、頼朝のほうは、びくともしなくなってきている。野萩との事はあっさりみとめ、

「今度はもう家をこわしてもらう手間はいらないぞ」

「まあ」

「よそへかくすのはやめたから」

「まあ、なんですって」

政子はけしきばんだ。亀御前の事件でこりたから外に囲うのはやめて、御前の女房に手を出したとは、何という言いぐさか。

「あなた、こんどは私の眼の前で、そんなことをなさるおつもり？」

「おいおい、そうむきになっちゃ困るな、今のは冗談だよ」

頼朝は笑っている。

「冗談にもほどがあります」

「わかったわかった。だれがあんな小娘、まともに相手にするものか。俺がしんそこ大事に思ってるのは、政子、お前ひとりなんだよ」

野萩という女房は近くの御家人の娘で、ついこのごろ御所づとめをはじめたばかり、渋皮もよくむけきれていない田舎娘だ。本気の相手ではない、という頼朝の言葉もうなずけないではないが、それならなぜそんなつまらない女に手を出すのか。

政子がそう言っても、頼朝は依然にこにことほほえむばかりである。

「まあ、そう怒るなよ。都では夫の浮気に気づいても知らぬふりをしている。それが貴婦人のたしなみなんだぞ」

「ここは都じゃありません。坂東です」

政子もすかさずやりかえした。

「私は田舎そだちです。都の御上臈《じょうろう》とはちがいますし、まねしようとも思ってません。そんな人たちはその男に棄てられればすぐ次の人をみつけたり、ひどい人は一度に幾人もの男に身をまかせたりするんでしょう。私はそんなことはいやなんです。そんな女は、その男のことをしんから思っていないから、やきもちも焼かないんです」

とろけるような笑みをうかべたまま、頼朝はゆっくり手をさしのべた。

「そうだとも、政子はそんな女じゃない。それはよく知っているよ。しんそこ俺を思ってくれているんだよ、なあ……」

ゆっくり肩を抱こうとした。

——まあなんて図々しい……

その手をふりはらった指が勢いあまって、頼朝の頰をしたたかに打っていた。

「わっ、痛た」

大げさに顔をしかめている。

「まいった、まいった。野萩にはすぐ暇を出す」

頼朝はあっさり兜《かぶと》をぬいだ。

くやしい！　痛くもないくせに。たくみに鉾先《ほこさき》をかわされた。それどころか、頼朝の浮気を攻めていたのが、いつのまにか、問わず語りに、政子がいかに頼朝を思っているかを告白してしまったようなものではないか。

やられた。くやしい。残念ながら、真実はそのとおりなのだ。もしこんなに夫を愛していなかったら、相手が何をしようとこんなに取り乱したりしないはずだ。

——私はこのひとをひとりじめしたい。そうしなくてはいられないほど好きなのだ。それを知っていながら、このひとは……

どうもこの問題については、いつも頼朝に手玉にとられてしまう。せいぜい政子にできたことといえば、

「いまをどんな時だと思っていらっしゃるの」

と反撃するくらいのものだった。じじつ文治元年の春、鎌倉は天下分け目の時期にさしかかっていた。

その前年――義高の死んだ直後から、世の中はあわただしい動きをみせ始めている。平家との決戦が近づいたのだ。

「それに気づかない俺だと思うのか」

政子になじられて、頼朝は、いささか不満の面持ちだった。

弟の範頼は大軍をひきいてすでに上洛し、西国に向かっている。が、何といっても西国は平家一門が長い間根拠地としていた所だから、進撃は困難をきわめた。住民がみな平家びいきで、宿もかさず、米も売らない。うかうかしていれば命も狙いかねない有様だ。

頼朝もそれを気づかって、再三範頼に次のような手紙を送っている。

「略奪はするな。決して住民に憎まれるようなことはするなよ」

しかもこの間、源氏はもうひとつの見えざる敵と戦わなければならなかった。

それは都にある朝廷の勢力である。

もともと地方からの年貢を召しあげて生活している彼らは武者などは犬ころ同然にしか思っていない。鎌倉武士のことだって、あばれ者の義仲を追払ったときだけはちやほやしたが、心の底では軽蔑《けいべつ》しきっている。

「用はすんだ。とっとと帰れ」

ぐらいにしか思っていない。もちろん平家に対しても心の底ではそうなのだが、故清盛一族は、半ば公家化していたので、どちらかといえば、彼らには好意的だ。

その平家と源氏が決戦、ということになれば、朝廷はともすれば平家に傾きがちである。公家の中には今でも平家と手紙をやりとりしているものさえあるのだから。平家が勢いをもりかえして都へ帰ってきたら、鎌倉勢はとたんに賊軍に逆戻りさせられる。

——そうさせないためには、平家に逆賊の烙印《らくいん》を押し、追討の命令をもらうことだ。

そう思った頼朝は、苦心の末に、やっと時の権力者、後白河法皇から、平家追討の院宣《いんぜん》（命令）をとりつけた。

が、朝廷もさるもの、そのかわりに、とたいへんな条件をつけてきた。

「義仲に追われて平家が都落ちするとき奉じていった安徳天皇と三種の神器を無事とりもどすこと」

この天皇と神器は、いわば平家のいのちである。これを無きずでとりもどすことは不可能に近い。

——これでは戦うなというのと同じだ。

内心頼朝は大いに不満だったが、やむなくこの条件を呑んだ。

だから範頼は、始めから不可能の中へ出陣したといってよい。はたせるかな戦線は膠着《こうちゃく》し、泥沼状態に陥っている。

「それをどうするか、むずかしいところだ」

さっきのからかい半分の笑顔をひっこめて、頼朝は真剣な表情になった。

「でも、もうお心の中はきまっておりましょうのに……」

政子は言った。誰を援軍としてやるか、もう夫の腹はきまっているはずである。が、それでいながら、最後の一言を口に出しかねている彼の胸のうちも彼女にはほぼ察しがついていた。

苦戦をかさねている範頼をたすけに行くのは誰か？　政子ならずとも鎌倉の誰でもが、その人はたった一人しかいないことを知っている。

その名は九郎義経。

彼をおいてはいないはずだ。が、だれも面と向かって頼朝にその名をつげるものはいない。なぜならこの一、二年のうちに、頼朝と九郎の間は行きちがいばかり起こっているからだ。

この有名な兄弟の仲たがい事件を、これまではとかく、頼朝の嫉妬《しっと》や猜疑心《さいぎしん》、またはまわりからの讒言《ざんげん》やら兄弟の離反を策した朝廷側の陰謀などと見ているが、それらはまちがっているか、あるいはごく一部しかみていない議論である。

第一、頼朝というこの男、女癖は悪いが馬鹿ではない。二十年間流人《るにん》でがまんしてきただけあって、自分の感情を殺すことにはなれている。個人的な感情で大局を見失うようなことは決してやらない人物である。その彼が九郎の戦功をねたんだなどというのは、すこし子供っぽすぎる。

それよりもまず第一に考えなければならないことは、当時といまでは「兄弟」という血筋のけじめが全く違っていたということだ。

そのころ、厳密な意味で「兄弟」というのは、母を同じくする子供たちだけで、父が同じでも母が違えば、まず他人も同然だった。

しかも、ものをいうのは母の家柄で、家柄が悪ければ、たとえ先に生まれていても、あとつぎにはなれない。げんに頼朝は義朝の三男だが、母の出がよかったので、はじめから嫡男あつかいだった。彼の長兄悪源太義平などは、武勇のほまれは高くても、母の血筋が悪かったので、あとつぎとは見なされなかったのである。

しかも、子供たちは母の家で育つから、母が違えば顔も知らない場合が多い。これでは兄弟の情などは起こらないのがあたりまえで、顔をあわせてもしっくりはゆかない。それどころか、ときには他人よりもすさまじいけんかになることもある。

それをふせぐために、のちの武家社会では、長男に権威をつけて惣領——すなわち領地全体の管理者とし、弟たちは絶対これに服従させることにした。この「惣領」ということばはつい最近まで生きていて、長男が家の中で絶対権力をもっていたのはご存じの通りである。

ところで、鎌倉時代は、ちょうどその制度を作りかけようとしているときだった。まわりは意識的に頼朝ワンマン時代を作ろうとしていた。何も頼朝が威張りたかったわけではなく、これが時の動きというものだろう。

が、九郎はまだ時の流れに気づいていない。黄瀬川のほとりで初対面したとき、頼朝が涙を流してくれたことをそのままに、

「兄上、兄上」

気安くそばによってくる。が、黄瀬川からまだ数年しか経っていないとはいえ、時の流れはすさまじい速さで変わりつつあったのだが、気のいい九郎はまだそれに気づいてはいず、相かわらず、「兄上、兄上」をやめなかった。

九郎は人がいい。底ぬけの善人でしかも甘ったれだということは誰しもみとめているし、決して悪い感じは持っていない。が、組織が大きくなると、その中の人間としては、それだけでは困るのだ。

「兄上、兄上としたわれるのもいいが、けじめだけはつけてもらわんとな」

そんな声もちらほら起きている。頼朝の舅にあたる北条時政や、九郎の兄の全成などは、早くもそれを察して、御家人たちの前では、決して舅風を吹かせたり、兄弟づらをしないよう用心しはじめた。

が、九郎はそんなことに気をまわすにしては自然児すぎた。

「とにかく俺はあのかたの弟なんだから」

単純にそう思いこんでいる。さりとて弟風を吹かせて威張るわけではないのだが、時の流れに対する配慮は欠けていた。

その後まもなく、彼が頼朝からゲリラ隊の隊長に命じられて、大よろこびして鎌倉を出発したことはすでに書いた。やがて彼は引きつづいて出陣した兄の範頼の軍と合流すると、やつぎばやに義仲を攻め、平家と戦い、大勝利をおさめた。たしかに彼は戦場での駆引には天才的な才能をもっていたといえそうである。

が、後になってみれば、この天賦の才が彼の命とりになった。戦いに勝って有頂天になった彼は、兄とのけじめなどは、すっかり忘れてしまったのだ。

「何事も鎌倉と連絡をとってやれ」

頼朝は何度もそう言ってよこしていたのに、

「なあにかまうものか」

無断でどしどし戦後処理をしてしまった。

そのうえ、彼は、頼朝から固く禁じられていたにもかかわらず、許しも得ずに、朝廷から官職をもらってしまった。左衛門少尉――検非違使尉というのがその官名だ。朝廷から官名をもらうことは当時の坂東武者にとってたまらない魅力だった。だからこそ頼朝は、前もって、

「御家人の戦功についての行賞は、こちらからまとめてお願いしますから」

と朝廷に申し入れている。つまり勝手にやってくれるな、という意味だ。なぜなら、もし、頼朝が功績一級と認定したものに、ろくな官位も与えず、三級としか認めなかったものに高い官位をさずけたりしたら、すぐ内輪もめが起こるからである。

じじつ、朝廷はじつはそれを狙っていた。内輪もめを起こして鎌倉を混乱させようというのだ。

それを見ぬいた頼朝が先まわりしたのである。

なのに義経は深くも考えずに任官してしまった。例によって、

「なあに弟だもの。許してくれるさ」

しごく単純な割りきりかたをしている。が、弟に規則違反をされて、頼朝の面目は丸つぶれだ。以来二人の仲は、日ごとに険悪になって来ている。

しかし、範頼の危機を見ては、いつまでも頼朝も黙っているわけにもゆかない。ついに規則違反は許さぬままに彼は九郎に出陣を命じた。九郎が屋島、壇ノ浦で、はなばなしい勝利をかちとったのは、その直後である。

このときも、九郎の勝ちっぷりはみごとだった。悪天候をついて四国へ渡り、敵を奇襲したり、壇ノ浦では潮の満干を計算して、もののみごとに平家を全滅させたり……。まさに天才的な戦術家ぶりを発揮した。

が、ここでも、じつは、その天才的な戦術の才が彼の墓穴を掘ることになる。つまり彼は勝ちすぎたのだ。前にも書いたように、この時朝廷は頼朝に「天皇と神器を無事に」という条件をつけている。が、九郎があまり短兵急に攻めたてたので、やけになった平家は、神器も天皇も海に沈めてしまったのだ。もっとも、辛うじて賢所《かしこどころ》は手に入れたし、玉璽《ぎょくじ》はひろいあげたが、宝剣も天皇もついに見つからなかった。

だからこんどの勝ちは半黒星――頼朝はひそかにそう思ったようだ。徹底的な勝利だと、意気まさに天をついていた九郎とは大分へだたりがあった。その上、今度の戦さの行賞として、朝廷は有力御家人に無断で官職を与えた。

「行賞はこちらから申しあげてから」

という頼朝の申し入れは完全に破られたのである。頼朝は激怒して、一人一人の名をあげてのしった。よほど腹が立ったのだろう、日ごろおっとりと上品にかまえている彼にしては珍しい悪口雑言が史料に残っている。

「大ソラゴトバカリヲ能トシテ」

「顔ハフワフワトシテ」

「目ハ鼠眼ニテ」

などといったり、「殺されないよう鍛冶屋《かじや》に頼んで、頸ったまに厚く金でも巻いておけ」などとすごんだりしている。

するとののしられた御家人たちは、口をそろえて弁解した。

「九郎どのが任官なさったので、私たちもお許し願えると思ったのです」

しかも、のんきものの九郎はこのとき、もうひとつ、とんでもないことをやってのけた。敵の中の有力者のひとり、平時忠の娘と通じ、その甘言にのせられて、押収した平家方の書類をあっさりかえしてやってしまったのである。

しかもこれより前に、頼朝は九郎の嫁として、御家人のひとり、河越重頼の娘を京都へ送っている。重頼は頼朝の乳母だった比企尼の娘婿で、しかもその妻は頼朝の長男、万寿の乳母になっている。御家人の中でも有力者である。が、九郎は都へ帰還してからも時忠の娘におぼれて、河越の娘のことはちっともかまいつけなかった。

頼朝は九郎に壇ノ浦でいけどりになった平家の総大将、平宗盛を鎌倉につれてくることを命じた。その際、徹底的に謝罪させるつもりだったのだ。

このとき九郎が頼朝の意向を汲みとって、「悪うございました」とあやまってしまえばよかっ

たのだが、根が正直で甘ったれの九郎はそうしなかった。鎌倉の入口にあたる腰越の駅で、一応弁明書を書いたのだが、

「任官することはわが家の名誉だと思ったので」

などというのんきなものだった。

「あいつには少しもわびる気持がない」

頼朝はとうとう九郎を鎌倉に入れず、都へ追いかえしてしまった。

頼朝が九郎を鎌倉に入れなかったことを、

「つめたい兄だ」

と思う人も後世にはいるが、これは当時の事情を知らぬ考えかただ。むしろこのとき、頼朝はかなりの譲歩をしている。さきに口をきわめてののしった無断任官した御家人への処置はさらにきびしい。

「もう御家人とは思わないから、朝廷に仕えろ。本領は没収、万一美濃の墨股川《すのまた》より東へ足をふみいれたら、命はないものと思え」

頼朝は朝廷を警戒している。そこから官位をもらってよろこぶような人間は、つきつめていえば敵の禄をはむと同じだ。朝廷か鎌倉か、どっちの人間になるか、と激しく迫っているのだ。だから九郎に腰越まで入ることを許したのは、頼朝としては大分寛大な処置だ。九郎はそのことに気づくべきだった。御家人の無断任官のそもそもの起こりは九郎の任官にある。それを思えば「任官はわが家の名誉だと思いましたので」ぐらいでは許してもらえないことは、すぐわかるはずなのだ。

が、九郎はそのことが理解できなかった。この軍事的な天才は、また驚くほど政治感覚に欠け

る男でもあった。いまでも、剣道は強いが商売はさっぱりだとか、マラソンだけは速いが、いっこうに出世しないなどという人間はよくいるが、九郎も戦さだけはうまいが、世渡りは下手な男だったらしい。

兄の怒りの本質が理解できないまま、都に追い返されることになった九郎は、純情なだけに激怒した。

「ようし、それなら俺も考えがある。鎌倉どのに恨みのあるものは、みんなついてこい！」

こうどなって、都へ帰ってしまった。後世は「判官びいき」という言葉ができるくらい九郎の人気が高まったので、こんなことは誰も書かないが、これが鎌倉側の史料に残っている九郎の姿である。

それがまんざら作り話でもないことは、都に帰った九郎が、やがて朝廷から頼朝追討の宣旨《せんじ》をもらったのでも裏づけられる。彼としては都ではなばなしく旗上げをして東国へ攻めて行こうと思ったのだろうが、案に相違して、だれも旗上げについて来なかった。

そこで仕方なしに西国へ行って兵を集めようとしたのだが、運の悪いときは悪いもので、海上で嵐にあって舟が難破し、たった数人の味方だけをつれて、やっと吉野山に逃げこんだ。

この情報は、まもなく鎌倉へも伝えられた。数少ない供の中に女が混っていたときいて、

「時忠の娘をつれていったのか」

頼朝は苦々しげに言うと都からの使者は首をふった。

「いや、別の女でございます」

「別の女？　まだほかにもいたのか！」

そのとき頼朝のそばには藤九郎盛長がいた。日ごろ御台所のやきもちに悩まされている頼朝が、

何ともうらやましそうな顔をしたのを見て、にやりとしかけたが、

——おっと、笑う場合ではない。

あわてて横をむいてあごをなでた。

女の名は静《しずか》といった。やがて彼女は捉えられて鎌倉に送られることになった。

静——。まだうら若い白拍子《しらびょうし》である。白の水干に立烏帽子《たてえぼし》、つまり男の装束で舞を舞う、当時の男装の麗人だった。この白拍子の舞は、都では大はやりで、中でも静が一、二を争う人気者であることは、遠く鎌倉にまで知られていた。

そして九郎義経が、都でその有名な舞姫と浮名を流しはじめたことも、藤九郎盛長の地獄耳は、じつは、大分前から聞きつけている。

——血は争えぬな。

そのときも藤九郎はあごをなでたものだ。

——御所も九郎どのも、どうしてこう女に手を出すのが早いのか。

が、これはにやにや笑ってすまされることではなかった。そのうち、義兄である河越重頼の娘が、頼朝のなかだちで九郎にとつぐことになったからだ。

——苦労するぞ、これは。

小菊という名の姪《めい》はまだ十七歳、若いだけがとりえの田舎娘と、京にかくれもない舞姫とでは、勝負にはならない。はたして都へ上った小菊はほとんどかまいつけられないうちに屋島、壇ノ浦の戦いが始まって九郎は出陣し、そのあと、あっというまに頼朝と九郎の仲は悪くなってしまったのだ。

小菊の父、重頼は、しきりに都の娘に帰ってこいといってやった。

——夫から愛されもせず、まったく苦労しに行ったようなものではないか。

これは藤九郎も同じ思いである。

ところが、意外にも——。

都の小菊は、

「帰りませぬ」

と言ってきて藤九郎をあきれさせた。

——女というものは何とあほうなものか。

ろくにやさしい言葉もかけてくれなかった九郎に心中だてする必要はないと思うのに、

「私は九郎どのの妻ですから」

父の説得も聞きいれずに、小菊は、こう繰返すばかりで、九郎が都落ちするとまもなく、自分もゆくえをくらませてしまった。

おかげで微妙な立場に立たされたのは父の河越重頼である。

「小菊は鎌倉に楯つく気なのだな」

頼朝の機嫌はすこぶる悪い。叛逆者の縁者ということで、とうとう重頼は所領を返上する羽目におちいってしまった。もっとも河越家は代々源氏の家人だったから、頼朝もそう苛酷な取り扱いはせず、形の上だけで所領を返上させ、かわって重頼の母に預らせる——つまり、名義変更にとどめることとしたが、ともあれ、重頼は表向きは御家人として公式の席に連なることはできなくなった。

ところが、今度、その問題の静が鎌倉に下って来ることになって、迎えの役を命じられたのが、なんと藤九郎の一族、安達新三郎だった。

河越と安達、そして静。

藤九郎は奇妙な縁を感ぜざるを得ない。新三郎が静とその母磯禅師をつれて都から帰ってきたのは文治二年の弥生一日――。そろそろ花の便りの聞こえてくるころだった。

「御苦労だったな、新三郎」

あいさつにやって来た新三郎に、藤九郎は盃を与えて旅の疲れをねぎらった。

「いや、戦さの出陣とはちがいますから。それに静というおかた、なかなか気だてのやさしい、ひかえめなたちで――」

「ほう」

「私も白拍子だなんていうから、はでずきの、はすっぱな、わがまま女かと思っていたのですが、道中何の文句もいわず、かえってこっちに気をつかってくれましてね」

若い新三郎がすっかり静びいきになっているのを藤九郎はにやにや眺めている。

「あれじゃあ九郎どのが夢中になられるのは、あたりまえです」

「ほう。まあ、とにかく、道中無事は何よりだったな」

「はあ。母親のほうは少しまいったようですが。早速御所へ報告に参りましたら、引き続き私に預れというお言いつけで」

「お前が？　それは大儀な」

藤九郎は、にやにや笑いをひっこめた。

「いや、別に。そうわがままな人達ではありませんし……」

言いかける新三郎をあごでおさえた。

「そんなことを言ってるのじゃないよ、俺は」

「は？」

新三郎は眉をあげ、それからうなずいた。

「あ、河越どのとの事ですか」

「それもある。小菊のふしあわせのもとは、静御前にもあるのだからな。が、それだけじゃないぞ、新三郎」

藤九郎は鼻をこすり、あごをなで、人には言うなよ、と前置きして声を低めた。

「そなた、なぜ御所さまが、静御前を呼びよせたと思う？」

「九郎どのの消息を尋ねられるためでしょう」

「そりゃ言うまでもない。そのほかに？」

「は？」

「まだ若いな、そなた」

藤九郎は新三郎の耳もとへ口をよせた。

「御所さまは静御前を見たかったのさ」

「え、え？」

「しいっ、大きな声を出すのはよせ」

片目をつぶってみせた。

藤九郎は自分のカンはまちがっていないと思っている。静の名前が出たとたんに頼朝が見せたうらやましそうな表情を、彼は見のがしはしなかったのだ。

さすがに新三郎もその意味をさとったようだ。万一頼朝が、静に異常な関心でもしめしたら事はめんどうになる。

「例のない事ではないからな。平相国(清盛)が九郎どのの母君、常盤御前を召されたこともあるしな。もしそんな事になったら……」

御台所さまが、と言わない先に新三郎は頭をかかえてしまった。

「弱りましたな、それは」

「気苦労な役だぞ、これは。それに……」

藤九郎は一段と声を低めた。

「それにもうひとつ、じつは、はらはらしていることがあるのだ」

新三郎はけげんな顔をした。

「まだ、ほかに何かあるんですか」

「例の、野萩のことだ」

藤九郎はうっそりとあごをなでた。

「野萩？　ああ、あのことならもうすんだことじゃないですか」

「おや、知っているのか」

「御所さまがたいへん御執心だったのでしょう。それを御台さまが気づかれて、ひどくお怒りになって、くやしい、とおっしゃって、御所さまの顔をぴしゃりと――」

「おい、おい、ちと大げさだぞ、それは」

「鎌倉じゅうでは、もっぱらそういう評判です」

「そうか、そんなに噂になっているのか」

「おや、ご存じじゃなかったのですか」

新三郎は逆に聞きかえした。

「それで御所さまは、御台さまのけんまくに恐れて、お暇を出しておしまいになったとかいう話でしたが……」

「ふむ、まあ、そうなんだが……」

藤九郎は歯ぎれの悪い答えかたをした。

「その野萩どのがどうしたんですか」

「実はな、赤児《やや》を生んだ」

「えっ、赤児を？　御所さまのですか」

「しれたことよ。じつは体が目立ちはじめたので暇を出したのさ。生まれたのは男の子だった」

「へえ、それはそれは。で、その赤児は」

「いま、さる男が預って、内密に育てている」

「……で、御台さまは、それを？」

「さあ、何とも言えぬが、多分ご存じではあるまい」

知っていたら、ただではすまないぞ、と二人はうなずきあった。

何しろ御台所政子には、男の子はたった一人。この鎌倉の屋台骨を支える源氏の棟梁の血筋が一人では心細い。だから今度もぜひ男をと祈ったのだが、生まれたのは女だった。そこへ脇腹に男が生まれたとなると、事はめんどうになる。

「そのうえ、静御前がからんできたら、いや、これはどうも」

新三郎はげっそりしている。

「どうしてこうも御所さまは女のこととなると、うるさくていらっしゃるのですかな」

「お血筋だよ。父君の義朝さまも、弟の九郎どのも……。まったく女にはやさしいからな、女の心を捉えるすべを知っておられる。これは天性というよりほかはない」

「だから御台さまはおやきになるんですね」

「ふむ、その御台さまからして、心を捉えられていらっしゃるんだ。御嫉妬もつまりはそこからさ。もともと愛情の強いおかたときているからな。惚れておいでゞなければ、ああまで騒ぎはしないよ」

「ははあ、なるほど。すると、藤九郎どのの所が御円満に見えるのは、案外、御内室がそちらに惚れておられないからで……」

「からかうな、こいつ」

藤九郎は目をむいたが、

「いや、あるいはそうかもしれぬて」

大げさに腕を組んでみせた。

そのうちいよいよ静の取り調べが始まった。

御所へ呼び出された静への訊問はたった一つ。

「九郎のゆくえを知らぬか」

ということである。もっともこれについては都ですでに調べが終っている。そのときの彼女の申したては、

「大物浦《だいもつのうら》で舟が難破したあと、吉野山にかくれましたが、ここも危くなってお別れいたしました。私は雪の中をやっと蔵王堂へたどりつきましたので、それから先のことは、何も存じません。また九郎どのからもどこへ行くとも聞いておりません」

ということで、これは鎌倉へ来てからも、全く変わっていない。しかも白拍子ながら、なかな

かしっかりしていて、吉野で雪の中を歩いているのを助けてくれた僧の名前などを聞くと、

「さあ、忘れました」

と絶対に口を割らない。その僧にめいわくのかかるのをおもんぱかってのことであろう。

また調べるほうも案外のんびりしていて、それ以上深くは聞かないのだというその話を新三郎から聞かされて藤九郎は、またあごをなでた。

「ちと手ぬるい調べだな」

「はあ」

「御所さまもその席へ御出になるのか」

「いや、それでもどこからか見ておいでになるらしく、このごろやつれているが、体にさわりでもあるのか、とおたずねがありまして」

「ほう、それはなみなみならぬ御心いれだな」

どうやら藤九郎のカンははずれなかったらしい。頼朝は必要以上に静に関心を持っているようである。

「それで、内々、女どもにしらべさせましたら、なんと――」

新三郎は声を低めた。

「みごもっていたのです」

「や、や、や！」

「うかつでした。小柄できゃしゃで、いつもひっそり、衣にうずもれるようにしているのでわからなかったのです。それを見ぬかれたとは、さすが御所さまは、女にかけては、お眼がよろしい」

懐妊とわかると、さらに頼朝の態度はやさしくなった。もうほとんど取り調べに呼び出すこともせず、ゆっくり身二つになるまで養生せよ、と言ってきた。静ばかりでなく、母親の磯禅師にまでいたわりをみせるので、

「やれ、鎌倉で、これほどやさしくして頂けようとは、夢にも思いませなんだ」

禅師は感激し、涙にくれているという。

――ははあ、まず母親を陥落させるとは、例によって、おみごとな兵法で……

藤九郎はひとりにやついている。そのうち、

「これは、何としてでも御恩がえしを」

と禅師が騒ぎはじめると、頼朝は、それほどに申すなら、と重々しく口を切った。

「静の舞が所望だ。天下一の名手と聞く。それを八幡宮へ奉納して欲しい」

自分で見たいとは言わず、神社へ奉納と言うあたりさすがである。静もはじめは「このからだでは」としぶったが、神様を持ち出されてはその言葉に従わざるを得なかった。

鶴岡《つるがおか》での静の舞は四月八日ときめられた。

すでに鎌倉は初夏――。丹《に》塗りの社殿をめぐる森の緑がまぶしい。黄緑のけやき、透明な蒼味《あおみ》をおびたかえで、杉木立ちの重い深緑。近くの潮騒《しおざい》にひびきあうかのように、それらは緑の波音をかなでている。

町は朝からの人波である。八日は灌仏会《かんぶつえ》。しかも名だたる都の舞姫、静が舞うということは、誰言うとなく広まっている。が、残念ながら彼らは静の舞を見ることはできない。彼女は神のために舞うのであって、舞台は庶民が近づけもしない八幡宮の廻廊である。

廻廊――といえば廊下のことだが、じつはかなりの広間で、すでに御家人たちがぎっしり並ん

でいる。正面の一段高いところ、青御簾《あおみす》がゆれているのは頼朝のための座である。

藤九郎盛長も、もちろん廻廊にいた。

やがて御簾ごしに人のけはいがしたのは、頼朝が臨席したのだろう。と、それを追うようにして、今度は少しはなやかな色合いの衣装が薄青い御簾ににじんだ。

それを見たとたん、藤九郎の視線は、御簾の中へ釘づけになった。傍らの安達新三郎の横腹をこづいたのは、しばらくしてからである。

「おい、御台さまもおいでだぞ」

「え、えっ？」

あわてて藤九郎は新三郎の袖を引いた。

「ばか、のびあがる奴があるか」

制しながら、無意識に鼻をこすっていた。

――困ったことになったぞ、これは。

政子がここに臨席することは誰も聞いていなかったはずだ。それが突然現われたのは、ただごとではない。

――さては何か気づかれたか。

政子の登場によって、頼朝の計画は大きく狂ってしまうに違いない。頼朝はこの日の舞の出来にことよせ、法外なかずけものを与え、あわせて静の罪を許すつもりだったのではないか。公衆の面前で堂々と好意を押しつける――無邪気を装った、なかなかうまい手だ、と藤九郎は読んでいた。

が、政子がいては話は別である。

――人一倍敏感な御台さまが、このぬけぬけとしたやり口に気づかぬはずはない。

藤九郎はひやりとした。政子のとどまりのつかない激しさは、すでに亀御前のときに経験ずみだ。

――よもや、こんなところで、とんでもないことをなさるまいが……。いや、そうとは言えぬ。何をやるかわからないおかただからな。

御簾が巻きあげられたそのときから、藤九郎は政子の顔ばかりをみつめた。

山吹がさねの袿《うちぎ》を着た政子は伏目がちに正座している。が、静かに伏せられたその瞳が、針のような鋭さで頼朝にまつわりついているのが藤九郎には感じられた。

――こいつはいけぬ。

体を堅くしていると、新三郎にこづかれた。

「どこを見ておいでです。聞いておられるのですか、静御前の歌を」

異様に緊張したささやきに我にかえると、静はすでに正面に進み出ていた。白い舞の袖がゆっくり揺れた。

瞬間、藤九郎は静の美しさにみとれた。新三郎の館でかいま見たことはあったが、まともにその姿をみつめるのは、今日がはじめてである。

「きゃしゃで小造りで、坂東の女にくらべると、同じ人間とは思えませせぬな」

新三郎は、そんなことを言っていたし、静のうなじは、たしかに金の烏帽子さえも重たげにみえる。白水干の男装からは思いがけないほどのなまめかしさがあふれていて、

「お……」

彼は思わず、うめき声をもらした。

が、それも一瞬のことだった。美しさにみとれているにしては、まわりの空気が異様すぎた。どの眼も、袖の動きにつれて胡蝶のようにひらひらする扇のゆくえに吸いつけられてはいるものの、その頬は、まるで戦場で思いがけない伏勢にでも出くわしたときのように、ひきつっている。

そのとき、藤九郎の耳が、静の歌う澄んだ声をとらえた。のどかな灌仏会にはおよそふさわしくない、むせぶような調子で、その声は続いている。

入りにしひとのあとぞ恋しき……

——やや、なんと……

藤九郎はその耳を疑った。が、静はさらに繰返して歌いつづけた。

よしのやま
みねのしらゆきふみわけて
入りにしひとの……

——うっ。

思わず声を呑んだ。

——九郎どののことを歌っておられる。

この晴れの席で、反逆児あつかいをされている九郎を思う歌を堂々と歌うとは……。藤九郎が政子と頼朝の間ばかりを気づかっている間に、事は意外な方向に転がりだしていた。

——これはたいへんなことになるぞ。

かたわらの新三郎の目は静に吸いつけられている。当惑と混乱が、その若い頬にあった。一月あまり世話をしただけに、彼としては、

——とんでもないことをしてくれた。

静の身を気づかう思いが、まず胸にうかぶのだろう。

藤九郎は、そっと頼朝の席をぬすみみた。ゆったりと座をしめた頼朝の姿は、先刻どおりだった。人一倍大きなその瞳は、湖のような静かさをたたえたまま、まばたきひとつしない。そこには何の表情も読みとれぬだけに、かえって底知れず無気味である。

が、静は、その無気味さをも、おそれてはいないようだった。細いうなじをきっとあげて、みずからも、その黒眼がちの瞳でまっすぐ頼朝をみつめて一礼すると、ためらっている楽人たちをうながして、また扇をかまえ、一気に歌いあげた。

しずやしず
しずのおだまきくりかえし
昔を今になすよしもがな

声もふるえていない。足どりも乱れてはいない。が、藤九郎は見たのである。大きく見ひらかれたその黒い瞳に、きらりと涙が光っているのを……。

朝のひぐらし

その夜――。

御所の奥の局、頼朝と政子の寝所には、長いこと灯がともりつづけていた。

静の舞が終ったあと、頼朝はすぐに座を立っている。そのあと読経やら酒宴やらが予定されて

いたのだが、

「帰る」

言うなり、頼朝は、側近が止めるひまもないほど唐突に立ちあがり、御所へもどってしまったのだ。

以後、頼朝はずっと無言である。日ごろ自分の感情をかくすことに馴れていて、不機嫌なときは、かえって、にやにや薄笑いをうかべるくらいな芸当を平気でやってのける彼にしては、これは珍しいことだった。

静に好意をもちかけていただけに、「入りにしひとのあとぞ恋しき」とやられたことが、平手うちを加えられたような衝撃だったのだろうか。

しかも、そのそばに居る政子も、今夜は黙りこくっている。が、彼女の沈黙は、夫の頼朝のそれとは、すこしばかり意味のちがうものだったようだ。

本来なら政子は、陽気におしゃべりを続けているはずだった。何となくうきうきして、思わず皮肉な笑いぐらいは口許ににじませていたかもしれない。なにしろ、女好きの夫が、ちょっかいを出しかけたところを、相手の女からぴしゃりとやられてしまったのだから。

藤九郎の推察どおり、政子は、いちはやく、夫の静への好奇心に感づいていた。今日の八幡宮への臨席も、もちろん、その女の首実検のつもりだった。それが、思いがけない事になってしまったのだから、

「まあ、お気のどくさま」

皮肉の一つも言いたいところなのだが、ふしぎに、いまの政子は、そんな気持にはなれずにいる。

というのは、憑《つ》かれたように一点をみつめて、必死に舞いつづけている静を見ているうちに、政子自身ふと、名伏しがたい感動にとらえられてしまったからなのだ。

静のその黒い瞳はけなげすぎた。

ふれればくずおれそうな体を、むりにもしゃんとさせ、かぼそい指先まで神経をはりつめている姿はあまりにもいじらしすぎた。数十人の御家人の注視のなかで、とり乱すまいと必死に耐えているその瞳に、きらりと涙が光るのを見るより先に、政子は瞼の裏を熱くしていたのだった。

その姿を見るまでは、じつは政子は静をきらっていた。京のうかれ女《め》、女だてらに男の衣装をつけて踊りまわるはねかえり。どうせ男から男へ渡りあるくあばずれ女——そんなことしか考えていなかった。

が、その予想はいま完全にくつがえされてしまったのだ。

妙に白けた沈黙は、その後もかなり続いた。先にそれを破ったのは頼朝である。

「安達を呼べ。新三郎を——」

乾いた口調が、政子をぎょっとさせた。

「新三郎を？　いまごろなぜお呼びになります？」

が、頼朝は政子の問いには答えず、局の外を眺めている。

「どうしてお呼びになりますの」

なおもたずねると、政子のほうは見ずに、頼朝は低くつぶやいた。

「何としても許せぬ。静め、あの席を何と思っているのだ」

「……………」

「恐れ多くも八幡大菩薩の御前ではないか。しかも時は灌仏会。神仏の功徳をたたえ、あわせて鎌倉の栄えをこそ祈るのが白拍子のつとめ。それをなんだ、九郎恋し、昔を今になすよしもがな、とは」

「…………」

「新三郎を呼べ、いますぐ！」

政子の頭の中に、あることがひらめいた。

――斬るおつもりなのだ……

思わず、頼朝のそばへにじりよった。

「お願いです、あなた……」

頑固で冷たい頬を見せている頼朝の手を必死で握りしめた。が、頼朝の指先は何も答えない。

不機嫌におしだまっていたが、やがて政子の顔を見ると苦々しげに言った。

「どうしてそなたは、鎌倉に楯つくものばかりかばうのだ。義高といい、静といい」

「別に好んでそうするわけではないのです。でも考えてやってくださいませ。静御前が九郎どのをしたうのはあたりまえ。昔を今にと言うのは、静御前の命をかけた願いだということをわかってやってくださいませ」

「…………」

「女はひとりの人を思うとき、命をかけるものなのです。もし、私があの立場におかれたら、やっぱりあの人と同じようにするでしょう。それともあなた、私が敵方の千秋万歳を祈る舞でも舞ったほうがよいとお思いですか」

あきらかに頼朝の瞳のなかにたじろぎの影がよぎったのを見て政子は続けた。

「私、静御前の心がよくわかるのです。あのときの私がちょうどそうでした。あなたのところに走っていった嵐の夜の私が……」

「……」

「父はひどい怒りようでした。佐どのにとつぐことは許さぬと言って。でも私、必死であなたの所へとびこんで行ったのです」

「……」

「それから石橋山の旗上げのときも。お味方は負け戦さ、あなたはゆくえ知れず。ひとり伊豆山にとりのこされたときの心細さ。でもあのときだって、私はあなたの妻になったことをすこしも悔いはしませんでした」

そのとき、政子はふと感じた。頼朝のあたたかい、ふっくりした指先が、軽く政子の指を握りかえすのを。

「あなた……。許してくださるのですね」

涙が双の目からあふれた。一度せきを切ると、とめどもなくあふれ出るそれに膝をぬらしながら、政子はしかし、それが単純な嬉し涙でないことを感じていた。

静の命を救えたことはうれしい。が、いまの政子の涙は、そのうれしさをこえて、さらに深いところからせきあげてくる魂の嗚咽《おえつ》であった。あのときの静の必死なおもざしは、いまもくっきり眼の底にある。

女とは、なんとひたむきなものか。

そして、なんと悲しいものか。

その悲しさが政子の瞳から涙をあふれさせるのだ。

冷静に考えれば、静はあの歌を歌うべきではなかったかもしれない。歌えば頼朝と九郎の間はよくなるどころか、ますますこじれることはわかりきっている。そしてそのことが静自身の運命をさらに暗くするであろうこともあきらかだ。

にもかかわらず、静は歌いぬいた。そうせずにはいられなかったのだ。

黒い瞳をぱっと見開いて必死に舞う静を見守りながら、政子にはそれが痛いほどよくわかった。

――ああ、静どの、危い橋を……

が、そのとき、まぎれもなく感じたことは、

――もし、自分がその場におかれていたら、やっぱり静と同じようにするだろう。

ということだった。大局からみれば、静はもっとずるく立ち廻ったほうがよかったのかもしれない。男だったら当然そうしたろう。

――でも、私にはできない。

政子は思った。おろかかもしれない。が、そうせずにはいられないのが女なのだ。おろかなまでにひたむきで、またそのゆえに多く傷つかねばならない……。考えてみれば、これまでの自分の生涯は、つねにその連続ではなかったか。そしてまた、静も同じ女としての宿命の道を歩もうとしている。

翌日の昼下がり、さりげない女輿が御所の門を出た。昨日とうってかわったどしゃぶりで、道を歩く人も少なく、安達新三郎の家にそっと引き入れられたそれに、政子が乗っていたことに気づく人は誰もいなかった。

突然の来訪にあわてふためく新三郎を制しながら、政子は早速静を呼びよせた。男装をぬいだ姿は、きのうよりはひとまわり小さくきゃしゃに見えたが、黒い瞳には、あのときと同じような、はりつめた輝きがあった。

政子はつとめてくだけた口調で言った。

「きのうの舞はほんとうにみごとでした」

一瞬黒い瞳にとまどいの影が走ったようだった。紅い小さな唇がやがてかすかに動いた。

「あの……では……。お許しいただけるのでございますか」

「許すも許さないもありません。よい舞を見せてもらった礼が言いたくて、こうして出かけて来たのですよ」

用意してきた女ものの衣装を前におしやった。

「これは私が選びました。着てくれますね」

白絹の下から薄青を透かせた卯の花がさね——初夏にふさわしいさわやかな色目は、きっと色白の頬にはよく似合うだろう。つつましくそれをおしいただくと静はじっと政子を見あげた。

この日の政子はかなり長く安達新三郎の家にいた。といって、静とあれこれ語りあったわけでもない。衣装をおしいただいた静にみつめられたとき、政子は、この若い舞姫が、自分に何を言おうとしているかをはっきり感じたのだ。

——わかってくださいましたのですね、御台さま……

——ええ、何もかも……、静どの。女なのですもの、私たちは。

もうそれ以上、何を語る必要があったろう。

新三郎は気をきかせて酒肴を運んできたので、座はひとしおなごやかになった。その席で政子は明るくさばさばした調子で言った。

「私、ほんとは静どのにあやまらなければならないんですよ」

「まあ……どうして」

「お会いするまでは、どんな、はでなかたかと思っていたのです。男舞をなさる有名な白拍子だというから」

静はちょっと恥ずかしそうに微笑した。

「はじめはどなたもそうお思いになるんです。女のくせに男の衣装などで舞うからですわ。それに、白拍子の中には、ずいぶんいいかげんな人もいます。でも私、そういうたちではないんです。そういうの、きらいなんです」

むきになって少女っぽい口調になる静がほほえましかった。話せば話すほど政子はこのうら若い舞姫に好感を持たずにはいられなくなった。一本気でうそがいえなくて、ひたむきで……。都そだちの白拍子と、田舎そだちの武家の娘の自分と、まるきり違うところに生いたちながら、なんと二人はよく似ていることか。

輿《こし》が新三郎の家を出たころは、すでに雨もあがっていた。

「お帰りをお待ちしておりました」

小御所につくなり、待ちかねたようにそうささやいたのは侍女のさつきである。

「大姫さまがお話があるとおっしゃって……」

「まあ、姫が？」

義高のことがあって以来、大姫の健康はすぐれない。とくに木の芽どき――義高の事件のあったころになると、ひどく無口になって食事もろくろくとらず、頼朝や政子が部屋に入るのさえこばんでしまう。

政子はこうした娘を案じて、いまある僧に祈禱《きとう》を頼んでいるところだった。頼朝が去年父義朝の供養のためにたてた勝長寿院――俗に南の御堂とよばれる寺の専光坊という僧で、政子のたの

みを聞くと、

「早速おつれください。二七日おこもりをしていただけば、私が加持をいたします」

といってくれた。が、かんじんの大姫は、

「いやです、私、生きていたくないんです」

とてんでうけつけない。

——その姫が今日にかぎって？

いぶかりながら、奥の局に入ると、大姫は蒼白い頰をあげて弱々しく微笑した。

「お母さま、私、おこもりに参ります」

病人の気まぐれかもしれない。が、その気になってくれただけで政子はほっとした。

「まあ、よかった」

「でも、そのかわり、お願いがありますの」

「お願い？　どんなことなの」

「今は言えませんわ。でもおこもりがすんだら、きっとかなえてくださるって約束してね」

「どんなことだか先に言わなきゃあ」

「言うんだったら、おこもりはやめます」

久しぶりに大姫は子供っぽくすねた。義高の事件のあと、まだ数年しかたっていないのに、大姫はひどく大人びてしまって、ひいな遊びやままごとなどの子供っぽい遊びは見むきもしなくなっている。そのうえ、子供っぽく甘えることもやめてしまって政子にさびしい思いをさせているのだが、今日は珍しく、大姫は甘ったれたねだりかたをした。

大姫の参籠のはじまったのは五月なかば、さみだれのふりしきるころだった。陰鬱な日が続い

ているのにいやな顔もせず、おとなしく加持祈禱をうけているらしく、

「気のせいか、お顔の色もよくなったようでございます」

というさつきからの知らせもあった。

やがて満願の日近く、大姫からの手紙が届けられた。

「おとなしくおこもりをいたしました。お願いを聞いてくださいますね。静どのにこの御堂で舞を舞っていただきたいのです」

まあ、そんなことだったのか、と政子はほっとした。おそらく侍女たちの噂を聞きつたえてのことなのだろう。

「いとやすいことです。早速母から申し伝えましょう。でもいっそ御所に帰ってからにしてはどうですか。母も一緒にもう一度静どのの舞が見たいので」

が、大姫はどうしてもこの御堂で、と言ってきた。

「それに、お願いがございます。その夜は静どのと私、二人きりにしてくださいませ」

二人きりで大姫は何を静と語ろうというのだろう。

ともあれ新三郎の家に早速使いが飛んでいった。政子からの頼みをいなむはずもなく、その晩、静は早速南御堂に出かけたようだった。

——でも、なぜ二人きりにして、と姫は言ったのだろう。

時が経ってくると、政子は少し不安になって来て、そっと御所を出た。

南御堂は文字通り御所の南、さして離れたところではない。中の僧侶たちに口どめして、政子は大姫のこもっているところに程近いくらがりに座をしめた。

あかりは洩れてくるが、ここから大姫たちの姿は見えない。ただ二人の話し声は手にとるよう

によく聞こえてくる。

「もう一度、歌ってくださいませ」

たのんでいるのは大姫の声だった。

「私、その歌を覚えたいのです。しずやしず……でしたわね」

「しずのおだまきくりかえし……」

静が細いがよく透る声で小さく歌ってみせている。さらに小さな声で大姫が続く。

「むかしを、いまに――」

ふっとその声がとぎれ、やがてかすかにしゃくりあげるけはいがした。

大姫のすすり泣きはしばらく続いた。やがて、とぎれとぎれに、自分に言って聞かせるようにつぶやくのが聞こえた。

「ほんとうに、昔をいまにすることができたら……」

それきり長い沈黙が流れた。

政子が来る以前、二人は、それぞれの身の上について語りあっていたに違いない。

――ほんとうに、姫こそ鎌倉で静どのの心のわかるただひとりの人間なのかもしれない。

そしておそらく大姫は、静が鎌倉に着いて以来、この日を待ちつづけていたのではなかったか、と政子は思った。

やがて静が大姫をなぐさめている声が聞こえてきた。

「でも、姫さまはまだお若いのですもの」

答える大姫の声は堅い。

「ええ、若すぎるくらい若うございます。でも、私はそれがのろわしいのです」

「まあ、それはなぜ？」

「……静さま」

また大姫の言葉はとぎれた。きっと大姫のまつげの長い瞳は、じっと静にそそがれているにちがいない。

「静さまには、母親になられる楽しみが残されておいでです」

「……」

「でも、私には何もございません。いまの私は、悲しいことに、義高さまのおもかげさえも、おぼろげにしか思い出せないんです。幼なすぎたのですわ」

静はかえす言葉がないようだった。くらがりで耳をすませている政子もまた、いまさらながら、大姫の心の傷の深いのを思い知らされている。

「お体を大事にね、静さま」

「ありがとうございます」

「今晩はここで、御一緒におこもりなさいませんか」

「はい、私も仏様におすがりして」

「それとも——」

「え？」

急に大姫の声が聞きとれなくなった。とり乱した静の声が響いたのはその直後である。

「え、何でございますって。鎌倉を逃げる？」

大姫は落着いている。一言一言を区切るようにゆっくりと、

「そうです。たとえば、おこもりをしていると見せかけて、ゆくえをくらます——できないこと

ではございません。そのおつもりなら、お手伝いいたします」

——まあ、姫、なんということを……

政子は頬から血のひくのを感じた。

大姫のかわいた声はまだ続いている。

「長くおいでになってはいけません。鎌倉というところはね、いったん疑ったり憎んだりした人のことは、決して許さないのです」

「……」

「義高さまがそうでした。あのかたには謀叛の心などちっともおありにならなかったのに、父はとうとうあのかたを殺してしまいました。ここの人を信じてはいけません。私だって父も母も信じてもいませんし、許してもいないのですから……」

政子は思わず身をすくませた。日ごろさほど反抗的なそぶりを見せるわけでもない大姫が、ここまで深く自分たちを恨んでいるとは……。悲しければ泣き、怒ればその怒りをぶつけずにはいられない政子には、わが子ながら、大姫の底知れない心の動きがおそろしかった。

「よろしければ、すぐしたくをさせます。馬も着替えも……」

大それた計画を大姫は淡々と語った。

「もし、私の身を案じて御決心がつかないのなら、そのお気づかいはやめてください。だって、私……。おこもりをして、何をお祈りしたか、ご存じ？」

ややあって、

「早く死なせてくださいって。そうとも知らない御坊さまがお気のどく」

むしろなげやりに言った。

――そうだったのか。

めまいに似た衝撃に政子はかろうじて耐えた。自分の胎内から生まれたものが、かくも自分を拒んでいることが、腹立たしいよりも、むしろふしぎな気がした。

静はうつむいたままである。政子のところから、その顔は見えないし、薄い肩は、まるで息をすることさえやめてしまったように、じっとしている。

息づまる数瞬が音もなくすぎたあと、やっと静はうなじをあげた。

「ありがとうございます」

ふと口ごもったが、それからはもうためらわなかった。

「姫さまの御好意、身にしみてうれしゅうございます。でも、私、やっぱりここにおります。姫さま、八幡宮で歌いましたあのとき、私、死ぬのを覚悟しておりましたの」

大姫はじっと静をみつめている。

「きっと、御所さまはお許しにならないだろう、死んでもいい、と思いました。なのに、いま、私はこうしております。これは多分、御台さまのお骨折ではないかと思うのです」

「母の？」

「はい。あの後おこしになったときも、御台さまは何もおっしゃいませんでしたけれども、私にはそう思えてなりません。それほど御台さまにお心づかいをいただきながら、いま、黙って鎌倉をぬけだすことは、私にはできないのでございます」

大姫の瞳は青く燃えていた。

その瞳は、静の語る間じゅう、じっとその顔にそそがれていたが、やがて、ゆっくりと、まつげをふせた。

そのとき、しじまを破って、ふいに鈴をふるような、ひぐらしの声が聞こえてきた。いつのまにか、夜あけがおとずれていたのである。

「灯を消しましょうか」

つぶやくように言った大姫が、燭を吹き消すと、薄藍色の夜あけの光が、戸のすきまから流れこんできた。

「ひぐらしって、朝も鳴くんですね」

静がぽつんと言った。

「ええ、うすらあかりが、夕方に似ているせいでしょうか」

朝の静寂の中で聞くそれは、夕暮れどきの、ものがなしさとはまた別の響きがあった。悲しいといえば悲しすぎる。鳥の声よりもさらに澄み透って、この世ならぬ音楽をかなでつづける銀の鈴――。朝霧の中にそのまぼろしの鈴はいつまでも揺れやまなかった。

「私、あけがたに、よくこのひぐらしを聞くんです。義高さまのことを考えて、夜をあかしてしまったりすると」

大姫の瞳の中の青い炎はすでに消えて、いつもの、うつろさにもどってしまっている。

ひぐらしはまだ鳴いている。

大姫と静は、もう何も語らなかった。ほのぐらい御堂の中にむきあったまま、長い間、そこにじっとしている。

あとになってみれば――。

あるいは、静は大姫のすすめに従うべきだったのかもしれない。みごもっているこの若い舞姫を待ちうけていた運命は、さらに残酷なものだったからだ。

このとき、静には知らされていなかったが、幕府内では極秘にある決定がなされていた。

「静母子は、とがめなし。出産までこの地にとどまり、あとは帰洛も心のまま。生まれた子が女ならば、静の手許で養育させることにする。ただし、男の場合は、叛逆者の遺児として、その場で処刑」

これが政子の耳に聞こえてきたのは、夏もすぎて、風の変わりはじめた秋――。静の出産まぎわになってからだった。

「まあ、男の子だったら殺してしまうんですって!」

聞くなり顔色をかえて、政子は頼朝につめよった。

「だれがきめたんです、そんなことを。よもや、あなたの御意向ではないでしょうね」

頼朝は、それに答えず、すうっとそっぽをむいた。

「なぜお答えになりませんの」

黙りこくっている夫の顔が今日ほどよそよそしく見えたことはない。

――なんて手前勝手な。一度は静に甘い顔をしておきながら、拒まれると、冷酷無残なしかえしをする。

と、このとき、頼朝はじろりと政子をふりむいた。

「もし、それをきめたのが俺だとしたら、どういうのだ」

いつもとうって変わった凄味のある頼朝の語気に、たじろぎながら政子は言った。

「そんなむごいことをあなたがおきめになるなんて、考えたくないんです。義高のときのことを思い出してくださいませ。これ以上罪を重ねるおつもりですか。生まれたばかりの小さな命を断つなんてあんまりむごい。そして……」

「あんまり手前勝手だといいたいんだろう」

　頼朝はじっとみつめた。

「静に袖にされて、腹いせに子供を殺すとはな。が、政子、俺はそれほど気の小さい人間ではないよ」

　幾分言葉はやわらげながら、しかしその眼は笑ってはいなかった。

「そりゃ俺は知ってのとおり、女はすきだ。静に心を動かしたのも、そなたの見たとおりさ。が、それとこれとは別なんだ。たとえ、静が俺になびいたとしても、生まれてくる子には、俺はやっぱり同じ処置をきめたろう」

「まあ……」

「私情で禍根を残してはいけないんだ。平相国に助けられたおかげで平家を倒した俺は、その轍《てつ》をふむほどおろかではない。俺の情が将来、俺たちの子の命をおびやかすことがあってはな」

　いつものようにそれを言い出されれば政子は、かえす言葉がない。

「それにな、政子、知っておいてほしいのは、俺が万寿かわいさのあまり九郎の子を殺そうとしているのではないということだよ」

　頼朝の語調が変わった。

「俺だって無益の殺生はいやだ。しかし、俺はいま、武家の棟梁なのだ」

　政子をみつめる瞳には、静かだが、あるきびしい光がたたえられている。

「いま鎌倉には源氏の俺を中心に、御家人たちが集まっている。そしてその御家人にはその家来、その家来にはまた家来がいる。こうした集まりは平家も持っていなかった。この国はじまって以来のことなのだよ」

「いままでこの国のあちこちに散らばっていたこうした武者たちは、公家に年貢をとられっぱなしで、その走り使いに甘んじてきた。それがひとつの集まりとなって結束した。もうおいそれと公家の言うなりにはならぬ、その集まりの元締がつまりわが家、源氏なのだよ。いいかい。そのわが家が乱れては困るのだ。その中でごたごたが起きたら、せっかくできかけた集まりもまたばらばらになってしまう」

現代の言葉でいえば、つまり頼朝は、いまはじめて封建制度が作られつつあること、そして、その制度の象徴として、自分が唯一無二の権力者でなければならないことを説明したかったのだろう。

たしかにこの時期は、頼朝が新しい時代の誕生を意識しはじめたときである。

「天下草創ノ時」

彼は朝廷に向かってもこう言っている。

政子は頼朝の顔をまじまじとみつめていた。

「いま、これまでになかった世の中の改革が行われている」

というのは、わかったようなわからないような話で政子にはまだぴんとこない。

――ほんとにそうなのだろうか。そして、目の前にいるこの人が、そのかなめの地位にいるというのか……

たしかに一介の流人であったころと鎌倉御所と呼ばれるいまとは違うかもしれない。が、政子にとっては、あのころと今と、夫がそれほど違ったとは思われないのだ。ひどくやさしく親切なかわりに、ちょっと油断すれば、その親切を手あたり次第によその女にばらまきかねない夫――

「……」

女のことで悩まされるのは前と同じではないか。

しかし、いまはじめて、ごく淡々とこんな話を切り出されてみて、政子は頼朝のもう一つの顔とまともに向きあった感じだった。夫ではない、武家の棟梁としての顔にである。

と、政子の心を見すかすように、その顔が微笑した。

「なにを物珍しげに俺の顔ばかり見るんだ」

「だって……」

「おかしいのか。そんなに世の中が変わるなんて考えられないと言うんだろう。そうさ、渦の中にいるものは、かえってそれには気づかないものだ。いや、急にわからなくたっていい。ただ、俺がむずかしい立場にあるということを言っておきたかったまでさ」

ふと頼朝は瞳の中の光をきびしくした。

「だから俺は、ときには俺の情を殺してまでも、武士のこの集まりを守らねばならない。九郎だけではない。他のどの肉親であろうと、その集まりを乱そうとしたものには、俺は死を命じるだろう。それが棟梁のつとめでもある」

遠くをみつめる瞳になって、一瞬口をつぐみ、それから先は低いつぶやきに変わった。

「あるいは冷たい奴と言われるかもしれない。が、それでもよいと俺は思っている」

その瞳は湖のように静かだったが、そこに複雑な翳《かげ》がよぎるのを政子は見た。

——長い間、何ごとかに耐えてきた瞳だ。

と思った。十四歳から三十四歳まで二十年、流人の生活に耐えてきたこの人は、これから先も、別の意味での耐える生活をおのれに課そうとしているのだろうか。

庭の隅の杉の梢で、死におくれたひぐらしが、かぼそい鈴をふりはじめたのはこのときである。

政子は頼朝の瞳から視線をそらせた。夫の胸のうちは、うなずけないことはない。が、それでいて、心のどこかに、割りきれない思いが残るのは、自分が女だからだろうか。理屈としてはわかっても、静の子を殺すことは――母の血と肉をすりへらして作りあげた小さないのちを散らすことは、どうしても許せない。ひぐらしを聞きながら、政子のその思いは深まるばかりだった。が、彼女のひそかな工作もむなしく、みどりごはとうとう静からひき離された。生まれたのは男の子だったのである。幼い命が断たれたのは、閏《うるう》七月の末のことだった。みどりごの命の断たれたのを、いちはやく大姫は知ったようだった。口に出しては言わなかったけれども、

――やっぱり、お父さまは、あの子を殺しておしまいになってしまったのですね。

無言の非難をこめたその視線を、政子は意識せざるを得なかった。しかもそうなったとき、はじめて彼女はあの日の夫の言葉を理解しはじめている自分に気がついた。

――姫、これはね、お父さまにはまた別のお考えがあってのことなのよ。

何度かそう言いかけては口ごもった。言ったにしても、おそらく大姫は理解はしないだろう。いや、理解しろというほうがむりなのだ。ひたむきで潔癖な大姫と頼朝とは、おそらく生涯平行線をたどることだろう。

そして自分は？

自分はどちらもよくわかる。が、そのどちらともすっかり同じにはならないだろう。人間はかくも孤独に、自分の道を歩まねばならないものか……。

政子はふと思った。

もし、あのとき、静が大姫のすすめをうけて逃げ出していたならば、あるいは母と子は無事に

命を全うしたかもしれない。が、静はそれをしなかった。ひたむきで潔癖な性格がそれを許さなかったのだ。静はその純粋さのゆえに、悲劇の道を歩んだともいえる。

しかも静が鎌倉に踏みとどまったのは、政子の好意に背くことができなかったためである。してみると静のためを思ってしたことが、かえって悪かったということなのだろうか。

静、大姫、そして自分。

ひたむきなものがふれあうことによって、かえって悲劇の淵におちこんでしまう。女とはそうしたものなのか。

産後のからだが回復して静母子が都へと旅立ったのは、九月のなかばだった。その間、とうとう政子は静には会わなかった。会えば泣いてしまうにきまっている。とうてい静の顔をまともに見ることはできそうにもなかった。

そのかわり、旅立ちにあたって、砂金や絹、綾など、手許にあるものを全部もたせてやった。おそらくこれだけあれば母と子のつつましいくらしは一生支えられるだろう。それが、小さな命を守りきれなかった政子の、静への、せめてもの贖罪《しょくざい》のあかしだった。鎌倉を出た静母子が、腰越まで来ない間に、一人の小童が汗衫《かざみ》の袖をひらひらさせて追いかけてきた。

「これを」

息せききって差し出したのは、大姫の文だった。

わざとお見送りはいたしません。でも今朝も眠れぬままにひぐらしを聞きました。いえ、もうひぐらしは、おりませんけれど私の耳からは、あの朝のひぐらしの声が離れないのです。きっと一生、私は朝になれば、ひぐらしの声を聞きつづけることでございましょう。

淡い朽葉のいろの薄様には、たったそれだけが、書いてあった。

甲《かぶと》はじめ

このところ、伊豆の舅どの――北条時政が、ひどく垢ぬけてきたというのが、鎌倉きっての評判だ。

「半年ほどの間、都へ行ったおかげで――」

と人々は袖をひき、目くばせしあう。

「ほれみろ、直垂の色目まで変わってきた。それまでは、こう、何やら、どぶをはいあがった鼠《ねずみ》のような色のを着てござったが、ほほう、今日は秋の七草の摺《す》りごろもか――」

「が、さしもの都の水も、あの鼻の先の赤い色までは洗い流せなかったとみえるな」

「うふっ。うまいことを」

時政とて、上京はこれがはじめてではない。が、それ以前は大番――都の警固役をつとめる武者のひとりとして、公家にあごでこきつかわれただけなのだが、今度の上洛は、鎌倉御所の舅であり、京都警固役の総元締としての入京だった。しぜん上流公家との往来もひんぱんになり、田舎武者の時政も、かくは都づいた、というわけなのである。

総大将としての彼の表むきの役目は、九郎義経の逮捕だった。そのために、これまで国の権力さえ立入りを許されなかった所へまで、鎌倉が任命した守護、地頭を入れさせてほしいとか、いままで免税だった荘園からも、義経捜索隊の兵糧米を徴収させてほしいとか、彼は朝廷が考えてもいなかったような要求をひっさげて上洛したのである。

上品にかまえた貴族たちも、これには腰をぬかさんばかりに驚いた。が、時政がもちまえの図々しい笑顔で、これらを押しつけてしまったのは、なかなかの政治力の持主というべきかもしれない。

が、それでいて、義経逮捕のほうはさっぱりだった。静をみつけ出したのがせいぜいで、かんじんの義経は取り逃がしてしまった。そのあとも、多武《と》ノ峯《う》や、伊勢や、はては都の中までも義経は出没したらしいのだが、逮捕はいつも後手後手と廻って、まんまと取り逃がしてしまう。

が、鎌倉へ帰ってからも、時政は、そのことに責任を感じているふうもない。例によって赤い鼻をふりたてて、げたげたげた、と図々しい笑いをまきちらす。たしかに彼が帰ってきて以来、鎌倉御所は、いちだんとにぎやかになってきたようである。

その彼が、今日はひどく急いだ足どりで御所の門をくぐると、侍所にも立ち寄らず、小庭をせかせかと横切って、そのまま、政子のいる小御所へとびこんだ。

「政子、政子」

人前では、彼もわが娘を一応「御台所」などと呼んでいるが、水いらずでむかいあうと、つい昔の口調になる。

「政子、おい政子、一大事じゃ」

坐るなり彼は、赤い鼻を政子の耳もとに近づけた。

「知っているか、そなた。御所さまは、ほかに赤児《やや》をもうけられたぞ、それも男の子をな」

鎌倉へ帰るやいなや、彼は野萩の子のことをかぎつけたのである。

「俺がちょっと眼をはなすと、すぐこれだ」

時政はにがにがしげに言った。が、それほどもったいぶるには及ばなかったようだ。頼朝の浮気はのべつ幕なしで、時政がいようといまいと、次から次へと事件を起こしているのだから……。

「が、今度はちいっとばかり、わけがちがうぞ、政子」

時政は眉をよせた。

「赤児がいるとなると話は別だ、いや、これは容易ならぬことだ」

が、政子は父の言葉をあまり聞いていない。

――やっぱりそうだったのね。野萩のことは冗談だなんておっしゃっておきながら。

うまうまにしてやられてしまった自分に腹がたった。たしかに子供が生まれるとなると話は別だ。色恋の、浮気のという一見淡く美しげにみえる薄絹が、すべてむしりとられて、恥ずかしいことだけれど、夫とその女のまじわっている赤裸の姿が、ぎらぎらと目の前にうかびあがってくる。

が、時政の言っている「話は別」というのは、それとは少し違っていたようである。

「な、そうだろう。ゆく先、その子が欲心を起こして、あとつぎにでもなろうとしたら何とする？」

「……」

「芽をつむなら早いうちだ。しょせん生かしてはおけぬ奴だ」

政子が瞳の裏の妄想《もうそう》に捉えられている間に、時政はそそくさと座を立った。彼はこのとき、ある計画を思いついたのである。

――比企能員を仲間にひきいれよう。

若君の数多い乳母のうち、いちばん献身的なのは、この一族である。

「何しろ俺の女房のかか様は、頼朝公にお乳をさしあげたんだから……」

源家の家人第一号のような顔をするのは気にくわなかったが、今のようなときには、最も頼りになる相手ではあった。

能員は時政があまり話もしないうちに、自分のほうから身をのりだしてきた。

早速野萩のかくれがさがしが始まったが、まもなく、意外にも鎌倉の街の中にひそんでいるのがわかった。知らせてきたのは時政の伊豆時代からの腹心である仁田忠常だ。野萩の縁辺にあたる小身の御家人、長江景国の海ぞいの家がそのかくれがと聞いて、

「ても図々しい奴！」

時政は目をむいた。

「いや、そのほうが御所さまのお通いになるのに御便利なのでしょう」

忠常はにやにやしている。

と、二、三日すると、その忠常が笑いをひっこめて飛んできた。

「ぬかりました、北条どの！」

「なんと？」

「逃げました、野萩が、景国と……」

身の危険を感じてか、闇にまぎれ、子供を抱いて逃げ去ったという。

「洩れる気遣いはなかったのにな……」

時政は赤い鼻をふくらませ、腕を組んだ。

野萩の消息はその後ぷっつりと途絶えた。

「ちっ、あと一息というところで」

時政は地団駄を踏んだ。それにしても彼らはなぜ感づいたのか、不審でならない。

「壁に耳ありだな、まったく――」

ふたたびやってきた時政は政子の前で、ぶぜんたる顔つきをした。

「……」

「これではうっかり話もできぬて」

「……」

「ほんの一足ちがいだったなあ」

舌うちしかけて、はじめて時政は、政子がはかばかしい返事をしないのに気がついた。ふと、ある考えが彼の頭をよぎったのは、このときである。

「よもやそなた――」

赤い鼻を近づけてひくひくさせた。

「御所さまに洩らしはしなかったろうな」

「いいえ、そんなこと……」

政子はかぶりをふった。

「洩らさぬにしても、なにかこう野萩のことを口にしなかったか」

「いいえ」

「大丈夫か。そなた、昔から、かっとなるととんでもないことをするたちだからな」

政子の頬に、ちらと翳が走ったようだった。多少割りきれないような顔つきで、時政は政子を見つめている。

政子はこのとき、決して父にうそはついていなかったが、さりとて、真実を語ったわけでもない。今日時政が現われるまでに、じつはかなりの心の屈折を経験してきている。

――ほんとに、私って、いつもそうなんだから……

まさに痛いところを突かれた感じだった。きのうまでの政子は、まさしく、その思いにとりつかれ、自分に嫌気がさしていたのである。

が、それは時政の想像したのとはおよそ違う意味でだった。

――野萩の子を殺そう。

父にそう言われたとき、うかうかと同意してしまった自分に対してなのだ。

一時の血の逆流がおさまったとき、

――あっ、わたしは……

とつぜん、政子は、子を奪われた静御前のことを思い出したのだ。あのとき、夫に向かって母の情を説いてやまなかった自分が、平気でそれと同じことをやろうとしている……。

――どうして私はいつもこう、とりかえしのつかないことばかりしてしまうのか……

怒りにまかせて頼朝との愛をふりきって山木へ嫁ごうとしたときのこと、亀の前の家を打ちこわしてしまったこと。その他いろいろの失敗が、百鬼夜行の行列のように、次から次へと、現われてくる。

――わあっ！

耳をおおって叫びたくなってしまう。

その耳の底へ、このとき、なつかしい声がよみがえってきた。

「お前はいつもそうだ。激しすぎるんだよ、気性が……」

「意地はいけない。意地できめちゃいけない」

三郎宗時の声だった。

——ああ、お兄さま、お兄さまがいらっしゃらなくなってから、政子はいつもとりかえしのつかないことばかりしてるんです……

と、そのとき、局の外の廊に、ふと丈高い影がさしているのに気がついた。

「誰？」

いや、聞かないでもわかっている。こんなふうに足音もさせずにやって来る背の高い影はひとりしかいない。弟の北条四郎義時。彼をおいてはいないはずだ。

「顔色がよくありませんね」

言葉つきだけはいくらかていねいになったが、無愛想なのは少年のころと全くかわりがない。すでに二十四歳、一児の父であり、鎌倉御家人のなかでは、りっぱな中堅なのだが、口をきくのがおっくうらしく、評定の座にいても、ほとんど黙りこくっている。小御所へも毎日のように顔は見せるが、足音もさせずにぬっと入ってきて、こちらが話しかけなければ、黙って膝をかかえて庭を眺めるだけで帰ってしまう。

その四郎が自分のほうから声をかけたのは、このときの政子の表情が、よほどただごとではなかったためなのだろう。いつになく政子も弱々しく言った。

「考えごとをしていたのよ。お兄さまのこと。もしお兄さまが生きておいでならばって」

四郎はすぐには返事しなかった。が、やがて、庭を見ながら、ひとごとのように言った。

「私じゃだめですか」

——あまり頼りにならないけど……

が、いまはこの無愛想な弟でも何か話相手になってほしい気持だった。政子はぽつりぽつりといきさつを話しはじめた。

「とんでもないことを考えたと思ってるの」

正直に言った。

「早速お父さまをおとめしなければ。でもお父さまも一徹だし、うまく持っていかないと」

四郎は無愛想に言葉をはさんだ。

「なんだ、そんなことか」

四郎の言葉のそっけなさは、よけいに政子をいらだたせた。

「だって、今にもお父さまは、野萩のありかをさがしだして、その子を殺しておしまいになるかもしれないのよ」

「………」

「一つのいのちが消えるかどうかのさかい目じゃありませんか」

「そんなに心配するなら、なんでそのときに、とめなかったんです」

四郎はまたぶっきらぼうに言う。政子は返事の言葉につまった。

——なんてにくらしいことを……

そんな政子をふりむきもせず、四郎はぬっと立ち上がると、

「大丈夫ですよ。何とかなりますよ」

ひとりごとのようにそう言うと、来たときと同じように、足音もさせずに立ち去ってしまった。

それがつい数日前のことだ。

が、いま、時政が息せききって駆けつけて、野萩が逃げた、と言うところをみると、たしかに、四郎の言ったとおり、大事にはいたらなかったわけである。

——それでは……

あの四郎が、野萩にそっと知らせたのか。いや、彼自身、野萩のかくれがを知っていた様子はないし、第一、誰に対しても無関心としか見えない四郎が、そんなにすばしこく、おせっかいを焼くとは思えない。しかし、政子は、四郎に対して、気味悪いような、それでいて、今までにない奇妙な信頼感をいだきはじめていた。

が、目の前の時政はそんなこととは知らない。

「そなたが御所に言ったのではないとすると、誰が告げ口したのか」

まだそれを繰返している。

「ま、しかたがない。今度はぬかったが、そのうち、きっと見つけ出す。そのときはただではおかぬから」

いきりたって言う父を、しぜん政子はなだめる調子になった。

「ま、いいじゃございませんか。すんだ事ですもの」

「なに、なんと？　おいおい」

聞くはずのない言葉を聞く、というようにきょとんとし、時政は、赤い鼻をこすると、

「ふざけては困るな、政子。俺がこんなに一所懸命になっているのは、だれのためだと思う。みんな若君のためではないか」

時政は急に不機嫌になった。

「第一、あいつを生かしておけぬ、俺がそう言ったとき、そなた、同意したではないか」

「そうです、でも——」

政子は決心すると、眼を丸く見開いて、

「ごめんなさい。考えが変わっちゃったんです」

すっぱり言って、ぴょこりと頭を下げてしまった。

「なんだって！」

時政はあっけにとられた顔つきになった。

「やっぱり子供を殺すのはかわいそうですもの」

ふりあげたげんこつのやりばに困ったような、引っこみのつかない顔つきで、

「これだから女は――」

時政は舌打ちして座を立った。

「知らんぞ、俺は。あとでくやむなよ」

それからいまいましげに言った。

「わかった。そなただな。野萩を逃がしたのは」

「いいえ、それは――」

「いい、いい、この上、言いわけは無用だ。ふん、まったく、親の心子知らずよ」

この事件は極秘裡に、しかも不発に終ってしまったので、鎌倉のなかではほとんど、だれも気づかなかった。あの地獄耳の藤九郎盛長さえも――野萩が、長江景国の家にかくれていることまで嗅ぎつけていたくらいの彼であったが、いつ、どうして野萩が姿を消したかは、ついに知らずじまいだった。

彼が、鎌倉から少し離れた深沢の里に野萩がかくれているのを知ったのは、数か月後のことである。そのとき、藤九郎は思ったものである。

――やれ、また御台さまのやきもちか。野萩は鎌倉に居たたまれなくなったとみえる。

四郎が小御所にぶらりとやってきたのは、そのころだった。

「鎌倉ではもっぱらの評判ですよ。御台所は、野萩を御所から追いだしただけでは満足せず、とうとう鎌倉から追い出してしまったって」

無愛想にそれだけ言った。

「まあ、ひどい、私がですって。それどころか、私はあの人の命を助けてあげたのじゃないの」

いきりたつ政子を眺めて四郎はにやりとした。

「まあ、いいじゃありませんか。御台が野萩の子を殺したと言われるよりはね。姉上のやきもちの評判は、今にはじまったことじゃなし……」

にくらしいことを、と思いながらも、政子は心のどこかで、ほっとしている自分を見出していた。

この事件について頼朝は何も言わない。野萩が子供を生んだことも、深沢にかくれたことも。ただ思いなしか、愛撫はさらに濃密になった。ひと晩中彼をうけいれ、身もだえし、われから陶酔の底に陥ちこまずにいられない政子もまた、みのりのときを迎えたのだろうか。

が、それでいて、なぜか政子は悲しい。

――わざと言葉を避けて、からだで語りあう。これが夫婦なのだろうか。

中年にさしかかった自分たちの姿に、ふと寂しくなるのである。

野萩の事件はその後かなりあとを引いた。第一、時政が不満たらたらなのである。

「ふん、どいつもこいつも……」

さまで高くない鼻をくしゃくしゃにゆがめて、吐きだすように言う。

「つまりは本気で考えておらんのよ、若君のことを。若君のゆく先を、心から御案じ申しあげているのは、この俺ひとりじゃ」

　しばらくは、へそをまげて小御所へも現われない。が四郎は平気なもので、

「まあ、祖父《じじい》というものは、そんなものさ。いつでも、自分ひとりが孫の味方だと思っている。もっとも孫のほうじゃ、何とも思ってはおらんがね」

　だから相手になる必要はない、と政子に言う。するとますます時政の吠え声は高くなる。

「ふん、何が乳母だ。偉そうな面は並べているが、みな欲得ずくよ。親身になって若君をお守りしようという奴はおらん！」

　あたりかまわずわめくから、自然乳母たちの耳に入ってしまう。このとき万寿の乳母は、はじめに乳をふくませた河越重頼の妻のほかに、比企や、源氏の流れをくむ平賀義信、鎌倉きっての能吏、梶原景時の妻などがいて、それぞれ夫たちが後盾になっているから、しぜん彼らはおもしろくない。中でも一番熱心な比企能員などは、大不平で、

「ふん、あまり舅づらして出しゃばってもらっては困るな。俺の養育のどこに手落ちがあったというんだ」

　第一、野萩の事件については、俺はやる気だった。それが腰くだけになったのは、時政のほうではないか、といきまいた。

「よく考えてみれば、怪しいことだらけよ。野萩が逃げだしたのは、誰の入れ知恵か。俺と北条しか知らぬことで、しかも俺はしゃべらなかったんだから、してみると、これはどういうことなんだ」

　そんな能員の声が耳にはいると、時政はおもしろくない。

「なにを。今さら忠義顔するな。奴の腹の底など見えすいているわ。いずれ若君の御世になった

ら、しゃしゃり出ようというんだろう」

いたいけな万寿をめぐって、両家の雲行きは、はやくもあやしくなりかけた。そしてそのときのしこりは、その万寿が甲《かぶと》はじめを行うところまで続いた。

甲はじめ——。

今なら、さしずめ、七つの祝いというところであろう。武家の棟梁のあとつぎとして、はじめて武装をつける儀式である。元服が一人前の男になる儀式なら、これは幼児期と訣別して半人前になる儀式ともいえよう。

万寿の甲はじめは、文治四年七月十日と定められた。

その半月ほど前のある日、彼は小御所の政子の所へやってきた。有力な乳母たちにかしずかれている彼は、毎日母のもとへ顔をみせるわけではなく、何日かに一ぺん、こうして現われるのである。

「若君さまのお越しでございます」

言うより早く、小さな、足音が聞こえてきた。

「若君さまのお越し」

これほど政子にとって、いやな言葉はない。

——なんともったいぶった言いかただろう。

しかもきまって乳母がついてきて、

「さ、ちゃんとごあいさつを遊ばして」

などとおせっかいをやく。

おかあさま!

万寿！

とかけよって抱きつき、頬ずりしたり、ときには、お尻をぴしゃり、などということは、ゆめにもできない。

これが上流社会のしきたりとはいえ、政子は、心中うんざりしている。

大姫のときはこうではなかった。あのころは頼朝はまだ流人だったから、乳母の家で育てるということもせず、一家そろって過してきたが、万寿との間には、実の母子というには、あまりにもへだたりがありすぎる。ちょっとやってくるのも、乳母たちに言わせれば、

「若君さま、御台さまへ御機嫌奉伺」

なのであって、やたらもったいをつけたがる。だから万寿も大姫のようになついてはこないのだ。

が、そんなことを言えば、時政に、

「それがいかんのよ、考えかたが逆だ」

ぴしゃりときめつけられる。

「なにかというと、それ、そなた大姫をもちだす。だから万寿はなつかんのよ」

へだてをつけているのは政子だというのである。が、義高の事件以来、政子は、大姫には、ある負い目のようなものを感じている。あれから人が変わったように暗い性格になり、からだもひよわになってしまった大姫のことを自分が心配しなくて、だれがいたわってやるというのか。それと万寿をかわいがるということは別なのだ。

はじめての男の子だもの、いとしくないわけはない。なのに、なぜか万寿がなつかないのは、変な知恵をつける大人がいるからだ。

――御台さまより何より、私が若君にとって一番大切な人間でございますよ。

乳母たちは売り込み競争をやっているのだ。彼の成人の暁にそなえて……。

――ああ、乳母などいなかったときのほうが、ずっと気楽だった。

あのまま伊豆にいたほうが楽しかった。こんな御大層な身分になるよりそのほうがずっといい。

が、今日の万寿の供は乳母ではなくて、十五、六の少年、藤九郎盛長の息子の弥九郎だった。

童水干《わらわずいかん》の万寿は、その袖をひろげるようにして、

「母上さま、御機嫌よろしゅう」

いつものように礼儀正しくあいさつした。父にも母にも似ない、きゃしゃな細面、その瞳には、もう「これで役目はすんだ」という色が見えている。大人なら、うわべだけでも、なつかしそうな顔をしてみせるのだが、その点子供は残酷である。

はやくも万寿が立ちかけたそのときである。軒先でにわかに油蟬《あぶらぜみ》がなきだしたのは……。

「あっ、弥九郎、蟬だぞ」

万寿が、急に少年の瞳になった。

万寿の少年らしい瞳にさそわれて、政子も縁に出た。

「どれ、どこに?」

「あそこです、ほら、二匹も」

小さな指が松の枝を指す。

「とれますか、弥九郎」

政子は供の少年をふりかえった。

「は、竿ともちがございましたならば」

それから小御所のなかは、ちょっとした騒ぎになった。

「竿、竿はないかしら？」

「もちはある？」

「早く早く、蟬が逃げてしまう」

いつもはあいさつだけすると帰ってしまう万寿と、思いがけず水いらずのひとときをすごせるのがうれしく、政子はいそいそとした表情になった。

急ごしらえの竿にもちをつけて、侍女が小走りにやってきた。弥九郎はそれをうけとるなり、音もさせずに縁からとびおり、するすると松の枝によじのぼった。

「もっと上だよ」

縁から万寿が押し殺した声で言う。

一匹めは難なくとれた。そして二匹めも、弥九郎の竿の先に、自分から吸いつくようにして、もちのとりこになった。

「よしよし」

万寿は御機嫌である。

「大きいのが若君様、小さいのが弥九郎どの」

気をきかせて侍女が糸でゆわえて手にもたせた。

ぎ、ぎぎぎぎっ。

ぶざまにもがいてはとび立とうとする蟬を追って、万寿は局の中をはねまわった。日ごろの教えこまれた、よそよそしい態度はどこへやら、年相応のむじゃきな童子にかえって、はしゃぎまわっている。

ぎ、ぎ、ぎぎっ。

蟬はなおも、もがく。

と、どうしたことか、糸の結びめがとけて、
ばさばさばさ。

大きな羽音をのこして、蟬はあわただしく飛びさってしまった。

「あっ！」

残された糸を手にしたまま、万寿は縁先に走り出て、茫然と空をみあげている。

数瞬の後、くるりと彼はふりむいた。と思うと、糸をつけてくれた侍女に走りよるなり、ぱっと平手打ちをくわせていた。

「だめじゃないか」

子供とは思えぬ、いらいらと昂ぶった瞳でにらみつけると、今度は弥九郎に躍りかかった。

「弥九郎！」

平手打ちと横腹を蹴るのが同時だった。弥九郎はあくまで無抵抗である。

「よこせ！」

万寿は、蟬をもぎとるなり、何を思ったか、ぐい、とその羽根をむしりとった。

政子は思わず叫んでいた。

「万寿！　何をするんです！」

政子の声に万寿はぎくりとしたようである。

「なんてことをするんです」

万寿の手がとまった。が、そのときすでに蟬は両の羽根をもぎとられて死んでいた。

「万寿、おまえは……」

この十歳にもならぬ童子のどこに、狂暴で残忍な悪魔がひそんでいるのか。あらためてそれを探る思いで、まじまじとその顔をみつめているうちに、

——あ。

胸底から冷たいものが吹きあげてくるような気がしたのは、自分を見上げる万寿の瞳に、悔いの色がちっともみられないことに気がついたからだ。

声も出ないくらいに彼は驚いている。

が、悪いことをしたとは思っていないのだ。

おそらく、彼をとりまく乳母たちは、ただ彼をちやほやし、何をやろうと叱りつけもしないのだろう。

その彼が、面と向かって叱りつけられた。そのことに万寿はどぎもをぬかれているだけなのだ。

——ああ、乳母などに任せておくからだ。

いらだつ思いをしずめながら、政子は、なるべくおだやかに話そうとした。

「万寿、あなたは、今、とっても悪いことをしたのよ。ね、蟬が逃げたからって、この女の人と弥九郎をぶったでしょ。逃げたものは仕方がないじゃありませんか。そんな乱暴なことをしてはいけません。そのうえ、弥九郎の蟬をこんなにして。生きものは、なんでもかわいがるものなのよ」

言いながら、政子は万寿の瞳をじっとみつめつづけていた。その少し吊りぎみの細く澄んだ瞳に、ちらとでも、動揺の色の走るのを願いながら……。

が、万寿は、さっきと同じく、じっと政子を見上げている。驚きの色は次第にしずまって、蒼

味をおびた白眼はさらに澄んできたようだった。

やがてその薄紅い唇が開いた。

「だって、この女のゆわえかたが悪かったんです」

思いがけない言葉が、そのかわいらしい口から洩れた。

「この女？　まあ……」

政子はきびしい瞳になった。

「万寿、この女とはなんです。このひとは、お母さまのところの女房衆ですよ」

「だから召使いでしょう」

ひどく傲岸《ごうがん》に肩をそびやかした。

召使いなら、どんなに見くだしてもよいというのか。乳母たちからそんな育てかたをされているのか、と政子は心が寒くなった。が、万寿はなおも言い張る。

「この女のゆわえかたがちゃんとしてたら、蟬はにげなかったのです」

「それはそうです。でもあやまちは誰にでもあること。それをやさしく許してやることが、上に立つものの道でしょう」

「……」

「それを、なんです。弥九郎にまで八ツ当たりして……」

万寿はそれでも最後まで、

「ごめんなさい」

とは言わなかった。

弥九郎のどこに落度がある。さらに許せないことは、とりあげた蟬を殺してしまったことだ。

生類《しょうるい》をあわれむ——この心がなければ人間とは言えない。

と、いくら説いても、かたくなにおし黙って、じっと政子をみつめている。澄みきった怜悧《れいり》な瞳。そこに、濁りのかげさえないことに、かえって政子はおそれをいだいた。

おそらく、一度も叱責をうけなかった彼は、生まれて初めて誇りをきずつけられ、満座の中でうけた恥ずかしめだけに心を奪われているにちがいない。

どれひとつとっても、悪いのは彼のほうだ。弁解の余地もなければ逃げ道もないことに彼はますますいらだつ。それに気づいて、政子は声をやわらげた。

「ま、でも、あやまちは誰でもあること。悪いことに気がつけばいいんですよ。もうこれからしませんって約束をしましょうね」

少年の瞳はさらに大きく見開かれた。その瞳からは、いまにも涙があふれるかと、政子には思われた。

音もなく彼は立ち上がっていた。薄紅い唇がちょっとふるえて、

「あやまりません。母上なんか大きらいです」

思いがけない反逆の言葉がとび出した。政子が息をのんだとき、くるりと向きをかえた万寿は、思うさま弥九郎の胸を蹴とばしていた。

「ばか、弥九郎のばか！」

あばら骨をおさえながら、弥九郎は無抵抗に転がった。

「ま、万寿！」

すでに縁先まで走り出していた万寿は、お待ち、と政子が言うよりはやく、もう一度言葉を投げつけてきた。

追いすがろうとしてよろめきながら、政子も夢中で叫んでいた。

「来ないなら来なくてよい！」

叫びながら、ひどく息ぎれがした。

侍女たちは、息をのんで顔をそむけ、弥九郎はひどくうろたえ、悲しそうな瞳をあげて目礼し、縁を走り去って行く。

母上なんか大きらい！　勢いにまかせての幼児の言葉とはいえ、胸がうずく。いっしょにいての親子げんかなら忘れもするが、離れているだけに、それは容赦なく政子を刺す。

それにしても子供に似あわぬ小憎らしいほどの意地の強さ。あれこそまごうかたなき自分の血だ。

──なんていやな子だ、と思ったそのとき、そこに自分そっくりの姿をみつけ出すなんて……

政子はうろたえた。のどがひりひりして、もう言葉も出なかった。

その日から、ぷっつりと万寿は政子のところへ顔を見せなくなった。

──母上なんか大きらい！

そう言いきったときの、おそろしいほど澄んだ瞳が眼にうかぶ。彼はきっとあの日の意地をはりつづけているのだ。子供らしくない、こましゃくれた傲岸さが、政子の心を刺す。

──なんていやな子なんだろう。来なければ来なくていい。誰があんな子をかわいがってやるものか。

ぎりぎりと奥歯を嚙んでそう思うとき、政子は自分の瞳がいつになくけわしくなっているのに気づく。

四日たち、五日たった。

それでも万寿は現われない。

——ようし、おぼえておいで。お前がその気なら……

ますます目をけわしくしたそのとき、庭の梢で、にわかに油蟬がなきだした。

——あ……

忘れていた何かをゆさぶられるような気がした。瞬間眼の前にうかんだのは、油蟬を手にして、無邪気にはねまわっていた万寿の姿である。

——あんないたいけな子供を、私はまるで大人でも責めるように追いつめはしなかったか……。あの子がもう来ない、と言ったとき、来なくていい、とはねかえすほかに、やわらかくうけとめる道はなかったのか。

ふいに後悔におそわれはじめた。

——私は乳母憎さのあまりに万寿にまで、必要以上に辛くあたったのではないか。

今ごろ小さな胸をいため、ひとりでべそをかいているのではないかと、急にとりかえしのつかない思いにおちこんだ。

——ああ、いま、若君さまのお越し、という声が聞こえたら、私はとんでいって、あの子を抱きしめてやるのに……

日ごろ大きらいな、あのもったいぶった先ぶれが、今日ほど待たれたことはなかった。

——またしても、私はやりすぎてしまった。

が、数日たってもまだ万寿が現われないと、またしても、政子はむらむらと焦立ちはじめる。そしてはまた悔い、悔いては焦立ち、際限ないくりかえしが続いた。

頼朝のほうは平然たるものだ。逐一のてんまつを打ち明けているのに、

「ふん、ふん」

いっこうに相手にならない。

「すこしはまともに聞いてください」

開きなおると、

「聞いてるとも。まあ、あまり気にするな」

大きな眼をゆっくりまばたきさせた。

「それより、甲はじめの日の万寿の鎧直垂《よろいひたたれ》を作ってやったらどうだ」

「鎧直垂を？」

「母君から特に賜ったといえばよろこぶぞ」

政子はふいに眼の前を蔽っていた霧がはれてゆくような気がした。

甲はじめまであますところ数日しかない。いまから都へ使いをやって特別の絹をさがさせるわけには行かない。やむを得ず来年の夫の春着にと心がけていた青地錦で、大いそぎで万寿の鎧直垂を縫わせた。

ひすいの玉を海に沈めたような青みがかった深い緑は政子のすきな色で、少し地味だが、色白の万寿にはよく似合うはずだ。

——もう晴れの儀式用として赤地錦の直垂が作られていると聞いたが、夫の言葉通り、万寿はこの直垂を着るだろうか。意地っぱりなあの子が、これはいやだ、などと言えば、恥の上塗りをさせられるようなものだ。

なかばの不安と期待をいだいて、直垂が万寿のもとに届けられたのは儀式の前日だった。

七月十日――。

甲はじめの日は朝からさわやかに晴れていた。儀式が行われるのは御所の正殿の南面《みなみおもて》。が、しきたりとして、政子はこれには参列できない。

時刻がくると、正面上段の間に頼朝が現われ、政子の弟、四郎義時の手で青簾《あおすだれ》が巻きあげられた。

と、万寿が、乳母の夫である平賀義信と比企能員にたすけられて登場する。はじめて正式の場所へ出た少年の顔は緊張に少し青ざめてみえた。

待つことしばし、下手《しもて》から有力な御家人の一人、小山朝政が目八分にかかえてきたものが、やがて、しずしずと万寿の前におかれた。

そして、それこそ――。

政子が心をこめて贈った青地錦の直垂だったのである。

万寿がそれに着がえている間に有力な御家人たちによって、鎧や甲、剣、弓矢などがはこばれた。そのうち、金蒔絵《きんまきえ》の鞍《くら》をおいた黒馬がひき出され、万寿はそれに押しあげられた。多数の御家人がその左右を守って正面の庭を三周してその日の儀式は終った。

小さな鎧をつけた万寿は武者人形のようにかわいらしかったが、ひどくむっつりと、わざと無表情を装っているかのようだった。

酒宴のあと、その日の模様を知らせに来た父の時政の口から、万寿が青地錦の鎧直垂を着たというのを聞いただけで政子は涙をこぼした。

「そうですか。まあ……。それで万寿は一日おとなしくしていまして？」

「うん、うん」

が、時政は時政で、別のことを考えている顔つきである。

「比企の奴め、これみよがしに、しゃしゃり出おってな」

ひどくおもしろくない、といった調子である。じつはこの儀式で誰が何の役をつとめるか、かなりのもんちゃくがあった。これによって将来万寿の代になってからの序列がきまることを見越しての争いである。表面おめでたずくめにみえる甲はじめの裏には、すさまじい政略がぶつかりあっていたのだ。

——中でも比企の出しゃばりようは……

早くも時政は、容易ならぬ未来に眼をむけはじめたようだった。

灯の祭

鎌倉で万寿の甲はじめが行われていたころ、九郎義経は奥州にいた。それがわかったのは、その前年である。例の吉野山でゆくえをくらましてからそのときまで約二年間の九郎の足どりは、まったくなぞに包まれている。

今日は奈良にいた、とか、きのうは都に、また叡山《えいざん》に、と噂はしきりなのだが、捜索にゆくと、いつも風のように消えたあとだった。はじめに九郎逮捕にあたった北条時政をはじめ、鎌倉の武者たちは、いつも後手にまわった感じだった。

しかもその捜索のしかたもどこか間がぬけている。

第一番にやったことは、まず九郎の名前をかえることだった。頼朝と親しく、そのころ宮廷第一の権力者になっていた九条兼実《かねざね》の息子が、良経と言って、同じ呼び名なので、それでは失礼にあたろうということになって、義行と改名させた。

といっても本人がその場にいるわけではないから、こっちだけで勝手に名前をかえたので、九郎自身は、大きなお世話だと舌を出していたかもしれない。

と、そのうち、この義行という名前にも文句がついた。

「義行とは、すなわち、よく行く、という意味だ。だから九郎はつかまらんのよ」

それでは、というので、義顕《よしあき》とかえることにした。これなら、よく現われる、すなわち逮捕できるだろう、というわけだ。

これこそまったくのお笑いぐさだ。「よくあらわれる」という名前をしりめに、九郎は、かつての保護者、藤原秀衡の許へたどりついてしまったのだから。それも命からがらの逃避行ではない。どこでどう落ちあったのか、河越重頼の娘である正妻の小菊や、郎党たちをひきつれて、悠々たる旅で、逃避行の間に生まれた女の子もつれていた。

もっとも彼らが、どの道をたどって奥州へたどりついたかは、じつは、はっきりしていない。芝居では、安宅《あたか》の関を通ったことになっているが、たしかな史料では、

「伊勢、美濃《みの》を経て奥州へ行った」と書いてあるだけである。

「まったく、これじゃあ、俺たちはめくら同然にあしらわれたようなものじゃないか」

鎌倉の御家人たちは、おもしろくない。

「そもそも北条どのが上洛した折に、すばやく立ち廻れば、こんなことにはならなかったのに」

「それが、取り逃がしました、はい、といってのこのこ帰って来たんだからなあ」

時政の評判もすこぶるかんばしくない。

九郎が奥州にいるとわかってからも、鎌倉の反応はきわめてにぶかった。

「はて、それでは、いかがいたすべき？」

もっともらしく協議しているうちに時がたち、その間に奥州の王者、藤原秀衡は死んでしまった。そのあとになって、やっと鎌倉方では、

「義経は逆賊だから、からめとれ」

という宣旨を、秀衡のあとをついだ泰衡あてに朝廷から、送らせている。

もちろん泰衡からは何の返事もない。

朝廷から泰衡に対し、二度目の九郎逮捕の命令が下ったのは、その後半年も経ってから——万寿の甲はじめも終った冬のなかばだった。

「それでは仰せに従いまして——」

泰衡からやっと返事が来たのはそれから数か月後、年は改まって文治五年になっていた。

こののんびりしたやりとりを、間にいる鎌倉方も無言で見守っている。

もちろん、奥州の変にそなえてじわじわと兵力を集めはじめてはいた。が、あわや合戦になる前に泰衡は遂に観念して、九郎を衣川の館に襲って自殺させ、首を鎌倉に送ってきた。

さすがに、頼朝は九郎の首は見なかった。鎌倉のはずれの腰越の駅まで出むいて首を実検したのは、侍所の別当（長官）の和田義盛と、所司（別当に次ぐ役）梶原景時である。

ときに六月十三日、風もなく油照りに照りつける腰越の浜でさし出された首は、腐乱をふせぐために美酒にひたし、みがきぬかれた黒漆《くろうるし》の櫃《ひつ》におさめられてあった。使者から報告をうけた頼朝は、

「そうか」

ほとんど表情を動かさず、そう言っただけだった。弟の死を聞くにしては冷静すぎるその瞳を、息をのんで見守るものも多かった。

が、その日の夕暮れ——。彼がいつになく長く持仏堂にこもっていたことは、だれもしらない。九郎の兄で鎌倉に残っていた全成がそこを訪れ、二人だけでひっそりと読経を続けたのを知っているのは、おそらく政子だけではなかったか。

一日中照りつづけた太陽がやや疲れをみせて、向こうの峰に沈み、あたりが淡い夕闇につつまれはじめたころ、頼朝はやっと持仏堂から姿を見せた。

持仏堂で二人が何を話しあったか、政子には想像できるような気がした。いつか静の生んだ男の子を殺したとき、

「俺はときには、俺の情を殺してまでも、武士の集まりを守らねばならない、それが武家の棟梁のつとめでもある」

と言った頼朝の言葉を思い出したからだ。

——あのかたは、あのとき、冷たい奴といわれてもいい、とおっしゃった……

悔いやおののきや悲しみが、いまの頼朝の心の中に何もなかったといったら、うそになるだろう。が、それらをすべて持仏堂のひとときに封じこめてしまったのか、夕あかりの中で見る彼の顔は、ほとんど無表情に近かった。

その夜、政子とふたりきりになってからも、とうとう、頼朝は九郎のことにはふれなかった。ただ、一度だけ、何の前ぶれもなく、

「小菊もともに死んだらしいな」

ぽつりと九郎の正妻である、河越重頼の娘の名前を言った。

「娘も四つになっていたらしい」

九郎の妻になった河越重頼の娘——小菊の顔を政子はふと思い出してみた。武蔵野の草の中から急いでひっぱり出されてきて、鎌倉へのあいさつもそこそこに、都へ送り出されてしまった小菊。いかにも坂東女らしい頰の赤い小娘で、おずおずと政子を見上げたその瞳には、

——私はどうなるのでございましょう。

突然眼の前にひらけた自分の運命に、とほうにくれているような色があらわれていた。

しかも、九郎はそのころ、都で女たちにちやほやされていて、その結婚生活は必ずしもしあわせではなかったらしい。

にもかかわらず、九郎の運命が落ちめになって、父の重頼から、

「帰ってこい」

と命令されたとき、

「いいえ、帰りませぬ」

はっきりこう言って、ゆくえをくらませてしまった小菊だった。

その彼女が、最後まで九郎に従い、娘とともに死んでいったという。

——そうだったのね、やっぱり……

政子は、頰の赤い小菊のおもかげにむかって、大きくうなずいてやりたかった。九郎の絶頂のころは競ってそのまわりにまつわりついた都の貴族の女やうかれめたち——彼女たちが要領よく身をかわしたあとも、黙々と九郎のあとについていった小菊。

その無器用な、けれども、いちずな姿は、同じく土の中で生まれ育った政子にはよくわかるの

だ。世間なみのしあわせではなかったかもしれない。でも小菊はそうせずにはいられなかった。そのいちずさをつらぬき通した生涯は、みごとに美しい。

と、そのとき、耳もとで頼朝の声が響いた。

「さて、いよいよ、明日からは忙しくなるぞ」

「えっ……」

「奥州へ出陣のしたくをせねばならぬ」

「まあ、どうして……」

もうすべては終ったのではないか、と問いかえそうとする政子を、頼朝はじっとみつめて、ゆっくり言った。

「これからが、ほんとうの戦さだ」

以後、鎌倉勢は、それまでの、のんびりさ加減とは、うってかわったすばやさで、戦闘準備をはじめ、

「戦さの事は将軍の命に従うもので、天子の詔《みことのり》とは関係ありませんから——」

泰衡追討の宣旨が来ないうちに、どんどん出撃してしまった。そのときになって人々は初めて気づいたのだ。あの間のぬけた九郎捜索も、朝廷と奥州の交渉をがまん強く傍観していたのも、じつは今日にそなえての、深い計算に立ったものだったということを……。鎌倉勢の最後の目的は九郎ではなくて、奥州藤原氏だったのだ。

北伐の先陣が鎌倉をたったのは、文治五年七月十七日、頼朝の本隊は二日おくれて十九日の朝、出陣した。

「留守をたのむぞ」

大鎧をまとって広床を踏んで立つ頼朝は、いつもより、一まわり大きくみえる。政子には、久しぶりに武装をつけた夫の姿が、堂々と、闘志にみちているのが感じられた。

――いつのまにか、御大将としての風格をそなえられた。

鎌倉勢は今度の出撃には、満々たる自信をもっている。そのころの奥州藤原氏は、同じ日本のうちとはいえ、半独立の実力を持った北国の王者として恐れられていたのだが、平家を倒し、新しい国造りをしつつあった鎌倉武士たちは、これに正面から戦いをいどんだ。

まず、戦闘隊の後に、鋤鍬《すきくわ》をかついだ工作隊と、さらにおびただしい食糧をつんだ輸送部隊が続いた。四つに組んだ持久戦の気がまえである。一時しのぎの略奪や徴発があたりまえだった当時として、これは戦史を画するほどの大変化だ。

「今度は絶対に勝つ」

政子の前で頼朝はしばしばそれを口にしたし、いま出発にあたっても、その決意のほどは眉宇《びう》にあらわれている。

が、大軍が出発してしまうと、やはり何となく不安になって、政子は侍女たちをつれて、鶴岡八幡宮でお百度まいりをした。いくら大丈夫だ、といわれても、夫を送り出したときの気持は、山木攻めや、石橋山の合戦のときと変わらない。

案ずるまでもなく、鎌倉勢の鉾先《ほこさき》はするどかった。七月末に白河の関をこえると、藤原氏の守りを一気に踏みやぶり、八月の二十日には、もう泰衡の本拠、平泉をおとしていた。百年近い藤原三代の富の蓄積、広大な領地、精鋭をほこる騎馬兵力、それらすべては、鎌倉勢の前では何の力もなかった。

これはすなわち、鎌倉勢の組織と統制力の勝利であろう。この時代としては新思想、新体制であった封建制――家人は主君に忠義をつくし、そのかわりに主君はその勲功には必ずむくいる、という方式が鎌倉武士全体にゆきわたっていたからだ。頼朝を頂点に御家人たち、そしてその家来、そのまた家来というふうに作られた組織――数百年後にはそれが日本人の手枷《てかせ》、足枷になるにしても、その当時はそれ以前の古代社会よりもずっと進んだ、強力な体制だったのだ。

藤原氏には残念ながらその組織がなかった。平泉のわが館に火をかけて逃げ出した泰衡が、たよっていった郎従の河田次郎に殺されたというのは、忠義と恩賞という制度と、封建意識が確立していなかったからだ。

戦後処理をすませて頼朝が鎌倉に帰ってきたのは十月の末だった。数百里の征旅にもかかわらず、その鎧には戦塵《せんじん》のあともとどめてはいなかった。

今度の戦いについて、彼は多くを語らなかった。おそらく、九郎最期の地も眼にしてきたのだろうが、彼が政子に言ったのは、

「北上川というのは美しい川でな」

という一言だった。

奥州で頼朝の心をとらえたのは、北上川の流れの美しさと、藤原三代の建てた寺の建築の壮麗さであった。泰衡は、平泉を発って逃走するにあたって、豪奢《ごうしゃ》をほこったその館に火をかけてしまったが、寺の伽藍《がらん》は、ほとんどそのまま残っていた。

「そりゃあみごとなものだ。俺が都にいたときもあれほどの寺を見たことはなかった」

鎌倉に帰ってからも、頼朝はときどきそれを繰返した。

中尊寺、寺塔四十余、禅坊三百余。

毛越寺《もうつじ》、寺塔四十余、禅坊五百。

その他無量光院や、さまざまの鎮守の社。

それぞれ百余体の金銅仏を安置するとか、金銀を象嵌《ぞうがん》するとか、紫檀、黒檀を使うとか、とにかくけたはずれの豪華さなのだ。中でも頼朝が感嘆したのは、中尊寺の中にある金箔押し、螺鈿《らでん》の須弥壇《しゅみだん》をもつ金色堂と、大長寿院の建物だった。

金色堂はいまもわずかにそのおもかげはしのぶことができるが、大長寿院はもうない。そのころでは珍しい二階造りの高さ五丈もある堂宇で二階大堂とよばれていたらしい。

頼朝は、この寺を鎌倉にも、と考えたようだ。凱旋《がいせん》するなり御所の東の地をえらんで、早速造営がはじめられた。寺の名は永福寺《ようふくじ》、中に二階大堂を作ることにした。この寺も現在では一部の遺跡をのこすだけとなったが、二階堂という名前は今も地名として残っている。

工事がはじめられたそのとき、頼朝は、

「いや、なにも、ぜいたくな寺造りのまねをしようというのではないのだ」

それからやや口ごもって低く言った。

「旗上げ以来、いろいろの事があったからな」

そのしみじみとした口調は、政子に、忘れていた歳月の長さを思いださせた。

――ほんとうに、もうそろそろ十年になる。

石橋山の合戦以来、私たちは、なんと多くの死にめぐりあってきたことか。

平家一門をはじめ、木曾義仲、義高、そして九郎義経、小菊……。あれほど心のよりどころとしていた兄の宗時も、戦いの渦のなかに若い命を失っている。

その翌年――建久と年号をあらためた年、永福寺二階堂はまだできてはいなかったが、頼朝が父の菩提《ぼだい》をとむらうために建てた勝長寿院、すなわち南御堂で、これまでの十年間の戦乱で命を失った人々のために万灯会《まんどうえ》が行われた。

ちょうど七月十五日、うら盆のその夜、万灯会の名のごとく、御堂にはおびただしい灯明が献じられたうえに、軒という軒には、灯籠がかけつらねられてある。

この灯のあかりで黄泉路《よみじ》を照らし、もって亡き人の霊をなぐさめる、というのが万灯会なのだが、あるかなきかの新秋の風にゆれる軒端の灯籠のあかりは、そのまま、虚空をさまよう霊のようにも思われた。

頼朝の正式の参拝が終ったころ、政子はしのび姿で、南御堂の闇にまぎれた。人波にもまれて礼拝をしようとすると、

「おまいりですか、あなたも――」

隣でひざまずいていた老婆が話しかけてきた。

見えかくれに郎党がひとりついているだけの政子を、老婆は将軍の御台所とは思わなかったらしい。

「さあ」

人波の中ですこし体をずらせて、政子に場所を作ってやり、礼拝の終るのを待って、いっしょに立ちあがると、

「静かなお盆ですねえ」

親しげに語りかけてきた。

政子はふと、娘時代、伊豆の三島大社の宵祭りに出かけたときのことを思い出していた。あのころは、顔も知らない人々と肩をならべ気軽に言葉をかけあったものだが、いまはそんな機会はなくなってしまっている。

が、久しぶりにこうして人波にもまれて見ずしらずの老婆に話しかけられてみると、忘れていたものをよびさまされるような気がした。

「おばあさん、どなたか身内のかたのおまいりでしたか」

ひざまずいて祈っていた顔が、ひどく寂しそうだったのを思い出して、政子はふと聞いてみた。

「ええ、息子のね、あんたは？」

とっさに政子は死んだ兄の宗時のことを思いうかべて言った。

「兄ですの」

「へえ、兄さんをねえ」

「とっても頼りになるいい兄でした」

「それはそれはねえ、いつでした？」

「石橋山で……」

「じゃあ、あんたも伊豆のかたですか」

老婆はなつかしそうな声をあげた。

「私も伊豆のもんですよう。で、いまはこの鎌倉にいなさるのかね」

「え？……ええ」

「頼りになるあにさまに死なれてねえ、苦労なすったろうねえ」

老婆はどうやら兄のほかは身よりない女だと思いこんでしまったらしい。

「で、いまはどうしてなさる」

「……嫁入りしました」

「そりゃよかった。子供衆は？」

「三人になりました」

「おお、そうかね。御亭主は？　働きのある人かね」

「ええ、まあ……。でもちょっと浮気っぽいんです」

「まあ働きがあるなら浮気ぐらいはがまんするこったねえ。御亭主がいて子供がいりゃあいいとしなくちゃあ。そこへいくと、私なんざあ、ほんの一人ぼっちよ」

「まあ、一人息子さんをなくしたんですか」

「あい」

「どこで？　平家攻め？　奥州で？」

「いいや」

老婆は急に無愛想な顔つきになった。

「犬死しくさったのよ！」

「え？」

「殿さまのいいつけ通り働いたと言って、殿さまからお手討ちになってしもうたのよ」

そんな馬鹿な！　言いかけたが、老婆の話を聞くうちに、政子の顔色は変わっていった。

その老婆の息子は、伊ノ小弥太といって、伊豆の豪族のひとり堀藤次の郎党だった。身軽で腕っぷしの強い、藤次のお気に入りの若者で、旗上げのときから、いつも真先かけて命知らずの働きをした。藤次が頼朝側近の御家人としてのしあがったいま、順調にいけば、小弥太も、かなりの田畑をもつ、いっぱしの侍になっていたはずなのである。

「それが、あなた」

老婆は、体をのりだしてきた。

「ほれ、木曾義仲さまがほろぼされたあと、そのお子さまで、鎌倉におられた義高さま——御所さまの御長女の大姫君のお婿さまを殺したことがありましたろう。その役を言いつけられたのが堀藤次さまだったんじゃ」

そのとき、例によって先頭をかけて義高の首をあげたのが伜《せがれ》の小弥太だったのである。

「な、大手柄でしょうが、堀の殿さまもそのときは、大変おほめの言葉を下さった。ところが、なんと、あなた、三月たったら急に様子が変わってな、義高さまを殺したのはけしからん、と伜はお手討ちになってしもうたんじゃ」

吐き出すように言いすてた。

瞬間、政子は、悪夢のような、あの数か月のことを、まざまざと思い出した。義高の死、大姫の病気、夫とのいさかい……。

——たしかに、私は堀藤次を呼びだして、なじったおぼえがある。いかに御所さまの御命令だからといって、義高をそのまま殺していいと思っているのか。ごらん、姫は病気になってしまったじゃあないか、と……

そしてそのあと、堀藤次が直接手を下した郎党を殺してしまったこともたしかに聞いた。

——それがこの老婆の息子だったのか。

「ね、あんた。私の息子はね、堀の殿さまの命令通り働いたんですよ。それが悪くて殺されるなんて、そんなばかな……。そんなばかなことがあっていいんですかねえ」

やり場のない怒りがこみあげてきたのだろう、老婆は目をすえ、あえぐように言った。

「聞けば、御所さまの姫君が、その義高さまのことが恋しくて病気にならしゃったとか。それで御台さまがお怒りになって、そいつを殺してしまえと——」

——それは違う！

政子は危くさけびそうになった。堀藤次をせめはしたが、郎党を殺せとは言いはしなかった。それを早合点して藤次が殺したと聞いたとき、むしろ、無益な罪造りをしたことに、やりばのない怒りを感じた自分だったのだ。

しかし、目の前の自分を、当の政子と知らないこの老婆に、それをうちあけるわけにはいかない。

老婆は、がっくりと肩を落とした。

「えらい人ってのは冷たいもんだねえ。御台さまも、そりゃ娘がかわいいかもしれないが、何も伜を殺さなくてもいいじゃないのさ」

骨ばった手が頬を蔽った。

と、そのとき、闇の中で人の気配がした。見えかくれに警固していた郎党が、けわしい目つきで老婆の背後にしのびよるのを政子は見た。

老婆は郎党の近づくのに気がつかない。

「自分の子がかわいかったら、わかりそうなもんだがねえ。その男を殺せば悲しむ母親がいるってことをさ。私は大声で御台さまにそう言ってやりたいんだよ」

郎党の手が、今にも老婆に摑《つか》みかかろうとしたとき、とっさに政子は身をひるがえして、二人の間に体をすべりこませていた。

——静かに！　いいの、そっとしておいて。

あわただしく郎党に目くばせをしてから、政子は老婆の肩を抱いた。

「ほんとうにねえ、ひどい人ですねえ御台さまは。おばあさん、御所へ行って言ってやりなさいな」

「だめだめ」

老婆はあきらめたように首をふった。

御台さまの勘気にふれたというので、小弥太のわずかばかりの田畑も没収されてしまった。その日のくらしにも困った老婆は、鎌倉に来て、事情を訴えようとした。

「でもねえ、御門にも入れてくれませんのさ。帰れ帰れと、犬のように追っぱらわれて」

「まあ……」

伊豆に帰ることもできず、そのままここに住みついて、浜辺で藻屑《もくず》とりの手伝いをしたり、物乞いをして過ごしているという。

「でもねえ、今日の万灯会は、旗上げこのかた、いくさで死んだ人の霊祭りだというじゃないか。敵も味方もないみんなの菩提をとむらう法要だというからには、うちの倅もその中に入れてもらっているんだろうと思って来てみたんだけれど……」

それから歯のぬけた口もとに、ひどく寂しそうな笑みをうかべた。

「お経を読んでもらったって、死んだ倅が生きかえるわけじゃあなし。胸の思いは消えないやね」

勝長寿院の大屋根の釣灯籠はいまもかすかにゆれている。その灯をみあげていた老婆は、

「ま、それでも、伊豆のおかたに会って、ぐちを聞いてもらっただけでも気がはれたよ」

じゃあ、元気で、と腰をのばして行きかける老婆を、

「ちょっと」

あわてて政子はよびとめながら、急いでふところをさぐった。が、あいにく、目だたない小袖に着かえて来たので、何のもちあわせもない。それに気づいた老婆は、

「いいんだよ」

と手をふった。

「あんたも三人の子持ちじゃ、らくじゃないだろう。お宝は大事にしなさいよ」

言うなり足をひきずるようにして行ってしまった。

翌日はよい天気だった。政子は前の晩供をした郎党をひそかに御所によびよせ、米や小袖を持たせて言いふくめた。

「覚えているでしょう、あの年寄りを。これを誰からと言わずにやってきておくれ」

数刻の後、その男は、首をかしげながら荷物を持ったまま帰ってきた。

「鎌倉じゅうを捜しましたが、どうしても見当りません」

以来、政子は浜辺に出るたびに、藻屑を拾う女の群れの中に、そっとあの老婆の顔をさがすようになった。が、とうとうあの日以来、老婆の姿を見出すことはできなかった。

しかし、万灯会のあの夜、小弥太の母という老婆にめぐりあえたことは、政子にはただの偶然とは思えない。

この十年近くの戦乱の中で自分たちの見聞きした死——義仲、義高、九郎、小菊……。それらはすべて、政子の心を痛ませずにはおかないものばかりだ。が、そればかりではなく、政子の知らぬところで起こった死が、なんと多くの人々に心の痛手を負わせているかを、あの老婆は教えてくれた。

義仲の死が義高の死を、そして義高の死が小弥太の死を——死の輪舞ははてしなく続く……。そしてまた夫の旗上げが義仲の死にかかわっていることを思えば、老婆に誤解があるとはいえ、自分に責任がないと言いきることはできないような気がする。

が、義高の死によって、大姫は身も心もやぶれて、生ける屍《しかばね》になろうとしている。その意味では、自分もまた、あの老婆と同じく、悲しき母のひとりなのだ。そうしたひとりひとりの魂の重み、死んだ人も生きのこった人も、それぞれに背負っている傷の深さを思えば、あの老婆の言葉どおり、お経を読んでもらっても、胸の思いは消えないかもしれない。

――あの大がかりな万灯会も、どれだけほんとうの霊しずめになるだろうか……

ひどくむなしい気もする。それよりも、いま、生きのこった私たちにできることは、心の痛手、罪の思いを、せめてこれ以上重ねないことではないのか……。

――なにとぞ、これ以上大きな戦いが起こりませぬように。

万灯会以来、政子はそう祈らずにはいられなかった。

政子の思いが通じたのだろうか、じじつ、それ以後、目立った戦いはあまり起こっていない。十年の動乱期、いやそもそも都が戦いの場となった保元の乱から数えれば、三十数年後に、やっと国内には平和がおとずれたのだ。

その年の十月、はじめて頼朝は都へ上った。行装美々しい大行列で、本隊が懐島――いまの茅《ち》ケ崎《がさき》あたりについたころ、後陣はまだ鎌倉を出ていないというほどだった。

頼朝は都で後白河法皇や朝廷の重臣たちとも会い、大納言《だいなごん》右大将に任じられたが、帰国に先立ってこれは辞任している。

もっともこれには理由があった。頼朝は武家の棟梁として征夷大将軍を欲しがっていたのだが、後白河法皇はとうとう知らぬふりをしてこれを与えなかった。いわば彼の任官は、酒が飲みたいというのに甘いものを与えられたようなもので、辞退するのも当然だ。

後白河法皇がその二年後に死ぬとやっと彼は宿願を達して征夷大将軍になって幕府を開く。だから名実ともに「鎌倉幕府」がはじまるのは、じつはこれ以後である。

その年政子はみごもって、待望の二人めの男の子を生んだ。千幡——のちの実朝である。乳母には政子の妹、保子がつけられた。彼女の夫は頼朝の異母弟の全成だし、これで嬰児はがっちり源氏と北条氏にかかえこまれたわけだ。比企一族に頼家をとりかこまれてしまったあのときとは全く状況が違う。このままゆけば、政子の周囲には、幸福な歳月が流れてゆくかに思われた。

野は嵐

青空にくっきりと富士が美しい。

——何年ぶりかな、こんなのんびりした気持で富士山を仰ぐのは……

頭上をゆるく輪をかいて鳶《とび》が飛ぶ。見あげながら藤九郎盛長は、馬上で大きく青い空気を吸いこむ。

頼朝が伊豆で流人の生活を送っていたころ、その側近に仕えて、朝に夕に眺めた富士の山だ。

——あのころも狩はお好きだったが。

供といえば藤九郎のほかは、ほんの二、三人。のんきといえば、のんき、そのかわり、頼朝の未来にあるのは無期の流人生活だった。

——が、それにしては、あのころの御所さまは、なかなか風格がおありだったな。閉ざされた未来にくさるでもなく、ちょうど、ほれ、今と同じにおっとり構えてござらしゃった。

そっと藤九郎は頼朝のほうをふりかえる。

——もうあれから、かれこれ二十年。お互い年はとったが、ともあれ、あのころ、今日の御威勢を誰が想像したろうか。

あのころはたった二、三人のお供だったのが、今日の巻狩は、さしも広い富士の裾野をうずめつくすほどの人数ではないか。

このところ頼朝は狩に凝っている。ことし、建久元年には、春から、下野《しもつけ》の那須野や、武蔵の入間野で大がかりな狩猟をもよおし、五月になるとこの富士の裾野にやって来た。

野うさぎ、猪、鹿——。

山麓《さんろく》がひろいだけあって獲物《えもの》は今までのどこよりも多い。

ホーイ、ホーイ。

樹海を、原野を、泳ぐようにして千人余りの勢子《せこ》が獲物を狩り出す。それを追って馬を縦横に走らす若者たちの額には汗が光っている。さわやかな裾野にくりひろげられる、それは雄壮な絵巻であった。

さすがに藤九郎は今日は見物役だ。

「藤九郎どの、昔は相当おやりになったのでしょう」

息をはずませながら若者が言う。

「ふん、まあな」

「お若いころから、御所さまは、狩がお好きだったのですね」

「うん、よく遠くまで出かけられた」

「御所さまのお腕前は？」

「左様、どちらかといえば、お指図がたくみであったな」

長いあごをなでなで、もっともらしく言ったが、何のことはない、藤九郎の知るかぎり、頼朝は一度だって大物をしとめたことはないのである。

にもかかわらず、あの時から頼朝は狩がすきだった。

「まったく相変わらずでいらっしゃるよ」

「え？」

「いや、なに」

にやりとしかけたあごをおさえた。

頼朝が狩が好きなわけを、うっかり洩らすわけにはいかない。

と、そのとき、

「わあっ。鹿だあっ！」

近くで、人のどよめきが起こった。

追われているのは若い雄鹿だった。人間を知っている老巧な奴だったらそんなへまはやらなかっただろう。が、気がついたときには、彼は喊声《かんせい》のさなかにあった。

——これはいったいどうしたことか。

むちゃくちゃ走りまわるうちに、やっと、容易ならぬ事態に追いこまれていることに気づいたらしい。人間なら、恐怖に顔をひきつらせているところなのだが、そんなときでも、あいもかわらぬ、つぶらな、無邪気な瞳なのが、かえっていじらしい。

ホーイ、ホーイ。

その間にも勢子は少しずつ輪をせばめた。

「ほう、こりゃまたとない獲物だ」

若い侍たちは、にわかにどよめきたち、我がちに馬を入れて、鹿のゆくてをはばもうとする。

「まだまだ。射るのは早いぞっ」

制しているのは狩なれた連中だ。

「もっと、もっとせばめるんだ」

藤九郎も小手をかざした。

「右、右へっ。左は山だ。追いあげたら逃げられるぞっ」

じわじわ、とまた輪がちぢまった。

と、それまで、むやみに、走りまわっていた若い鹿が、突然、歩みをとめた。

——いよいよ恐怖に立ちすくんだか。

その刹那《せつな》である。鹿は挑むように首をあげたかと思うと、やや手薄になっていた山際の一角をねらって、狂ったように走り出し、あっというまもなく、山の手からつき出た岩角へと、渾身の跳躍をこころみていた。

おっ！

人々は息をのんだ。跳んだのか、走り上がったのか。よもやその高さに届くとは思ってもみなかった。

「ほほう、これは——」

藤九郎も嘆声をはなった。

「ここ一番というときは、畜生でも、とほうもない力を出すもんじゃな」

若い侍たちはがっかりしたような顔つきだ。

「あのとき一矢くれておけばよかったな」

ちょっと気ぬけしたそのとき、ふいに藤九郎の眼の前のしげみがゆれた。

ひょいとつぶらな眼をのぞかせたのは、なんと逃げおおせたはずのあの鹿だった。きっとこのへんの鹿ではないのだろう。逃げまわった末に、よりにもよって、この本営——頼朝をはじめ、今度初めて狩に出た十二歳の万寿や御家人等のいならぶ所へ顔を出してしまったのだ。

「あ、こいつ！」

あわてて弓を持ちなおそうとしたとき、

「若君っ！」

押し殺した声が傍らでした。気がつくと、狩上手の愛甲季隆《あいこうすえたか》という侍が、その脇にいる若君の万寿に、すばやく目くばせをしていた。

万寿はすでに矢をつがえている。はりつめた一瞬——、季隆は、鹿から眼を離さず、緊張しきった少年の頰へ言った。

「今！」

矢はひきしぼられた。若鹿が狂ったように跳ねたのと、わっと勢子が躍りかかるのとが同時だった。

たった十二の万寿が、初の巻狩で鹿を射とめたのだ。まさしく万寿のはなった矢に心臓を射ぬかれた鹿を目の前に、頼朝は大満足である。

「俺の子供のころより筋はよさそうだな」

——いや、まったく、そのとおりで。

藤九郎は首をすくめている。

——子供のころにかぎらず、今日までこの藤九郎、御所さまが鹿を射とめたところなど、ついぞ拝見しませんでしたからな。

その日は、狩はそれまででとりやめとなり、大がかりな酒宴が催されることになった。その席でも頼朝は御機嫌である。

「さあ、さあ、飲め、飲め」

自分もしたたかに酔い、ふたことめには繰返す。

「俺の子供のころよりは……」

そのうち、ふと思いついて、

「うん、そうだ」

手を打って、大声に叫んだ。

「こりゃあ鎌倉へも知らせにゃならんな」

使いには、梶原景高が選ばれた。幕府の有力者、梶原景時の息子で、早馬の名人である。

「うまいことをしたな」

同僚の侍たちは、少し羨《うらやま》しそうな顔をしている。

若君のお手柄ときけば、御台所は大よろこびなさるに違いない。たんまりとかずけものもあろうし、帰ればまた御所さまからのねぎらいもあろう……。

出がけに景高は藤九郎ともばったり顔をあわせた。

「鎌倉へ？　そりゃ御苦労」

藤九郎はなぜかにやりとしたようである。

富士から鎌倉へ——。

景高の黒鹿毛は走りに走った。

陽光五月。鎌倉はむせかえるほどの緑の炎である。そのまぶしさに眼をとめるゆとりもなく、景高は小御所に走りこむなり、庭に手をつかえ、大音声で叫んだ。

「申しあげます。富士野よりの御使いにございます」

現われたのは、侍女のさつきである。

「特に御所さまの思召を承り、早駈けにて——」

景高は一気に若君万寿の大手柄を弁じたてた。偶然現われた若い雄鹿がいかにすばしこかったか。それを狙った若君の呼吸のよさ、矢ごろのたくみさ！

「御所さまはことのほか御機嫌にて、御台さまに早速お知らせ致せとのことで——」

さつきは足早に奥へ消えた。

一息いれて、緑の気を吸いながら、景高は、おもむろに次の場面を想像する。

——奥の小庭へと仰せられるか。いや、御台さまが、こちらへお出ましかな。

政子のうれしそうな顔が眼にうかぶようだ。

——かずけものは何かな。直垂か、いや、ひょっとすると砂金かもしれぬ。

しぜんと頰のすじがゆるんでくる。

と、まもなく、さつきがもどってきた。

「御苦労さまです」

ひどくそっけない返事だった。

「……へ」

案に相違したなりゆきに、景高は立つきっかけを失った。

――これはいったいどうしたことか。

　さつきはもう立ちかけている。景高はあわててよびとめた。

「あ、もしっ」

「まだ、何か？……」

「そのう、御台さまの御返事は」

「もうお伝えしたじゃありませんか、御苦労さま、って」

「それだけ、でございますか」

「はい」

「御所さまへは、なんと」

「別に……」

そんなことが、と景高は目をこすりたくなった。

――そんなことがあってよいものか。

第一、返事も持たずに帰ったら、御所さまが、なんと仰せられるか。

景高は、さつきににじりよった。

「そ、それでは私のお役がつとまりませぬ。何とかお返事を」

しかたなさそうに、さつきは薄い笑いをうかべた。

「じゃあ、言いましょうか、ほんとのことを、景高さま」

「………」

「ほんとはね、御台さまは、ひどく御機嫌がおよろしくないんですよ」

「え？」

景高はまじまじとさつきの顔をみつめた。

ふしぎなことを言う女だ。何か思いちがいをしているのではないか。

「さつきどの」

彼は念を押すように言った。

「若君は鹿をおとりになったんですぞ」

「はい、たしかに、そう、うかがいました」

「それが、なんで、お気にめさないので？」

「いえ、別に、鹿をとったからいけないというわけじゃないんです。ただね」

さつきはちょっと口をつぐみ、それから、ゆっくり言った。

「そんなことは、あたりまえだ、っておっしゃるんです」

「は？」

「将軍の嫡子ともあろうものが、巻狩に出て鹿ぐらいとれないで、何とする。とれてあたりまえ、とれなければ、どうかしている、って……。ね、景高さまも、そうお思いにはなりません？」

「は、そりゃ、ま、そうですが」

「それをわざわざお使いを下さる御所さまも御所さま。いえこれは私の言葉じゃありませんのよ。御台さまのおっしゃったそのままを申しあげてるんですからそのおつもりで」

「は？」

「それを引きうけて来る使いも使い。あ、これも御台さまのお言葉です。私が言ったわけじゃないのですからお気を悪くなさらないで」

直垂も砂金も、みごとに景高のまぶたの裏から吹っとんだ。こんな所に長居は無用だ。早々に旗を巻いて退散した。

道々景高は首をひねっている。

——そりゃ、まあ、そうなんだが……

それにしても、政子というおかた、なんと気性の強いおかたか。

十やそこその息子が鹿を射とめたと聞けば、涙を流してよろこび、

「何だ、そんなことで泣く奴があるか」

と男親にたしなめられるのがおちなのに、今度は両親の役が入れかわっている。

何となくわりきれない思いで富士野に帰りついたときはすでに夕暮れで、西の空には、いかにも夏らしい入道雲がむくむく湧きあがっていた。本営に行って、ともかくも、

「行ってまいりました」

びくびく報告すると、

「そうか」

頼朝も意外なほどあっさりしていた。

「まあ、ゆっくり休め、今宵はまた酒盛りだ」

怒られないのはありがたかったが、一面、なんとなく拍子ぬけがした。退《さが》ってくると、たちまち仲間にとりかこまれた。

「おい、何をもらった？」

「うまくやったな、こいつ」

景高はむっつり首をふった。

「いや、何も——」

「かくすなよ。御台さまは大よろこびでいらしたろう」

「ああ」

ほんとのことは、うかつには言えない。

酒宴はまもなく始まった。裾野の巻狩もそろそろ終りに近づいたので今夜は最後の酒盛りである。本営には北条父子、三浦父子、千葉、畠山などの諸豪族や、工藤祐経《すけつね》、加藤景廉《かげかど》、土屋など伊豆や駿河の御家人がずらりと並んでいる。

その席で景高は偶然、藤九郎の隣に坐った。

「御苦労、ずいぶん早く帰ったな」

藤九郎は瓶子《へいし》をとりあげた。

「無駄骨折り賃に、どうだ、一杯」

「や、もうご存じなんですか」

景高は眼を丸くした。

「そんなこと聞かないでもわかるさ。御台さまは御機嫌斜めだったろう」

「その通りで」

「なぜだかわかるか？」

「いや、それが、どうも合点がいかないので」

うふん、と笑うと藤九郎は景高の横腹を突っついた。

「あれを見ろ、あれを」

正面で盃を手にした頼朝のまわりには、すでに数人の遊女がしなだれかかっている。そのほか、歌う女、舞う女、みんな、うすものに乳もあらわに透かせたしどけなさだ。

「あれだよ、御所さまが、三月もぶっつづけに狩をなさるわけは」

そういえば、今度の狩では、行く先々で遊女が集まってきた。

「まったく相変わらずだからなあ。こう続いちゃあ御台さまだって変にお思いになるさ。それで若君のお手柄のなんのと、ちょいと小細工をなさったんだが、ちとまずかったなあ」

藤九郎につられて景高も思わずにやりとした。こわい母親だと思った政子が急にすこしこっけいにも気の毒にも思えてきた。

――なあんだ。八ツ当たりだったのか……

その夜の酒宴は、かなり夜ふけまで続いた。その間に人々は時折り遠雷の音を耳にしたのだが、管絃のさざめきに心を奪われて、さほど気にとめずにいたところへ、突然、
だあっ！

沛然《はいぜん》たる豪雨が襲ったかと思うと、
ぐゎら、ぐゎら、ぐゎら。

地響きをたてて雷が鳴った。

「や、や、これは」

一座は急にいろめきたち、それなり酒宴はとりやめになって、人々は背を丸くして、自分の幕舎へ走った。

「こんな大夕立になるとはな」

やれやれというふうに、藤九郎は酒肴《しゅこう》のちらかった宴《うたげ》のあとを見廻した。

――また、なんと逃げ足の早い奴らだ。

もっとも彼らには、おあつらえむきの夕立だったかもしれぬ。どさくさにまぎれて、みんな要

領よく好きな女の手をひいて、ずらかりおった……。

——ま、仕方がない、御所さまがお手本をおしめしになるんだから。これも太平のしるしと思えば腹立てるだけ、やぼというもの。

「どりゃ、こっちも寝るとするか」

大あくびをした。さすがの藤九郎も、このときまでは、その数刻後、太平の夢が破られようとは、思いもうけなかったようである。

異変はその夜半に起こった。

「きゃあっ」

雷雨にまじって、けたたましい女の声がしたのがきっかけである。

「なんだ、なんだ。また女出入りか」

ばかばかしい、と藤九郎は寝返りをうち、そのまま寝てしまおうと思ったのだが、

「ひ、ひ、ひとごろしいっ」

ただごとでない叫びにつられて外へ出た。

暗い。雨が、狂ったように大地を叩く。

ぎらっと稲妻が光った。

その瞬間、彼は見たのだ。一糸まとわぬ女が、光の中で倒れ伏すのを……。

「あっ、どうしたっ」

女は遊女のひとりだった。黄瀬川の宿の亀鶴と名のった女は、ついさっきまで、しどけない姿で舞を舞い、御家人の中で最も歌の上手な工藤祐経にしつこくつきまとっていたはずである。

「どうしたっ」

女は自分が裸であることも忘れているらしい。藤九郎がかけよると、物も言えず、一角を指さす。それはまさしく、工藤祐経の陣屋の方角である。

「工藤が？　どうかしたか」

言いも終らぬうちに、
わおうっ。

獣の唸りにも似た叫びが、豪雨の中に、はっきり聞きとれた。とふたたび、一閃《いっせん》した稲妻の中に、工藤の陣屋をめぐって、白刃をぬきつれた侍の姿が、まざまざと浮かび上がったのである。

「む、む、む……。これは」

何だかわからぬ、が、容易ならぬことが起こりかけている、と藤九郎は直感した。

その夜の騒乱を「曾我の夜討ち」と名づけたのは、ずっと後のことだ。

雷鳴と豪雨のなかで何が行われたのか。誰が誰を討ったのか、それはまた何の理由で？

そのとき、裾野にいた千人を超える人々は、何もわからなかった。討たれた工藤祐経そのひとも、おそらく死の直前まで、気づかなかったのではないだろうか。

歌って酔って、亀鶴をひきずりこんで寝たのは、ついさっきのこと、吸いつくような女の肌や、甘ずっぱいうめき声の記憶がさめやらぬうちに、
すうっ。

と、枕もとに人影がさした。

「誰だ！」

叫ぶまもなく祐経は胸をさしつらぬかれていたのである。

「親の仇《かたき》」

太刀をふりあげざま、そう叫んだのは、曾我十郎祐成《すけなり》、五郎時致《ときむね》の兄弟だった。以来これは親孝行の見本ということになって、工藤祐経のほうは、憎たらしい敵役《かたきやく》にされてしまっているが、真相はちょっとちがう。もとはといえば、非は十郎、五郎の側にあった。

むしろ祐経は被害者だ。彼は伊豆の伊東の豪族だが、都に出て、平家に仕えているうちに、その所領を、いとこの伊東祐親に横領されてしまった。この祐親が五郎、十郎の祖父なのだ。

そのとき祐経は伊東の娘を妻にしていたので、すっかり気を許していたのである。横領されて、あわてて彼は訴えたが、誰もとりあってくれない。伊東がわいろを贈って、当局を丸めこんでしまっていたのだ。結局祐経は旧領の半分取り戻しただけで泣き寝入りさせられた。

しかも裁判沙汰がおきると、伊東はさっさと嫁にやった娘を祐経からとりあげている。恨み重なる祐経はとうとう伊東が狩に出たところを狙って殺そうとするが、悪運強い伊東は傷をうけただけで助かり、代わりにその子の河津《かわづ》祐泰《すけやす》が死んでしまった。これが、五郎たちの父親である。

頼朝の時代になると、この伊東、工藤の勢力関係は逆転する。前に書いたように、伊東は頼朝と娘の間を割き、生まれた子を殺してしまっている。そのうえ、石橋山以来、頼朝攻撃の急先鋒だったので、捉えられ、最後は自殺した。

一方祐経は、同じく伊東から妻をとりあげられた仲であるせいか、頼朝からはひどく目をかけられた。都に長くいて、音曲などのうまい「優雅な紳士」だったことも、気に入られる理由になったかもしれない。

没落した伊東、日のあたる工藤――。当然、伊東の孫である十郎、五郎はおもしろくない。北条時政を烏帽子《えぼし》親に頼んで元服し、何とか、そのつてで出世しようとしたらしいのだが、それもうまくいかなかった。

その憤懣《ふんまん》が爆発したのが、今度の夜討ちというわけだが、そのほかに、じつはこの事件には、もうひとつ、不可解な、謎が秘められている。

その謎は、じつはいまも解けていない。事件の手がかりとなる「吾妻鏡」も、なぜかそのへんをぼかしている。

じつはこのぼかし書きというのがくさいのだ。「吾妻鏡」は、もともと、北条氏の手によって、後になってから編纂《へんさん》された、いわば公式の歴史だから、具合の悪いところは、みな適当にぼかしてしまっている。

が、今度のような大事件になると、そうはとぼけきれないとみえて、ところどころに思わぬしっぽをのぞかせるのだ。

「吾妻鏡」にはこうある。

この事件は単なる敵討ちである、と。

が、そのあとに意外に多くのけが人の名前がずらっと並んでいるのだ。暗闇だったので、十郎たちに多く傷つけられた、と書いてはいるが、その顔ぶれを見ると、
加藤光員、堀藤次、原三郎ら十名近く。中には殺されたのも数人いる。

旗上げ以来の側近で、御家人中でも隊長格の実力者である。彼ら隊長が傷つくくらいなら、それをとりまく郎党たちの死傷は、おそらく数知れないだろう。

いくら闇夜とはいえ、これだけ多勢の人々を、五郎、十郎の二人で倒すことができるだろうか。

これは彼らの単独犯行ではなく、もっと大がかりな騒乱だったのではないか。

それに――。

さらに仔細に見てみると、傷ついた有力御家人は伊豆相模の人間が多く、比較的北条氏に近い人間だ。なかでも十郎祐成を討ちとったのが、時政の腹心、仁田忠常であることも、何かを暗示してはいないだろうか。

思うにこれは工藤、伊東の所領争いに端を発した伊豆の御家人同士の複雑な勢力争いで、その底には反北条的なものが流れていたのではなかったか。

もともと北条は伊豆の小豪族にすぎない。それがたまたま頼朝と姻戚《いんせき》になったというので、最近はめきめきと勢力をのばしている。

――なんだ、もとはといえば俺たちの仲間じゃないか。

そろそろ、そんな声が起こってもいいころである。反北条、ひいては鎌倉体制に不満をもつ連中のたくみに計画した武装蜂起――これがこの事件の真相ではないか。五郎時致が祐経を殺したあと、血刀をひっさげて、頼朝の本営に迫ったことも、それを裏づけてはいないだろうか。

ともあれ、天下太平の巻狩は、一夜にして様相をかえた。裾野にあふれた血と憎しみと疑いは、その夜の豪雨さえも洗い流すことはできなかった。

流言はすさまじい勢いでひろがった。

――御所さま、お討死！

うう、と人々はうめいた。さもありなん！　陣営の混乱ぶりからして誰もそれを疑わなかった。

噂は風のように鎌倉に伝えられた。

「えっ、御所さまが？」

顔面を蒼白にしたさつきの口から聞いたとたん、政子の前で大地がゆれだした。

「万寿さまも、北条一族も運命をともにされたということでございます」

ああ！　目を蔽ったそのとき、後に人のけはいがした。

政子は後の人影にまだ気づいてはいない。しばらくして蔽っていた手をだらりとおろすと、うつろな瞳で小さくつぶやいた。

「天罰——」

「え？」

さつきが聞きかえすのも耳に入らないのか、ひとりで政子はうなずいている。

「そうなの。そうなのよ。私が悪いのよ」

夏だというのに、唇の色まであおざめて、がたがたふるえている。

「こんなことになるなんて、ああ、どうしよう……」

それから急に思い出したように、

「さつき、富士野へ使いを出して」

ひどく、はっきりした声で言った。

「早馬でね、今すぐやっておくれ」

「はい」

「若君にね。鹿をとったのは、おみごとでしたって」

「……」

「母はたいそうよろこんでおりますって」

「み、御台さま……」

さつきはその膝にとりすがった。

「その、わ、若君さまは、もう……」

その若君はもうこの世においでにならないのです、と言いかけて、さつきはぎょっとした。政子はうつろな瞳を空にあそばせて、まだ何かつぶやいている。

「間にあいますよ。ええ、間にあいますとも」

「……」

「ほんとにえらい。よくやったのねえ。とんでいってほめてあげたかったのよ」

いつのまにか、目の前に若君万寿がいるような口ぶりになっている。

「もしっ、御台さま……」

必死に叫びながら、さつきもがたがたふるえはじめた。

そのとき、後の人影がゆっくり動いた。

「み、御台さま」

近づいて来たのは、頼朝の異母弟、範頼だった。

「な、な、なにとぞ、御心静かに……」

日ごろからこの弟は口が重く、どもるくせがある。慌てているので、それが特にひどく、何を言っているのかわからない。

「こ、こ、こ、こ、この範頼が、こ、こ、こ、ここにおりますれば、な、な、な、なにとぞ」

範頼ここにあるかぎり、何が起ころうと御心安く。大丈夫、あとは引受けます。

彼は胸を叩いてそう言いたかったのだろうが、それにしては、はなはだ意気のあがらない後見ぶりだった。そのうえ、このとき、彼の顔色は土気色にかわり、歯の根もあわぬくらい、がたがたふるえていた。

この大悲劇が、一瞬にして喜劇に変わったのは、それから間もなくのことだ。先の知らせを追いかけるようにして、頼朝、万寿以下北条一族の無事を伝える知らせがついた。

政子はかえって、きょとんとし、しばらくは立ちあがれないくらいだった。体じゅうの力がぬけてしまっていた。

範頼はまだがたがたふるえている。

彼は——おこりの発作が起きていたのである。


「あのときの御台さまの御様子は……」

後々まで、さつきはそう言って笑いころげたものだ。

「空をにらんで、変なことおっしゃるんですもの。こわくなってしまいましたわ」

「そう、そんな変なこと言ったかしら」

「はい。若君さまがなくなられたと申しあげているのに、早馬で使いを出して、鹿をとったことをほめてやるようになんて」

「そう？　あのときは、そのことが一番先に頭に浮かんだから、つい言ってしまったのかもしれない。あの子が死んだと聞いたら、急にふびんになってきて」

「それで、若君に話しかけるようにおっしゃいましたのですね。そのほかにも、わからないことをつぶやいておいででした」

「まあ、なんて？」

「天罰だって」

「天罰？　さあ、それは覚えがないわ」

政子は目をぱちぱちさせたが、これは彼女のおとぼけである。

天罰！　それも自分への……。

まさしく、あの瞬間、政子の胸を撃ったのは、その思いだった。

じつは、三月以来の狩の連続に、彼女はごうを煮やしていたのである。政子は夫がそれほど狩好きでもなければ弓矢が上手でないことも知っている。にもかかわらず、三月も狩にうつつをぬかしているわけは？

いわずと知れた「女」なのだ。

——あの人が武技に熱中するときは、いつもそうなんだから……

亀御前との情事の時は、流鏑馬《やぶさめ》が口実だったことを彼女は忘れてはいない。狩場には、えたいの知れない遊女が、かならずむらがってくると聞いている。それがおもしろくて、夫はとんと鎌倉によりつかないのだ。

注意していると、頼朝ととかく噂のある女房たちが、よく里下がりをする。きっと、こっそり狩場へ行っているにちがいない。

——私が知らないと思って……

狩場で藤九郎盛長が推測したように、まさしく政子は煮えくりかえるような思いの日々を過していたのだった。

そこへ、のこのこやってきたのが、梶原景高だった。

——若君が鹿を？　見えすいた機嫌とりはやめてくださいな。あなたの手の内は見とおしですよ。

もしそれが景高ではなく、頼朝自身だったら、必ずそう叫んでいたに違いない。

——人の気も知らないで。どうかこのくやしさ、思い知らせてくださいませ！

神仏に祈る思いでいた直後にとどいたのが、あの知らせだったのだ。

――天罰だ！　でも、よもやこうなろうとは……。神さま、私、そんなつもりで、お祈りしたのではなかったのですのに……

政子はあわてふためいた。

――またやりすぎたか、私は……

体のしんまで、ぞっとしたのである。

「御所さま、御帰館」

正真正銘の帰館を告げる声が表から響いてきたとき、それを政子は夢のように聞いた。

「よくまあ、御無事で……」

顔を見るなり涙がこぼれた。が、頼朝のほうは、そんな大事件がどこにあったかというような顔つきである。

出発のときより、幾分日に焼けただけで、大きな瞳のおだやかな光は、ちっとも変わっていない。まるで、けさがた遠駈けに出て今もどったとでもいいたげな表情には拍子ぬけさせられたが、政子は、それでもあふれる涙をおさえることはできなかった。

その晩二人きりになったときも、頼朝は富士の裾野の事件については何一つ言わなかった。ただ、その夜の愛撫は久しぶりにひどく濃密だった。大きくてやわらかな頼朝の指は、だまって髪をまさぐり、額を、頬を、唇をたどってゆく。

――会えてよかったな……

指が、政子をつつむ頼朝の肌の匂いがそう言っている。肩から乳房へ、そしてさらに奥へ、頼朝の指がいざなうのか、政子のからだがみちびくのか……。その夜はじめて、政子は夏の夜のあけやすさを知った。

数人の子の母でもあり、女のさかりはすでにすぎているはずなのに、とふと頰のあからむ思いだったが、汲めども汲めどもあふれてくる快美の泉をどうすることもできなかった。しみじみ生きていてよかったと思う。

あのときもしもの事があったら今ごろはどうなっていたか。それを、この人の身に何かが起これぱいい、なんて思ったりして……。

何度かのきわまりの後で彼女は思わず、小さく叫んでいた。

「ごめんなさい」

「え？　何を」

「いいの、何でもないの」

そのまま、小さな子供のように頰を頼朝の胸にうずめてしまった。

翌朝、頼朝は早く寝所を出ていった。もともと早起きだったし、久々に帰ったとなると、御所中に仕事が待ちかまえている。つい、いましがたまどろむまでの、あの痴態はすっぱり洗い流したようなその横顔に、政子はふと肩すかしをくわされたような気がした。

すかさず心の中の声がささやく。

――お人よしだね、あんた。三月間も腹をたてていながら、「ごめんなさい」だって。ごらん、あの人は、涼しい顔して行っちまったじゃあないか。

もし富士の裾野の大事件がなかったら、政子のやきもちは、かくまで簡単に消えてしまうことはなかったろう。おかげで夫婦のしこりが消えたとは、あの事件も、思わぬ効果をあげたものである。

が、万寿のほうは、そう簡単にはゆかなかった。

「ほんとうに無事でよかった。どんなに母は心配したことか」

手をとらんばかりにそう言っても、万寿の堅い表情は、いっこうに崩れない。鹿をとったのを褒めてもらえなかったことが、少年の自尊心を極度に傷つけたらしいのだ。

さらにひとつ――。まわりが変な入れ知恵をしているのを政子は知っている。

「御台さまは、弟の千幡さまがおいでなので、そんなにお悲しみにはならなかったそうですよ」

――なんて馬鹿な！　自分の子が殺されて悲しまない母がどこにいるだろう。げんに、一番先に頭に浮かんだのは万寿のことだったのに……

だから乳母なんて大嫌いだ、と政子はつくづく思う。

それにこりて、弟の千幡のときは、有力な御家人から一人も乳母を選ばず、養育一切を、妹の保子夫婦にゆだねた。妹なら全く気がねはないし、保子の夫の全成禅師というのが、また、頼朝の異母弟でありながら、出世欲の全くないような、おとなしい人柄なので、乳母としてはうってつけだった。

万寿の場合には乳母どうしの利害打算がからみあっていて、政子が会いたくても気がるに連れておいでともいえないようなときが多かったが、今度は違う。保子なら自由によびつけられるし、そうでなくても、おしゃべり好きな保子は、千幡をつれて、ちょくちょく小御所にやってくる。

が、万寿の乳母たちには、それがおもしろくないらしい。

「御台さまは、万寿さまより千幡さまのほうがおかわいいらしい」

などと、すぐ目くじらをたてたがるのだ。

「困りましたわ。あの乳母たちには……」

思いあまって頼朝に訴えたが、男というものは、そんなときは、しゃくにさわるくらいのんきなものだ。

「なあに、そのうち、何とかなるさ」

いまの鎌倉は、あの事件など忘れたようなのどかさである。

せいぜい御所で話題になっていることといえばあのときの範頼のあわてぶりくらいなものだろうか。

「三河守（範頼）さまはね、お持病のおこりの最中だったの。ぶるぶるしながら、こ、こ、こ、この範頼が、こ、こ、こ、こ、こ、こ、こ、こ、――まるでにわとり騒動よ」

その夜もさつきは、範頼のまねをして、侍女たちを笑わせていた。

と、そのとき――。

頼朝の寝所のあたりから、

わあっ。

と時ならぬどよめきが起こり、続いて、どどどどっと、もつれあった足音が侍女たちのいる局の前の小庭を走りぬけていった。

「まあ、いまごろ、どうしたのかしら？」

侍女たちは笑いをとめた。思わず腰をうかせた彼女たちが次の瞬間耳にしたのは、

「曲者《くせもの》ーッ！」

異様な叫び声であった。

「くせもの？」

これはただごとではない、と色めきたったそのとき、思いがけぬ近さから、

「お静かに」

男の声がした。侍女たちの知らぬ間に、御所のあちこちには、侍たちが、はりこんでいたものとみえる。

「いったい何が起こったのです」

気丈なさつきが庭先に声をかけた。

闇の中の声は答えない。

「だれか怪しいものでも入ってきたのですか」

「左様」

ややあって、闇の中から低い声がゆっくりかえってきた。

「御安心下さい。すでに曲者はとりおさえられました」

「……まあ、何者でしたの？」

闇の声は、低く、呪文《じゅもん》のようにつぶやく。

「三河守範頼どのの家人、当麻《たいま》太郎――」

「えっ！」

思わず、さつきは縁に走り出ていた。

「ど、どうして、三河守さまの御家人が？　三河守さまはどうなされたのです」

「すでに謀叛《むほん》の嫌疑にて、御謹慎中です」

「む、む、むほん？　あの三河守さまがっ」

ぎょっとして声をうわずらせた。つい今しがたまで笑いの種にしていたその人の身の上に、そ

んな異変が起こっていようとは！

「も、もっとよくわけを――」

しかし、声はすでに遠ざかりつつあった。

「お静かに。お騒ぎになることは無用です。三河守どののお噂もつつしまれたい」

――聞いていたのだわ。私たちのおしゃべりを……

侍女たちは、おびえた眼付で顔を見合わせた。

彼女たちの知らない間に、三河守範頼に叛意あり、という風評は、御所の周辺に漂いはじめていたのだった。当麻太郎は、このとき、主人範頼の身を案じ、情報をとろうとして御所へしのびこんだのである。それがかえって、頼朝の命を狙う曲者として捉えられ、主人を窮地においこむ結果となった。範頼はやがて謀叛人と断定され、伊豆に幽閉されたあげく、ひそかに殺されてしまう。

この事件は御所の侍女たちに大きな衝撃を与えずにはおかなかった。

「三河守の噂はするな」

闇の中の声に口どめされたことが、かえって彼女たちのおしゃべりに輪をかけて、鎌倉中には、いつか一つの噂がまことしやかに流れはじめた。

噂というのはこうだった。

「あの晩三河守さまは、御台さまに、この範頼がいるかぎり、何が起ころうとも御心配なくとおっしゃった。それが御所さまのお気に召さなかったのだ。あの一言が、三河守さまの命とりになったのだ」

なんと、たわいのない噂だろう。いかにも御所の侍女たちが考えそうなことだ。さらにこっけいなのは、その子供っぽい噂が、数百年後の今まで信じられ、語り伝えられていることだ。

すこし当時の情勢を注意してみれば、それが馬鹿馬鹿しい、下世話な噂にすぎないことはすぐ気がつく。

裾野の事件が、曾我兄弟の単なる敵討ちではないことは前にも書いた。単純な刃傷《にんじょう》事件にしては、死傷者が多すぎることがその理由の一つ。いくら五郎、十郎が剛勇でも一度に数十人を傷つけることはできない。また、当夜、常陸国《ひたちのくに》から来ていた御家人たちが、頼朝に一言のあいさつもなしに、いっせいに狩場から引き揚げたこともその一つ。しかも直後に常陸では大規模な騒動が起き、あわや内乱、というところまでいっている。

さらに、旗上げ以来の功臣である大庭景能、岡崎義実らの相模の有力な御家人が、にわかに出家しているのもその一つ。彼らはつまり、何かの理由で、

「申しわけありませんでした」

と、頭を丸めておわびを入れたのだ。

こう見てくると、この事件は、頼朝や北条氏などに不満をもつ反主流派の御家人たちの、計画的な、かなり大がかりな叛乱だったといえる。

ところで、範頼がそれに関係していたという資料はない。ただ、叛乱側は、クーデターに成功したら、頼朝のかわりに範頼をかつぐことを考えていたかもしれない。

しかし、このとき、範頼の家人で、曾我十郎、五郎と兄弟だった原小二郎は、まぎれもなく叛乱軍に加わっていた。さらに範頼が、おこりのためとはいえ、狩に参加しなかったことが、疑われる基となったにちがいない。

しかし、いま、鎌倉で、それらの事実を圧倒して流れているのは、

「親の敵を討った曾我兄弟のけなげさよ。三河守さまの一言を疑った御所さまの心の狭さよ」

という世論だった。

侍女たちは、もちろん、政子の前では殊勝げに口を閉じているが、やがて世評は、この小御所の奥まで響いてきた。

それを聞いたとたん、政子は横っ面をガンとなぐられたような気がした。

夫の悪口を聞けば心はおだやかでない。それでいて、

——なんと言うことを。

といきり立てないのは、彼女自身、今度の処置に何かわりきれないものを感じているからである。しかもなぜか、夫はこの事件について、政子に何も語ろうとしないのだ。

ある夜、思いきって、彼女は夫にたずねてみることにした。

すでに頼朝はしとねの中にいた。

「ご存じですか、世の中の噂を」

傍らに体をすべりこませながら政子は小さな声で耳にしたことを話した。

が、頼朝はそれには答えず、黙って手をのばして乳のありかを探ってきた。政子はそれにあらがいながら、思わず高い声になった。

「曾我兄弟は感心だが、あなたは心の狭いかただって。ね、聞いていらっしゃるの」

「ああ、聞いてるとも」

彼はのんびりと答える。

「じゃあ、どうなさるおつもり？」

「あ、ふむ……。曾我兄弟は感心だ。俺もそう思う」

「そんなこと聞いてるんじゃありません。あなたの心が狭いと言われていることです」

「ああ、そっちか」

相変わらず乳をまさぐりながら、彼は言った。

「お前どう思う？　そんなに俺は心が狭いか」

「……そうは思いませんけれど」

「それならいいじゃないか」

「……………」

「お前さえそう思ってくれるならそれでいいさ」

「またそんなことを。もっとまじめに聞いてください」

「大まじめだとも」

それから頼朝はじっと政子をみつめた。

「政子。俺は、たしか、裾野の一件について、何も言わなかったな」

「ええ。だからいやなんです。何一つ聞かされないで、ただあなたの悪口だけは耳に入ってくるなんて……」

「なぜ、俺が言わなかったか、わかるか」

「……………」

彼の大きな眼がふと微笑したようだった。

「何も言えないくらい大きな事件だからさ」

「え？」

「それにくらべりゃあ、俺の悪口なんか大したことじゃない。言わせたい奴には言わせておけ。いや大いに言わせたほうがいい。曾我兄弟をほめ、俺の悪口でも言っているうちに、世間は何もかも忘れてしまうさ」

それから、ふと、ひとごとのように落ちついた瞳で言った。

「もしかすると、俺はいま、石橋山以来のむずかしいところに来ているのかもしれぬ」

「えっ」

「あの事件を掘りおこして、あれこれいがみあう時期ではない。そんなことをしていたら、武士の集まりは崩れてしまう。大切なのは、幕府を固めること、なにしろ」

大きな眼が天井を仰いだ。

「まだ仕事が残っているからな」

「どんな仕事？」

「都よ、都というばけもの相手の仕事よ」

政子はその横顔をじっとみつめていた。

――女たらしだと思っていると、この人は時々どぎもをぬくようなことを言う。

と思った。人にどう言われようとでんとかまえているこの男。何から何まで知りぬいているつもりだった夫が、ふいに、つかみどころもない大きさに感じられた。

見わたせば

頼朝が「ばけもの」と呼んだ都――。

生涯縁のない存在と思われたその「ばけもの」に政子が対面する機会が思いがけなく早くやってきた。

建久六年二月。政子三十九歳の春のことである。このとき、頼朝は、政子のほかに、万寿、大姫、二女の三幡など、一家をひきつれて上洛《じようらく》している。

表向きは、さきの動乱時代に、平家に焼かれた東大寺の再建供養に参列するためである。数年前から頼朝は寺の再建にのりだし、すでに大仏も鋳なおされ、いよいよ大仏殿もできあがったので、大檀那《だいだんな》――すなわち大スポンサーとして法要に出席するのだ。

この上洛に政子がついてゆくきっかけを作ったのは、一通の手紙である。それはその半年前に、ひそかに鎌倉に届けられたものだった。

手紙のついたその日の昼下がり、政子の父の時政が、あわただしく御所によばれた。頼朝と政子と時政は、奥の局にこもったまま、二刻《ふたとき》ばかり、誰もよせつけずに何ごとかを相談していた。

夕刻近く、時政ひとりが局を出た。縁に立ったまま、空を仰いで、今までの話をたしかめでもするように眼をぱちぱちさせている。年をとっても相変わらずの赤い鼻も、しぜん空を仰ぐ形になる。それをこすりあげようとして、何を思ったか、あわててその手をとめて、あたりを見廻した。

が、そのへんに人影はない。鼻をこすりかけた手をおろすと、時政の頰がしぜんとゆるんだ。にんまり厚い唇がほころび、舌なめずりをしかけたが、これもあわててやめると、急に胸を反らせて、衣紋《えもん》をつくろい、ひどく荘重な足どりで肩をふりふり歩きはじめた。

がらにもない、このもったいぶりようはどうしたことか。それにしても、その落着かない表情は何としたことか。

が、このとき、三人で首をつきあわせて開いていた手紙をのぞき見した人がいれば、すぐに合点はいったはずだ。その手紙には、思いがけないことが書いてあったのだ。

「大姫を帝《みかど》のお后《きさき》にお迎えしたい」

差出人は、朝廷随一の権威をほこる丹後局という後宮の女房からだった。

――姫を帝にさしあげる？

ふってわいたような話とはこのことだ。

――してみると俺は后の祖父君か……

時政が鼻をこするのをやめ、急にもったいぶって歩きはじめたのはむりもない。もっとも、彼がいくら威儀をつくろうとも、生まれついての赤鼻が、お行儀悪く顔の真中にあぐらをかいているのは変わりがなかったけれども。

――夢のような話だて。

時政は体がむずがゆくなるくらいだった。こうして悠々と歩いているところを、今日にかぎって、誰も見る人がいないとは、なんと残念なことか。

その手紙には、今度頼朝が上洛の折、姫君や母御前もいっしょにお出で願いたい。その上で、ゆっくり御相談をと、結んであった。

――運はどこにころがっているかわからぬ。

時政はつい一月ほど前のある事件を思い出していた。

一月ほど前、じつは時政は、大姫の縁談について、大汗をかいていたのである。

年ごろが来ているというのに、大姫は、いつもうかない顔をしている。体も弱い。年に一度か二度は必ず大熱を出して今にも死ぬかとひやひやさせられる。大姫の健康を祈って、頼朝夫妻は、日向薬師とか箱根権現とかによくおまいりに行くのだが、いっこうにご利益がない。大姫がこんなふうになってしまったのは、いうまでもなく、幼い日にいいなずけの義高を殺されたことが原因だ。

「どうせ子供のことだもの、そのうち忘れてしまうだろう」

と誰しも思っていたのだが、大姫の憂鬱症《ゆううつしょう》は年とともにひどくなってくるようなのだ。それをはらはらしながら見守っている政子に、時政は大分じれていた。

「そなた、姫を甘やかしている」

二人になると彼は政子にそういった。

「女のくせに、女の心もからだもわかっとらん」

とも言った。

「からだと心ってなんですか」

政子がといかえすと、

「それよ」

膝をのり出した。

義高を失ってうちひしがれている姫を直すてだては、ただ一つ――。義高にまさる婿がねをみつけることだ、と自信ありげに言う。

「でも、それがなかなか……」

「ないというんだろう。そりゃそなたの目がとどかぬせいだ。俺にはちゃあんと」

時政は鼻をうごめかした。その名を聞くに及んで、

「まあ、ほんとうに……」

政子も父の目のつけどころのよさに感心せざるを得なかった。

その男の名は一条高能《たかよし》。

頼朝の甥——くわしくいうと姉の息子である。武士ではない。都の公家一条能保《よしやす》にとついで産んだ子で、現在すでに右兵衛督《うひょうえのすけ》になっている青年貴族である。このとき彼の母はすでに死んでいたが、父能保は、前権中納言《さきのごんちゅうなごん》でもあり、京都における鎌倉側の意見の代弁者として重きをなしていた。

その能保の息子なら、これはまさにうってつけの相手である。頼朝に相談すると、彼も大乗気でそれとなく高能を鎌倉によびよせた。

彼の宿は、政子や大姫のいる小御所ときめられた。さて、それからは歓迎ぜめである。あるときはわざわざ、一家をあげて三浦三崎まで出かけて、大がかりな船遊びをやっている。

日ごろふさぎ勝ちの大姫も久々の行楽に珍しく笑顔をみせたので、

——ほれ、見ろ。

時政は内心鼻高々だった。

数日後、政子は、はじめて意中を大姫にうちあけた。すると大姫は答えたのである。

「高能さまと私と？　お母さま、私がいまさら誰かに嫁ぐなんて、そんなことできると思っていらっしゃいますの」

——あのときはまったくの骨折り損だった。が、今となって見れば……

ひとりでにこみあげてくる笑いをかみころしながら時政は思う。

もしあのとき大姫が高能との結婚を承知してしまえば、今度の好運は転がりこんでこなかった。

——全く運というものは、わからんて。

が、政子は、今度の話を、時政ほど手ばなしで喜んではいない。

あのとき大姫は言ったのだ。

「こういうお話は二度と聞かせてはくださいますな。たって嫁げということなら、私、川へ身を投げて死んでしまいます。義高さまが助けてくださったあの川へ……」

政子はかえす言葉もなかった。

そのかたくななまでの純粋さとはげしさ。

——まさしくあの子は私の血をひいている。

自分自身を見せつけられるような気がした。若いだけにさらにひたむきなその姿がいじらしくて、思わず肩に手をかけてやりたかったが、そんなことをすれば、大姫は、

——今さら、いたわらないでください。

激しくはらいのけるにきまっている。瞳に青く燃える炎はまだ消えてはいないのだ。

——お母さま。私は義高さまをお父さまに殺されたのですよ。そのことは一生忘れませんから……

おそらく、大姫の瞳の中の炎は、一生消えることはないだろう。私の娘であるかぎり、彼女はそうするだろうし、また私も生涯その重みを背負って行かなければならないのだ。

今度、にわかに入内《じゅだい》の話がでたとき、政子は喜ぶよりまずとほうにくれた。天皇からのお声がかりとあればことわりきれないかもしれないが、大姫は、はたして何というか。

娘の心をはかりかねて、三人は出発までこの事は伏せておくことにした。とにかく大姫に都を見せることだ。

「まあ、あのにぎやかさを見て、その都の帝のお后になれるとわかったら、案外その気になるぞ、きっと」

時政はしごく楽観的だ。聞いていると、ふと政子もそんな気もしないではない。両親や祖父の意図を知らない大姫は一家をあげての上洛にすこぶる冷淡だった。

「行ってらっしゃいな、皆さんで。私は留守番をしていますから」

「まあ、そんなこと言わずに、ね、姫」

「きれいだぞ、都というところは。美しい絹もたんとあるし、うまいものも食える」

政子や時政が口々にさそっても黙って薄い笑いをうかべている。

それをやっとのことで説きふせて、頼朝一家が鎌倉を発ったのは二月十四日、おそ咲きの梅の花に春の陽のそそぐ朝だった。

今日の先陣は畠山重忠である。それにつづくのは名だたる御家人たち。上洛にそなえて新調した鎧《よろい》や直垂《ひたたれ》が朝の光にまぶしい。政子や大姫の牛車《ぎっしゃ》は行列の中程である。前途にどんな運命が待ちうけているとも知らず、相かわらず大姫は無表情に外を眺めていた。

頼朝の一行が都についたのは三月四日の夕ぐれだった。

弥生《やよい》四日――いまでいえば四月のはじめにあたる。

「ちょうどよい所に御上洛になりました」

途中で出迎えてくれた一条能保や高能はじめ、大勢の人々は口々にそういった。

「古歌にも、見わたせば柳桜をこきまぜて都ぞ春の錦なりける、とございますが、ちょうど今がいちばんよい季節で」

「それでこのように人が出ているのですね」

おびただしい人波に、政子がそういうと、

「いや、なんの――」

能保はいかにも公家らしい、男にしてはきゃしゃな手を大げさにふった。

「みんな、あなたさまがたをおがもうとしてでございます」

「え？　私たちを――」

「朝からこの騒ぎです。ここから六波羅の御館まで、おそらく人垣でうずまっておりましょう」

「まあ……」

政子はどぎもをぬかれた。三浦や箱根でかなりの人が出迎えてくれたことはあったが、よもや自分たちの上洛が、こんなに多くの人の注目をあびるとは思ってみなかった。

――それにしては、この身なり、貧弱じゃなかったかしら。牛車も長旅で汚れているし。

とっさに女らしい気づかいがひらめく。急にそわそわしだした政子に、そばの頼朝が、そっとささやいた。

「おい、どうかしたのか」

「だって、こんなに人が……」

彼は意外に落着きはらっている。

「なあに、驚くことはないさ。それだけ暇な人間が多いだけのことだよ」

さすがに十四歳まで都に育っただけあって、彼は都人のおっちょこちょいぶりをよく心得ている。平家が全盛ならば平家に、義経に人気が出れば義経に、わあっと集まってさっと散ってゆく。それが都人なのだ。だからこっちもまともに相手になる必要はない。

――そんなものか……

とは思うが、やはり政子は落着かない。しかし、日ごろ鎌倉では何か煮えきらない夫が、ひどく頼もしげに見えたことはたしかである。

多勢の見物人に見守られながら、一行は六波羅にある宿所についた。翌日からはまた身分の高い公家連中がひっきりなしに御機嫌伺いにやって来て政子をめんくらわせた。

二日ほど休んで九日には一家そろって石清水《いわしみず》八幡宮に参籠《さんろう》した。この日は政子も公家の夫人なみに出衣《いだしぎぬ》をのぞかせた八葉《はちよう》の車に乗っていった。出衣というのは、高貴な女性が乗っているというしるしに、牛車の簾《すだれ》の下から女の衣装をのぞかせることである。

「なにも、田舎ものの私が、そんなことしなくたって……。しのびの参詣のつもりなのに」

政子はしぶったが、いいえ、将軍さまの御台所がそうはゆきませぬ、とむりやり大げさな支度をさせられた。どうも上洛以来あれよあれよというまに政子は思いがけない歯車の上にのせられてしまった感じである。

石清水八幡宮に参籠したあと、頼朝はそこからすぐ奈良へむかい、東大寺の供養に参列した。後鳥羽天皇の臨席もあって、儀式は近来まれな荘厳さであったという。

丹後局が六波羅の館にたずねて来たのは、彼が奈良から帰ってまもなくだった。そのころまでには、政子も大分都になれてきていたが、丹後局はなかなかの大物である。なにしろ、彼女には、

「楊貴妃」

というあだながある。

もともとは故後白河法皇の近臣の平業房の妻だったが、いつのまにかその法皇の寵愛《ちょうあい》をうけるようになってしまった――つまりなかなかの妖婦《ようふ》なのである。ときに彼女はすでに四十近く、それでいて、その道にかけて剛の者だった法皇もすっかり骨抜きにされた。

局はその年でやがて女の子を生み、政治にもくちばしを入れ、法皇なきあとも莫大な所領をゆずられて、後宮に隠然たる勢力をもっている。

その有力なお局さまが、わざわざ出むいてくるという。用件はかねて手紙でさぐりを入れてきた大姫入内についてである。

——私がその気になれば、姫君をお后にさしあげるのは何でもないこと。

手紙にはそんなことがにおわせてあった。

局の手紙のことは都についてから大姫にうちあけてある。少し都のはなやかな生活に馴れてきたところではあったが、思いがけない話を聞かされて、大姫は、

「まあ、私がお后に？」

さすがに頰を染めて、しばらくは返事もできない様子だった。

「源氏の家からお后が出る。もし実現したらこれ以上の名誉はない。清和源氏はじまって以来のことだ。平家は、わが父義朝公を殺したあと娘を入内させて栄華をきわめたが、これでその恨みをはらすこともできる」

そばから頼朝も口をそえた。

大姫はじっとうつむいている。自分ひとりの運命だけでなく、源氏の名誉もかかっていることの重さに、薄い肩がかすかにあえいでいた。

今朝は早くから、侍女たちが総がかりで大姫に入念な化粧をさせた。

——都の美女を見なれた眼に、泥くさい田舎育ちと見られはしないだろうか……

政子は気が気でない。

やがて昼下がり、お局さまの御入来である。

すでに五十はすぎていようというのに、政子と二つ三つしか違わないような若々しさで、こぼれるような笑みをうかべて、

「長旅、お疲れは出ませんでしたか」

政子がどぎまぎするような親しさをみせて局はよくしゃべった。

やがて大姫がつれてこられた。薄紅梅の袿《うちぎ》の裾《すそ》をひいて彼女が現われたとき、政子は局の頬に、満足げな微笑のうかぶのを見た。

「都はお気にめしまして？　姫さま」

まるで肉親の伯母か何かのように声をかけた。が、大姫は局を見ようとはしなかった。まるで人形のように表情を堅くして、ひっそりと座についた。

大姫がすわるなり丹後局は、改めて大仰にうなずいてみせた。

「まあ、なんてお美しい。ほんとうに花のような……」

柳のように楚々《そそ》として、椿《つばき》のようにかれんで、ぼたんのようにはなやかで、百合《ゆり》のように高貴で……おそらく自分の美貌《びぼう》についてほめられつけていることばのありったけを並べたのだろう、丹後局の舌は、おどろくべきなめらかさで回転した。

が、大姫はうつむいたままである。それがまた、局には、娘らしい恥じらいと映ったようだ。

「ほんとうにおしとやかでいらっしゃいますこと、都にも今どき、こんなお姫さまはいらっしゃいませんわ」

こぼれるような笑みをうかべて、

「いえ、ここだけの話ですけど、いま帝のお后にあがっておられる九条家の姫君だって、こんなにお美しくもなければ、お上品でもいらっしゃいませんのよ」

政子に意味ありげな、流し目を送ると、いよいよ本題に入ってきた。

――なんて色っぽい流し目なんだろう。

帝王の寵愛をうけたこの人がと、かえってこっちがどぎまぎしている間に、局はそのなまめかしい笑いをさっと消すと、

「いいえね、これは私の意見ではございませんのよ。帝が――」

言いかけて、急にそこにその人がいるかのように、うやうやしく頭を下げて見せ、それから急に声を低めた。

「じつはね、帝があの九条の姫君をお気に召さないんでございますよ」

また意味ありげな、流し目を送った。

九条の姫君というのは、頼朝と政治の上でいま一番関係の深い九条兼実《かねざね》の娘、任子のことだった。兼実は頼朝がまだ中央にみとめられないころから、つねに好意的な立場をとってくれた人物で、平家を倒したあと頼朝の位置が確立するとともに、彼もまた関白となって、密接な連絡をとりながら、政治をおしすすめてきている人物なのだ。

今度大姫の縁談が起こったとき、まず頼朝と政子の心にかかったのは、この兼実の姫君が、すでに後鳥羽帝の后に上がっていることだった。

――それがもとで、兼実との間がまずくなっては……

が、長年政治の裏面に生きてきた丹後局は、頼朝夫婦の気づかいを、とっくにみぬいていたらしい。

「御心配には及びませんわ」

局は確信ありげにうなずいた。

「政治とこれとは別でございますのよ。それに私、内々に帝から、どこかによい姫君がいないかと、お頼みをうけていますの。それと申しますのも、帝のお好みが、ふしぎと私の好みとそっくりでございますので」

もう一度意味ありげに笑ってみせた。

大姫は政子と丹後局のやりとりを、じっと黙って聞いている。それに気づいた局は、すらりと話題をかえた。

「姫さま、都はいかが？　どこかお出かけになりまして」

大姫はだまってかぶりをふる。

「あら、それはいけませんわ。せっかくおいでになったのに、鞍馬、貴船、宇治？　さあ、どこがよろしいかしら」

「ありがとうございます」

大姫は局の顔を見ないで頭だけ下げた。

「でも、私、あまり見たくはございませんの」

「まあ……」

が、局はすぐ大げさにうなずいて、

「そうでございますともね。都なんか、その気におなりになれば、いつだってごらんになれますもの……」

意味ありげな言いかたをしてから、

「それとも、あまり外歩きはお好きでいらっしゃいませんの？」

「はい」

「じゃあ、家の中で、物語を読んだりするほうがお好きなんですか」

さりげなく、品定めに入ってきた。

「物語は読みます。でも好きではありません」

「まあなぜ」

「あんなこと信じられないからです。愛しあっている人がしまいには結ばれるなんて……」

大姫は無表情に言った。

——まあ、この子は……

政子はどぎまぎした。

——もっとかわいらしげな返事をしてくれなければ……

が、丹後局はさして気にもとめないふうである。

「ま、そうでございますか。じゃお遊びはどんなものがお好き？　貝あわせ？　双六《すごろく》？」

大姫の頬が、かすかにふるえたようだった。

「双六は好きでした」

それから、切れの長い瞳がじっと丹後局をみつめた。

「でも、いまは、手にとろうとも思いません。あることがあってからは……」

政子はぎょっとした。

——義高のことだわ……

双六が好きだった亡きいいなずけのことを大姫は決して忘れてはいないのだ。

このときになって、はじめて政子は大姫がどんな気持で局を迎えたかが手にとるようにわかった。うつむいて黙っているのは、人みしりでも恥じらいでも何でもない。かたくななまでの拒否なのだ。大姫は、丹後局を、いや義高以外の人間すべてを拒否しているのである。

さすがの局も、にべもない大姫の答に、鼻白んだらしく、その日は早々に引き揚げていった。

――もう駄目だわ、お后のことは……

政子はひどく疲れたような気がした。

――私たちはこの子のためによかれといつも願っている。なのに、どうしてこの子は私たちの愛をうけいれてくれないのか。
二、三日して、丹後局から手紙が来た。
――なんと言ってきたのか。

こわいものをのぞくように政子はそれを開いた。

丹後局はかなりの達筆である。若緑色の薄様にさらさらと、

「先日は長い間いろいろとおもてなしをたまわり……」

からはじまって、くどくどと、儀礼的なあいさつが続いていた。

政子の読みたいのはそんなことではない。要は局の眼に大姫がどう映ったかである。

――姫のことわりが言いにくくて、やたらにこんなことを書いているのじゃないかしら。

胸のつまりそうな思いで、せわしく政子が手紙の文字をひろって行くと、やっと、あった、あった……。姫さまという文字が眼の中にとびこんできた。

「姫さまにお目にかかれてよかったと思います」

局はこう書いていた。

「会わないで、無責任なお話をすすめるよりはやっぱり……」

やっぱり？　やっぱりどうなのか……。

政子の手がふるえ出した。瞳は次の箇所に釘づけになった。

「こんなに美しくて、すなおなかたに私はまだお目にかかったことがございません。何としても姫さまを帝のおそばにおあげせねば。いえ、もしおあげできないようだったら、私は、帝の御後見として、怠慢を責められなければなりませぬ」

——まあ……

夢ではないかと思った。

あんなに大姫がそっけないあしらいをしたのに、局は大姫の美しさにほれこんでしまっている!

「姫さまのためなら、私はどんな苦労もいといませぬ」

局の筆はまだ続いていたが、政子は、

「あなた、あなた」

手紙を片手に、頼朝の所へとんでいった。さすがに頼朝は男で、それに気づくと、

「まだ次があるじゃないか」

読み落としていた終りの部分に政子はやっと気がついた。そこには前よりも小さな走り書きで、

「大変恐縮ですが、先日お耳に入れた年貢の件よろしく」

と書きそえてあった。そういえば局は帰りしなに所領の年貢取りたてについて頼朝の力を借りたいといっていた。

「ああ、そんなことなら、いとたやすい」

頼朝も大姫の入内がほぼきまったことで、すこぶる上機嫌である。早速局の希望通りに事を運んでやった。

これをきっかけに、政子と丹後局は急速に親しくなり、頼朝一家が天王寺に参詣に行くときは局の持船をかりて行くほどの仲になっていた。すでに五月、帰国の日のせまった天王寺詣《もうで》は、上洛の最後を飾るはなやかな船遊びでもあった。

が、大姫は相変わらず、無表情である。入内が内定したと聞かされても、

「そうですか」

格別うれしそうな顔もしない。が、いやです、とも言わないところをみると、大姫の心も少しずつ動きはじめていたのではないだろうか。

その年の六月、頼朝は都での長期滞在を終えてやっと帰国の途についた。頼朝はこんどの上洛に大変満足だった。いや彼だけではない、十四歳の若君万寿もすっかり都びいきになった。彼は単身参内して後鳥羽帝に拝謁し、ちょっぴり貴族の味も味わったし、公家のあそびごと――蹴鞠《けまり》や管絃もおぼえた。もっともこれを手はじめに蹴鞠におぼれ、後年の生活を破滅させることにもなるのだが……。

次男千幡はまだ四つだから、いいも悪いもなかった。二女、三幡は父親似で無口な娘だったが、しじゅうにこにこしていたところを見ると、これも都はお気にめしたのだろう。

が、何といっても、一家にとっての最大の収穫は大姫の入内が内定したことだ。丹後局はその後もしばしば訪れて、姫の衣装や調度や侍女のことまで、まるで、もう入内が決定したかのようにあれこれ話題にした。彼女が頼んできた年貢についての指図をはじめ、砂金三百両、白綾三十反――帰国に先立って、頼朝が局に法外の贈物を届けたのは、今後の協力を頼む意味をこめてであった。

「まあ、こんなにいただいては……」

局は大げさに驚いてみせ、

「姫さま、今度お目にかかるときは、また、どんなに美しくなっていらっしゃるでしょう」

あふれるような笑みをうかべ、例の意味ありげな、流し目を繰返した。

ところが――。

いったい、どうしたことなのか、頼朝たちが鎌倉に帰ってみると、それっきり、丹後局からは、何の知らせもないのである。帰国してしばらくは、雑事の忙しさに追われて、政子もついそのことを忘れていたのだが、一月、二月経って、突然、気がついた。

「局からは、何とも言ってきませんわね」

政子は頼朝にそっと言ってみた。

「帝の御意向がきまり次第すぐ、と言っていたのに――」

「ふむ、どうしたのかな」

頼朝も首をひねっている。

それにもうひとつ――。

まだ口には出さないが、政子の心にかかることが起きかけているのである。

というのは、帰国以来、どうも大姫の健康がすぐれないのだ。ひよわなたちに、長旅が無理だった都での三月間の刺激が強すぎたのだろうか。

丹後局の返事を待つ気持と、それまでに大姫の健康をとりもどしておきたいという気持と、二つのいらだちが、政子の胸のなかでくすぶりつづけるうちに、やがて秋も終り、冬になっていた。

「このままにはしておけん」

さすがに頼朝もじっとしていられなくなったらしく、ある日、と言った。

「広元を呼べ」

広元というのは政所《まんどころ》の執事（行政長官）の大江広元で、中年まで都で官吏生活をしていただけに都のしきたりにくわしい。呼びつけられて話を聞くと、この老練な政治家は、

「それは――」

申しあげにくいことなれどと、ためらいを見せながら、言った。

「まず、このお話、なかったものと思召したほうがよろしいかと存じます」

「え？　何ですって」

思わず政子は叫んでいた。

「だって、丹後局は、半ばきまったようなロぶりだったのですよ」

「左様ではございましょうが……」

この二、三か月のうちに、都の政治情勢が変わったのだ、と彼は言った。

「第一にまず、九条の姫君が女君をお産みになりました」

その話は政子も知らないではない。滞京中から九条家から入った帝の后、任子がみごもったらしい、という話はちらほら聞いていた。

「が、帝はあまりそのかたをお好きでないので、大姫を」

広元はうなずくとおだやかに言った。

「それは、丹後の口実と思われます」

もともと九条兼実と丹後局は仲がよくない。その兼実が娘を入内させたので、負けずに頼朝の娘を入内させようとしたのだろう。あのころ局がひどく乗気だったのは后がみごもったからだ。

もし男の子が生まれて皇太子にでもなれば局の後宮での地位はがた落ち——が、兼実も、一目おいている頼朝の娘が入内していたならば、いくら男の子が生まれても、すぐ皇太子にすることは遠慮するにちがいないと判断したからだ。が、生まれたのが女の子であってみれば、一応大姫の入内の必要は遠のいたことになる。

「まあ……」

丹後局の愛想のよすぎた笑顔を思い出しながら、政子は絶句した。

「いや、それだけではありませぬ」

広元は静かにつづける。

ごく最近になって、後鳥羽帝にはもう一人男の子が生まれた。母親は中納言源通親《みちちか》という者の養女、在子である。

「ところで、通親はこれも、ひとすじ縄ではゆかぬ策士でございましてな……」

通親と九条兼実も仲が悪い。通親はこの皇子を皇太子にするべく、猛然と運動を起こすだろう。近い将来彼と九条兼実の間に権力争いが始まるのは目にみえている。通親としては、こんなとき、大姫に入内されては、はなはだ迷惑なのである。

通親が丹後局をくどいたか、丹後局が、反九条ということで通親に近づいたか、とにかくその後の情勢が二人の手を握らせたに違いない。だから、丹後局は大姫の入内から手をひいてしまったのである。

——都とはなんとおそろしいところか。

政子が政治のもつ非情さ、すさまじさに眼を開かれたのは、じつにこの時だといってよい。

——そんな所へは娘はやれない。今となってはこの縁談がこわれてよかったとさえ思えてくる。

花の都どころか、頼朝のいった通り大変なばけものの世界ではないか。

が、それにしても、大姫には何と打ちあけたものか。后の位へなどとよろこばせておきながら……。

政子は重い気持で大姫の枕もとに近づいた。

床の中にいた大姫は、政子の顔をみるなり、細々した手をさしのべて身を起こそうとした。

「お母さま」

一段と痩せてすきとおるように蒼白くなってしまった頰に、むりに微笑を浮かべようとしている。いつになく機嫌よく迎えてくれた大姫に、入内の見込みのなくなったことを告げるのをためらっているうちに、床の上に起きあがった大姫は、黒曜石《こくようせき》のように光る瞳で政子をみつめると、ぽつりといった。

「お母さま、今日は、私、聞いていただきたいことがありますの」

痩せた手で母の手を握ると、

「ごめんなさい、お母さま」

吐息のように言い、

「私のためを思ってくださっているの、よくわかるんです。でも……」

長いまつげを伏せてうなだれた。

「でも、今でも、私、義高さまのことしか、考えられません」

「……」

「帝のお后になることは、女として最高のしあわせかもしれませんけれども、私にはちっともうれしくないんです」

「お后になる話を伺ったとき、即座にお断わりするつもりでした。でも、お父さまが一門の名誉だとよろこんでいらっしゃるのを見たり、お父さまのお立場を思うと、つい、はっきり申し上げられなくて……」

「……」

大姫はもう一度、じっと政子をみつめると、思い定めた口調で言った。

「で、私、帰ってから仏さまにお祈りしたんです。私の命を召してくださいませって」

「まあっ」

政子はその薄い肩を思わずかき抱いた。

「ごめんなさい、お母さま」

大姫が小御所の奥の局で、ひっそりと短い生涯を終えたのはそれからまもなくだった。

黒い風の賦

このむなしさ。ぽっかり口をあけた心の中の空洞は、いったい、どうやったら、うめることができるのか。

大姫が死んで以来、政子はその暗い空洞にむかいあって過ごした。

肉親を失う悲しみは、すでに母や兄の死で経験している。が、それは「与えられる愛」の断絶だった。今度は違う。政子は愛を与える対象を失ったのだ。その身をきざまれるような狂おしさをはじめて知った。

かつて自分の胎内で大姫を育てたように、政子は大姫の死と結ばれたいと何度か思った。冷えきった大姫の血が自分にも伝わって、徐々に自分の血も冷え、手や足が冷え、死んで行けるものならば……。

――あの子は二十歳になるやならずで死んでしまった。私は二十歳からやっと人生がはじまったのに……

私たちは、あまり早くあの子に酷な運命を背負わせてしまったのだ。義高さえ殺されなかったら、あの子は、全く別の道をたどっていただろう。鎌倉幕府の勝利とひきかえに、私たちは大姫の魂をこなごなにうちくだいてしまったのだ。

――そうなのよ。姫、私たちは、とりかえしのつかない事をしたのよ。

政子はふっと暗い瞳を見開いて、死んだわが子に語りかける。

――それから十数年、私はそのつぐないだけを考えてきたのよ。一条高能どののことだって、今度の入内だって、何とかしてあなたに新しい道をひらいてあげたいと思ってしたことなのに……

政子の愛は、むなしくしりぞけられた。肉親の親子でありながら、愛すれば愛するほど結果においては大姫を傷つけることになってしまったのだ。

――でもしかたのないことかもしれない。義高を殺してしまった罪深さを思えば、あなたに何と恨まれようと、母は返すことばがない。

いっそ、憎みぬき、恨みぬいてくれれば、まだ救われるような気もした。が、政子をさらに苦しめるのは、大姫の最後の言葉である。

「許す、とおっしゃって……」

大姫はそう言った。決して母の愛がわからなかったのではない。わかっていて、しかもうけいれることのできない自分をわびながら死んでいったのだ。

そこには恨みも憎しみもなかった。

愛だけがあったといってもいい。

大姫の義高への愛、政子の大姫への愛——。むしろその深さがそれぞれを傷つけずにはおかなかったのだとすれば、愛とは何と不可解でおそろしいものか。

夢のように一年経った。大姫の一周忌がやってきた。

この一年間、政子は頼朝の前で大姫のことにふれるのを極力避けとおしてきた。

その間、何度、声のかぎりに叫びたくなったかわからない。

「義高を殺したのはあなたです。それがあの子を死に追いやったのですよ！」

が、言ってしまえば、はてしない、いさかいが起こるだろう。いや、いさかいがこわいのではない。ひとたびそれを口に出してしまったら、自分がどこまで狂いだすか、それがこわかったのだ。

とめどなく叫び、泣き、狂い——そして、その狂乱のあと、何が残るというのか。身も心もずたずたに切りさかれ、さらに暗くひろがってゆく胸のうつろさ——。それ以外の何があるというのか。

政子が大姫のことにふれるのを避けただけでなく、頼朝もまたあきらかに、それを避けている様子だった。

ただ、彼は毎朝必ず持仏堂にこもって読経するようになった。その暁方の時刻が、大姫の息をひきとったその時刻であることに気がついたとき、夫もまた罪の思いに責めさいなまれながら、じっと耐えていることを政子は知ったのだった。

そして一年経ったとき、初めて政子は頼朝と静かに大姫のことを語りあえる時期が来たような気がした。

おそらく――。

頼朝も、この思いは同じだったのだろう。大姫の死を迎えたと同じ秋のはじめのある夜、久々に二人は縁で向かいあっていた。

すすきの穂はまだ若い。淡い月の光の中で、あるかないかの風にゆれている。

「今年は秋のおとずれが早いようですね」

「いや、去年は秋の来るのも気がつかなかったのさ――」

それほど、大姫に心を奪われていたのだ、と頼朝は言いたいのだろう。やがて、ぽつりとつぶやいた。

「一年になるなあ」

それなりすだきはじめた虫の音に耳をかたむけているようだったが、じっと政子をみつめた。

「話してもいいか、政子――」

こころもち堅い声であった。

「まあ、なんのことですの」

「いや」

頼朝は首をふった。淡い月の光の中では、かえって近くのものは、深く隈《くま》どられて、その表情がさだかではない。

「今言っていいかどうか、俺にもわからないのだが」

例になく頼朝はためらいをみせてから、

「じつは三幡のことなのだ」

思いがけなく次女の名を口にした。

「三幡がどうかいたしまして？」

「政子、そなた——」

もう一度、彼はためらった。

「三幡を手放すことができるか」

「まあ、それはどんなことなのですか」

「都へ上がらせようと思う」

「三幡を、都へ？」

言われたとき、政子は、その意味をときかねた。三幡を都へやってどうするのか。

月の光をうけて彫りの深くなった頼朝の顔は、じっと動かない。

「落着いて聞いてくれるな、政子」

「………」

「今、俺は、三幡を入内させることを考えている」

「な、なんですって」

思わず政子は膝をうかせていた。

「三幡を？　な、なんで、そんなことをするんです。入内なんてとんでもない！　私たちは大姫のことで、こんなにつらい思いをしているのに」

あんなおそろしいところ、百鬼夜行の都へ、なぜ夫は、こりもせず、娘をやろうというのか。

「ああ、いやいや、誰があんなところへやるもんですか。私、今、都のこと思いだすのさえいやなんです。私たちはしょせん坂東の女だということを身にしみて知りました。三幡をやるなんてかわいそうです。あの子はまだ十四ですよ」

頼朝は静かにうなずいた。

「たしかに俺たちは、大姫のことでは、とりかえしのつかないことをした。あの子のためによかれと思ってしたことが、かえってあの子を苦しませてしまったんだ。が、よく考えてくれ、政子。入内は大姫にとっては苦痛だったかもしれないが、三幡の場合は、事情は少し違ってくる」

「そりゃあそうですけれども、あんなばけもののすむところへやるなんて――」

「たしかに――」

もう一度頼朝はうなずいた。

「都はばけものだ。そこへ三幡をやることは気がかりでもある。が、これは、俺が一年間考えぬいたあげく決心したことなのだ」

なぜなら、大姫の死と前後して都と幕府の間には微妙な変化が起こったのだ、と彼は言った。源通親は養女在子が後鳥羽帝の側室として男の子を生んだとたん、関白九条兼実を権力の座から追い落とそうと動きはじめた。まさしく大江広元の予想したとおりの事が起こったのだ。ある日突然、通親は奏上した。

「九条どのとその娘の任子は、新しく生まれた皇子を呪《のろ》っています。皇子のいのちをちぢめようと策する逆臣です！」

若い後鳥羽帝は通親の言葉をそのまま信じてしまった。

「兼実をやめさせろ。任子も出てゆけ！」

あっというまに兼実は関白の職を奪われてしまった。これまでのならわしでは、辞表を提出すると二度までひきとめることになっている。が、今度はそのしきたりも無視して、後鳥羽帝は、一度もひきとめることもなしに、さっさとやめさせてしまったのである。

「そうらごらんなさい。そんなおそろしいところに、どうしてやれるもんですか。あなた、あなたはそれでも人の親なのですか」

政子は顔色をかえてつめよった。

「それはそうなんだが、しかしな、政子」

こんなとき頼朝は、ひどくねばり強い。決して政子にあわせて調子を高くせず、むしろぼそぼそといった口調で話しつづける。

「よく考えてくれ、政子。いま鎌倉はむずかしいところに来ている。旗上げ以来、はじめての」

「何度そうおっしゃるんです。あなたにかかったら、いつだって旗上げ以来の一大事じゃありませんか」

「うん、そうかもしれない。が、今度はほんとにそうなんだ。そなたも知るとおり」

この少し前、一条能保が死んでいる。頼朝の義兄——なき姉の夫で、いわば鎌倉の朝廷工作の拠点だった。その能保が、ふとした風邪がもとで急逝《きゅうせい》したために、いま鎌倉方は、朝廷への窓口をふさがれてしまった感じなのだ。

「だから三幡にそれをさせようというのですか。それじゃあ、ますますあの子が、かわいそうじゃありませんか」

たった十四歳の少女の肩にそんな重い荷を背負わせるなんて……と政子がいいかけると、頼朝はうなずいた。

「そうかもしれない。だがな、政子、そなた上洛のときのことを思い出してみないか」

「え……」

「あのとき、いちばん、じっくり落着いていたのは、誰だったと思う？　大姫は、むりにも都から目をそらそうとしていたし、万寿はきょときょとしていた。お前だって、腹の底では都の人に馬鹿にされまいと肩ひじ張っていた。な、そうだろう」

「ええ、まあ——」

「かくすなよ、俺だってそうだったんだから」

頼朝はにやりとした。

「正直いって、あげ足をとられまいと、毎日気が気じゃなかった。そこへ行くと、三幡だけだよ、平然としていたのは」

「そう……。そうかもしれませんわね」

政子は無口な三幡がいつもにこにこしていたのを思い出した。

「女の子に生まれたのが惜しいと思ったな、俺は。せめて大姫と入れかわっていたら、という気もしたよ」

さすがに父親だ。政子が大姫の入内に心を奪われている間、頼朝は家じゅうの子供たちに目をそそいでいたのである。

「正直いって、あの子を見直したのはそのときだよ」

あの子なら都へ出してもひけはとらない、と思ったのだという。考えてみれば、三幡がものごころついたころ、すでに頼朝は鎌倉の王者であり、彼女は生まれついての王者の娘といった度胸のようなものをそなえていたのかもしれない。

いわば戦後派なのだ。大人たちのように、むやみに都や朝廷をありがたがったり、おそれたりはしない。そうすると、入内のことも、彼女と自分とでは考えかたも違ってくる――。政子はふとそんな気がした。

「ともかく、姫にきいてみましょう。いやだといったら私、それ以上すすめませんよ。大姫のことでこりていますもの」

「ああ、それでいい、一度聞いてみてくれ」

頼朝は重荷をおろしたような口調でいった。

数日後、政子が三幡にそのことを打ちあけたとき、さすがに彼女はきょとんとした顔をした。

「私が帝のお后に？」

父親似の大きな、つぶらな眼が幼なすぎていじらしく、政子はあわてて、つけ加えた。

「いやだったらいやだといっていいのよ。なにも、まだきめたわけじゃあないんですから」

大きな眼でまじまじと政子をみつめたまま、しばらく三幡は答えなかったが、やがて、その眼にゆっくり笑みがうかんだ。

「行ってもいいわ」

しごく無造作な言葉であった。

「まあ」

かえって政子は気ぬけがした。

その話を聞くと、頼朝は、

「そうか、やっぱり」

三幡によく似た笑みをうかべた。

「どうやら、俺の眼のほうがたしかだったらしいな」

その日以来、ごく内密に入内の工作がはじまった。最終的には年があけてから頼朝が上洛してきめることにしたが、それにしても、后に立って恥ずかしくないだけのしつけとしたくにかからなければならない。さいわい、三幡付きの乳母の夫の中原親能《ちかよし》という御家人は、大江広元と同じく、前は都の役人をしていた男で、朝廷の儀式にもよく通じていたので、万事はまことに好都合だった。

大姫の死によって、「后の祖父君」の夢が破れて、田舎侍に戻っていた北条時政も、ふたたび鼻の先をこするのをやめ、またぞろ、しずしずと御所の中を歩くようになった。

が、嫁ぐ日のしたくをそろえながら、政子はふっと手を休めてしまうことがある。

「どうした。まだ決心がつかないのか」

頼朝にたずねられて首をふった。

「いいえ。運命というのはふしぎなものだと思ってるんです。私、あなたの妻になったおかげでいろいろの目にあってきました。これが伊豆の豪族のだれかに嫁いでいたら、もっと平穏にくらせたかもしれません。そしてまた、いま三幡が都へ行こうとしています。こちらで誰かの妻になったほうが、平和なくらしができるかもしれないのに……。でもこれが運命なのかもしれませんわね」

「で、そなた――」

頼朝の大きな瞳が政子をさしのぞいた。

「俺の妻になってふしあわせだったか」

「いいえ、それが運命だと――」

「安心したよ」

頼朝はふいに、いたずらっぽい笑いをうかべた。

「何ですの？」

「浮気な夫をもって後悔しているかと思った。そうでないとわかったら、またせいせい……」

「まあいやなかた――」

言いながら、政子はふっと胸がつまりそうになった。娘を手放す自分をいたわって、夫はわざとおどけてみせているのである。

その年の冬、頼朝は久しぶりに遠出をした。行く先は相模川のほとり。風のはげしい日だったが、胸をはった頼朝の馬上の姿を見たとき、ふいに政子は旗上げの日の彼の姿を思い出していた。

頼朝が風の寒いこの日、わざわざ相模川のほとりまで出かけたのは、この日新しく橋が作られたからである。これを作った稲毛重成は武蔵の豪族で、政子の妹のひとり、元子を妻としていた。ところが、この妻が数年前になくなったので、重成はその追善供養のためにこの橋を作ったのである。

妻の妹の供養のため――ということなので、わざわざ頼朝も読経の席に連なった。政子も本来なら臨席すべきだったのだが、かぜ気味なので、行くのをとりやめたのである。

一行の行列が出ていってしまうと、急に御所の中が静かになった。吹きこんでくる風のせいか、どこからともなく磯の香がただよってくる。

三幡の入内は早まりそうである。というのは都の事情が急変したからだ。突如後鳥羽帝が位を皇子に譲ったのだ。こうした重大事件は、これまでは、必ず前もって幕府に知らせがあったのに、今度はまったくぬきうちなのだ。

しかも新帝は、源通親の養女、在子の生んだ例の皇子だった。遂に天皇の外祖父にのしあがった彼が、この先何をやりだすか。それを牽制するためには、

「俺が上洛するよりほかはあるまい」

頼朝が公家たちと話しあって対策を練るには、やはり都へゆくよりほかはない。さらに大事なことは、三幡の入内を急ぐことだ。

頼朝の上洛は年あけてすぐ、とほぼ内定している。その前にというので、あわただしく行われたのが今日の橋供養なのだ。

その日の昼下がり、縁先の日だまりで久しぶりに三幡の髪をすいてやりながら、政子は、ふと口にした。

「来年の今ごろは、もう、姫は鎌倉にはいないのかもしれないわね」

自然に、感傷的な口調になるが、髪をあずけたまま、三幡は、

「そうね」

しごくあっさりした返事をしたが、

「いいわ、また帰ってくるから」

こともなげに言った。

「まあ、そんなことは無理よ。上皇さまのお后がひょいひょい東国へ帰るなんて」

「だって、私には東国がふるさとなんですもの、帰ってくるわ」

入内がどんなことなのか、この子には、まるきりわかっていない、と思ったが、同時にこの子だったら、そんなこともやりかねない、という気もした。男の子でも及ばないような三幡の腹の

太さに、政子はしだいに気づきはじめている。

——ほんとに、この子が男の子だったら。

心の中でそんなつぶやきが洩れる。というのは近頃になって元服して頼家と名を改めた長男の万寿に、ひそかに不安をいだくためでもあった。

頼家はすでに十七、一人前の大人である。女の味を覚えたことは、そのころとしては決して人なみはずれて早熟だったわけではないが、性への溺《おぼ》れこみ方が異常だった。側室のひとり若狭局《わかさのつぼね》との間に男の子をもうけ早くも父親になったのはいいとして、まわりの女たちにも次々と手を出して、今の頼家には、それよりほかの楽しみはない様子なのだ。

——こんなふうでいいのだろうか。

ふと、母親の中にある「女」を不安にさせるものがそこにはあった。が、これは三幡にはいえないことである。

と、そのとき、

「御台さま！」

遠くで声がした。藤九郎盛長らしい。

「おや、藤九郎——」

藤九郎はその日、頼朝に従って、相模川の橋供養に出かけたはずである。ここにいるはずのない馬面をみつけて政子は首をかしげた。

「そなた、どうしたの。お供はしなかったの」

「いや」

「まあ、ずいぶん早く帰ってきたのね」

「御所さまからのおことづてでも何か……」

「いや」

このときになって、はじめて政子は、おしゃべりな藤九郎が、いつになく口をもぐもぐさせているのに気がついた。

「藤九郎、そなた——」

どうかしたの？　と言いかけたとき、藤九郎は、政子の袿の裾にとりすがるようにして叫んでいた。

「御所さまがっ——」

「……………」


運命は唐突に扉をたたく——。

小春日和《びより》の小御所の縁先は依然としておだやかで、縁先にとまった冬の蠅《はえ》は、藤九郎の声におどろいたけはいも見せず、眠りこけているし、高い木の梢には、ひよのさえずりがしきりだ。

が、この瞬間、政子をめぐる世界は一変したのである。

頼朝が発病したのだ。橋供養からの帰り道、その直前まで、背をそらせて馬上にあった彼の上体が、突然ぐらりとゆれたかと思うと、手綱を放した手がゆっくり弧を描いて、あおむけに落馬した。

「あっ！　御所さま」

側近がかけつけたとき、すでに意識を失っていた。

激しい脳卒中の発作が襲ったのだ。行列はたちまち乱れた。右往左往する侍たちの中から、

「お、そうだ、早く御台さまへ」

という声が起こったとき、藤九郎は、

「俺が行く！」

言うやいなや馬に鞭をあてていた。走りながら彼は、

――この役は俺でなければならぬ。

と思った。おそらく、政子は身も世もあらず取り乱すに違いない。気を失ってしまうかもしれぬ。そのとき、

「お気をたしかに――」

そっと支えることのできるのは、二十年前に二人の橋渡しをした俺でなければならぬ。感情の起伏の激しいあのかたを支えることのできるのは俺だけだ。

ところが、どうだろう。政子の顔を見たとたん、藤九郎自身が取り乱してしまったではないか。

――これではならぬ。

我にかえったとき、彼はふしぎなものを見た。

政子は立っている。泣きくずれもせずに。

袿の裾につっ伏した藤九郎を見下ろし、

「医師を、すぐ連れていってください」

落着いた声音で言った。聞くなり藤九郎はぽろぽろと涙をこぼした。

「安心いたしました」

藤九郎は涙をおさえながらいった。

「いや、じつは、こんなお知らせをもってきて、御台さまがお気を失われはしないかと、藤九郎、

それのみが気がかりで……」

　政子は藤九郎をじっとみつめた。

「気を失っているのかもしれませぬ」

「え？」

「こうしてここに立っていますけれども」

　藤九郎はぎょっとしたようだった。あわてて眼をそらすと、

「では早速、医師をつれて参ります。いや手当てがよろしければ、すぐ正気づかれましょう。もともと御丈夫なかたなのですから」

　慰めるように言い、転ぶように出ていった。

　政子はその言葉を聞いてはいなかった。いや聞いていなかったのではない、信じてはいなかったのだ。が、自分のことを気づかってそう言ってくれる藤九郎のいたわりは、身にしみてわかったけれども、おそらく夫は帰るまでに意識をとり戻すことはないだろう。いま、自分の目の前で容易ならぬことが起こっている――これはどうにもごまかせない事実である。

　小御所の庭は相変わらず静かだ。冬の陽が枯葉をあたため、広縁の蠅はまだ動かない。その静かさが、よりいっそう政子に今起こりつつある事実のきびしさを感じさせる。

　つい今しがたまで、彼女は頼朝の身に変事の起こることを何ひとつ予感もしなかった。

　――二十数年いっしょにいながら、私はあのかたが倒れたともしらず、姫の髪をとかしてやっていた……

　やりばのないくやしさとともに、突然つかみかかってきたその黒い手が、前じらせさえもしてくれないほど非情なものであることを思いしらされた。

この静かでなにげない風光のなかで行われた、おそろしい断絶！　そのときふと感じたのは、

——もしも、これほどのことでなかったら、私は泣き叫び、大騒ぎしていたろう。

ということだった。

——とっくに気を失っているはずの私が、いまこうして立っている。これがほんとうの私なのだろうか……

先刻藤九郎をぎょっとさせたのは、そうした自分自身への言葉だったかもしれない。

そのときになって、政子は三幡に気づいた。さっきから押しだまって事のなりゆきを見つめていた彼女は、政子と眼があうと、すっと立ち上がった。

「さ、行きましょう」

政子は三幡の手をとった。

三幡は黙ってついてきた。広縁を歩みながら、政子の眼にしきりとうかぶのは、これまで何かにつけて大騒ぎせずにはいられなかった自分の姿である。頼朝に裏切られたといってはわあわあ泣き、かさねて浮気をしたといっては怒り……。

が、これからはそうは行かないのだよ。

政子は眼をすえて、瞳の中の自分に言いきかせた。

——なんとしてでも、あのかたをおなおししなければ……

御所にかつぎこまれて以来、頼朝は昏睡状態を続けた。その間、政子は、ろくに眠りもせずに、枕もとにつききりだった。

——もう一度。もう一度でいいから、その眼で私をみつめてください。

祈るような思いをこめて、手を握っても、麻痺してしまったその手は握りかえす力もない。も

ちろん何一つ食べものは入らない。

「このままでは、お体が衰えてしまいます。せめてお水だけでもとって頂けるといいのですが」

医師が暗い顔をしていったとき、

「やってみましょう、私が……」

即座に政子は答えた。

「水をください」

さし出された水をふくんで夫の顔の上にかがみこんだとき、政子は傍らの人の眼を忘れていた。

――あなた……

唇がやさしく夫をもとめた。

少しずつ、少しずつ、水が口うつしに注がれた。

が、頼朝の口はその少量の水をさえうけつける力を失っていたのだろうか、水はただ唇をぬらしただけで、頬をつたい、枕をぬらし、彼をかかえるようにして坐っている政子のひわ色の袿の膝をぬらしただけだった。

じっと頼朝をみつめていた政子はやがて顔をあげた。蒼ざめたその顔をみるなり、医師も、側近に侍した人々も、そのまま、彼女がわっと泣きだすのではないかと思った。

政子は泣きはしなかった。

「だめでした」

目をすえてそう言い、頬にかかった髪をかきあげると、

「もう一度やってみましょう」

乾いた口調でそれだけ言った。

二回、三回……。

水はいたずらにひわ色の袿をぬらした。何度か続けられたあと、政子は、夫の乾いた唇が、かすかにこたえるのを感じた。あごがかすかに動き、ほんのひとしずくほどの水が受入れられて、ごくりとのどが鳴ったのは、それからしばらくしてからだった。

「めしあがられました」

真先に叫んだのは医師である。

おお！　言葉にならぬどよめきが一座に起こった。

「御本復のきざしでございます」

医師は目を輝かせている。

御台さまの御一念が通ったのだ、と人々が小声にささやきあう中で、政子は放心したように空をみつめている。もう頬にかかった髪をはらいのけることもしなかった。

——たしかに夫は飲んでくれた。

しかし、その唇がかすかに動いて水を吸いとったそのとき、政子の唇は、それとひきかえに、まごうかたなき死を——夫のからだの底にひそむ死の翳《かげ》を、たしかめてしまっていたのだった。唇が冷たかったのではない。乾いてかさかさしたそれはむしろ思いがけないあたたかさであった。そのあたたかさのゆえに、より確実に、死の翳の深さを政子は知ったのである。

頼朝の病状はその後も一進一退したが、政子はもう泣いている気にはなれなかった。

確実にいえるのは、鎌倉幕府が最もその存在を必要とした時期に彼が倒れたということだ。いまや公然と反鎌倉の姿勢をしめしはじめた公家たちを切り崩し、さらには三幡の入内を実現する——これだけのことを、彼をおいて誰にできるというのか。

が、さらに政子が確実に感じているのは、夫の唇から吸いとった死の翳である。おそらく、それらを解決する余裕さえ与えず、まもなく、死は夫を蔽いつくすだろう。

まさしく——。政子の予感ははずれなかった。

頼朝は昏睡からは遂にさめなかった。命を終えたのは翌年一月十三日、五十三年の生涯だった。

——とうとうあのかたは、何も言いおかずに、いっておしまいになった……

夫の死を追って、尼姿に変わった政子は、ものものしい葬儀の間じゅう、そのことばかり思いつづけた。しかし考えてみれば、これまで私はどれだけ、あのかたの話を聞いていただろう。

「あなたにかかったら、いつだって旗上げ以来の一大事なんだから……」

ついこの間も、そう言って都をうれえる夫をからかったばかりではなかったか。

いま目の前にうかぶのは、彼が浮気したといっては怒り、泣き、突っかかっていった自分の姿である。

——私はそんなあのかただけを追いまわし、そのほかの事をちっともわかろうとはしなかった。甘えていたのかもしれない。そして昨日までの甘ったれな自分は政子の瞳の底でいま泣きもだえている。

——あなた、死んではいや、いや。

かろうじて、それにたえているのは、二十数年いっしょにいて、何ひとつ夫のことを理解していなかったという悔恨と、残された未来の重さ、暗さのためであった。

じじつ頼朝の死後、都との交渉は難航し、三幡の入内も数か月足踏み状態を続けた。今となっては公家攻撃の唯一の突破口になってしまったそれを何とか実現したい、と鎌倉方があせればあせるほど、公家側はぬらりくらりと逃げをうつ。

——是が非でも入内を。

いきり立つ鎌倉の重臣たちの中で、政子の心ははじめかなり揺れた。入内がもし実現したとしても後楯を失った三幡は苦しい道を歩まねばならない。が、母としての不安に苦しめられながらも、あえて反対しなかったのは、もし夫だったら、文句なしにその道を選ぶだろうという気がしたからだ。

——なくなられてからのほうが、私はあのかたのお気持がよくわかるようになった。

と思った。幸い、三幡は最も父親似である。女にしては惜しいような、腹の太さ。父の死んだあと、かわって鎌倉を背負って一歩もたじろがないのは、この子かもしれない。大姫から頼朝へ——政子をめぐって吹いた黒い死の風を吹きはらってくれるのは、この三幡しかないような気がしていたのだった。

三幡の入内はその後もかなり難航したが、やっと実現のきざしがみえてきた。乳母の夫である中原親能が、都での長い官僚生活の経験を生かして、みずから上京して奔走したあげく、どうやらそこまでこぎつけたのだ。これにはもちろん御家人たちの無言の強い後押しがあってのことである。彼らは頼朝なきあとの鎌倉幕府の命運をこの一事に賭けていた、といってよい。

それだけに三幡の入内が内定したときの、御家人たちのよろこびはひとしおだった。まだその時期がいつともきまらないうちに、続々とお祝の絹や調度が献上された。これは大姫のときには見られなかったことである。

が、三幡はそれらの品物を見ても、さほど驚いた顔もしない。

「どうもありがとう」

いつにかわらぬゆったりした口調で礼をのべ、にこにこしている。そのおうような物腰には少

女に似ぬ大きさがあって、

——やっぱりこの子は、生まれながらにしてお后になるような運と格というようなものを持っているのだろうか。

政子は三幡を見直す思いである。

そのうちにあわただしく頼朝の四十九日がやって来た。三幡がおもいがけなく高熱を出したのはその三日後のことである。

姉の大姫をはじめ、兄弟そろってひよわな中に、ひとり病気もせずに育った三幡にしてはこれは珍しいことだった。日ごろ丈夫な人間は熱には弱いもので、ふつうなら大騒ぎをするところなのだが、彼女は相変わらず無口で、

「苦しい？」

と聞いても、

「いいえ」

とにこにこしている。

が、その口ぶりとはうらはらに、三幡の熱はいっこうに下がらない。あれこれ気づかって好物の鯉の吸物やら白瓜《しろうり》のあえものなどを並べてやるのだが、すこし食べてもすぐもどしてしまう。

それでいて、

「苦しい？」

聞けば、丈夫なときと同じように、にこにこした笑顔がかえってくる。

「いいえ……」

ふしぎに顔だけはやつれていないので、いまにも起きあがれそうな気がするのだが、一月経っ

ても病状はもとのままだった。名のある医師という医師は全部よんだ。祈禱もたのんだ。それでも何の効果もなかった。

このふしぎな病気に、政子だけでなく、御家人たちも不安になってきた。

――どうなさったのか、大事な后がねがこの有様では入内にも障りがあろう。

こんな空気の中で、依然として落着いていたのは、当の三幡だったかもしれない。

「大丈夫、そのうちよくなるから」

その笑顔をみると、政子も、根が丈夫な子なのだから、と思えてくるのだったが……。

都にいる中原親能も心配して医師をよこす、と言ってきた。

「都随一の名医、時長と申すものをつかわします。鍼《はり》の名人で、本人は鎌倉までは、と渋っておりましたが、後鳥羽上皇の御声がかりでやっと行くことになりました」

後鳥羽上皇も自分のもとへ輿《こし》入れしてくる三幡の身を案じたのだろう。やがて、時長は都から下って来た。

時長は三幡の顔をみるなり、ははあ、というようにうなずいて、ふところを探った。とりだしたのは、商売道具の鍼の一式ではなくて、赤い小さな薬の粒だった。

「鍼は打たないのですか。そなた、鍼をとっては天下一と聞いていますのに」

政子が言うと時長はうやうやしくうなずいた。

「姫君のいまの御容態には、このほうがよろしいかと存じます。天下の妙薬でございます」

「薬の名は？」

「朱砂丸。某《それがし》とてめったに使わぬ天竺《てんじく》渡来の高貴薬。帝とか女院《にょういん》さまとか、かけがえのないおかたにだけさしあげます」

入内するかただからさしあげるのだ、という口ぶりをみせた。たしかに朱砂丸の効果はてきめんだった。数日すると執拗《しつよう》だった高熱は切ってとったように下がり、半月もたたぬうちに三幡は鯉の吸物においしそうに口をつけるようになった。

「まあ、時長、そなた本当に名医ですね」

政子は感嘆した。それにしてもこうした名医にみてもらえるのは三幡の運の強さであろう、と思った。時長はほめられてもうれしそうな顔をみせず、うやうやしげに、

「こういう薬は、やはり、高貴なかたにだけきくものでございまして」

と言い、

「では某はこれにて」

早くも都に帰るそぶりを見せた。

「まあ、そういわずに」

あわてて政子はひきとめたが、都に自分を待つ病人がいるからという医師らしい言いかたの前には、折れるよりほかはない。政子はやむなく彼の帰京をみとめ、砂金二十両、絹二十四という法外なかずけものを与えた。

ところが、時長の発つ前日、三幡の体じゅうに急にむくみが来た。まぶたなどは眼があいていられないくらいに腫《は》れふさがっている。あわてて時長を呼びにやると、

「いや、こうした高貴な薬は、ときとしてこんな事も起こすものでして……」

薄気味悪いほど落着き払っている。それでも、とむりやり枕元にひっぱってくると、

「いかがでございますか、御様子は」

形ばかりのたずねかたをした。

「ありがとう」

ほとんど眼は、腫れふさがっているのに、三幡の声はいつもと変わらない。

「お苦しゅうございますか」

「いえ、ちっとも」

それごらんなさい、というように時長は政子をふりかえった。あわてて政子が、

「姫はいつもこうなんですよ」

といったがうけつけもしない。

「御心配なく、必ずよくおなりになります」

時長の言葉には医者らしい重味があった。彼の投薬で魔法のように熱の下がったことでもあり、そう言われると、政子の心は軽くなった。運の強い子だもの、きっと元気になる、と思った。

三幡の容態が急変したのは時長の発った数日後である。最後まで三幡は一言も苦しいとは言わなかった。

「大丈夫よ」

それが十五歳の彼女の最後の言葉だった。

大姫。頼朝。そして三幡――。

死はなんとあわただしく政子のまわりにおとずれたことだろう。

が、今度の三幡の死ほど政子をうちのめしたものはなかった。

大姫はみずからの死を告げて去っていった。頼朝の場合は突然だったけれども、政子はその唇で、まぎれもない彼の死を予感していた。が、今度はちがう。三幡の死は何の予感もなくおとずれたのだ。三幡と死――。だれがこの二つを結びつけて考えることができたろう。寒い風もつも

った雪も、あたためなごめてしまう太陽のようなゆたかさをもったあの子は、きっと、死をも病をもはらいのけてしまうに違いない――彼女の死の直前までそう信じていた政子だったのだ。三幡の死は鎌倉じゅうに深い衝撃を与えずにはおかなかった。時長と入れちがいに都からもどって来た乳母の夫中原親能は、

「姫さま！　なぜに……」

むくろにとりすがって男泣きに泣いた。

彼にかぎらず、御家人たちの表情は沈痛である。

――あたら花のお命を……

――御入内のお姿を楽しみにしておりましたのに。

彼らにそう言われるたびに、政子は、裳唐衣《もからきぬ》の晴着で入内したであろうわが子の姿を思いうかべては涙をあふれさせた。

悲歎にくれる政子の心を、さらに根底からゆすぶるような噂が、都から伝わってきたのは、このころである。

「時長は、意を含められて、三幡に一服盛るために、都からやってきたのだそうな……」

――まさか、そんなことが……

頭から血の気がひいて行くような思いであった。

――上皇から、わざわざ見舞いの意味で遣わされたはずの男が、よもや……

信じたくなかった。いや、信じることは自分にとって酷すぎる、と政子は思った。が、これまでの朝廷方の出方を思えば、頭から否定するだけの確信は持てなかった。三幡の病気が悪化したのを承知の上で、そそくさと逃げるように帰った時長の挙動も、疑えばきりはない。

——私は、あの子を殺すために、都からあの男を呼んでしまったのだろうか。

とすれば、何といって、三幡に詫びたらいいのか、いや、詫びてすませることではない。そのことを口に出すことさえ、今の政子には悲しかった。

底なしの深淵《しんえん》の前に立たされた思いでいる政子の周囲で、三幡の葬儀の準備は、ものものしく進められていった。僧侶の数も、供物《くもつ》も大姫のときをはるかに上まわっていた。

が、続経の声につつまれている最中——。

ふいに、政子の胸の中を、つめたい風が吹きぬけた。

暗い面持ちで並んでいる宿将たちが三幡の死をいたんでいるのはたしかである。

けれども。——このひとたちも……。

彼らがいたんでいるのは、后になりそこねた三幡の死についてではないか。后として鎌倉と朝廷の間に立って、りっぱに働いてくれるはずの三幡の死に失望しているのではないのか。中原親能などはそうではないかもしれない。が、彼とても涙の底には后の後見役としての出世に失敗した嘆きがかくされてないとはいえないのである。

堂にみちている香煙や読経の声が突然、そらぞらしいものに思えてきた。

——ああ、姫！　姫！

これだけ多くの人にかこまれ、多くの僧に供養されていても、ほんとうにどれだけの人が三幡を思っているのか！　彼らのいたんでいるのは、むなしくなった后の座である。最後まで病いに耐え、泣きごとひとつ言わず世を去った少女をいたむ人は一人もいはしないのだ。

——三幡！　わかって？　母だけはそうではないのよ。三幡！　姫！

政子は、自分が黒い風の吹きすさぶ荒野に立って、声のかぎり叫んでいるような気がした。

読経と香華《こうげ》に包まれた政子の姿は、ひどく小さく見えた。

京の舞姫

――もう私の生涯は終った。

夫の死に続いて姫の死を味わわされたとき、政子が感じたのはそのことだった。いくら父や弟が支えてくれても、それは決して頼朝のいなくなった空間をみたしてくれるものではない。また、いかに頼家と千幡という二人の男の子が残っていても、三幡のかわりになってくれるということは決してないのである。

これまで、幾人かの子供の中のひとりを失った親に、

――まだ、ほかに息子や娘がいるのだから――。

という慰めかたをした自分が、いかに不用意だったかを、政子は今思い知らされている。いま、たしかに言えることは、

――私を愛してくれる人もいなければ、私の愛をうけいれてくれる人もいない。

ということだ。ひと一倍、愛したり愛されたりしていなくては満足できない政子にとっては、生きる意味はほとんど失われたも同然だった。

――これからは死者とだけ向きあって生きるのだ。

そうした願いをこめて、三幡の初七日《しょなぬか》は、亀ケ谷《かめがやつ》の墳墓の前で、政子の心づくしをこめていと

なまれた。

「――三幡……」

まるで生きているものに政子は語りかけるように、花を手向《たむ》けた。鎌倉に多い山と山にかこまれた谷《やつ》は、ひっそりと静かで、若くして逝《い》った三幡の奥津城《おくつき》どころとして、いかにもふさわしい。

「ゆっくりとお休み。またお母さまが来てあげますからね……」

二七日《ふたなぬか》も三七日《みなぬか》も、ここに来て政子は三幡に語りかけよう。その間に谷には次第に秋が深まり、墓の後に切りたった岩壁を這《は》う蔦《つた》は色づき、やがて枯れてゆくだろう。そんな日だまりで、ひっそりと三幡の墓に向きあう自分。それこそ自分に残された唯一の姿だと政子は思った。そしてこのとき、政子は、次にこの墓地に詣でるより前に、いまわしい事件が鎌倉で起ころうとは思いもかけていなかった。いや、事件が起こったあとも、暫《しばら》く政子はそれに気づいていない。読経、そして写経、夫と三幡の墓詣り……彼女が死者とだけ向きあい、外の情勢の変化に気づこうともしないでいるうちに、事件は加速度的に発展していったのである。

今度の事件の主人公は安達藤九郎盛長とその子景盛である。もっとも盛長は頼朝の死の直後中気で倒れ、やっとどうやら回復に向かったところだったのだが……。

中気が出てからの藤九郎盛長は、すっかり好々爺《こうこうや》になってしまっていた。強い発作のあと、体だけはどうやら動けるようになったが口がきけない。こっちの言うことはわかるのだが、それに答える口を持たないのだ。

「あのとぼけた毒舌が聞けないのは、ちとさびしいな」

長老たちはそんな噂をしている。もっとも、彼の長男弥九郎景盛はすでに成人していて、三河国の守護の役目をりっぱに果しているから、安達家じたいは、さほど心配はない。

景盛は父に似ず、きまじめで、口数も少ない。弥九郎と呼ばれていた少年のころは、そのおとなしさを買われて、頼家の遊び相手をつとめさせられていた。政子の所で蟬をとりにがしたときも、頼家に蹴とばされればそれなり抵抗もしないすなおさだったが、頼家は成人すると、きまじめな彼の性格が煙たくなったのか、乱暴でいきのよい比企三郎兄弟たちだけを近づけ、景盛は次第にその周囲から遠ざかったかたちになっていた。

その景盛が、突然頼家に呼びつけられたのは、三幡の初七日のすんだ数日後、七月十日の昼下がりだった。

奥の局に招じいれられた彼は、一刻ほどして御所を出た。夏の暑さがまたぶりかえしたようなその日の空の色は紺瑠璃《こんるり》色——。

「栗いらんかあ」

「とれたてのきすだよう」

町屋の続く通りを、ゆらゆら歩くひさぎ女たちが、これみよがしに胸をはだけて色目をつかうのも気づかない様子で、やや前かがみに視線を落とした景盛は、そそくさと甘縄のわが家のほうへと歩いてゆく。

道ばたに赤犬が寝そべっていた。危うく景盛に尾を踏まれそうになって、うさんくさげに、うう、と唸《うな》ったが、景盛のほうでは、石ころを蹴とばしたほどの注意もはらわない。

犬はひどく自尊心をきずつけられたらしく、起きあがって景盛の後姿にわんわん吠《ほ》えたてた。それでも彼はふりむこうとしない。はりあいを失って、犬は吠えるのをやめた。

景盛の甘縄の館は後ろに小高い山を背負っている。その中腹に、海を見はらせる離れがあって、藤九郎は気分のよい日には、手をひかれてそこに行き、一日じゅう、呆けたように海を眺めている。

館に入るなり、景盛は、父のいる離れに上がってきた。その姿を見るなり、藤九郎は、ものといたげに、右手をあげた。

――御所さまのお召しはなんだったのか？

父がそう言いたがっているのに景盛はすぐ気づいたようである。

「よい日和でございますな」

もどかしげな父をなだめるように言った。

――いや、そうではない。御所ではどうであったかと聞いているんだ。

気づかないわけではない。父が口がきけなくなって数か月、その言いたいことのほとんどを察しられるようになっている景盛である。けれども、今、頼家に命じられたことを父に言うべきかどうか。景盛の眼には、数瞬ためらいがあった。ややあって、やっと彼は口を開いた。

「なんとも、ふしぎな話なのですが……」

景盛が語り終っても、藤九郎は、しばらく、ぼんやり息子の顔を眺めていた。息子の言い出したことの意味を、はかりかねたらしい。

「御所さまの御命令にて」

景盛は父にわかるようにもう一度ゆっくり言った。

「三河国に出陣することになりました」

な、なに、出陣だって？

口がきけたら大声でこう叫び、とびあがっていたところだろう。

三河国は彼が守護として管理している国だ。守護というのは、その国の軍事、警察関係を担当する役である。

——出陣というと、三河国で何か起ったというんだな。

「はい、三河国の各地で群盗が蜂起している。それを取りしずめてまいれとの仰せで」

——群盗？　ほんとうか、それは。三河からそんな知らせが入っていたのか。

「いや、そんな知らせはなにもございません」

たしかに、彼の命をうけて三河へ行っている家来たちからは、このところ、そんな不穏な情報は何一つ入ってはいないのである。

「しかし御所さまは仰せられるのです。自分のほうへは知らせが入っているのに、守護たるものが知らないで何とする、と」

藤九郎はひどく情けなさそうな顔をした。発病以来、大分気が弱くなっているのだ。これが健康なときだったら、

——それはおかしい。そんなはずはありませぬ。

例の押しで一応は反撥するところなのだろうが、今の彼にはその気力がなかった。ともあれ、将軍の命令とあれば、早速出発して事実をたしかめねばならない。翌日から安達の館は、時ならぬ出陣騒ぎにまきこまれた。

口のきけない藤九郎も、身ぶり手まねであれこれと指図をする。そうしながら、時折り、

——気をつけてな。

とでもいうふうに景盛の顔をじっとみつめる。

館のなかには、もう一人、彼の出陣をひどく心細がっている人間がいた。

「いらしてはいや。何とかしてやめられないのですか」

ゆたかな黒髪をかしげて、うるんだ瞳で必死に彼をみつめるのは瑠璃葉《るりは》。先ごろ都に上っていた景盛と深い仲になって、とうとう鎌倉までついてきてしまった京の舞姫である。景盛の情にほだされて、はるばる鎌倉に来てしまうくらいだから、遊芸の巷《ちまた》に人となったとは思えない純情さで、出陣と聞いただけで早くも涙をうかべてしまっている。

「何も、出陣といっても、大きな合戦があるわけじゃないんだから」

景盛がなだめても、いっこうにききいれない。

「いや、いやです。置いていってはいや」

さすがの景盛もとほうにくれた。

「ききわけがないんだなあ」

「だって……」

瑠璃葉はそっと景盛の胸に頬をおしあてた。

「このあいだ、変なことがあったんですもの」

「変なことって？」

景盛が顔をのぞきこむと、

「こわいんです、あたし……」

瑠璃葉は、おびえたように、あたりを見まわした。

「あなたのお留守のときっていうと、誰かがここをのぞいているんです」

「気のせいだよ」

「いいえ、ほんとに。一度はたしかに男の人の姿が見えました」

瑠璃葉のいるところは、安達の館の東の隅のほうだ。築地の外は小さな道になっている。

「通りがかりの人が、ひょいとのぞいただけだろう、きっと――」

「いいえ、だって長いこと立ちどまっていましたもの」

「気にすることはないさ。お前のことは、鎌倉ではちょっとした評判になっているんだ」

照れたような笑いをうかべて景盛は、やさしく彼女の肩をだいた。じつのところ、

――あの堅ぶつの景盛が、都の女をつれて来た。それも大変な美人を……

という専《もっぱ》らの評判で、このところ、景盛自身、同僚から、

「おい、ちょっと拝ませろよ」

などと、こづかれてばかりいるのだ。今日御所へ行ったときも、その話が出て、女好きな頼家の側近、中野五郎が、舌なめずりしながら、

「どうだ、都の女のはよほど違うか」

やっかみ半分のしつっこさで、からかってきた。気むずかしげな顔の頼家も、このときだけは、薄笑いをうかべたようである。

「半分はやきもちなのさ」

景盛は瑠璃葉のやわらかいあごをもちあげるようにして、そっと言った。

「だから何も心配することはない。なに、じきに帰ってくるよ」

景盛の言葉に彼女は少し安心したようだった。

数日後、彼は家の子郎党をしたがえて、鎌倉を発っていった。

館の近くの稲瀬川のほとりまで見送りに出た父の藤九郎は、だまって彼の手を握った。

――しっかりやってこいよ。

そういうつもりなのであろう。

「御心配なく、父上。たかが野盗のたぐい、ただちにとりひしいでまいります」

こういって景盛がひらりと馬にまたがったとき、秋の陽をうけた鎧の胸板の金具がきらりと光った。空の青さをうけて、紺碧《こんぺき》に輝く海ぞいに、一隊は、黒い線になって、またたくまに西へと走り去っていった。

もののしげないでたちの彼らが、三河国の守護の館についたとき、安達家から派遣されていた代官や家来たちは、一様にきょとんとした表情でとび出してきた。

「これはこれは御曹子《おんぞうし》みずから御越しとは……。いったい何の御用で」

「何の御用？」

景盛はあきれた顔つきをした。

「知れたこと。群盗の横行をしずめに来た」

代官はいぶかしげに彼を見あげた。

「群盗？　それはいったい、どこの話でございますか」

代官と景盛の話はことごとに食いちがった。

群盗？　そんなものは影さえも見えぬ、と代官は主張した。

「しかし、鎌倉では、都から帰った人の話を聞いて大騒ぎなのだぞ。三河は危くて通れもせぬ、と。それを守護職をあずかるそのほうたちが知らぬとは――」

のんびりした顔をそろえた代官たちを景盛はみまわした。いきなりそう言われて、代官たちもいささか心外なおもむきである。

「お言葉をかえすようですが、殿からこのお役目をおまかせいただいている我々、日夜、足を棒にして国内をめぐり歩き、治安の維持につとめております」

そのかいあって、三河は、どこより並はずれて国おだやかに、民心も安定した国だと自負している、我々の言葉をうそだと思うなら、御曹子みずから国内を御探索ありたい、我らよろこんで御供つかまつろう、と口をそろえて言いきった。

「第一、そんなことが起こったら、何はさておき、お館へお知らせをさしあげるはずです」

そう言われると景盛も言葉をやわらげざるを得ない。

「いや、わかった。何もそなたたちを責めようというんじゃない。将軍家直々の御命令があったので、とんで来たんだ。そなたのほうから何も知らせがなかったので、おかしいとは思ったんだが」

ともあれ、来た以上は実地を調査して報告しようということになり、その日から景盛たち一行は代官を従えて三河国をすみずみまで巡察した。

代官の言葉はうそではなかったようだ。国内はいたってのどかで、どこをさがしても、群盗におびえているけはいはない。ちょうど稲のとり入れ時期でもあり、あちこちの田圃《たんぼ》からは、雀を追う小児たちの声が聞こえてくる。

――なんだ、やっぱりうそだったのか。

若い景盛は、いささか拍子ぬけもした。

――何のために三河くんだりまでとんできたんだ。それにしても、御所さまも人騒がせなことを仰せられたものよ。

守護の館では盛大な別れの宴がひらかれ、やがて、景盛たちは来たときと同じ隊伍を組んで鎌倉へ戻っていった。

甘縄の安達の館についたとき、走るように出てきたのは父の藤九郎である。

「只今戻りました。群盗のことは、やっぱり、噂にすぎませんでした。三河の代官どもは、どこの守護にも負けないくらいに、国の治安につとめています」

藤九郎は満足げにうなずいた。

「早速、この足で御所に報告にいって来ますが、留守中何のさわりもありませんでしたか」

こう言いかけたとき、藤九郎の頰がふっとかげるのを景盛は見た。彼は息子の前で急におどおどし、泣きそうな顔になって、館の東の隅を指さし、手をふるのである。

「瑠璃葉が？　瑠璃葉がどうかしたのですかっ」

景盛は思わず声を上ずらせていた。

瑠璃葉はそのときすでに、安達の館にはいなかった。景盛が三河へ発った翌晩、何ものかに、さらわれてしまったのだ。

聞くなり、景盛の形相が変わった。

「さ、さらわれた？　瑠璃葉が……」

変な男がのぞいているといって、おびえたまなざしで景盛をみつめた出発のあの夜のことが、あざやかに思い出された。

「いったい、だれが……」

藤九郎は首をふった。

「それで、瑠璃葉は今どこにいるんです？」

また藤九郎は悲しげに首をふる。景盛がせきこめばせきこむほど、藤九郎の身ぶり手ぶりは、もどかしげになり、意味がわからなくなる。

「も、もっとわかるように言ってください」

藤九郎のたどたどしい身ぶりの語ったところはこうである。

――その夜、誰ともわからぬ覆面の屈強な侍が十数人、築地をよじのぼって、瑠璃葉のいる部屋に押しこみ、声さえたてる暇もあたえず、むり無体に彼女をおさえこんで、引きずっていった。腕の立つ男は三河へいってしまって館は無人。残った小者たちが、ろくろく手向かいもできずにふるえていると、立ち去りぎわに覆面のひとりが、ぎろりとあたりを見まわして言った。

「騒ぐな。表沙汰にでもしてみろ。女の命はないぞ！」

――その声にもし聞きあやまりがなければ……

と藤九郎は景盛の手のひらをひきよせて、指で文字を書いた。

な、か、の、ご、ろ、う。

「な、なんと！」

景盛は父の顔をくいいるようにみつめた。

「中野五郎、だと言うんですかっ」

――そうらしい。

と藤九郎は大きくうなずいた。

あっ！

瞬間、景盛にはすべての事情がわかったような気がした。

――おそるべきわなだったのだ！

三河国に群盗が蜂起したの何のと言いふらして、景盛を追払っておいて、瑠璃葉を奪いとる魂胆だったに違いない。

「うぬ！　中野め！」

口もとにいやらしい笑いをうかべて、しつこくからかってきたときの中野五郎の厚い唇が眼にうかんだ。

——今ごろは、あの唇が、瑠璃葉の肌をはいずりまわっているのではないか。

と思った瞬間、彼は前後を忘れて、走り出していた。

——まて、まて。

後ろで藤九郎がまわらぬ舌でそう言っているようだったが、もう景盛はふりむかなかった。

中野五郎は家にいた。

「おや、安達弥九郎、もう帰ったのか」

のっそり現われた五郎に景盛はわめいた。

「返せ！　瑠璃葉を返せ！」

五郎はにやりと笑ったようである。

「瑠璃葉を返せ？　そりゃあむりだよ」

「な、なにをっ」

「あいつは俺のところにはいない」

「うそをつけ！」

「うそじゃない。本当だ。何なら中をさがしたらよかろう」

二人は館の前でにらみあった。

「五郎、まだしらを切る気か。あの晩お前が俺の家に押しこんできたことはちゃんとわかっているんだ」

「ああ、そのことか」

中野五郎は、ふてぶてしい笑いをうかべた。

「いかにも俺は行ったよ」

「それみろ。そこまで白状しておきながら」

「白状じゃない。本当のことを言ったまでだ。うそをつくのはきらいだからな。そうとも、俺は、あの女を迎えにいった」

「迎えに？　ほざくな。むりやり手ごめにして連れてったくせに」

「女がさからったから、形の上ではそういうことになった」

五郎はうそぶいた。

「ふざけるな。それより早く瑠璃葉を出せ！」

「だからさ」

五郎はますます落着きはらっている。

「よく聞けよ。安達。俺は迎えにいったんだぜ。迎えにだけな。俺の役はそれだけだよ。俺があの女をほしかったんじゃない」

「誰かに、頼まれたっていうんだな」

「今ごろ気がついたのか。鈍いやつだな」

「じゃ、誰に頼まれたんだ。誰のところへつれて行ったんだ」

「聞きたいか、弥九郎」

にやりと五郎は笑った。

ふっと景盛が息をのんだとき、五郎は、ひどくあっさりと言ってのけた。

「御所さまだよ」

「………」

絶句した景盛に彼は、涼しい顔で追い打ちをかけた。

「いまごろは御所の北の御壺《みつぼ》で、こってり御所さまの御寵愛をうけていることだろうて」

景盛は、眼の前が真暗になった。

御所さまが瑠璃葉を……。

押しこみ強盗そのままのことをやらせて、家来の愛人をうばいとる。天下の将軍ともあろうものが、そんなことをするとは！

呆然と立ちつくす景盛に、五郎はなおもからかうように言った。

「それより三河のほうはどうした。盗賊なんかはそっちのけで女が恋しくて、帰ってきちまったのか」

景盛は答えなかった。鋭く五郎を凝視しながら、ゆっくりと刀の柄《つか》に手をかけた。が、まだ五郎はあざけりをやめない。

「お、やる気か、景盛。おもしろい。さ、抜け！　抜いてみろよ」

ひし、と柄を握りしめた指に力のはいった次の瞬間、しかし、景盛は眼を伏せた。

五郎は無防備に腕をくみ、うすら笑いをうかべたままだ。

景盛の肩ががくりと落ちた。

宙に眼を据え、顔色も蒼ざめて帰ってきた景盛を、藤九郎はおろおろと迎えた。ぽつりぽつりとてんまつが語られる間、首が不安定に、がくがく揺れ、口のあたりが何度かひきつれた。

話が終ったとき、藤九郎は低く唸った。もどかしげな口もとが、さらに何を聞きたがったかを早くも景盛は察したらしく、

「御安心ください。何もせずに帰ってきました」

低い声でそれだけ言い、父から眼をそらせると、吐き出すように言った。

「一度は叩き切ってやろうと思いましたが」

――そうか、そうだろうとも……

藤九郎は泣きべそをかいたような顔つきでうなずいた。もう一度無言でみつめあった父と子の瞳には、怒りとも何ともつかない複雑な思いがたたえられていた。

本来なら、かくも屈辱をうけた景盛は、その場で五郎を斬るべきだった。それが斬れなかったのには、わけがある。いとも奇妙な告示によって、中野五郎以下数人の若者は、何をしようと自由だという絶対的な身分保証を得ていたからだ。しかも、彼等に敵対するものは、理非を問わず重罪に処するというただし書きまでついて……。

この馬鹿げた、非常識な告示をさせたのは、将軍の頼家だ。なぜ彼がこんな気狂いじみたことをしたかについては、話を半年前の、頼朝の死直後にまでもどさねばならない。

頼朝の死後、御所の空気は一変した。慎重居士《こじ》の頼朝は何をするにも念には念を入れるほうで、訴訟ひとつにも、担当者にとことんまで調べさせ、自分ではおいそれと裁断は下さない。そして調査の行きついたところで、

「どうしても、こういう結論になります」

という報告をうけてはじめて、

「そうか」

とうなずく、というやり方なのだ。それが時としては周囲に優柔不断な印象を与えたり、裁決の責任を転嫁する老獪《ろうかい》さと思われたり、

「御所は腹の中のわからぬおかた」

という蔭口をも生んだ。

が、若い頼家は何もかも父とは正反対だった。父が太りぎみだったのにくらべて、十八歳の彼は細面の痩せ型で背も高い。しかも寡黙、粘液質だった父とは違って、決断も早いし、言葉もてきぱきしている。ぐずぐずしているのが何より嫌いで、頼家が将軍になって以来、訴訟はどんどん片づくようになった。

側近の顔ぶれもがらりと変わった。創業以来の功臣、大物は引っこみ、代わっていきのいい同年輩の若者たち、比企三郎、四郎、中野五郎、小笠原弥九郎などという連中が頼家のまわりを守るようにいつもついて廻っている。

はじめのうちは、このてきぱきした仕事ぶりは、なかなか評判がよかった。

「さすがお若いかたはちがうなあ」

が、まもなく。彼らはそのてきぱきした仕事のなかに、かなり独断が含まれていることに気がつきだす。しかも訴訟の場合、いったん裁決されてしまうと、

「いや、これはこうでございます」

と抗議してもうけ入れてくれない。ともすれば、

「そなた、では将軍の裁決に文句をつける気か」

と強圧的に黙らせてしまう。そのときになってはじめて、人々は、

——やはり前将軍家はお人柄が大きかった。

と頼朝のことをなつかしく思い出したりするのである。

民事的な訴訟はともかく、これが刑事的な事件になると頼家の裁決はさらに峻烈になり、ちょ

っとでも非があると、どしどし所領を没収してしまった。

が、ここまでは、若さのゆえのやりすぎ、として、むしろ、彼の熱心な仕事ぶりをみとめてやってもいい。しかし、問題はこの先である。彼は落度のある御家人からとりあげたその所領を、彼をとりまく若手の側近に、頒《わ》けてやってしまったのだ。当然これには旧《ふる》い御家人層は反撥した。

「なあんだ御所さまは、側近にだけえこひいきなさっておられる」

頼家の人気は急速に落ちた。しかもその不評が頼家自身の耳に入ったとき、この向こう気の強い若者は、反省するどころか、長老側にかみついたのである。

「欲の皮のつっ張った老いぼれめ」

もうあいつらの時代は終った。これからは若者の時代だ。欲張って領地をかきあつめる老いぼれたちから、若者の分を取戻してくれるぞ！

と言うが早いか、もう彼はそれを実行に移そうとした。すなわち、ある大きさ以上の所領を持つものの土地はすべて没収し、それを若い側近に配分しようというのである。

が、そのころの武士は、土地には文字通り、いのちをかけている。源平合戦にしろ、藤原氏追討にしろ、命をまともに戦ったのも、いってみれば、その働きによって与えられる土地のためであった。

「俺たちが命がけでかちとった土地を、理由もなしにとりあげるとは何ごとか」

しかも、頼家がその所領をわけてやろうとしている顔ぶれが問題だった。

比企三郎、四郎、中野五郎、小笠原弥九郎……すべて比企能員の息子や甥たちなのだ。

「ははあ、なるほど」

御家人たちは意味ありげにうなずきあう。これらの若者は、すべて、いま頼家の寵愛をほしいままにしている若狭局——比企能員の娘につながる存在ではないか。

「すると、御所さまは、俺たちの所領をけずって、好きな女の身内にくれてやろうという御所存。つまり、俺たちの血で比企一族を太らせようというわけか」

そうと知った彼ら長老側の打った手は、迅速かつ、まことに巧妙なものだった。そのきっかけになったのは、そのころ頼家が体をこわして寝込んだことである。

「お疲れなのだ、御所さまは……」

彼らは、うわべは忠義面でこう言った。

「雑用が多すぎるのだ。どうだろう、つまらない訴訟事などは我々で分担したら？」

中には反対するものもいるが、これはもちろん筋書きをのみこんだ上での芝居である。その結果、裁判は各自の独断にはまかせず、御家人の中の有力者、十三名の合議によって行われることになった。

一見まことに合理的なやり方である。が、これによって結果的には頼家は全く訴訟を裁決する権限を失ってしまったのである。

この巧妙な策に、なぜ頼家の後楯である比企能員は反対しなかったか？ それはこの十三人の中に比企能員もちゃんと加えておいたからだ。また能員自身も、

「こうまでも人々がこぞって反対するなら……」

そのへんで妥協せねば、と思ったらしい。むしろ、ほかの乳母の誰かに独裁権を握られるよりは合議制のほうがまだましだ、という計算もあったようだ。

この会議にあずかる顔ぶれは、能員のほかは政子の実家の北条氏の時政とその子義時、侍所の長官として軍事力を握る和田義盛、梶原景時、鎌倉に最も近い三浦半島を領有する三浦義澄、政《まん》

所《どころ》別当（行政長官）大江広元、それに藤九郎盛長も加わっていた。もっとも彼は、その直後中気で倒れてしまい、事実上審議に加わることはできなかったが……。

裁判権をとりあげられた頼家は、地団駄ふんでくやしがったが、どうすることもできない。

「それなら勝手にしろ！」

とたんに生活がすさみはじめた。父のあとをついでから控えていた酒の量も、いつか以前よりもふえてしまった。さらにもう一つの彼の悪癖——女あそびも、とめどがなくなった。そのころ鎌倉に目立つようになった遊女や白拍子を御所の中にひっぱりこみ、昼日中から、飲めやうたえの乱痴気騒ぎを繰返す。見かねた長老たちが若者連中をたしなめると、

「俺のやることにまだ文句があるのか」

頼家は盃を手から放さず、酔いのまわった眼を光らせた。

「そっちが好き勝手なことをするから、俺も好き勝手をしたまでよ。何の文句がある。口だしは無用だぞ。以後、比企三郎以下若者たちにも意見無用！」

かくて「側近は、鎌倉で何をやっても無罪」という常識では考えられない告示が出されたのである。そして、今度の瑠璃葉の誘拐事件は、まさに、その告示を楯にとっての、いやがらせにちがいなかった。

しかも、例の告示には、さらに一か条つけ加えられていた。

「当分の間は、自由を保障された比企三郎ほか数名以外は、特別のお許しのない限り、将軍家の御前に近づくべからず」

だから景盛は、瑠璃葉が頼家の許にいると知っても、そこへ押しかけることもできなければ、頼家に抗議を申しこむこともできなかったのである。

――なんとしても無念な。

いま館に帰った景盛の顔には、ありありとその思いがあふれている。

――そうだとも、そのとおりだ。

藤九郎は声にならない声をはりあげ、景盛の手を握って唇をゆがめた。旗上げ以来、源家のために骨身を惜しまず働いてきた報いがこれだというのか。

「あまりにも無道すぎます」

ついにこらえきれないように景盛が言った。

「野盗、山賊のするようなことが、この鎌倉の町中で通用してもよいものでしょうか」

藤九郎はしばらく眼を伏せていた。が、やがて、彼はあることを思いついたというふうに顔をあげると、景盛の手を握って片膝をたてた。

「どこかへ、おいでになろうというのですか」

そうだ、というふうに彼はうなずいた。

「どこへ?」

指でぐっと東のほうをさした。

――北条の館へ行こう。

彼はそう言ったのである。北条時政なら、なんといっても頼家の外祖父だ。いかに無法な頼家でも、このひとの言うことなら聞くのではないか……。

一縷《いちる》の望みを抱いて、彼らは時政の館へ急いだ。

二人にてんまつを聞いた北条時政は、

「よしきた」

あから顔を大げさにふってうなずいた。

「そいつはけしからん。何といっても御所が悪い。よろしい。このへんでひとつ意見をしてこよう、え？　告示だって？　そんなものかまうものか。祖父が会いたいというのを、まさかことわるわけには行かんだろう」

言うなりすぐ立ちあがるあたりは、昔に変わらぬせっかちぶりだ。もっとも時政自身も頼家の酒や女にひたりきっている日常には少なからず苦々しく思っていたところだったから、祖父の貫禄をみせてどやしつけるいい機会だと思ったのかもしれない。

「すぐその瑠璃葉どのとやらを連れてもどってくる。ここで待たれるがいい」

が、一刻たっても時政は帰ってこない。半刻……そしてまた一刻――。

やっと時政は帰ってきた。が、後につき従う瑠璃葉の姿はない。彼の顔だけが、出ていったときよりさらに赤くなっている。まるで遠くから走ってきたような息のあらさで言った。

「度しがたい――」

それから吐息とともに唸った。

「狂ってしまわれたらしい。御所は――」

常識では考えられるはずのない屈辱を、いま頼家の前で彼は味わってきたのである。

はじめは例の告示を楯に頼家は面会をこばんだが、時政の強引な押しに負けた形で、しぶしぶ姿を現わした。が、瑠璃葉の一件を持ちだすと、頼家はひどく冷淡な口ぶりでつっぱねた。

「瑠璃葉？　それがあなたとどういう関係があるのです？」

「関係？」

その言いかたのよそよそしさに時政はまず鼻白んだ。が、気をとり直すと、彼は孫をさとす口調になった。

「たしかに私は瑠璃葉とは無関係です。が、これは人の道にはずれていることだ。祖父として、孫の乱行を見すごすわけにはいきませぬ」

「祖父として、ね」

頼家はにやりとし、それから急に表情をかえた。

「たしかにあなたは祖父かもしれない。でも私は将軍だ。そして北条家はその家人じゃないか。それを忘れてもらってはこまるな」

「な、なんと」

「そうでしょう。北条時政どの」

わざと彼は祖父の名を呼んだ。

「そりゃ小さいときは祖父顔してしゃしゃり出てくるのもけっこうだ。が、今は違う。いやしくも将軍にむかって、祖父の権威をふりまわすのはやめてほしい」

「……………」

「君臣の別から言えば、あなたは、時政、と呼びすてにされても仕方のない立場ですよ。いつまでも乳呑児《ちのみご》あつかいは、めいわくだ」

このとき以来、頼家の態度は硬化した。

——安達景盛が三河鎮定の報告もせず、女のゆくえをさがしているのは不届至極！

景盛討つべし、と中野、小笠原は兵を集めだし、鎌倉は、時ならぬ風雲がまき起こりはじめた。

ひづめの音がする。

旗差物がなびく。

こんなものものしい騒動は、久々のことだ。いや、源平合戦のころは、都へ出陣するための騒ぎだったが、今度はまかりまちがえば、鎌倉の中で合戦が始まろうというのだから、幕府はじまって以来のことだと、いうべきかもしれない。

が、それにしては、何やらちぐはぐな、空騒ぎの感じがないでもない。

というのも、今度の頼家の追討の命令には、常識ある大人たちはだれでも腹の底では、にがりきっているからだ。

——たかが、女一人のことで。

眉をひそめないものはない。しかし将軍の出陣命令とあれば、こばむわけにはいかないから、一応形ばかり郎党を差出している、といったところなのだ。

しかし、いつでも、世の中はこうした良識ある大人たちばかりとはかぎらない。非常識で、やたらにけんかずきな若者は、大人の数に劣らず、うようよしている。いま鎌倉中で威勢よく馬をのりまわし、大声をあげてわめきちらしているのは、そういう連中なのである。

彼らにとっては、理由などはどうでもいいのだ。天下晴れて思う存分暴れまわることができると知って、どんどん中野や小笠原の館におしかけて来た。その上働きによっては将軍家から直々に恩賞が出るかもしれない、とあってはこたえられないではないか。

こうした連中が集まってわいわいやっていると、騒ぎはますますとめどがなくなってしまう。これは現代でも同じことで、人々はただ、けしかけられた犬のようになって相手にかみつくことしか考えなくなる。

小笠原、中野、比企などに率いられた無頼の若者たちは、夕暮れになると、続々と頼家の御所にくりこんで来た。御所の北向き、石御壺《いしのみつぼ》とも北御壺とも呼ばれるそこの庭はかなり広い。日が落ちて篝火《かがりび》が焚《た》きあげられると若者たちは、けもののように興奮しはじめた。

これにくらべて、安達の館の空気は、重苦しく切迫している。

時政が説得に失敗して帰ってきたとき、

――もう仕方がない。

と、いったんは諦めかけた景盛だったが、考えれば考えるほど、無念の思いはしずめかねた。瑠璃葉が惜しいのではない。こうした無法がまかり通ることが何としても許せないのだ。しかも頼家と彼をとりまく連中が図にのって兵を集め始めた、と聞いたとき、景盛の心はきまった。

――よし、やろう！

手むかいせずにいても断たれる命ならば、ここで天下に頼家の非をならし、堂々と戦って死のう。頼朝の旗上げ以来、一の股肱《ここう》をもって任じてきたこの安達家が、逆賊の汚名を着せられて滅亡するのはいかにも無念だが、非法の前に首を垂れて死ぬよりは、ずっといさぎよいではないか。

景盛が決心したとき、もう藤九郎はそれを止めようとはしなかった。

――いっしょに死ぬぞ、俺も……

手まねで鎧櫃《よろいびつ》を持ってこさせると、

――旗上げの日の黒糸威《くろいとおどし》を。

わざわざ、いちばん古いのを指さした。

――冥土《めいど》で故将軍家に対面したとき、これを見ていただく。事の次第を申しあげれば、よもやお叱りはあるまいよ。

にやりと笑ってみせた。腹がきまってしまうと、元気なころの藤九郎の肝のすわりぐあいを取戻したようだ。

その間には刻々時はすぎてゆく。夜になって風が出てきたと思ったら、時ならぬ遠雷の音がまじりはじめた。

と、そのとき、門のほうで、人のどよめきが起こった。

──来たか！

太刀をとって立ちあがりかけたとき、一閃、稲妻が光った。

表の騒ぎはすぐ静まった。その静まり方が、むしろ異常だったので、ふと景盛が立ちかけると、廊を走って来る郎従のあわただしい足音が近づいた。

「殿──」

ころがりこむようにして手をついた男は、息をはずませながら言う。

「尼御台さまが……」

「なにっ。尼御台さまが？」

「お越しになりました」

男は門のほうを指さすようにした。

「急ぎお出迎えを！」

聞き終らぬうちに、景盛は走り出していた。

──信じられぬことだった。

あわや合戦が始まろうといういま、尼御台政子は、女の身で、どうやってここまで来たのだろう。

政子はすでに廊を渡りかけている。出迎えた侍女がさしだすあかりが間にあわぬほどの速さで、どんどん近づいてくる。

「尼御台さまっ！」

景盛は、その場に、がばとひれふした。

「おお、景盛」

手燭の光の輪の中に法衣の政子の顔が、白くうきあがってみえた。

故将軍の夫人といえば、鎌倉では、いちばん尊貴な身分である。どこへ行くにも前もって念入りな計画が練られねばならず、予告なしの軽々しい振舞は許されていないはずのそのひとが、この闇夜に、何の前ぶれもなしに現われたのだ。

このごろ、すこし落ちくぼみはじめた政子の瞳が灯をうけて、きらりと光った。

「間にあったようですね」

声も出ないでいる景盛に、落着いた声で政子は言った。

「さ、とにかく、藤九郎入道のところへ行きましょう」

そこへやっと藤九郎がよろよろしながら現われた。二人に案内させて歩いて行く政子の足どりは、三人のうちで、いちばんしっかりしていたかもしれない。

政子の顔を見て以来、藤九郎の瞳には、名状しがたい混乱が現われている。せっかく取戻したばかりの往年の藤九郎の面がまえはどこへやら、中気病みのおろおろした表情にもどって、頰には涙が光っている。

口のきけない彼は、

――もったいない……

手をあわせんばかりである。

「夜中おそれ多いことでございまする」

やっと落着いて一礼したとき、景盛の心はきまった。

――尼御台さまがおいでなされた以上、もう手むかいはできぬ。

尼御台は言うにちがいない。

――この母に免じて、あのおろかな子を許してやってください。

と、そう言われては、自分たちには、返す言葉はないのだ。

「御心配をおかけしました、申しわけもありませぬ」

うなだれてそういったときである。

「なにを言うの、景盛、あやまるわけがどこにあるの」

叱りとばすように政子の声が響いた。

「あやまるのは私です。許しておくれ、藤九郎も、そなたも」

それから二人をみつめてゆっくり言った。

「私はね、あなたたちと一緒に死ぬつもりで来ました」

「な、なんと仰せられます！」

景盛は思わず声をうわずらせた。

「私どもといっしょに死ぬなどと……」

「ええ、そのつもりなのです、私は。さ、もっと近くに寄っておくれ」

政子は景盛をさしまねいた。

「詫びるのは私のほうです。何という恥ずかしいことを……私は、今日まで何も知らなかったのです。あの子は私と庭つづきの御所の中にいても全然顔さえ見せないのですから」

「……」

「今日になって、そのことを聞いて、どうしようかと思いました。頼家を叱りつけているひまはない。そんなことをしているうちに、乱暴者たちが、この館へ押しよせてしまえばおしまいです。私、大急ぎで、裏道を飛んできたのです」

「もったいのうございます」

景盛は顔があげられなかった。

「私どもは尼御台さまの、そのお言葉だけで充分です。故将軍家以来、一の郎党をもって任じるこの安達一族が、何でお手むかいいたしますものか」

「ありがとう。景盛。そなたは、いつぞや、子供のころ、御所であの子の相手をしていて、蝉を逃がしたといってひどく蹴とばされたことがありましたね。覚えてますか」

ふいに政子はやさしい眼になった。

「は、はい……」

「そのときも、そなたは、黙ってがまんしてましたね。子供なのに、がまん強い子でしたね。でも景盛、今度はそれではいけないのですよ」

「？」

「ここでそなたが引込めば、あの子はますますつけあがります」

政子は目をそらし、苦しげに言った。

「おろかな子です。ほんとうに恥ずかしい。正気の沙汰とは思えません」

「……」

「こんなことを親の口から言うのはつらいのです」

政子は眉をあげて、筆と紙を、と静かに所望した。運ばれたそれに、手早く何かをしたためると、景盛に手渡した。

「これを御所へ持って行かせてください」

使いがあわただしく飛び出して行ったあとで、政子は言った。

「亡き御所さまが目をかけられた安達一族を、さしたる咎《とが》もないのに攻めるとはなにごと。どうしてもというのなら、まず私の胸に向かって矢を向けなさい——こう書いたのです」

景盛は息をのんでその顔を見守った。

「どうしてもあの子が悪夢からさめないのなら、私はそなたたちと一緒に死んでもいいと思っています」

静かな、しかし激しい言葉だった。

使いはなかなか帰らない。あざやかに闇を割く稲妻が、無言で端座しつづける政子の顔を時折り蒼白くうかびあがらせる。

使いの帰りを待つ間、その一刻一刻が、どんなに長く感じられたことだろう。

安達の館にたてこもる人々は、雷鳴がとどろくたびに、

——すわ！　討手の来襲か。

と手を刀の柄にかけて、からだを堅くした。

気まぐれな秋の雷雨が一荒れして遠のいたあと、やっと使いは帰ってきた。

「御所さまにおかれましては——」

その男は蒼い顔をして手をつかえた。

「御書状、お受けとりになりましたのみにて」

「して、御返事は？」

「ございません」

一座が息をのんだとき、

「よろしいでしょう、それで――」

静かに政子は言った。

「私の手紙を御所が受けとった――それだけで充分です。安心しなさい、景盛」

雨とともに足早に夜は去り、藍色の、つめたい暁が、静かに、ついそこまで来ていた。

血なまぐさい騒乱の起こらぬままに、人々は朝を迎えたのだ。誰も、廊に、庭に、腰をおろすと、もう立ちあがる力もない。

ものいえない藤九郎の、老いた瞳からは、ぼろぼろ涙があふれている。

――御台さま、御恩は一生忘れませぬ。

口がきけたら、おそらく、彼は大声で叫んだに違いない。

――藤九郎、これでやっと、私は借りを返せましたね。

伊豆で北条の館をとび出したあの夜、風雨をついて伊豆山まで送ってくれた藤九郎。そなたを助けるために、今度は、私が夜道を走って来たのですよ。

心の中で、そう言いながら、政子はじっと瞳を空にあそばせている。よそめには、大変な女丈夫のようにみえた政子だったが、じつはそれまで、半ばは無我夢中だったのだ。そして事件にくぎりのついたいまも、

――ああ、やってしまった、私……

自分のしたことが信じられないくらいなのだ。

この事件について、政子は、つい今しがたまで何もしらなかった。いや、それ以前の頼家のおそるべき精神の荒廃も、ほとんど気がつかなかった。夫と娘の死に心を奪われていた彼女は、ほかのことをうけいれる能力が麻痺していたのかもしれない。

もともと、政子は、戦争や政治にはあまり関心がないほうだった。戦さがいやだと思うのは直接夫の命にかかわるからであって、それ以上世の動きなどは気にとめない、ごくありきたりの坂東の女にすぎなかった。

だから、時として夫が、

「武家の棟梁の立場として……」

と言っても、ぴんと来なかった。政子にとっては、もの事はより簡単で直截で、好きなものは好き、きらいなものはきらい、なのである。

――が、いま、私は生まれてはじめて、大仕事をやってのけた。

なぜかわからないが、このままではいけない、というような気持に襲われて小御所を飛び出し、気がついてみたら景盛の館へすわりこんでいたのだ。読経にあけくれ、死とだけ向かいあっていた今までの自分とは何という違いだろう。

しかも、これまでの自分だったら、

「腹も立つだろうが、ここは許しておくれ」

母親の愚をさらけ出して、景盛をなだめたかもしれないのに、今日はそれをしなかった。むしろわが子と一戦も辞さない気持になっていた。

そしていま、自分の力で血闘はどうやら避けられそうになったではないか。

――私にそんなことができたのか……

やってしまってから、勢いあまって、呆然と自分をみつめなおす思いである。夜あけちかくになってから、政子はまだ自分のすべき仕事がのこっていることに気がつき、景盛に今度のことで決して遺恨をのこさない、という起請文を書かせた。

「こうしておけば、私が死んだあとでも、動かない証拠が残りますからね」

その起請文を持って安達の館を出た。

陽が昇りはじめた。ゆうべの雨に洗われた庭の樹々に風が渡り、葉末の透明なしずくがいっせいにきらめいたのはそのときであった。

政子はひどく疲れていた。今までは夫に頼りきりだった自分が、今日はじめてたったひとりで大仕事をやってのけたのだ。いわば這い這いしていた赤ン坊が、はじめて立ちあがったような、ひどく頼りない気持で足もとが定まらない。

頼家の不機嫌はわかっている。自分の手紙に返事もなかったことをみても、いかに、しぶしぶ安達攻めをやめたか、見当はつく。そこへ行って、もう一度理非をさとすにしては、自分の体は疲れすぎている、と思った。

そのときである。

——お前がやらなくて誰がやるのだ。

ふと夫の声が聞こえたような気がした。

「大事なのは、多くの人々のために、武士の集まりを守ることだ。そのためには、非情といわれようと、冷酷といわれようと、俺はすべきことはする」

九郎をしりぞけ、範頼をしりぞけたとき、こう言いきった夫の顔が目にうかんだ。

——ごめんなさい。

心の中でつぶやいてみた。

――今ごろになって、やっとあなたのお心がわかったなんて……

さっきからの奇妙なとまどいは、しだいにぬぐわれて、足に力が入ってきた。

――私は今、亡きあのかたにかわってそれをしようとしているのだ。

政子は頼家のいる奥の局に近づいた。

石御壺――。

そう言われている庭に面したその局は、蔀《しとみ》をおろしたまま、ひっそり静まりかえっている。

おそらく、きのうの不首尾にふてくされた頼家は、それらの無法者と、今後の出方を相談しているにちがいない。

廊を渡って、遣戸《やりど》に近づいたそのとき、外のけはいに気づいてか、中から声がした。

「誰だ、中野か？」

政子は足をとめた。

「入れよ」

声は無造作にそう言った。

息をととのえ、戸を押しあけた瞬間、思わずその場に立ちすくんだ。

政子がそのとき見たものは、からみあった全裸の男女の姿だった。必死で顔をそむける女にのしかかり、その白い腹から下へとなぞって行く手をとめて、とろりとした眼をあげたのは、まごうかたなきわが子頼家である。

あ！

外の光におびえ、はじかれたように頼家をはねのけた女は、背中を丸めて、顔を蔽った。

のろのろと頼家は起ち上がった。

「母上だったのですか」

恥じらいも見せず、突っ立ったまま、薄笑いを浮かべて彼は言った。

政子の耳の底では、まだ、さっきの声が鳴りつづけている。

——中野か、入れ。

とその声は言った。すると、頼家はこの痴態を中野五郎に見せようとしたのか。そして、五郎を入れて、ここで何をしようというつもりだったのか……。

瑠璃葉が、からだじゅうを羞恥《しゅうち》に染めて几帳《きちょう》のかげにかくれたあと、頼家はゆっくり身なりをととのえると、何事もなかったような顔をして外に出てきた。

政子は彼の前に、無言で景盛の起請文をさしだした。その手が、かすかにふるえていたのに、頼家は気づかなかったのだろうか。

「なんです、これは」

うけとると、乱暴にひろげて、無造作に目を通し、

「なんだ。こんなもの、いりませんよ」

ろくに折りたたみもせずに、突返すようにした。

政子はそれでも黙っている。頼家はその母を完全に無視したように冷たい笑いをうかべて言った。

「女はもう返します」

「………」

「大したことないやつですよ。なんで景盛は、あんなのをちやほやするのか」

政子がまだ黙っているのを見て、頼家は図に乗ったようだ。

「女を知らないんだな、あいつ」

政子の唇がかすかに動いたのはこのときである。

「頼家」

まじまじとわが子をみつめた瞳がゆっくりまたたいた。

「ふてくされるのは、やめたらどうなの」

「ふてくされてなんかいませんよ」

くるりと背をむけると、庭を歩きはじめた。口ではそう言っても、その背にはあきらかにいらだちがあった。ふと立ちどまると、

「母上」

眉をけわしくして彼は言った。

「もうこれ以上のお指図はけっこうです！」

「…………」

「どの女を好きになろうと、何をしようと、勝手ではありませんか。そのくらいのことは、私の気ままにさせていただいてもいいでしょう」

「…………」

「ふ……。寄ってたかって、何をするな、これをするなばかりではありませんか。裁判もするな、政治もするな。それでは、私は何をしたらいいんです」

「…………」

「せめて酒をのむとか、女を抱くくらいなことにはお口出しを御遠慮ねがいたい！」

政子が、ふいに顔をそむけた。

「あ……」

頼家が何か言おうとしたとき、すでに政子は足早にその場を立ちさりかけていた。

——母上、何もおっしゃらないで行っておしまいになるのですか。

頼家の挑戦的な瞳が背後でそう言っているのを感じたが、政子は後をふりむかなかった。

——そう、頼家、いままでの私だったら、きっと言っていたでしょうね。あなた、それでも人間なのって……。でも、私はそれを言わなかった。なぜかしら。自分でもわからないの。でも頼家、それは今の私が何も言えないくらいにみじめだからなのかもしれない……。

政子はまっすぐ首をあげて歩いていた。母の声はもうあの子には聞こえはしないのだ、と繰返しながら……。

柳の庭

瑠璃葉の事件で、政子が黙ってひきあげたのは、たしかに、口をすっぱくしてたしなめるよりも大きな効果があったらしい。女をかえしたあと、さすがに頼家の乱行はおさまったようだ。瑠璃葉だけでなく、毎晩のように近くの遊女、白拍子のたぐいをよび集めて、放縦な性の享楽にふけっていたのが、このごろでは石御壺からは、ほとんど女たちの嬌声は聞こえてこない。

そのことは、政子の心を少しばかりほっとさせている。

かわって頼家が、ひどく興味をもちはじめたのは蹴鞠《けまり》である。彼のこの遊戯への関心は、かつて父に従って上洛したときにはじまる。このとき都の公家たちの間での流行ぶりに目を丸くして帰ってきたのだが、最近になって、突然これに熱中しはじめた。

「なんだ、蹴鞠だと？　ありゃ公家のやるもんじゃないか」

御所の中では眉をひそめる昔かたぎの武士たちも、かなり多い。政子の父、北条時政もそのひとりである。

「武家の棟梁なのだから、流鏑馬《やぶさめ》とか小笠懸《こがさがけ》とか、もっと勇ましいものに身をいれていただかなくては困る」

が、政子は、それでも、女あそびよりはずっとましだ、という気がしている。

頼家の蹴鞠の相手は都から下がってきた知康という男だ。都にいるとき、

――稀代のごますり男。

と異名をとったという噂がある。なにしろ、なき後白河法皇の大のお気に入り、それでいて、平家にもうまくとりいったし、時代がかわると木曾義仲、九郎義経と、時の主流派にはいつもぴったりくっついている。九郎が落ち目になると、のこのこ鎌倉へやって来て、今度は頼朝にごますりをはじめた。さすがに頼朝は警戒して、あまり近づけなかったが、頼家の代になると、大きな顔をしてのさばりだした。

「鞠の名人になるにはどうしても都から師をよばなくては駄目です」

知康の奔走で都から迎えられた鞠の名人は、紀行景《きのゆきかげ》といった。彼が来てから、頼家の蹴鞠熱は、また一段とたかまったようである。

「鞠の庭には、柳の木が欲しゅうございますな」

行景がこういったとかで、わざわざ相模国のはずれの方まで出かけていって、柳の木をみつけて御所の庭へうつさせた。

この蹴鞠というしろもの、どうも現代のゴルフに似ているらしい。これをやると、何か高級なことをやっているような感じがし、しかもいったんとりつかれると熱病にかかったように凝りはじめる。

もともと凝り性の頼家だからたまらない。明けてもくれても鞠、鞠、鞠……で、いささか常軌を逸してきた。

幕府の記録である「吾妻鏡」を見ると、毎日のように次のような記事が出てくる。

御所御鞠ナリ、オヨソ此ノ間、政務ヲナゲウチ、連日此芸ヲ専ラニス。

御所御鞠連日、人数例ノゴトシ。

御所御鞠、晩涼ヲ待チテ百日御鞠ヲ始メラル……。

どこかの役所のやっていることとよく似ている。

とうとうまわりでも黙っていられなくなった。正義派の筆頭は、政子の弟、四郎義時の長男の泰時である。彼は頼家と年ごろも似ていて、このごろやっと大人の仲間入りをした青年だが、見かねて、側近の中野、小笠原といった連中をたしなめた。

これを聞いた頼家はひどく腹を立てたという。

「若僧のくせにいらぬおせっかいをするな。あいつの親父だって、じいさんだって俺に遠慮しているのに、それをさしおいて、俺のやることに文句をつけようってのか」

あんまりその立腹がはげしいので、親戚たちが、あわてて泰時を伊豆の本国へ帰してやっと事なきを得たという一幕もあった。

ちょうどこの年は不作だったが、頼家は百姓の苦しみなどには全くおかまいなしだった。こうして遊びに熱中してしまうと、それまで不満の種だった裁判権をとりあげられたことなど、むしろいい幸いと怠け放題に怠け、将軍としての公務に対して、急速に情熱を失っていった。

あるとき畠山重忠が、自分の管理しているある寺の所領問題について、わざわざ頼家の裁決を乞うたことがあった。重忠の裁量でどうにもなることだったから、それにも及ばなかったのだが、もとは将軍家ゆかりの寺だったというので、少し馬鹿正直の気味のある重忠は、念には念を入れたのだ。

「なんだ、所領の争い？」

その日も鞠をやりかけていた頼家は、めんどうくさそうに重忠の話を聞いていたが、

「じゃあその絵図と筆を持ってこい」

地図をひろげさせると、太い筆で、ぐいっとその中央に太い線をひき、

「さ、これでいいだろう。狭い広いはそれぞれの運、不運と思え」

高笑いをのこすと、さっさと鞠庭へ降りてしまった。

畠山重忠も、彼に従って出てきた訴訟の当事者である僧も、これにはあきれかえって、頼家の後姿を眺めるばかりだった。

多分、日ごろ裁判権をとりあげられていることへの、腹いせなのだろうが、噂はしぜんと、鎌倉中にひろがった。

「だから御所さまには訴訟ごとはまかせられぬ」

誰もが顔を見合わせてうなずきあい、しだいに頼家を見はなすかたちになった。

そんな噂は政子の心を痛ませずにはおかない。瑠璃葉の事件でいくらか所行が改まったと見え

たのは親の欲目で、頼家の無責任な性格は一向に変わっていないのだ。そんなでたらめな裁決を下すことが、どんなに御家人を失望させるか、やっと社会への目のひらきかけたばかりの自分にもはっきりわかることなのに、頼家は全くそのことに気づかないのである。人知れず吐息を洩らす政子に、侍女のさつきが、ささやいた。

「まわりがいけないのでございますよ」

「中野とか小笠原とか……」

「はい、ああいう方もそうですが、それよりもなお――」

耳のそばにさつきは口を近づけた。

「若狭局さまです」

比企能員の娘で、頼家の側室のひとりである女の名をあげた。

「まあ、あの娘が……」

「はい」

女だてらに頼家が絵図に墨をひいた話を聞くと、高笑いして言ったというのだ。

「おもしろいじゃないの、それも」

無責任な言葉に頼家はすっかりいい気になっているという。

「なにしろ……」

さつきは眉をひそめて言った。

「御所さまは、いま、若狭さまの言うなりでいらっしゃいますからね」

若狭局はさらに事もなげにこう言ったという。

「そうよ、土地争いなんて、それでちょうどいいのよ。どっちも欲の皮をつっぱらせているんだから」

頼家の浮気がおさまったころから、若狭局はひどく強気になっているという噂である。

──御所さまは私のもの……

自分のからだにひかれて頼家が自分の所へもどってきたのだとふれまわっているという。

武蔵野の原野の育ちらしい、よくのびた手足。色は浅黒いが、野性の獣のように光る瞳、近づけば、くりっとくびれた腰のあたりから、奔放な「女」がむんむん匂いたつ若狭。

早熟で、誰からも教えられないのに、乙女になったその日に、二つ年上の頼家を誘ったという。太陽の光にはじらいもせず、身につけたものすべてをかなぐりすてて、まつわりついてゆく姿は、比企の館の裏山で、このごろもよく見かけるという人の噂だった。

みだらな匂いをあたりにふりこぼす若狭局の肢態を思いうかべると、政子はたまらなくなる。

もともと政子はこの若狭にいい感じを持っていない。野育ちで礼儀知らずなのは多少がまんするとして、頼家とのからだのまじわりができてからは、全く自分が彼をひとりじめしているような顔をしているその面憎さ！

頼家と政子が話しているところへ割りこんできて、平気で頼家に甘ったれたような口をきく。あまりのことに政子が眉をよせても、恐縮するどころか、かえっていどむような眼つきで政子をみつめかえす。

しかもその若狭は、頼家が瑠璃葉をあきらめて戻ってくると、いい気になって、

「だいたい尼御台さまは気をおもみになりすぎる。なにも大騒ぎなさらなくたって御所さまは、ちゃんと私の所へ帰っていらっしゃるのに」

などと、言いふらしているという。

──なんということか。

あの無知な女は、この事件の意味がまったくわからないのだ。こんどのことは、瑠璃葉か若狭かなどという、くだらない女の問題ではないのである。

考えれば考えるほど腹が立つ。しかも、誰にも言えないことだが、その興奮のさなか、政子には、心のしんまで凍りついてしまいそうな、もう一人の自分の、つめたい声が聞こえてくるのである。

──だって、あんた、あのとき、頼家の味方にならず、はっきり安達の側についてしまったじゃないの。そんな母親のところへだれが戻ってくるものかね。

政子はその声が聞こえてくるたびに自分の顔色が蒼ざめてゆくのがわかるような気がする。

──でも、あのときは、ああするよりほかになかったのよ。さもなければ鎌倉中がどうなるかわからなかったのですもの。

──おみごとさね。

その声はあざけるように言う。

──鎌倉を救ったごりっぱな尼御台さま。じゃあ、そのおかげで息子があんたを見かぎったって文句はいえないやね。つまり、あんたって人間は、われとわが手で息子と瑠璃葉の仲を切らせ、若狭のところへ送りこんだのさ。

──そ、そんなつもりは、私……

──だって、つまりはそうじゃないか。

さらにその声は冷たく言う。

──もう、頼家のことはあきらめるんだね。あの子は、これっぱかしも、あんたのことなんか思ってやしない。

そうだ。そうかもしれない。それよりほかに道がないと思ってしたことが、自分と頼家の間のへだたりをさらに深くしたことは、まぎれもない事実かもしれない。

が、そう思うことは政子にとっては苦しすぎる。人一倍愛憎の念の激しい彼女は、とうていそれには耐えられそうもない。夫も三幡も失ったいま、心の平衡を失いかけていることは自分でもよくわかる。そんなとき、頼家からも見放されるなんて、こんなおそろしいことがあってよいものか。が、現実には、頼家は自分を見すてているではないか。若狭は勝ち、自分は負けたのである。

くやしいと思う。髪ふりみだし、相手にむしゃぶりついてやりたいくらいくやしい。安達の事件でやったことは間違いなかった、と思いながら、一方、わが身の中にのたうつ愛憎を、政子はおさえきることはできない。若狭の無知をさらけ出した競争心をあざ笑いながら、政子自身それより深い泥沼にのめりこもうとしている。

頼家との間に男の子をもうけた今は、若狭はもうこわいものなしだと思っているらしい。

頼家には、じつはほかにも何人か側室があり、加茂重長という御家人の娘も男の子を産んでいるが、何といっても長男の母であることは強い。

さらに、彼女が強気なのは、後楯に父親、比企能員が頑張っているからだ。

比企家はとにかく源氏累代の家臣である。とくに能員の妻の母、比企尼は、なき頼朝の流人時代、乳母として生活の資を送りつづけた縁で、頼朝時代から比企家はつねに一目おかれていた。頼家にいたっては、比企の館を産所として生まれているくらいだから、うぶ声以来の縁である。

——頼家さまは、わが館の若君。

能員はそう思っているかもしれない。

もっとも頼家のまわりには比企一族だけでなく、有力な御家人が、乳母としてずらりとひかえていたから、はじめのころは、能員もそう勝手なまねはできなかった。

それが、最近になって、多少その力関係に変化が起きた。最有力だった武蔵守平賀義信は、乳母をつとめた妻が死んでから影が薄くなったし、それと並んでにらみをきかせていた梶原景時も失脚した。

景時は侍所の所司であった。御家人を動員したり、その功過を調査する、いわば軍事、警察の責任者だったが、これをあまり徹底的にやりすぎて憎まれた。後世彼を讒言者《ざんげんしゃ》だというのは感情的な評価で、真実は、彼があまり規則を厳正に実行しすぎたために失脚したのである。

能員は景時排斥を最も強く主張した一人だった。彼を追討するときはその主力となって出陣した。景時が討死すると、能員の幕府内での重みは必然的に増してきた。彼が若狭局の生んだ一幡――彼の孫でもある御曹子の家を、わが館の中に新築したのはそのころだ。政子の住居が尼御所と呼ばれるようになったのにかわって、そこはいつか小御所と呼ばれるようになったが、能員はひまさえあればこの小御所に入りびたり、一幡の相手になっているのである。

夏の盛りのある日、頼家はまた大がかりな鞠の会を御所で催す計画を樹てた。しかも今度は何を思ったか、わざわざ政子のところへ使いをよこした。

「今度の鞠の会はぜひ母上にもごらんくださるように。天下の名人、紀行景がせっかく来ておりますのに、一度もごらんいただかないのは残念でございますから」

政子は、はじめから鞠などという都人の遊びには興味がない。

――あんな鞠を蹴とばして見て、どこがおもしろいのかしら……

内心そう思っている。すすめられても見る気はなかったが、

「まあ、そうおっしゃらずに――」

無理にも彼女を誘ったのは、弟の五郎時連《ときつら》である。政子たちの母は、この五郎を生んだあと、産後の肥立ちが悪くて亡くなり、娘時代の政子は、母がわりに彼のめんどうを見てきたものだが、その五郎もいまは二十八歳の若者になっている。

むっつりやの兄の四郎にくらべると陽気でにぎやかなことの好きな五郎は、どちらかというと父親似なのであろう。といっても、いかにイキがっても、いっこうに冴えなかった赤鼻の親父どのと違って、彼はなかなか目鼻立ちすずしい美男子で、都風のおしゃれをとりいれるのもなかなかかたくみだ。

そんな五郎だから、都を風靡《ふうび》するあそびに早速とびついたのだろうが、今では例のとりまき連にまじって、頼家の鞠の会にはちょこちょこ顔を出している。

「ものはためし、ってことがあるでしょう」

五郎はしきりに政子をさそうのだ。

「だまされたと思って見にいらっしゃい」

さそわれても政子はあまりいい顔はしない。

「だって、たかが鞠を蹴るだけでしょう。何がそんなにおもしろいの」

「そう言っちゃあ、実もふたもない」

「第一、そんな公家のまねをしなくたって」

「それ、それ。それがいけない。都も鎌倉も別に区別はありませんよ」

「私はああいう軽薄な遊びは好かないのよ」

「古いんだなあ、姉上は」

鎌倉の尼御台、政子をつかまえて、五郎はずけずけと言う。

「そんなことを言ってたら、時代にとりのこされてしまいますよ」

手をひっぱるようにして、彼は姉を頼家の所へつれていった。

鞠の御壺――。

そうよばれている鞠庭に面した釣殿ふうの館の上段の座に政子が坐ると、

「あそこに柳の木がみえるでしょう。あれが先日曳いてきた柳ですよ」

五郎があれこれ説明する。

と、そこへ小柄で、色白な、白鼠みたいな男が顔を出し、五郎に向かって、

「やあ」

ひどくなれなれしげに声をかけたが、政子を見ると、おかしいくらいにあわてて、

「これはこれは」

大げさに這いつくばった。

白鼠は平知康と名のった。例の都から来たごますり男である。政子もその顔を知らないわけではなかったが、近くで口をきいたことはほとんどない。都育ちのこういう男は何となく、軽薄で、虫が好かないのだ。

知康のほうでは、そんな政子の心の中を知ってか知らずか、まるで皇后かなにかに拝謁するような大げさな身ぶりで政子にむかって三拝九拝した。昔、後白河法皇の生前、その側近にはべってごまをすっていただけに、礼儀作法にそつはないのである。

が、人間というものは、あまり馬鹿ていねいな扱いをされると、何となく腹がたってくるものだ。

――この白鼠、私を田舎者だと思って、わざとこうするのじゃないかしら。

が、白鼠のほうでは、そんなことはおかまいなしに、せっせとごますりを始めた。

「名人行景をよびよせましたのは、この私でございます。はい、へへへ」

卑屈に笑って揉み手などをしている。

――とんだおせっかいをしてくれたおかげで、頼家は鞠ばかりに夢中になってしまったではありませんか。

「そのかいあって、御所さまの御上達ぶりは、目を見はるばかりでございます。恐れながら、これは天分というものでございましょう」

――鞠の天分？　そんなことをほめられて私が喜ぶと思っているのですか。

どうも事ごとに白鼠のいうことは気にいらない。

蹴鞠のはじめられたのは夕方からだった。名人行景を中心に頼家や比企の兄弟などが、代わりあって鞠を蹴った。

ふしぎなもので、あんなに気がすすまなかったのに、見ているうちに、政子はしだいに鞠のうごきに眼を奪われ始めた。規則はわからなくても、頼家の蹴る番になると、

――落としませんように……

ついからだを乗りだしてしまうのは、親だからだろうか。

が、気がついてみると、白鼠は後にまわって、してやったりというような顔つきでにやにやしながら、せっせと扇で政子に風を送りつづけている。それを見たとたん、何かこの男に、うまう

ま乗せられているような感じで興がさめた。

鞠が終ると、例によって大がかりな酒宴が催される。ここでも白鼠は、一座をとりもつのに大わらわだった。頼家の傍らへ来ては、

「いや、今日は一段とおみごとでしたな、名人も顔色なしでした」

見えすいたお世辞をならべる。かと思うと、今度は北条五郎時連の脇にべったり坐って、

「今日は腕前が見られなくて残念でしたねえ。まあ一杯どうです。鎌倉一のいい男！」

歯がうくようなことを言いながら瓶子をとりあげた。

「やあ、こりゃあ、どうも」

受ける五郎もまんざらでもない顔つきだ。

——まあ、あきれた。

政子は早々に座をたった。

翌日政子は早速五郎をよびつけた。

「どうです。おもしろかったでしょう、なかなか」

五郎はのんきな顔をして坐りこむとこう言った。

「あきれたひとね、あなたも——」

ぴしゃりと言っても、

「え、なんのことです」

目をぱちぱちさせている。

「あんな男にごまをすられて……。いい男だなんて言われて、いい気になるなんて」

「ああ、そのことか」

やっとわかったというように、うなずくと、あは、あは、あは、と上をむいて笑った。

「そりゃ人間、ほめられて悪い気はしないもんですよ」

「まあ、だからあなたは甘いのよ」

「あの後、知康がいうにはね。私の名前がよくないんだそうです。時連のツラの字が、何か銭でもつらぬくみたいで、いやしげだって。鎌倉一のいい男は、もっとりりしい名前をつけるべきだ……」

話の途中で、ふいに政子は顔色をかえた。

「それで……五郎、何と言ったの？」

「変えようか、って言っときましたよ。御所さまも聞いておられて、じゃあ、何かいい名前を考えてやろうと仰せられて――」

「五郎――」

政子はすっかり表情を改めている。

「冗談ではありませんよ。五郎」

「え？」

「あなたのその名前、どなたがつけてくださったか覚えているの」

「……」

「十五歳で元服したとき、その名を選んでくださったのは、亡き将軍家ですよ」

「……」

「それをあの知康ふぜいが、何を小ざかしげに――。だいたい、私はあの男は嫌いです。なき法皇さまとか平家とか、木曾どの、九郎どの……いつも時の勢いに乗った人にくっついてごまをすっておきながら、その人たちが落ちぶれるとさっさと離れて知らぬ顔――」

「……」

「こんな奴に、おべんちゃらを言われて、いい気になるなんて、ほんとにあなたも軽はずみね」

五郎はにやにやしながら、目の前に出された塩ゆで豆を、がぼりと口のなかにほうりこんだ。

「かなわないな、姉上には」

「ごまかしたってだめ」

「ごまかしはしません。ただね」

「ただ？　なんです」

「姉上のように、きらいはきらい――といっちゃあ、おしまいなんだ」

「まあ」

「世の中はなかなか、一すじ縄ではいかないもんでしてね」

世の中？　まあ、ついこの間まで、おしめの世話をしてやった子が、たいそうな口をきく、と思った。

五郎はまだにやにやしている。

「姉上、何しろ姉上は昔から一本気なかたでしたからね、お気に召さないのはあたりまえです。が、姉上、あの男が、何で名前をかえろなんて言い出したとお思いですか」

「……」

「あの男、さすがに都そだちです。もちろん私の名前が、亡き将軍家からいただいたことは百も承知だ。それでいて、なお、変えろなどといったのは、いわば、もう故将軍家への義理だてはやめろと――」

「なんですって」

ひとごとのようにそう言う五郎の顔を、政子はあっけにとられて見守った。

「亡き御所さまへの義理だてですって？」

「まあそういうことになりますな。それをやめて、今の将軍家から名前をもらえ。今はその時期だ、と彼は言いたかったのでしょう」

「まあ……」

「道化者みたいなまねをしてますがね、あの男、やはり都の権謀にもまれてきただけのことはありますな」

「感心している場合じゃありませんよ、五郎」

「そりゃあそうです」

涼しい顔で、五郎はさらにぎょっとさせるようなことを言った。

「故将軍家と今の将軍家と、どっちにつくのか、はっきりしろ、というのですからね」

「まあ……」

一見のんきな鞠あそびの後にかくされたものの実体が、次第に政子にも見えてきた。

「それに──」

五郎は目をぱちぱちさせた。

「あのとき、どんな連中が見物にまねかれていたか、覚えておいでですか」

「さあ──」

鞠に気をとられて、一人一人は覚えていないが、主だった御家人は、ずらりと顔を並べていたような気がする。

「あれだって、はっきり言うと、何も御所さまの鞠の蹴りっぷりを見に来たわけじゃない。みんな比企によばれて来ているのです」

頼家の代になってはじまった合議制は、いま大きくゆるぎ出している。だれがその中で主導権をにぎるか、つばぜりあいはすでに開始されている、と五郎は言った。

「中でもいちばん気負っているのが比企ですよ。何しろ御所さまの側近ですからね。連日の鞠あそびは、いわば彼の人集めの口実で……。比企は多分姉上にこの様子を見せたかったのでしょうな」

――尼御台さま、もうあなたさまの時代は過ぎました、と能員は言いたかったのか……

「そう考えてくると、知康のごますりの意味もよくわかるでしょう」

五郎は微笑した。ほんの子どもだったこの子が――と政子は、そのさわやかな笑顔を改めて見直した。

「いや、これも馬鹿づらして蹴鞠にまぎれこんでいたおかげでね。だからまあ、私の遊びにあまり文句はつけないでくださいよ」

そのとき政子は口をひらいた。少しかすれた声で言った。

「頼家はそのことを知っているでしょうか」

五郎の顔にふと、ためらいの翳が走った。

今まで歯ぎれのよかった五郎の言葉は、急にためらいがちになった。

「御所さまは、さあ――」

逃げようとする彼の視線を、政子は必死に追いかけた。

「本当のことを言っておくれ、五郎。頼家は比企の動きを知っているのかどうか」

「さあ、そのへんのことになると」

「遠慮はしなくてもいいのよ、五郎」

のがれられぬ、と五郎は観念したらしい。今までの半分茶化したような様子とはうって変わって、ひどく苦しげに、歯の間から一つずつの言葉を押し出した。

「多分、御所さまは、なにも、ご存じないと思います」

「………」

じっと五郎をみつめていた政子の視線は、やがて力なくそれた。痩せた肩が深く息づくのを、五郎は気づかぬふりをしている。彼は次の瞬間、姉が泣きだすのではないか、と思ったようだ。

が、政子は泣かなかった。

「ありがとう。よく言ってくれました」

思いがけないしっかりした声でそう言ったが、瞳はもう五郎のところへは戻ってはこなかった。

弟がその場を立ちさったあとも、政子はしばらく、化石のようにそこに坐りつづけていた。

——御所さまは、何も知らない……

五郎はそう言った。

——してみると、あの子は、何も気づかず、ただ太平楽に鞠を蹴っているというのか。

昨夜、ひどく真剣に鞠を蹴っていた頼家の顔が、急にまのぬけたものに思えてきた。

——だしにされているとも知らないで、あなたは、のんきに鞠なんか蹴っているのね。

それでもあなたは征夷大将軍、源頼朝の子なの！

やりきれない思いが胸をかきむしる。

ふっと、政子は頼家をみごもったときのことを思い出した。鎌倉の新しいあるじとなった夫と

ともに、

――今度こそ、男の子を！

と祈ったあの日。ひそかな祈願をこめて、八幡宮の参道を作った日々。

その子が成人したとき、こんな思いに身を嚙まれようとは、だれが想像したろう。

――阿呆な将軍、おめでたい御所さま……

きっと鎌倉中は笑っているにちがいない、と胸をしめつけられた。

その頼家をそそのかして、鞠に夢中にさせ、かげにかくれて着々と野望の爪を磨いている能員の腹黒さ。

――そうだ、能員こそ頼家を小馬鹿にしている張本人ではないか。何としてでも、あの子を能員からひき離さなければ……

能員に対する敵意が、むらむらと頭をもたげてきたそのとき、ふいに政子は、虚空にひびく、けたたましい嬌声を聞いたような気がした。

――離せるものなら離してごらん！

まぎれもない、若狭局の声だった。

政子の瞳が、とつぜん、きらりと光った。

――そうだ。あの娘さえいなかったら……

黒い疾風が胸の中を吹きぬけたのはその瞬間であった。

妄執の館

比企を討つ——。

蹴鞠に招待されたことをきっかけに、政子の心がきまったというのは、考えてみれば皮肉なことだ。しかし運命というもののめぐりあわせは、えてしてこのような道をたどるものらしい。

——どうしても比企を討たねばならぬ。彼らのだしに使われ、蹴鞠にうつつをぬかし、鎌倉中の笑いものになっているわが子頼家を、まともな道にひきもどすには、それしか方法はない。

そう思ったとき、政子のなかにあったあるものが、ようやく吹っきれたような気がした。女あそびから蹴鞠に転向した事を無理によろこぼうとしたのは、やはり自分の不安をいつわっていたのだと気がついた。

比企打倒の計画は隠密裡にすすめられた。事にあずかるのは、父の時政、弟の四郎、五郎、それに妹の保子とその夫の全成——。彼は頼朝の異母弟で、なき九郎義経の実兄だ。功にはやった九郎に比べて、無口な影の薄い全成は、将軍の弟としてのはなやかさは望まず、いまは妻の保子ともども、頼家の弟、千幡の乳人として養育にかかりっきりになっている。

この肉親の集まりの中で、

「時機がおそすぎましたな」

文句をつけたのは弟の四郎である。

「こんなに比企一族をのさばらせる前に手をうつべきでした」

怒ったような、むっつりした口調でそう言った。が、文句をつけながらも、一番実行力のあるのは彼だった。

——比企横暴！

こうした批難をさりげなく流しながら、たくみに鶴岡八幡宮の鳩が死んだとか、比企の館の裏山で、夜中に怪しげな笑い声が聞こえたという噂をまじえて、比企一族にゆさぶりをかけてゆくあたり、なかなか達者なものだ。

比企方は最初、それらの噂の出所がわからなかったらしく、能員はじめ一族が、かなりの動揺をみせたようである。が、まだ四郎はそれだけでは安心した顔は見せない。

「ここしばらく、絶対に我々のことを感づかせてはなりません」

そのころである、急に頼家が思いたって巻狩に凝りはじめたのは。

「ははあ、なるほど……」

それを聞くと、四郎の頬はさらにきびしくなった。

「御用心なさい、姉上」

巻狩は蹴鞠のような御所の中の遊びとはちがう。広く山野を歩き廻るし、そのためには御家人が多数動員される。だから巻狩は、ある意味では軍事演習でもあると四郎は言った。

比企は北条の動きに気づいたのだろうか。

広い裾野を嗅ぎまわり、血の臭いを追いかけているのは、けものたちではないのかもしれない。

比企も北条も、お互いの臭いを嗅ぎまわりはじめている。爪をとぎ、隙《すき》あらば、と狙いはじめた権力の原野のけものたち——。

無気味な均衡はその後半年以上続いた。そして、遂に野獣は跳ねた。比企方が北条の一瞬の隙をとらえたのである。

事件の前ぶれは、例によって、突然の巻狩の布告から始まった。

「来る五月末に、伊豆において巻狩を行なう」

北条時政にそっと目くばせしたのは、仁田忠常である。伊豆の小豪族である彼は挙兵以来時政の一の子分だった。

「亡き将軍家御在世の砌《みぎり》の、富士の巻狩を思い出してください」

と彼は言った。あれは曾我五郎、十郎の敵討ちに事よせた反北条軍の蜂起である。そのときに曾我十郎が勢いに乗じて時政の身辺に迫ったのを討ちとって、その危機を間一髪ですくったのは、この仁田忠常だった。

ふれの出たのは建仁三年の五月のことだ。ちょうどそのころ、頼家はひどく健康をそこねていた。連日の鞠と酒宴の疲れなのだろう、突然胃が痛んで苦しみ出すのである。

——こんな時期に、なにも巻狩など……

唐突な布告に誰も首をかしげざるを得ない。ともあれ、五月も半ばをすぎると、出発にそなえて、鎌倉には、にわかに侍の数がふえはじめた。そのころ、夜陰ひそかに時政を訪れた忠常はふたたび言った。

「今度の狩には、よほど御用心が肝要ですぞ。あのときのことを、どうも思い出してなりませぬ」

もちろん、時政も、そのことには気づいている。

「充分気をつけるが、万一の時には、頼みにしているぞ」

「それはもう。今度は腕っぷしの強いのを選んで連れてゆきます」

が、時政はすでにこのとき、みごとに比企能員に裏をかかれていたのである。彼が忠常と息をひそめて語りあっていたそのころ、数名の黒い人影が、下弦の月の光をさけるようにして、ひたひたと鎌倉の町を歩いていた。

賢明な比企は、富士の巻狩の繰返しはしなかったのだ。時政が巻狩に心を奪われている隙をついて、彼らは出発前に鎌倉で勝負を挑んできた。

狙われたのは、武力を持たない僧、全成だった。黒い数名の人影は、真夜中に彼の宅を襲い、苦もなくしばりあげて、頼家のところへつれてきてしまったのだ。

時政側は、完全に裏をかかれた。彼らにとって、せめてもの幸いは、全成の妻の保子――政子の実の妹が、千幡につきそって、その夜は政子の尼御所に泊りこんでいて、難をまぬがれたことだった。

極秘裡に行った全成逮捕だったが、しかし、闇を走って知らせは尼御所と時政の館にもたらされた。

「――うむ、む。全成を。やられたな!」

さすがに時政も声が出ない。

今後の対策を練るべく、急いで政子の所へ駆けつけようとしたが、もうおそかった。夜のあけきらないうちに、比企四郎が手勢をつれて尼御所へおしかけていたのである。

「阿野全成どのが謀叛の疑いで御所に召しだされております。全成どのの内室がこちらにおられるはず、急ぎ参られよとの御所さまの仰せでお迎えに参上しました」

言葉つきはおだやかだが、外ではすでに人馬のひしめきあう音が聞こえている。

父時政と連絡もとれぬままに、政子は決心を迫られる羽目におちいったのである。

比企方が保子の身がらを要求してくることは、時政にもすぐ察しがついた。

全成という一角を切りくずされたことは北条方にとっては大きな打撃だった。このうえ保子まで引渡すことは、なんとしても防がねばならぬ。

――政子、保子を渡すな！

時政は息づまる思いで尼御所をかこむ比企の動きを見守っていた。

――それよりも、いますぐ、全成をとりもどすことだ。政子、お前の命令だといえば、御所だって意地を張るわけにはゆくまい。

安達景盛のとき、げんに頼家は政子の力に押されて、出兵を思いとどまっているではないか。政子がそのことを思い出さないはずはない、と時政は思った。

――あのときのように頑張ってくれ、政子！

窮地に追いこまれた北条方にとって、いま、ただひとつ、頼れるのは、政子の母親としての権威である。

保子をひき渡すか。

全成をとりもどすか。

が、比企方はなかなか執拗《しつよう》だった。さすがに尼御所に武力的圧力をかけることは遠慮しているようだったが、それでも数十名の兵士が尼御所のまわりにたむろして、一切の出入りをせきとめている。

一刻、一刻……。無気味な時がすぎて行った。

いざというときにそなえて、すでに鎧を身につけたまま館にこもっている時政の額には、脂汗がにじみでている。

ときは陰暦五月二十日。珍しく風のないその日、深緑の木に包まれた館の空気は熟れ、燃えて、じわじわと時政をしめつけてきた。

汗ばんだ手の刀の柄を握りなおしたそのとき——。

物見に出した侍がぱらぱらっと庭先に飛びこんできた。

「比企が——」

息をはずませながら、男はその場に倒れるように手をついた。

「尼御所からひきあげました」

「保子は？　つれてゆかれたのか」

反射的に立ちあがると彼は口走った。

「いえ、尼御所にとどまっておいでです」

「おお……」

侍の言葉を聞いたとたん、彼はどっと床几に腰をおろしていた。

政子が勝ったのだ。

母の権威が比企を圧倒したのだ！

とるものもとりあえず尼御所にかけつけると、政子と保子の前で、

「よかった、よかった」

大声で泣くようにわめいた。

「さ、この上は、一刻も早く、全成どのをとりもどすことだな」

二人の女たちは、呆けたように黙りこくっている。無理もない。のるかそるかの瀬戸ぎわをき

りぬけたのだから……と時政は思った。

「さ、早く御所へ使いを――」

政子をせきたてるようにして彼は言った。

全成の救出は、時政の期待していたとおりにははかどらなかった。

安達景盛の事件のときの、論法をもってすれば、政子は、

「全成は故将軍家の血のつながったおかた。それを討つとは何事か」

政子がそういさめれば、全成をとりかえすことはやすいことではないか。

――なのに……

このとき、なぜか政子は、景盛のときほど積極的な動きを見せなかった。

――自分の妹婿ではないか……

ひそかに歯がゆがった時政だったが、もし彼が、いつもの冷静さを失っていなかったら、尼御所にとびこんだ瞬間、呆けたように黙りこくっていた政子と保子を見て、何かを感じとっていたはずだ。夏の短か夜のある瞬間に、姉妹をよぎっていった、微妙な心の屈折を……。

それは水面をふとかすめたそよ風の作った、さざなみのようなものであったかもしれない。が、その風の吹き渡った瞬間を、おそらく政子は生涯忘れないであろう……。

はじめ比企四郎が、保子を引渡せといってきたとき、

――なんと無礼な！

政子はもう少しでこう叫ぶところだった。

――かりにも保子は私の妹です。それを比企の分際で引渡せとは何事！

自分に刃をつきつけられたように興奮したが、比企四郎と押問答している最中、ふと、その風

が心の中を吹きぬけたのだ。それは四郎が、頼家の言葉だといって、意味ありげな一言を伝えたときのことである。

「北条家の人々が何をやろうとしているか、私が知らないと思っておいでですか。むしろ、何もご存じないのは、母上、あなたさまではありませんか」

——なんですって！

叫びながら、ふと政子の心はたじろいだ。

なぜかわからない。

しかし、政子は頼家の言おうとしている意味を、おぼろげに感じとったのだ。

——母上、あなたは比企が憎い。比企をほろぼそうとしている。が、あなたのまわりの人々が狙っているのは、比企だけではない。この私を含めてのことなのですよ。

頼家はまさしくそう言っていた。

——彼らは、比企打倒のかげにかくれて、自分たちの野心をみたそうとしているのですよ。

まさか！

政子は打ち消そうとした。が、その心とはうらはらに、全成と保子——いちばん親しいと思っていた二人が、ふいに、これまでとは全く違った表情で政子の眼の底に立ちあらわれたのだ。

眼の底の保子は、千幡をほこらしげに抱えていた。その傍らには、薄気味悪い笑いをうかべた、全成の姿があった……。

全成や保子は、そろって比企方を憎んでいる。そのことについて、今まで政子は何の疑いもさしはさんだことはなかった。

比企能員が自分の館の中に、娘の若狭の生んだ一幡の館を建て、小御所と名づけて、家をあげ

て幼な子への奉仕を始めたとき、

「比企ではまるで一幡君を自分の家のものみたいに考えているのね」

と言ったのも保子だし、小御所ができて以来、めったに一幡を政子の所へつれて来ないようになると、

「きっと、比企では、北条家と若君は何のつながりもございません、なんて吹きこんでいるのよ」

と言ったのも保子である。祖母とは名のみで、年に何回も顔を見せず、来てもこましゃくれたお辞儀をするだけで、いやに警戒するような眼付で自分を見上げて黙りこくっている一幡が、そのくせ、比企の館では、ひげ面の能員に、

「じい、じい」

と甘ったれているという噂をどこからか聞きつけてきて、

「何てまあ！」

わがことのように憤慨したのも、妹なればこそ、と思っていた。

が、頼家の言葉を聞いたいま、政子の心はふいに揺れた。全成と保子が自分の肉親であるとともに、頼家の弟、千幡の乳母であることに改めて気づいたのはこの瞬間である。

――あの人たちは千幡の乳母だから比企を憎んでいるのですよ。あの人たちは比企どころか、この頼家をしりぞけて千幡をもりたて、自分たちが権力の座につこうとしている。そのことに、母上、あなたはお気づきかどうか……

頼家はこう言いたかったに違いない。政子はふいに虚をつかれたような気がした。

頼家の言うとおり、比企を狙っている仲間にも微妙なくいちがいがあるとしたら……。

政子の心の中の波紋はひろがっていった。しかも保子と政子は姉妹だし、頼家と千幡も血をわけた兄弟だ。

——待って！

とまどい、思い乱れずにはいられなかった。

——母として、どちらの言い分を聞くべきか。

ためらいが政子を弱くし、安達事件のときのような決断力を失わせた。景盛の時に政子にすると頼家と比企は、彼女のためらいにつけこむように迅速に事を進めた。常陸国に流してしまったのである。

頑張られたのにこりたのだろう、あっというまに、全成を謀叛人として、常陸国に流してしまったのである。

しかも、その翌日、予定通り頼家は富士の裾野に巻狩に出発した。将軍の出御とあれば、北条側も従わないわけにはゆかない。

五月二十六日——。その名のとおり五月晴れのその日、行列は鎌倉を出発した。中央には頼家、その傍らにぴったりよりそうのは比企能員、北条一族はややおくれて続く。みな、昨日までの事はすっかり忘れたような顔をしている。表面は何気ない行軍——が、ものものしい剣太刀を身におびた侍たちが獲物を狙う征矢《そや》は、たちまち傍らの人の胸板へ向かってつがえられる矢でもあった。

頼家の一行が、伊豆をまわって、富士の裾野に着いたのは六月三日。それまで、うそのような上天気が続いて、夏富士の姿がくっきり見えた。

頼家はその間じゅうしごく上機嫌で、自ら馬を馳せて、野兎や山鳥をいくつか仕とめた。

「いや、なかなかのお腕前で」

すかさず比企能員がほめそやす。

「まったく、おみごとで——」

北条時政も負けてはいない。狩に出て以来、能員と時政の間は表面はおだやかに過ぎているが、注意してみると、能員は頼家の側につききりだし、この二人をかこむようにして比企三郎、四郎たちの郎従が、前後を遊弋《ゆうよく》している。これがいつ戦闘隊形をとるかと思うと、北条方も油断はできない。

「お気をつけください。この前の巻狩のときよりも、危機は迫っております」

そっと時政に耳打ちしたのは、一の腹心の仁田忠常だ。

と、その日の午後、突然、忠常が頼家によび出された。

——何事か。さては……

北条方は緊張したが、頼家は相変わらずの上機嫌で、忠常を近くに招いて言った。

「そなた、このへんの地理にくわしいそうだな」

「は、少しは存じておりますが……」

忠常は頼家の顔色を伺いながら答える。

「富士の人穴というのを知っているか」

何だ、そんなことか、と忠常の表情はすこしほぐれたようだった。富士の人穴——というのは裾野にある人跡未踏の洞窟だ。

「それならここから近うございます」

「中へ入ったことはあるか」

「ございませぬ。何か魔性の者がいるとか、入ったら帰れぬと申しますので……」

「ほう」

頼家はかすかに笑ったようだ。

「どうだ、忠常、一度見て参らぬか——」

「私が、でございますか？」

忠常は、はっとしたように顔をあげた。

「そうだ、それともいやか。命が惜しいか？」

「いや、そのようなことは……」

もう一度薄く笑うと、頼家は傍らの剣を無造作に忠常の前につき出した。

「そうだろうとも、仁田忠常は鎌倉切っての勇者だからな。これをつかわす。これを持って、今すぐ行ってこい」

一言もさしはさませない強引な命令だった。

忠常が黙って頼家を見上げ、剣を押しいただいて引退るのを、そっと追いかけて来た時政は、物蔭に彼をさそうと声を低めた。

「大丈夫か、気をつけてゆけよ」

「もう覚悟はきめました」

忠常は、すでに思い決したようにきりりと眉をあげた。

「それより、北条どの、あとを御油断なく」

「うむ」

「恐らく、北条どのと私を離れさせ、別々に葬り去ろうという魂胆かもしれませぬ」

忠常と郎従が出発したあと、頼家は彼らのことなど全く忘れたように狩に熱中した。

やがて夕暮れがおとずれ、富士が紫色の薄もやに包まれ始めたが、それでも忠常たちは帰ってこなかった。

晴天続きだった天気が俄かにくずれだしたのは、その夜半である。

忠常の安否を気づかって、何度か陣屋を出たり入ったりしながら、時政は、ふと、曾我五郎、十郎討入りの夜の事を思い出した。あのときは仁田忠常が急場を救ってくれたが、今度はその彼さえもいないとなると……。

不吉な予感がしきりにする。今夜はうかつに寝られないと覚悟をきめ、郎従にも武装を固めたまま、ごろ寝させた。

時刻は子《ね》（午前零時）をまわった。四日の月はすでにおちて闇は深い。目標になるのを恐れて、灯は消し、太刀をそばにひきつけたまま、時政は息を殺した。

——もう仁田忠常は決して帰ってはこないだろう。そして今度は俺の番だ……

あけやすい夏の夜が、こんなに長く感じられたことは、これまで一度もなかった。陣幕に、そよ、とふれてゆく風の音にも身を堅くし、地に耳を押しつけるようにして、敵の足音を聞きわけようとしているうち、やっと、しらじらあけが訪れた。

——助かった！　比企め、守りが固いと見て肩すかしをくわせたか。

それにしても、忠常はとうとう……。今もって帰ってこないとなれば、もう絶望だ、と思った。だから巳《み》の刻（午前十時）をすぎて、忠常が幽鬼さながらの様子で眼前に現われたとき、むしろ時政は夢のような気がした。

「生きていたのか！　忠常」

「北条どのも……」

それなり、しばらくは言葉もなかった。やがて忠常は、

「郎従の半分は討たれました」

ぽつりと言った。生き残った者も半ばは手負いである。予想通り洞窟の中には、何ものかがひそんでいて、忠常を待ちうけるようにして襲いかかってきたのである。

「比企か、やはり」

「さあ、それはわかりませぬが」

「御所にはなんと申しあげるのだ？」

「まあ、ごらんになっていてください」

疲れた頬に微笑をうかべると、忠常はゆっくり頼家のいる本営へ歩いていった。その姿を見たとき、本営にはあるどよめきが起こったようである。それにかまわず忠常は、頼家の前にすすみ出ると、一気にしゃべった。

「仰せのとおり人穴に行ってまいりました。が、穴の半ばまでまいりますと、何やら光る怪物が現われて討ちかかってきました。郎従の半ばを討たれ、私も危いところでございましたが、頂いた御剣を投げつけてやっと助かりました。怪物は多分富士山の守り神、浅間大明神ではなかったかと存じます」

報告をうけた頼家は、きわめて無表情に、そうか、と言っただけだったという。

どうやら裾野での北条、比企の駆引きは五分五分で、対決は後に持ちこされた感じである。もっとも、裾野に眼をひきつけておいて、この間に比企はすばやい動きを見せている。常陸へ流した全成を誅し、全成の息子で都の東山延年寺で僧として修業している頼全をも、あっという間に殺してしまった。

全成の死につづく頼全の死――。

無気味な比企一族と北条一族の対立は、まず北条側から犠牲者を出した。その意味では、あきらかに北条側の敗北である。

なかでも、夫と息子を一度に失った保子は、あの日以来、ひどく無口になってしまった。人一倍おしゃべりだった保子は、まわりが心配したように泣きわめきもしなかったかわり、むっつりと押しだまり、呆けたように庭ばかりみつめている。泣きもせず、笑いもしないというのは、取乱すよりもかえって薄気味の悪いものだ。そんな保子を見ると、

――もしもあのとき、私が頼家に全成の助命を頼んでいたら？……

ふっと政子の胸には悔いがうかぶ。久々に心の中のもうひとつの自分の声を聞いたのは、そのときである。

――そうよ、あんたが、安達景盛を救ったときのように、むきになって頼家の所へとびこんでいたら、様子は変わっていたろうにね。

――そうかもしれないわ。

――でも、あんたは、それをしなかった。

――ええ、だって……

――はっきりいえば、する気になれなかった。ね、そうでしょ。

声は意地悪く政子の心を裸にする。

――妹たちのしていることに疑いを持ちだしたのね。あの連中は、もしかすると比企を倒すだけでなく、頼家をも押しのけて千幡をかつぎ出し、実権を握ろうとしているんじゃないかと。

――ええ。

――だからあんたはためらった。妹につくか、頼家につくか、決心できなかった。

問いつめられて政子はどぎまぎした。

――だって、頼家は私の子なんですもの。

――そうよ。迷うのはあたりまえよ。女なんだもの。

からかうように声はいう。

――それであんたは逃げたのよ。頼家に裁決をまかせて……。その結果がこうなったのだから、いまさら悔いても仕方がないことよ。

――それはそうだけれど……

――でも、いまあんたは、何か割り切れない顔をしている。お望みならそのわけを言ってあげてもいいわよ。

――まあ、なんですって？

――あんたは、心の中では、よもや頼家が実の叔父やいとこを殺すとは思っていなかったのよ。ね、そうでしょ。それが思いがけない結果になったので驚いているのよ。

たしかにそうかもしれない……と思ったとき、声はさらに迫ってきた。

――頼家はもう北条側じゃないのよ。すっかり比企方だったのよ。

思わず政子は耳を蔽った。

――やめて！

その先を聞くのがこわかった。が、声は容赦なく、襲ってきた。

――それはつまり、もう頼家は、あんたの子じゃない、ということなのよ。

恐れていた一言だった。声は勝ちほこったようになおもささやく。

——さっき、あんたは、頼家をわが子だと言ったわね。でもあの子のほうは、それほど思っているかしらね。

何度目をそむけようと思ったろう。

正直いって、その日まで、政子は自分の心をみつめるのがこわかった。

が、いま、自分の心の中の声は、容赦なく、そのおそれや、おののきを眼の前につきつけてくれた。

たしかに、この事件で、政子は、なおも未練がましく、頼家の心を求めていた。もしや子としてのあかしを得られはしないか、という一縷《いちる》の望みをもって……。

が、その予想はいま、みごとに裏切られた。全成父子の誅殺《ちゆうさつ》を命じたのは、つまり頼家が明らかに、北条よりも比企の安泰を願っているということだ。それはいわば、母の政子よりも、側室の若狭を大事に思っている、ということでもある。

——どう？　勝負はついたようね。男にとって、老いぼれの母親と、このあたしのからだと、どっちが大切か、もう、おわかりでしょ。

乳房をゆすって笑う、若狭局の嬌声が耳もとにひびいてくる。

——もう頼家は私の手の中にはいない。

形の上ではなにひとつ失ってはいないけれど、夫と子をなくした保子と同じく、政子が、この事件で大きなものを失ったことは、まぎれもない事実である……。

しかも、事はすでに母と子の問題ではなく、政治にもかかわりを持ちはじめている。安達事件以来、人々は政子の発言力に一目おくようになってきているし、政子の周囲には、いやおうなしに、権力が渦を巻きはじめている。権力は妥協を許さない。そのことを、頼家は、叔父を殺すことによって、はっきりと政子に思いしらせてくれたのだ。

意地悪な声が、手痛い打撃を与えたまま、遠ざかっていったとき、入れかわりに、政子は、夢からさめたように、現実の人の声を聞いた。

細い、よく澄んだ、少年の声だった。

それも思いがけぬ近さから聞こえてくる。

ぼんやり物思いにふけっている間に、隣の局に、千幡が来ていたのだった。

十二歳になる千幡は、年より幼なげな細い声の持主である。局の中には、もう一人誰かがいて、千幡はその人物をしきりになぐさめている様子なのだ。

「かわいそうにね」

細い声はそう言った。

「でも、元気をだしてね」

相手は答えない。

「ね、そんなに黙っていると、千幡まで悲しくなってしまうんだ」

自分のことを千幡と呼ぶのは、この少年のくせであった。

「ね、元気になってよ、ね。いまも法師や頼全のことを考えているの？」

——あ、保子なのだ……

黙りこくっている相手がわかると、政子は耳をすました。どうやら二人は隣に人のいることは気づかないらしい。

小さい時父頼朝に死別し、以来、この尼御所で政子とともにすごしているとはいうものの、千幡の日常の世話は、すべて全成夫婦がみてきたし、千幡も二人に甘えきっていた。

その大事な乳母の思いがけない不幸を、どうにかして千幡はなぐさめようとしているのである。

「ね、なんとか言ってよ。どうして黙ってばかりいるの」

千幡の細い声はなおもつづく。

「ほら、赤とんぼが飛んでいるじゃないか。庭に降りて遊ぼうよ、ね」

「……」

「法師はよく赤とんぼをとってくれたじゃないか——」

言いかけて、感じやすい少年は、その言葉がさらに保子を傷つけたのに気づいたらしい。

「あ、ごめん。ごめんね」

あわてて近よる音がして、

「千幡だって寂しいんだよ。だからつい、法師のことを思い出しちゃうんだ」

なおも保子が黙りこくっているので、さすがにとほうにくれた様子だったが、やがて、

「うん、そうだ」

思いついたように明るい声になった。

「ね、乳母。法師はいなくなったけど、そのかわりに、千幡が乳母の子供になったげる」

「まあ、私の子に？」

驚いたらしい保子が、はじめて口を開いた。

「うん、それならいいだろう。頼全のかわりに、千幡が乳母の子になるんだ。ね、そうすりゃあ、さびしかないだろ」

息をはずませて、保子の膝にとびあがったけはいがした。しばらく保子の答える声は聞こえなかった。

やがて、静かに……。

静かにすすり泣きが聞こえた。

「もったいのうございます。若君さま……」

すすり泣きが高まるのを押さえるように、

「あれ、泣いているの？　いやだなあ」

わざと幼くよそおって、そのじつ少しでも保子の気をひきたてようと、大人のような心づかいを見せている千幡の様子が手にとるようにわかった。

もともと気だてがやさしく、犬でも猫でも小鳥でも、異常なほどかわいがる千幡は、乳母の保子の不幸に小さな心を痛めて、幼い知恵をふりしぼっているのだ。

――なんて、やさしい……。頼家の子供のころは、こうではなかった。

政子も、ふと涙ぐみかけていた。

それでいて、このとき、政子が立っていって、二人に顔をあわせるきっかけを失ったのはなぜだろう。さっき心の中にさざなみを立てていったあの声が、まだ耳の底に残っていたからだろうか。

――保子が泣いている。誰の前でも涙を見せなかったあの妹が……

それほど保子をゆすぶったのは、千幡の言葉である。

――かわりに乳母の子になってあげよう。

なんとやさしい言葉だろう。が、そのやさしさ、保子への心の傾け方が、かすかに政子の心をうずかせる。

――千幡は、私より保子をしたっているのだろうか……

そうではあるまい。いや、そんなふうな気のつかい方をする私がどうかしている。が、頼家との間が破局に陥ったいまは、小さなことにでも政子の心は敏感にふるえてしまう。

政子はとうとう、そのことを誰にも言わなかった。そんなことにこだわっているひまもないくらいな事件が起こったからである。

富士巻狩から帰って間もなく、頼家はまた床につくようになった。酒色にむしばまれきった体には、遠出の遊猟は、はじめから無理だったのだ。

しかも、ちょっとよくなりかけると、まわりのとめるのも聞かず、またもや鞠に凝り始めた。

「これでは御自分でお体をいじめているようなものだ」

頬のこけた蒼白いその顔を伺って誰もが眉をひそめている。彼の言いなりになっているのは、例のごますり男の知康ぐらいなものだ。

「ああいうのが御所さまを毒するのだ」

まわりが顰蹙《ひんしゅく》すればするほど、頼家は、あてつけのように知康を重く用いた。

「ちっ、あの白鼠め！」

が、そのうち、人々は、知康の悪口をいう余裕さえなくなってしまった。蹴鞠の庭で突然頼家が血を吐き、意識不明になって倒れてしまったからである。

それから数日――。

頼家の意識はもどらなかった。ときは七月の半ば、八月になって、やっとどうにか命はとりとめたものの、依然、床についたきりで、小さな吐血が続き、楽観は許されなかった。

――富士の人穴の祟りよ。

誰ともなく、そんな噂が鎌倉に流れはじめたのもそのころのことだ。頼家が仁田忠常にさぐらせた人穴は富士山の神、浅間大明神の御座所で、そこを犯した祟りがあらわれた、というのである。

やがて中秋の名月——。この日は鶴岡八幡宮で、将軍の臨席のもとに放生会《ほうじようえ》が行われる例だったが、それも頼家の代理を政所《まんどころ》執事《しつじ》（行政長官）の大江広元がつとめ、例年になく淋しいものとなった。

まもなく、月は虧《か》けはじめた。無気味な下弦の月が暗い光で下界を照らすころになると、秋の海の潮鳴りは急にたかまりを見せる。そして、そのころ、頼家の病状は一段と進んで、遂に昏睡状態に陥った。

もう湯水もうけつけず、死を待つばかりだ、という噂が流れはじめると、鎌倉じゅうは異様な緊張に包まれた。

頼朝の死も突然だったが、それでも、すでに十八歳の頼家が自他ともに許すあとつぎとしてひかえていた。が、今度は、はっきりしたあとつぎがまだきまっていない。子供の年の順からいえば六歳の一幡ということになるが、この時代は必ずしも長子相続とはかぎらず、母方の家柄のよい者が嫡男になり、従ってその子の母が正室になるのである。

が、頼家の女性関係はかなり乱脈だったし、相手になった女性の家もほぼ同格で、必ずしも一幡と若狭局が嫡男、正室ときまったわけではない。年長の子をもっていることは一応有利ではあるが、一幡の下には、賀茂重長の娘の生んだ二つちがいの善哉がいるし、その下には、また別の側室の生んだ女の子もいる。

いよいよ頼家が危篤ということになれば、あとつぎは早急にきめねばならない。なかでも一番活発に動き出したのは、もちろん比企一族である。彼らが一幡に大げさなかしずき方をし、分不相応の館を作って小御所と呼ばせたのも、じつは今日のこの日にそなえての作戦だったのだ。

比企の館の一角をしめる小御所では、その日、朝から若狭局がいらだっていた。

「御所さまの御命が危いというのに、この私をお召しにならないなんて――」

正室と認められないことのくやしさを、今度ほどしみじみと味わったことはなかった。お互い、身も心もひとつだと思っているのに。

――正室ならば、とっくに御所に迎えられて共住みしているはずなのに、御所の石頭の役人たちは、このいちばん大切なときに、若狭の来るのをこばんでいるのだ。

「御所さまはね、あたしの顔さえ見れば、すぐお元気になってしまわれるのに……」

そばで父の病気も知らずに、無心に遊んでいる一幡の髪をなでながら、

「全くけしからん」

そう言うのは比企能員だ。彼はこのところ、若狭よりもいらだたしい数日を送っている。誰が若狭の御所入りをこばんでいるか、そんなことは、とうの昔に見通しだ。

――尼御所のおばばどの。

ひそかにそう呼んでいる政子が、邪魔しているに違いないのである。何しろあの姑どのは、若狭がお気にめさない。どうも後家のひがみで大事な息子を若狭にとられたように思っているらしい。この大事な瀬戸際に、わざと若狭を遠ざけているのは、まさしくあのばばどのなのだ。

かといって、このまま、ひきさがれるものか――この二、三日、能員は、しだいに決心を固めつつある。

死期の迫った頼家の枕もとへ娘と孫をつれてゆき、最後の対面をさせること、それが、あとつぎ問題を有利にみちびく、唯一の手段なのだから……。

と思うと、急にいてもたってもいられなくなり、抱きあげていた一幡をおろすと、能員は髭面《ひげづら》をひとなでして言った。

「ようし、これから行って、是が非でも、そなたたちが御所に入れるよう、談じこんでくる」

肩いからして、館を出ていったのは辰《たつ》の刻（午前八時）だった。比企の館から御所はごく近い。門をくぐって斜めに小庭を突切って行く能員の袴《はかま》の裾は、たちまちしとどな朝露に濡《ぬ》らされた。表の侍所などには眼もくれず、奥の頼家の病室へ通じる廊へかかったとき、能員は、ふと、むこうから歩いて来る人影に気がついた。

今しがた病室をのぞいてきたらしく、足音をしのばせ、肩を落とした紺地の直垂《ひたたれ》——。それがまさしく北条時政と知ると、能員の頰は、しぜんにこわばったようである。

廊の中途で足がとまった。むこうも一瞬の差で能員に気がついたらしい。

「お、これは、早い出仕で——」

日ごろ反りのあわぬ時政が、珍しくていねいなあいさつをすると同時に、ひどくむずかしげに首をふってみせた。頼家の容態がはかばかしくないという意味であろう。

「お悪いのか？　よほど……」

つりこまれて能員が聞くと、時政は大きくうなずいた。

時政は頼家の病状に、動顚《どうてん》しているらしかった。

——もう、いけぬ。

ありありとその眼はそう言っている。

能員の顔を見てもいがみあうのを忘れているのは、よほど重大な時機にさしかかっているのかもしれない。

──それに……

能員の頭は機敏に働いた。

いざ、御所が死ぬとなれば、後つぎは一幡と、時政め、観念したのかも知れぬ。とすれば、へたに楯ついては損と思ったのか。

全成事件で時政がかなり打撃をうけたらしいという噂は能員の耳にもちらほら聞こえてきている。──ははあ、してみると、時政め、遂に降参したのだな。

若狭のことを持出すのは今だ、と思ったとき、時政は一歩近づくと、声をひそめた。

「若狭どのと御曹子も、今日のうちに、対面されたほうがよろしいのではないかな」

──な、な、なんと……

能員は、自分の頭の中を見すかされたようにぎょっとした。が、時政は、いたって大まじめである。

「なるべく早く、とわしは思う」

「そう言われるなら今すぐ──」

能員が思わず、ごくりと唾をのみこんだとき、

「いや──」

時政は、ふと考え深げな眼になった。

「すぐはよろしくあるまい。こちらからお迎えを出すことにしよう」

「なんの、すぐ近くのことだ」

「しかし、こういうことは、筋道をたてたほうがよくはないか」

筋道をたてる──つまり御台所と世子という扱いをしたほうがいいというのである。

——俺はまちがっていたのかな。

このとき、ふと、能員は思った。尼御台政子が若狭をさえぎっていると思っていたのは、かんぐりが過ぎたのか……。

時政はすぐ迎えの用意をさせよう、と言ってから、さらに声を低めた。

「いや、よもやこれほど急に悪くなられるとは思わなかったのでな。じつは薬師像を刻ませ、ご平癒を祈るつもりだったのだが」

「ほう、それは、奇特な」

「それも今となっては、かいのないことのように思える」

がっかりした顔でそう言いかけたが、気をとりなおして、相談する口調になった。

「ま、それでも一日も早く供養だけはしようか。あるいは冥応《みようおう》を得られるかも知れぬ」

「そうだとも」

思わず能員はうなずいていた。

「そうか、そう思ってくれるか」

時政は少し明るさを取戻したようだ。

「では急いで供養をするとしよう。今日これからすぐでもいい。どうだ。比企どのも御列席頂けまいか」

「いいとも――。御所の御機嫌を伺ったら、すぐまいろう」

能員の身辺は急にあわただしくなった。時政と入れかわって頼家の病床を見舞うのもそこそこに御所を退出した。すでに昏睡に陥ちこんでいる頼家は、能員が、いくら待っても意識を回復する見込みはなさそうだったから――。

それよりも、なさねばならぬことはいくつもあった。

まず一刻も早く館へ戻って、若狭と一幡を御所へ送り出す支度をせねばならぬ。死の床への嫁入りと思えば心も痛むが、今はそんな感傷にひたる時ではない。ともあれ、頼家の息のある間に、正室として御所の門をくぐり、一幡ともども最後の別れをすること、それが、二人のこれからの命運を開く鍵となるのだ……。

若狭局は父の話を聞くと、

「お迎えなんて、大げさな――」

と顔をしかめた。

「それより、私、このまま走って行きたいわ」

「いやいや」

能員は胸を反らせて重々しく答えた。

「御台所となれば、そう軽々しいことはできない」

そこへ北条時政の所から使いが来た。

「先刻申しあげた薬師如来の供養は午《うま》の刻（正午）から、名越の館で行ないます。御臨席をお待ちしております。大江広元どのも御出になります」

午の刻ではもう間もなくだし、名越まではかなりの道のりだ。北条は御所の近くにも小さな館があるが、そこへは主として、時政の息子の義時が住んでいて、時政は専ら、この名越にいるので、法要もこの本邸を選んだものと思われた。

能員は、できれば娘の出発を見送ってから出かけたかったし、若狭はしきりにそれを望んだが、それには時間がなかった。

「北条とは、今後手をつないで行かねばならぬ。それが、そなたや若君のためでもある」

そう言いきかせ、白の水干《すいかん》の礼装に着がえ、ぎりぎりまであれこれと指図をして、能員は黒馬に飛び乗った。

海を見渡す名越の山の中腹に時政の館の門はある。持仏堂は、その館の一番奥、山をさらにのぼりつめた所に建っている。

「すでに、大江様はご到着です」

案内の侍がそういって、持仏堂の中を指さし、一礼して退いたそのとき、堂内のくらがりの中でちらりと人影が動いたようだった。

——おや、誰が……

首をのばしたとたん、後から、何ものかに、ぎゅっと、羽交《はが》いじめに抱きすくめられた。

「な、な、なにをする……」

あらがう隙も与えず、堂内から抜身を下げて飛び出してきたのは、仁田忠常である。

「あ、そなたは——」

「能員、忘れはしまいな。富士の人穴を」

うぬ！　渾身《こんしん》の力で、羽交いじめされた腕をふりほどいた。が、そのときは、忠常が、ぐああっ！

異様な雄叫《おたけ》びをあげて、白刃ともども、能員の上にのしかかってきていた。

一瞬のうちに惨劇は終った。

そのころ——。比企の館では、何も知らない若狭局が、御所からの使いを待ちわびていた。

御所からの迎えはなかなか来なかった。

——なにをぐずぐずしているんだろう。

若狭がさっきから立ったり坐ったりするたびに、葡萄染《えびぞめ》の仕立ておろしの袿《うちぎ》は、さやさやと衣ずれの音をさせた。手をひかれた一幡の仕立ておろしの童水干《わらわすいかん》——秋の季節にふさわしい黄菊ちらしの文様が、色白の彼によく似合う。

六歳の童子に似あわない、りんとした面ざしで、どこからみても、将軍家のお世継ぎとしてはずかしくない器量である。

——おじいさまに、晴れの姿をお目にかけたかったのに……早くお帰りになればいいのに、と思ったそのとき、表のほうで人のどよめきが起こった。

「あ、やっと来たのだわ」

若狭は一幡の手をとった。

「さ、行きましょう。お迎えですよ」

が、局を一足踏み出したところで、若狭は棒立ちになった。

迎えではなかったのだ。

手に手に長刀《なぎなた》や太刀をふりかざし、おめき叫んでなだれこんできた侍たち！　獣の群れはもう庭先にまで迫っていた！

若狭はもちろん、その兄弟の三郎も四郎も、立ちむかう暇さえなかった。侍たちに門を閉ざす余裕さえあたえず、門前に流れる滑川の流れをこえて、黒い奔流となって軍兵が襲いかかってきた。

「謀られたなっ、さては——」

三郎が血相をかえたときはすでに遅かった。北条方は、能員をかなり離れた名越におびき出して殺すと同時に、比企の館からほど近い小町の邸から軍勢をくり出し、総攻撃をかけてきたのである。

わおおっ！

動物的な怒号とともに、黒い怒濤《どとう》は、後から後から流れこんでくる。さしも広い比企の館も、武者で埋まり、またたくまに修羅の地獄がくりひろげられた。

「若狭、逃げろっ」

おめき叫んでかかってくる武者の鋭い太刀先を危くかわしながら三郎が怒鳴った。

若狭は走った。

一幡の手をぎゅっと握って、転がるように奥へと走った。

――逃げねばならぬ。

廊の中途で葡萄染の袿をかなぐりすてた。

裏山づたいに篠のしげみをわけて、ともかく逃げるのだ。

――兄上、あとはお願いします。

きりきりと奥歯をかんで、一幡の手をとり直したそのとき。

「お母さま――」

おびえたように立ちすくんだ一幡が、小さな手でゆくてを指さした。

ぶきみなゆるやかさで流れて来る白い煙……。敵の手はすでに先廻りして裏山に火をつけていたのだ。

――いけない！

引きかえそうとしたとき、若狭はそのぶきみな煙が、今来たほうからもゆらゆらと自分たちの身に迫ってくるのに気づいたのである。

「一幡！」

思わずわが子を胸にひきよせて眼を閉じた。

白い煙は、一瞬にして紅蓮《ぐれん》の炎に変わった。総門の屋根が苦しげに火を噴き、身をよじるようにしてくずれると同時に、比企館はいちめん火の海に化した。火をつけて廻った北条方の軍兵さえ、煙の下から命からがら這い出したというほどの火のまわりの速さだった。

火はその日の夕暮れまで燃えるにまかせた。

北条方が、火を遠巻きにして見守っていたのもしばらくの間のことで、それも誰が合図をしたのか、ふっとかき消すように姿をくらますと、あとは、ほしいままな炎の乱舞であった。

やがて薄闇《うすやみ》があたりを蔽《おお》いはじめるころ、さしもふところの広い山裾をしめた豪荘な比企館も、ところどころに、むざんに焼けただれた棟木《むなぎ》をさらすだけになった。

くすぶりつづける白い煙が、夕霞と溶けあう惨澹たる静寂――。薄闇の空には、数羽の鴉《からす》が、いつまでも輪をかきつづけていた。

誰も焼けあとを訪《おとな》うものはいない。おそらく後難を恐れてであろう。夕暮れとともにたかまって来た潮騒《しおざい》を聞きながら、人々は門を閉ざして夜を迎えた。

だれにとっても、それは長い一夜だった。

やがて静かな夜あけがおとずれはじめたとき、青白いうすらあかりの中で、焼けあとに立つ人影があった。

旅姿の一人の僧侶《そうりよ》である。

杖の先で、用心ぶかく、焼けあとの瓦や木をのけては、合掌するのは、そこに横たわる屍《しかばね》を見出したからであろう。戦乱の世には、こうして菩提《ぼだい》を葬って歩く僧が必ずいたのだ。

たった一人、回向《えこう》を続けながら、奥まで辿《たど》っていった僧が、つと、身をかがめた。焼け落ちた梁《はり》の下から、鮮やかな、黄菊模様の水干のきれはしが、のぞいていたからだ。

僧は、今までよりさらに丹念に焼けあとを杖でさぐりはじめた。

が、最も激しく燃えさかったらしいそのあとからは、遂にそのほかは何も出てこなかった。手のひらにのるほどのその絹片さえ、そこにあったということは奇蹟だったのだ。

旅の僧は静かに合掌すると、その黄菊模様の絹を胸におさめた。

彼が、それを一幡の着ていたものと知っていたかどうかはわからない。が、伝えられるところでは、水干のきれはしは、その僧の手によって、高野山の奥の院におさめられたという。

能員の死から比企一族の滅亡へ――。

建仁三年九月二日というその日のうちに、歴史は大きく転向する。それにしてもなんという北条氏のすばやさ！　もっとも彼らがやみくもに事を運んだのにはわけがあった。

――頼家の死ぬ前に比企を倒せ！

この至上命令のもとに彼らは大バクチを打ったのだ。今日一日もおぼつかない頼家の命。彼が死ねば、比企は間違いなく一幡をかつぎ出す。そうなれば北条一族の運命はどうなるかわからない……。

頼家の命とにらみあわせ、彼らはまさに秒読みに入ってから体を張ったのだ。

大バクチはみごとに成功した。

が、その成功の中に、ひとつだけ狂いが混った。そのことをまだ彼らは気づいてはいなかったけれども……。

月　歌

北条氏の行ったあざやかなクーデターのうちの、たったひとつの失敗――。

それを語るには、まずその日の政子の姿を追い求めなければならない。

この日、政子はクーデターの舞台に登場していない。主役はあくまでも北条と比企であって、彼女の姿はどこにもないのだ。

では彼女はどうしていたのか。戦乱を避けて、どこかにかくれていたのか。

いいや、ちがう。

彼女はまぎれもなく、御所の中にいた。それもいまや息絶えんとしている頼家の枕許に……。

その日の朝、頼家の脈をとった侍医は、沈痛な面持ちで言った。

「おそらく、御命は昼までと思われます」

この十数日間ほとんど政子はろくに寝ていない。

予期したこととはいえ、さすがに心は揺れた。早速父の時政の所へ使いが飛んだ。緊張した面持でやってきた彼は、すでに死相のあらわれ始めた頼家の寝顔に、最後の別れをつげると、あわただしげに去っていった。もちろん、そのあとに控えたクーデターの準備のためである。

政子は彼とほとんど口をきかなかった。このあとの計画については、すでに密議の上に密議をかさねている。

――上首尾を祈ります。

政子は蒼く澄んだ瞳で父を送った。

――頼家の最期は私が見届けます。

長い間、私の手から頼家を奪っていた比企一族に、思いしらせるときは来たのである。

――私にそむき、私を苦しめつづけたわが子、頼家――。が、あなたの最期をみとるのは、結局この私なのよ……

いまさら若狭を呼ぶつもりはなかった。さんざん自分を小馬鹿にしたあのいやな女に、みとらせる必要がどこにあろう。考えてみれば頼家を甘やかし、よってたかってめちゃめちゃにしてしまったのはあの連中ではないか。

いわば頼家の命を縮めた元凶はあの女なのだ。それを呼ぶ義理は、さらさらないのである。だから、時政といれかわりにやってきた比企能員には、政子はほとんど眼もくれなかった。表で時政が、とっさの計略で「若狭と一幡を呼ぼう」などといったことはもちろん知らない。その言葉を信じこんだ能員が、どことなくうれしそうな顔をしているのをみると、胸がむかむかした。

――まあ、この男は、頼家の死ぬのをよろこんでいたのだわ……

比企の館では、一幡を抱いたあの女が「こんどはわが世」とばかり、いい気になっているにちがいない。

――そうはさせないよ、若狭。私の息子の命を縮めたそなたには、死んでもらわなくてはなりませぬ……

刻一刻、ときはすぎた。

比企の館のさしもの騒乱も、緑深い御所の奥までは聞こえてこない。いや、たとえ聞こえてきても、昏睡を続ける頼家の耳には何ひとつひびきはしないだろう。

頼家の息はさらに間遠くなった。手も足も少しずつ冷えはじめた夕暮れ、あわただしく、侍女が現われて耳打ちした。

比企滅亡の知らせが入ったのだ。侍女はさらに、声を低めた。

「北条さまより四郎義時どのが、お見えでございます。至急お耳に入れたいことがおありで……」

四郎義時が、病室の隣の局に入ってくるけはいがした。

政子はそれでも立ちかねていた。

いま、まさに頼家は命を終ろうとしている。

その、いまわのきわには、何としてでもそばについていてやりたかったのだ。

が、侍女は二度、三度、しきりに政子をうながしに来る。

「ほんのちょっとだけ……ちょっとだけお越し願いたいと申しておられます」

ためらいを残して政子は席を立った。

隣の局では四郎が庭をむいて端座していた。鎧はすでに脱ぎ、紺地の鎧直垂にはしわひとつない。おそらく今しがたまで、陣頭に立って指揮していたはずなのに、そんな事がどこにあったのかというような涼しい顔をしているのは、いかにも四郎らしい。

「御容態は？」

「いまにも……」

寸刻の猶予も許されないと知ると、四郎は、ずばりと本題に入り、

「雑音を避けるために――」

ただちに都に使いを立てました、と静かな声で報告した。幸い比企討滅については、豪族から批難の声はあがっていない。能員の傲慢《ごうまん》ぶりは誰しも快く思っていなかったらしく、目下のところ皆静観を続けている。

「しかし、今が一番むずかしいところです。つまらない風説が都に聞こえてどんな横槍が入らないともかぎりませんから」

それよりも先手を打ち、都に今日の次第を報告すると同時に、千幡の家督相続を願い出たほうがいいと思ったので、と彼は言った。

どんなときでも冷静な判断を失わない四郎らしい手まわしのよさ、政子に異存のあろうはずはなかった。話がすむと、

「千幡どのは尼御所においでですか?」

ふと四郎はたずねた。

「いいえ、こちらに来ています」

万一、比企方が勝って尼御所に押しかけてくるときのことを考えて、千幡はすでに頼家の病室の近くに呼びよせてある、と言うと、

「ほう、それは……」

安心したようにうなずいた。

「こちらへおいで願いましょうか」

やがて千幡が現われた。少し頰を蒼白ませて、感じやすい少年は、すでにただならない事態の意味を知っているようだった。四郎はその姿を見るなり席をずらして一礼した。すでにそれまでの態度とはうって変わったうやうやしさである。

「最後のおみとりを……。大事なおからだなのですから」

重々しく言うと病室の方を指《さ》ししめした。

千幡の姿が兄の病室に消えたとき、政子は思わず吐息を洩らしていた。事はすでに山を越えた感じである。やがて兄から弟へ、まぎれもなく源氏の家がひきつがれる瞬間がやってくるであろう。

と、そのとき、

「母上！」

あわただしげな千幡の声がした。

――ああ、とうとう……

政子は立ちあがった。が、彼女の前にくりひろげられたのは、およそ予想とはうらはらの事態だった。

政子が病室に入るなり、

「兄上が……」

千幡がまつわりついてきた。先ほどの、無理に落着こうとつとめていた物腰をかなぐりすてて、ひどく子供っぽく、まるで、子犬が足許に寄ってくるようなすがり方を彼はした。

――落着きなさい。兄上の御臨終に取り乱してはなりません。

そう言おうとして、政子は、ふと、千幡の瞳の中にあるものが、死へのおびえではなく、奇妙な惑乱であることに気がついた。

「………」

気がつくと、部屋の空気もおかしい。思わず病床に走り寄ったとき、侍医が、押しころした声でささやいた。

「お脈が、……もどってまいりました」

奇蹟ではないか！

まじまじと政子は頼家の顔を見つめた。

血の気はない。

が、死相だけは、まぎれもなく消えていた。今まで思い出したように、かすかな息を吐き出していたのが、弱々しくはあるが規則正しい呼吸の繰返しになっている。

そばから、そっと千幡が言った。

「私が唇をお濡らししたら、兄上が大きく息をなさったのです」

そしてそれがきっかけになって、次第に呼吸が回復してきたのだ、と侍医は続けた。

兄と弟――二人をつなぐ、ふしぎな血が、まさに絶えかけていた命の糸をもつなぎとめたというのだろうか。

政子は急いで頼家の手にふれてみた。爪はまだ紫色だったけれども、そこにはほのかなぬくもりがよみがえりつつあった。

「ほら、お母さま……」

千幡がそっと袖《たもと》をひいた。かすかに……かすかにであったが、頼家が顔を動かしたのだ。千幡はくいいるように兄の顔を眺めている。繊細すぎるほど繊細な神経の持ち主であるこの少年は、目の前で行われたいのちの奇蹟に、魂をうばわれている様子だった。

――千幡が兄を救ったのだ。

この子のけがれのない一途さが、病める兄の魂に命の灯をともしたのだ。

そうとしか政子には思えなかった。

泣いてはいけない、と思った。泣いたりしては、この奇蹟が崩れてはしまわないだろうか。が、胸の中のたかまりは押さえても押さえきれずにふくらんでゆく。

思わずそれがきわまり、あふれた、と思った瞬間、頼家の唇がかすかに動いた。

声にはならなかった。が、まぎれもなく、政子はその言葉を読みとった。

わ、か、さ……。

唇はそう言っていたのである。

なんということか！

よろこびの絶頂にあるとき、またしても、政子は、激しい平手うちをくわされたのだ。

発病以来十数日、ほとんど夜も寝ずにみとりつづけてきた自分をさしおいて、頼家の呼んだのは、若狭の名前だったのだ……。

幼い千幡は、兄の言葉がわからない。

「あっ、母上……」

とりすがっていた手をぎゅっと握った。

「兄上が、何かおっしゃいましたよっ」

思わず兄の口もとに顔をすりよせて、その言葉を聞きわけようとする。

「え？　兄上。何ですって」

が、なかばうわごとだったのか、頼家はそれきり眠りつづけている。

「何とおっしゃったのかなあ。でも、お母さま、たしかに兄上は何かおっしゃいましたね」

千幡の瞳には兄の命をとりとめたよろこびがあふれている。政子だってうれしい。絶望だと思っていた子供のよみがえりをよろこばない母がいるだろうか。

が、よみがえった瞬間、うわごとにもせよ頼家の口にした名前は、政子の心をまたもやかき乱した。この名状しがたい混乱は、千幡にも誰にもさとられたくはなかった。

「さ、あとは母がついています。あなたはさがっておやすみ」

これだけ言うのがやっとだった。

この日を境に頼家は死の淵《ふち》からよみがえる。そして、この事は北条氏の綿密な作戦の中のたった一つの「誤算」だった。

もし、予想どおり頼家が死ねば、政子は憎い若狭の手からわが子を取戻したという、ある安らぎのうちに、その死を見とどけることができただろう。そのかぎりにおいて、政子は「悲劇の母」であっても、苦悩はずっとやわらげられていたはずだ。

が、皮肉な運命は、政子から、その安らぎさえとりあげてしまった。

意識を回復すれば、頼家は遅かれ早かれ比企一族の死を耳にするにちがいない。そのとき彼は何というだろうか。

しかも彼の死を予定の事実として、千幡に家督相続を願い出る使いは、都をめざして東海道を走っているはずだ。さらに皮肉なのは、彼の命をつなぎとめるきっかけを作ったのが、ほかならぬこの千幡だということだ。

いのちというものはじつにふしぎである。

ある人の死が、歴史を大きく動かすということは、よくあることだ。が、今度はその逆である。死ぬべかりし頼家が生きかえってしまった……。皮肉も皮肉。いや、それを通りこして、ある意味では滑稽でさえあるどんでんがえし。さすがの北条氏もこれにはあわてふためき、帳尻をあわせるのにやっきとなる。

「吾妻鏡」にこのことを、

　ナマジヒニ以テ寿算ヲ保チ給フ。

と書いてあるのはそのせいかもしれない。ナマジヒとは「そうでなくともよいのに」という意味だと辞書にはある。頼家には気の毒だが、時期はずれに幽霊ならぬ本人に登場されて筋書きをめちゃめちゃにされた、いまいましさがにじみでていはしないだろうか。

頼家の回復は驚くほど順調だった。が、まだ彼は比企の事件には気づいてはいない。

呼吸が正常にもどり、うつろだった瞳に生気がよみがえりはじめたとき、頼家はしきりになにかを求める様子をみせた。

「水？　水でもほしいの？」

のぞきこんで尋ねると黙って首をふる。それでいて、空をつかむように、やせ細った腕を宙にさまよわせることだけはやまない。

「何をさがしているの？」

不安になってたずねる政子を、頼家はじっとみつめる。そのくせ瞳はうつろで、政子を見ているようでもあり、見ていないようでもあった。

そんなことが一日二日続いた。

「どうしたの、いったい……」

何度目かにたずねたとき、頼家は、はじめて口を開いた。

「おわかりにならないのですか」

かすれ声だった。

「え？」

「若狭ですよ、若狭を呼んでください」

思わずぎくりとした。頼家が回復したら、いずれは話さなければならないことだったが、いまはまだその時期ではない。うかつにしゃべったら、彼の病状は、また急変してしまうかもしれないではないか。

政子はつとめて静かに言った。

「わかりました。でも、いまはおやすみ。何よりも、よくなることが大事です」

かぶりをふると、頼家は、前より少ししっかりした声になった。

「とにかく呼んでください」

「……」

「いますぐ！」

言い出したら聞かない駄々っ子の調子である。とにかくここはなだめて、と思って、

「はい、はい。今すぐ使いをやります。だから、あなたはおやすみ」

やさしく言った。

「ほんとうに呼んでくださいますね」

「ええ……」

「ほんとうに！」

しつこく言って、頼家は微笑した——いや微笑したように、はじめは見えた。が、その笑いが中途で頬に貼りついた形でこわばり、死人の面のような薄気味悪さに変わったと思うと、

「母上——」

うつろな瞳が、こんどこそはぴたっと政子にむかってとまった。

「うそはいい加減にしたらいかがです」

「え？」

「若狭は呼べない——なぜそうはっきりおっしゃらないのです」

政子はぎょっとした。幽鬼のような形相の頼家は床の上に起きあがっている。幽鬼の頬に、ぞっとするような笑いが浮かんだのはそのときである。

「なぜ呼べないか、私がそれを知らないとでも思っておいでなのですか」

政子は絶句した。

——なぜこの子は知ったのか。私はあれからほとんどここにつききりなのに……

考えられない。あるいは、一度死にかけたこの子が、冥府《めいふ》の入口で若狭たちにめぐりあって、事の真相を知らされたのではないか……。

思わず背筋がぞっとした。

興奮して声をあらげたことは、てきめんに頼家のからだに響いたようだ。彼はまたしても少し吐血し、みるみる顔色を失った。

「そらごらんなさい。静かにおやすみ。いまはとにかく早くよくなることです。元気になったら何もかも話します」

肩をさすってやって、うとうと眠りかけたのを見すまして、政子は病室を出ると大急ぎで四郎義時を呼びつけた。

「あの子は比企のことを知っています」

小声でささやくと、さすがに四郎はきらりと眼を光らせた。

「ふしぎです。私はずっとあの子につききりだったのに――もしかすると、あの子が死にかけて冥土の入口まで行って、若狭に会ったのじゃないかしら」

「ばかな」

四郎は言下に否定した。

「そんなこと言っているときではありません。それより御用心ください、姉上」

「え？」

「それは姉上がちょっと席をはずされた隙に、御所に耳打ちするような人間が、そばにいるということです」

「まあ――」

「油断はなりませぬ。げんに――」

頼家がまだ生きていると知って、いちはやく、ごまをすろうという御家人も現われている、と四郎は言った。頼家の命をはかりにかけて、早くも新しい渦が鎌倉に巻きおこりつつあるのだ。

政子は思わず目を閉じた。

――どこまで私とあの子の間には悪縁がつきまとうのか……

ふと、まぶたの裏に、彼をみごもったときのことが思いうかぶ。あれは鎌倉に居を定めたよこびのさなかだった。新しい命の芽ばえを知ると、頼朝は有頂天になって、

「こんどこそ男の子がほしい」

と鶴岡八幡宮に願までかけたではないか。こうして多勢の御家人の祝福をうけて生まれてきた子との間に、将来、かくも凄惨な確執が起ころうとは誰が想像したろう。

――が、考えてみれば、いつもあの子と私はくいちがってきた。

罪もないのに安達弥九郎を足蹴にした子供のころのこと、例の瑠璃葉の事件……。政子が頼家から味わわされたのは、常に、

――こんなはずではなかった。

という失望といきどおりの思いなのだ。

苦しみ悩み、いっそ無関心でいられたら、と思ったことも何度かあった。が、彼女にはそれはできない。無関心で過ごすにしては、政子は愛憎の念が強すぎたし、彼女の子頼家にも、まさしく母ゆずりの愛憎の血が流れていた。その二人の歯車がずれたとき、その激しさは、すさまじい業苦に変わるのだ。

今度もあのまま頼家が死んでいたら、政子は、その最期をみとったことで、わずかながら満足を味わったかもしれない。が、運命の皮肉さはそれさえ許しそうもないのである。

――あの子が元気になったら、また私を苦しめるのではないか……

ぞっとするような予感が胸をよぎる。それでいて、政子は、頼家の回復を願わずにはいられない自分に気づいている。

――なぜなら私はあの子の母だから……。

頼家がふたたび意識をとりもどしたのは、数刻後だった。いや、もっと早く、彼はすでにめざめていたのかもしれない。

「水」

突然目をひらいてそう言ったときの声は、さっきよりずっと力強かったからだ。

「あ、気がついたの」

誰よりも早く声をかけたのは政子だった。頼家は、まじまじとその顔をみつめると、やがて、

つき放すように言った。

「お気の毒でしたな」

「え？」

「あのまま死ねばよかったのでしょうが、残念ながら、かくのとおりです」

絶句する政子をからかうように頼家は続ける。

「そう安々とは死にませんよ、いくら千幡が将軍になりたがっても――」

「まあ、何をいうの。千幡はそんな子ではありません」

政子は辛うじてそれだけ言った。

「それ、そのようにあいつをひいきにされる」

「ひいきではありません。千幡が何でそんなことを考えるものですか。あなたがよくなったとき、一番よろこんだのはあの子なのですよ。あなたは気がついていなかったろうけれど、千幡が水をのませてから、あなたは元気になったのよ。それも知らないで、何ということを――」

「おや、そうですか」

ひどく落着き払って床の上に起きあがると、

「ではゆっくり恩返しをしますかな」

息をのんでなりゆきを見守る近習に、

「和田義盛を呼べ」

今しがたまで生死の境をさまよっていた人間とは思えない声でそう言った。義盛は侍所の別当、軍事方面の長官である。

「義盛を呼んでどうするのです」

政子がにじりよると、

「恩返しですよ」

皮肉に頰をゆがめた。

「若狭、一幡、比企一族――を殺してくれた人へ、恩返しです。義盛に命じて、そいつらを皆殺しにします。北条時政、義時――」

わざと祖父たちの名を呼びすてにした。

「千幡にももちろん死んでもらう。そして、あなたにも――」

すっと瞳の底を蒼白ませて、頼家はひややかに言った。

「いいですか。あなたたちは比企を、若狭を一幡を殺したんだ。私の妻と子を殺したあなたを、もう私は母とは思わない」

はっ、としたようにまわりが息をつめた。政子も口をきけないでいると、突然、頼家ははじけるように笑いだした。

「は、は、は、は、おわかりですか、これが私の恩返しですよ」

蒼白い瞳の底が燃えだした。なおも頼家は狂ったように叫びつづける。

「復讐《ふくしゅう》だ。復讐するんだ！　もうこうなったらかまうもんか。鎌倉じゅうに俺は火をつけてやる」

「な、なんということを、あなたは！」

とりすがろうとする政子の手を頼家はふりはらった。

「さわらないでくれ。俺はやる。好きにやってやる。俺は将軍だ、誰がとめることができるものか！」

政子は黙りこんだ。

口をはさむには、腹立たしすぎた。

頼家のわめき声、異様な高笑い——それらがぎりぎりと胸に揉みこまれるたびに、

——なんと私に似た子か。

思うのはそのことであった。自分が彼の立場にいたら、まぎれもなくこんなふうに気ちがいじみたとりみだし方をするだろう。

——鎌倉じゅうに火をつけるぞ！

というのもおどしでなくて本気なのだ。

本気だからよけいに腹が立つ。このまま放っておいたらどんなことになるかわからない——と思ったとき、

「なんて馬鹿なの、あなたは」

気がついたら、言葉が口からとび出していた。

「この鎌倉は父上の作った町、私たちの町なのに、それを自分の手で焼くというの」

「そうですとも」

頼家も負けてはいない。

「焼くのは私の勝手です」

「いいかげんになさい！　自分の町を焼けといったって誰が言うことを聞くものですか」

「やらせてみますよ、私は将軍だ」

「まあ、なんて勝手な。そんな将軍なら、いますぐやめてもらいます」

「え？　何ですって」

あきらかに頼家は虚をつかれたようだ。

政子は一度言葉をのみこんだ。落着かなければいけない、と思った。

「ほんとうは、あなたが元気になってから話すつもりでしたが――。もう千幡をあとつぎにすることは都に願い出てあるのです」

うう……。

頼家は低くうめいた。

「そうだったのですね、やっぱり――」

急につきものが落ちたような、寂しい瞳になった。

「やっぱり母上は千幡がかわいいのですね」

「そうではありません」

「それにきまってますよ」

虚無的な薄笑いを彼はうかべた。

「いいえ、鎌倉の町と幕府を守るためです。父上の残していったこの町と幕府を――」

言いかけたとき、ふと頼朝のおもかげが瞳の底をよぎった。彼は深い瞳の色をしていた。木曾義高を殺し、九郎義経を殺したあとに見せた、あの瞳の色である。

――ああ、あなた……

はじめて政子は、夫の瞳の中にかくされていた苦悩の深さにふれたような思いがした。

「非情と言われてもいい。俺は武士の集まりを保つためには何でもする」

と言った言葉の重みが、いまじんじんと胸にひびく。

――これでいいのですね。まちがってはいませんね、私は……

ふと政子はまぶたの底の夫のおもかげに語りかけていた。

その日以後の鎌倉で行われた政権交替劇はまことにあざやかだった。

九月七日、頼家、御所において出家。

十日、千幡を後嗣とすることを正式発表。

十五日、都より千幡を従五位下征夷大将軍とする旨の辞令到着。

ぎりぎりのところで北条氏は大バクチのつじつまをあわせることができたのである。

間髪をいれずに、頼家のとりまき連は処分された。比企の乱に生残った中野五郎らが所領を没収されたのはもちろんだが、鞠の師匠の紀行景は都へ追返されたし、例のごますり男の平知康は、

「どこへなりと、さっさとうせろ！」

とばかり、足蹴にされまじき勢いで追出されてしまった。ごますりにかけては天下の名人知康も、今度ばかりは北条氏をたらしこむことはできなかったようだ。

彼等に乗ぜられる隙を与えなかったのは、北条五郎時連の献策によるという噂が専らである。知康に名前をかえろなどとからかわれて、へらへら笑っていたはずの彼が、今度の処置についてはいちばん強硬派だったという。

——ははあ、してみると、五郎どのは、敵のふところに食いこんで内状をさぐる役だったのか……

いまさらのように、人々は北条氏の周到さに舌を巻いた。

この機敏さ、周到さのおかげで、北条氏は、みごとにチャンスをわがものとした。頼家生存と聞いて動揺しかけた御家人を、機先を制してあざやかにおさえこんでいる。

このときも彼らはあえて非情な策をとった。その犠牲となったのは、旗上げ以来の腹心仁田忠

常だったが、この男、ちっとばかり気が小さすぎた。

――頼家が生きかえった。

と聞いて、いっぺんに縮みあがってしまったのだ。もし頼家が将軍の座に居すわるとなれば、比企を殺した自分の首が危い。あわてふためき、

「私がやったのではございませぬ。私はただ北条どのに言いつけられただけでして」

御所の女房を通じて頼家に弁解しようとした。

この忠常は、頼家の出家の前後に殺されている。もっともこれについても鎌倉では、

「忠常がうまうま北条の策にのせられたのよ」

という見方もされている。とにかく今度の事件の真相を摑んでいるのは忠常だ。その口を封じるために、有無をいわさず殺してしまったのだ、というのである。

――そういえば、御所のことだって……

人々はひそかにささやきかわす。十日に千幡を後嗣とすると発表しておいて、十五日にはもう都から辞令が来たのは、早すぎる。そのころの常識では都との往復には少なくとも七日はかかるはずなのに……。

が、仁田忠常に加えられた冷酷な制裁を見ては、彼らの口も自然と封じられた。

やがて頼家は伊豆の修禅寺に強制的に移されることになった。厳重な監視をうけて行列が鎌倉を離れるとき、頼家は、静かな、しかし刺すような眼で政子に言った。

「私はあの日のことは決して忘れませんから――」

その日の頼家の言葉は、後日までも政子の耳に残った。

そしてもうひとつ、政子は、彼があの日以来自分を母と呼ばなくなっていることに気がついて

いる。

――あの子は、私が千幡を偏愛して自分をやめさせたと思っている。その誤解をとくには、伊豆へ出発するその日が、最後の機会だったが、彼女はとうとうそれをしなかった。

何度、口の先まで言葉が出かかったことだろう。が、言えばきりがなくなって、親子ははてしない、いさかいの渦にまきこまれてしまうにきまっている。が、いまはいさかいのときではないのだ。すでに千幡の家督相続を朝廷に申し出た以上、ここで混乱を起こしてはならない。そんなことになれば、朝廷方はそのどさくさをいいことに将軍の宣旨を取消すかもしれないではないか。そうすれば、もちろん鎌倉の御家人たちは動揺し、この鎌倉幕府の存続さえも危ぶまれてくる。

政子は必死で言葉を呑みこんだ。

――あの子はわざと大声で言った。まわりの人たちに聞こえるように……。おそらく人々は、私のことを非情な母だと思っているにちがいない。

たしかにそうかもしれない。頼家を将軍の座からひきずりおろし、伊豆に追いやるまでのすべては、政子の名によって行われたのだから。好むと好まぬとにかかわらず、いま彼女は権力の座の中心におしあげられている。

――そのことで、私は決心して後悔はしまい。

必死で眼を開き、馬上の頼家を見送った。が、その時彼女が追いもとめていたのは、わが子の姿ではなかった。弟の義経、範頼を殺してなお、非情に徹しようとしていた、夫頼朝の姿であった。

伊豆の頼家から手紙が来たのは二月ほどしてからである。初冬の夕ぐれ、政子はそれをうけとった。

「お元気でいらっしゃいますか、私はおかげさまですこやかにすごしております。が、この伊豆の山奥の冬は、いかにも寂しすぎます。森閑と静まりかえる山々、ここでは猿さえ啼《な》きはしないのです。その山に、私は毎日向かいあって、つくねんとしています。鎌倉の地をふむことはもうあきらめました。許してくださいとはいまさら申し上げますまい。ただひとつ、願うことなら、馴れしたしんだ侍たちの幾人かを、おつかわしいただけませんか」

あのときとはうって変わったしおらしさだった。

読み終えると、政子はふっと眼をあげた。

初冬の月は、少しずつ光をおびはじめている。まぶたの裏には、冬枯れの伊豆の峰々が、薄くうかんで消える。

どこからか笛の音が流れて来た。誰が吹くのか、ゆるやかなしらべは、冴えざえした冬の宵にいつまでもたゆたっている。

――頼家もこの月を眺めているのだろうか。

そう思ったとき、政子はふいに、胸をしめつけられた。

――私はとんでもないまちがいをしてしまったのではないか！

政子は必死で頼朝のおもかげを追いもとめていた。あの日のように、

――これでいいんですね。あなた……

もう一度、そのおもかげにたずねたかった。

――私、まちがっていませんわね。

だが、政子のまぶたの奥には、遂に頼朝は現われなかった。かわって現われたのは、例の、いじわるなもう一つの自分の声である。

——なにさ、いまさら……。なにをうろうろしているのさ。

——ああ……

思わず顔をそむけたが、なおも声は執拗に迫ってくる。

——ふ、ふ、ふ……もう何を考えたっておそいじゃないか。げんにあんたは自分の息子を追払ってしまったんだよ。

胸の底がきりきり痛むのをこらえながら、目をつぶった。あの日、決して後悔しまい、と思った心もいくじなく崩れて政子はおろおろした。

——どうしてそんなことになってしまったのかしら。私ははじめはそんなことは……

——考えてもいなかったというんだね。

たしかにそうだった。はじめは、何とかして頼家を毒している比企一族を遠ざけようと思っただけだ。それも決して、あの連中を殺すつもりはなかった。それが突然頼家が病気になったあたりから、事件は妙な方向へ曲がりだしたのだ。

と、声はからかうように言った。

——おや、そうかね。それじゃあ、まるで、息子が病気になったのが悪いみたいじゃないか。あんたは嘘をついてるね。

——え、私が？

——そうさ、なぜはっきり言わないの。

——何を？

——あんたが若狭を妬《や》いていたってことを。

——まさか！

打消しながら政子はぎょっとした。ふいに、はらわたをつかみだされ、目の前に突きつけられたような気がした。

——かくさなくてもいいんだよ。

声はあざわらっている。

——あんたは息子をあの女にとられた。それがくやしくってしようがない、なんとかして取戻そうと思った。あの女がいなくなれば、息子は戻ってくるかと思った。どう？

胸の動悸《どうき》はますますたかなってくる。

そんなことはないと、言いたかった。しかし、政子は感じている。若狭が死んで以来、一度だって、それを哀れだと思っていない自分を。わざと気づかぬふりをしてはいるが、むしろ一枚めくった心の底には、いい気持だという思いがひそんでないとはいえない。声はいま、政子自身も見たがらない、赤裸々な心の中を、眼の前につきつけてきているのである。

——だが、あんたの目算はみごとにはずれた。若狭を殺されて息子は逆上した。あんたの胸に戻るどころか、あんたをこの世でいちばん憎らしい人間だと思うようになった。

ふ、ふ、と声は笑った。

——そりゃあそうだよ。男にとって女と親と、どっちが大事か、考えてごらんな。あんたが、あの女と競争するのがむりなのさ。大きくなれば息子は親から離れてゆく。それがわからないあんたがばかだったのさ！

——あんたはそんな女だ！

声はあざわらうように言った。

——あんたのそのどうにもならない嫉妬心、それが今度の事件の根本だということを、なぜみとめないの。幕府のためなんて理屈をつけているけれど、そんなものは、つじつまをあわせるための借りものよ！

そんなことはないわ。そんなことは！

耳をふさいでそう叫びたかったが、今の政子にはその力がない。

われ知らず目をそらせてきたものと、まともにむきあうことのおそろしさ！　とりかえしのつかないことをした、という思いに胸をしめつけられているうち、突然、眼の前が真暗になって、政子はその場に突っ伏した。

息がつけない。

妙な力にぐいぐい引張って行かれそうだ……。

——あ、頼家……

政子はもがいた。

どのくらいたったろう。

気がついてみると弟の四郎義時がそばからのぞきこんでいる。

「大丈夫ですか。どうなさったかと思って飛んできたところです」

いたわるような微笑をうかべてから、投げだされたままの頼家の手紙に瞳を移し、

「あまりお気になさらぬことですな」

なにげないふうに言った。

「頼家どのは甘えておられる」

「え？」

「昔の仲間を呼びよせようなどとは許されませんな。人を集めてどうなさるおつもりか」

政子は黙っていた。四郎の声にかぶさるようにしてついてくる、もう一人の自分の声に耳をかたむけていたのだ。

——そうとも！　お人好しのおばかさん。

その声はそういっていた。

——あれは泣きおとしよ。何で息子が本気で甘えるものですか。惚れた女を殺したあなたを、忘れるはずはないのよ。あの息子は、あんたに復讐するつもりなのよ。せいぜいあわれっぽく持ちかけて、昔の仲間をまわりにひきつけようというのよ。

呆然とした政子の耳に、ふたたび四郎の声が聞こえてきた。

「あまりお気になさるとお体にさわります」

政子は手をふった。四郎のいうところはすでに見当がついている。

その夜とうとう政子はまんじりともできなかった。

夜になって少し高くなりはじめた潮騒の音にまじって笛の音が聞こえるような気がしたのは錯覚だろうか。

——頼家も眠れないでいるのではないか。

という気がしきりにした。

夜があけたとき、

「御台さまは一晩中おめざめだった」

侍女たちはそんなひそひそ話を交わしたが、政子の心の中に気づいたのは、おそらく誰もいなかったのではないだろうか。

側近を呼びよせたいという頼家の希望はもちろん拒否された。

その使者に立ったのは、相模の豪族、三浦義村である。

十日ばかりして帰って来た義村は、ひどく疲れた顔を尼御所に見せた。

「聞きしにまさるものさびしさでございましてな」

鎌倉を発つとき、頼家は十数人の侍女をひきつれていっている。が、単調な山の中のあけくれと、心の憂悶《ゆうもん》が、彼をひどく気短かにさせ、侍女たちにあたりちらしているという。

「で、側近を呼べぬ、と言ったとき、あの子は？——」

政子が身をのりだすと、義村はふと目ばたきを繰返した。

「そうか。それならもう頼まぬ——そう仰せられ、それきり、何もおっしゃいませんでした」

「それきり、何も——」

「はい」

頼家の焦立ちが目にうかぶような気がする。細面の、髭あとの濃い頬のあたりを震わせているその顔が——。何も言わないというそれだけ彼の憤りも恨みも深いのだ。

と、そのとき、

「尼御台さま——」

義村が低く呼んだ。

「ただひとつ、そのあと他言無用と仰せられて、私にだけお言葉がございました」

「まあ、それは、なんと——」

「申しあげてよろしいか、どうか……」

「言ってください、何でも——」

政子がせきこんで言うと、義村はなおもためらうように坐りなおした。三浦半島一帯の大領主で、旗上げ以来、父祖三代にわたって源氏の忠実な側近だった彼は、血気にはやる単純な坂東武者のなかでは、珍しく思慮も深く、ある意味では策士でもある。その彼が言うのをためらっているのはどんなことなのか。

やがて彼は覚悟をきめたように口を開いた。

「若君のことでございます」

「まあ」

「鎌倉に残してこられた善哉さまの行く末をくれぐれも頼むと——」

善哉は頼家の次男である。騒乱の中で殺された一幡とは母もちがう。頼家にはさらにその下に母ちがいの女児もあったが、その二人は事件と無関係だというので、鎌倉にとどまっている。伊豆の山奥で、頼家は、さすがにその子たちを思い出しているらしい。

特に三浦義村の妻は善哉の乳母だった。生まれおちたときから三浦一族はこの子にかしずきつづけている。その顔を見て、何も言わずに善哉の行末をたのんだという頼家に、政子はふっと胸をつまらせた。

——人の子なのだ、やっぱり……

「よく言ってくれました」

政子は軽くうなずいた。

「善哉のことは私からも頼みます。あの小さな子には何の罪もないのですから」

義村が一礼して去ったあとも政子は長い間、物思いにふけっていた。

が、政子と頼家――この宿命的な母と子は一年たらずのうちに遂に破局を迎える。伊豆で最後の叛逆を試みた頼家が北条氏の手勢によって惨殺されたのは翌年七月のことだった。

花嫁の輿

千幡は元服して実朝と名乗りをかえたころから急におとなびてきた。背丈もめきめきのびてきたし、まわりから言われるまでもなく、口のききかたなども、それまでのあどけなさは消えてしまっている。

が、まわりからみれば、それがかえって痛々しい。

思いがけなく起こった騒乱の中で、突然王座を与えられた少年の、樹々の若芽のように初々《ういうい》しく繊細な心は、ひときわひどいショックをうけているにちがいない。それを何も言わず、――もう自分にはこういう生きかたしか許されないのだ。

とでもいうふうに、思い定めている様子には、時として政子の涙をさそわずにはいられなかった。

頼家とちがって実朝は子供のときからすなおだった。将軍になってからは、体が弱かったにもかかわらず、神社仏閣の参拝とか幕府の行事とかには、無理をしてでも出席しようとした。それがたたって、時には大熱を出して寝こむこともあったが、こんなところも、なげやりで怠けがちだった兄とはまるきりちがっている。幼いながらも彼は、

——公私の別は、はっきりと……

と考えているらしい。

将軍として公式の生活から解放された余暇に、このごろ興味を持ちだしたのは和歌だ。絵をみることも好きだった。蹴鞠だけに凝っていた兄よりも趣味はゆたかである。

あるときこんなことがあった。

御家人のひとり、桜井五郎は鷹飼の名人だった。実朝は彼を呼んで鷹飼の話を聞いていたが、話に夢中になった桜井五郎が、ふと口をすべらせた。

「いや、鳥をとるのは、何も鷹だけとはかぎりませぬ。飼うもののいつくしみと訓練さえあれば、うまく馴れさせることができます。げんに、私は、もずを飼って雀をとらせております」

「え、もずで？　もずで鳥がとれるの」

実朝は急に目を輝かし、日ごろの気くばりも忘れたのか、急に幼い言葉つきになった。

「はい、私の馴らしましたもずは、雀をとりますのがたくみでございます」

「ふうん、ほんと？」

「まちがいございません。よかったら、お目にかけます」

実朝は目を光らせた。

ぜひ！　という言葉が今にもその薄い紅い唇から洩れるかと思ったが、ふいに彼は口ごもり、頬を真赤にした。

「いや、いい」

「左様でございますか」

むしろ五郎は張りあいのぬけた顔である。

「よろしかったら、いつでもごらんにいれます」

「うん」

気乗りのしない返事をしたが、わざと好奇心を押さえていることがよそめにもはっきりわかった。

それを聞いて政子は、ふといじらしくなった。そんなことを見たいというのは子供っぽいと思って、わざとこらえているのではないか。

——やってみせておやり。

政子はそっと桜井五郎にいってやった。

翌日の昼下がり、桜井五郎が、もずを肩にとまらせて御所に入ってきたとき、ちょうど政子は実朝のそばにいた。

「お差し支えなければ、雀取りをごらんにいれますが——」

五郎は小庭の入口に手をついた。眉の濃い髭面をみて、

「あ！」

実朝はかすかに声をあげた。さすがにうれしさをかくしきれない様子で、縁に走り出すと、

「ほんとにやってくれるの？」

少年らしく息をはずませた。

「とくと御高覧を」

五郎は自信満々である。肩の上のもずは、よほど人に馴れているのか、実朝はじめ御所の人々が縁に出てきても驚いて飛び立つけはいもない。

ひざまずいた五郎は、庭のしげみをうかがった。それともしらず、椿《つばき》の木蔭では、さっきから

数羽の雀が鳴きかわしている。

　さらに五郎は膝をにじらせた。肩から右親指へと、もずを移して呼吸を計る。縁の上の一座はしんと静まり、雀のさえずりだけがのどかに続いている。

　やがて一瞬！

　ちっ！

　というように五郎の舌が鳴ったとき、茶色のもずは宙を蹴った。小柄な猛禽は、どこにかくしていたかと思うほどのたけだけしさで、雀を襲い、もののみごとに一羽を仕とめていた。

　吐息につづいて縁先からどよめきが起こった。

　腰をかがめ息をつめていた実朝は、ぱっと政子のほうをふりむいた。頬を真紅《まっか》にして、

「よかったなあ！」

　まるで自分が仕とめでもしたように息をはずませて叫んだ。久しぶりで見せる子供っぽい興奮――。

　――やっぱりまだ子供なのだ……

　政子は彼の頰にあふれるよろこびの色に、自分の心もとき放たれる思いがした。

　それからしばらくたっての夜、二人きりになったとき、また桜井五郎の事が話題になった。すると、彼の頰には、あのときと同じような、笑顔がよみがえった。

「よかったなあ、あの時は……。ほんとうのこと、言いますとね、母上。私はもずが雀をとるところを見たかったんですけれど、言い出せなかったんです。だって――」

　少年はふと口ごもった。

「私には言えなかった。だって、もしやってみよ、といって五郎が仕そこなったらかわいそうで

しょう。将軍に命じられて失敗したら一本気なあいつはしょげてしまうでしょうからね」

思いがけない言葉だった。彼は自分が子供っぽく見られないように、見たいのをがまんしていたのではなくて、桜井五郎のためを思ってがまんしていたのである。

こうした気の使い方をする実朝は、もうたしかに大人だった。そしてそれにふさわしく、彼の身辺には、早くも青春が訪れかけている。

嫁とりの問題が起こってきたのだ。

十三歳——。今の感覚では、せいぜい長ズボンをはきはじめた少年にすぎないが、そのころなら、もうそろそろ社会人として通用しはじめる年頃。まして実朝は元服をすませているから、もうりっぱな「おとな」だった。そして、さらにいえば、元服と嫁むかえは、裏おもての行事でもあったから、まもなく実朝の周囲に嫁とりの問題が起こったことは、しごく当然なことでもあった。

御台所の候補者は、自薦、他薦、かなりの数にのぼった。あれこれの品定めに、最も眼を輝かしたのは、実朝の乳母になっていた政子の妹、保子である。

夫の全成を殺されて以来、保子の生きがいは実朝の成長にかけられているようだ。その献身ぶりは、いささか気ちがいじみていて、嫁とり話が起こってからというもの、彼女の念頭にはそのことしかない様子である。

保子にかかっては、たいていの候補者は落第だ。しかも、そのケチのつけ方がふるっている。

娘の実物は見たこともないくせに、

「あ、あのひとはだめ。あのひとの親父どのは、御所で酒盛りのあと、御飯を山盛りにしてたべて、必ず大きなくしゃみをして、御飯粒をあたりにとばすんです」

大まじめに言う。これには政子もふき出して、

「だって、親父どのがそうであっても、別に娘のきずにはならないじゃないの」

と言うと、

「そんな無作法者の娘は無作法にきまってます」

涼しい顔をしている。

万事この調子で、あの娘の親父は出歯すぎるの、あの娘の親父は御所の会議の席で、居眠りをしてよだれをたらしたのと、こきおろす。

「そんなことといってたら、誰ひとり、御台所になれそうな娘はいなくなってしまうわ」

あきれて政子が言うと、

「いいえいますわ、たったひとり」

いとも確信ありげに首をふった。

「親父どのもりっぱ、その子もきりょうよしの気立てよし。もっとも会ったことはありませんけど」

「会わなくて、どうしてわかるの」

「そりゃあもう。それに母親の血筋もいいし」

「誰なの、それは」

保子はにやりとして、おもむろに、その名を口にした。

上野の豪族、足利義兼の娘、松姫。

なるほど、母親の血筋はいいわけだ。なぜなら、その母親というのは、政子や保子の妹の高子だったのだから。

「私、ずっと前から、高子の話を聞いて、御台所はこの人ときめてましたの」

保子はいそいそとして言った。妹から娘のことはさんざん聞かされているから、会わなくてもわかる、というのだ。

たしかに自分たちの姪なら文句はない。

「それに義兼どのと高子の子なら、きっと御所さまの好みの娘ですわ。私御所さまの御好みなら誰よりよくわかるのです」

保子は胸を叩かんばかりである。

——ところが。

いよいよその話題が具体化したところで、障害が起こった。他ならぬ当の実朝が、その娘ではいやだ、と言いだしたのだ。

「あの娘はいやだ」

実朝にそう言われて、いちばんしょぼんとしたのは、保子である。なにしろ、

「このお話は私から御所さまに……」

万事まかせてくれと言わぬばかりに、自信たっぷりで実朝のところへ出かけていったのだから、ことわられて出てきたときの顔といったらなかった。

「おいやなんですって、松姫では……」

世にもなさけなさそうにそう言って、政子のそばにべったり、すわりこんでしまった。

「惜しいわねえ。いい御台さまになれたのにねえ」

まるで自分が嫁に行きそこねたように、がっかりしているので、政子も、しぜん、なぐさめる口調にならざるを得なかった。

「縁というものは仕方がないものよ」

「でもねえ、いい子なのにねえ」

「いくら、あなたがいいと思ったって、もらうのは御所なのですからね」

実朝と自分は一身同体——いつまでもそう思いこんでいるのを、この際たしなめる必要がある、と政子は思っている。

「いつまでも、御所は子供ではないのですからね。で、松姫はなぜいやだというの？」

「いやじゃないんですって。でも、もらいたい人がいる、とおっしゃるの」

「まあ——」

政子もこれは初耳だった。年ごろの男の子は、かえって母親には、そうしたことはうちあけにくいものなのか。

「で、それは誰なの」

思わず、せきこんでたずねると、保子は、

「それがねえ」

つかみどころのない表情になった。

「まったく、今どきの若い人の気持は、わからないわねえ」

とりとめのない詠嘆調を繰返している。

「いいわよ、そんなことは。それより、誰がほしいと言っているの」

「それがねえ」

もういちど、ぼんやり繰返した。

「誰でもいいっておっしゃるのよ」

「え？　なんですって」

「誰でもいい。都の姫君ならば。ですって」

「まあ」

思いがけない答だった。今度は政子が、

「今どきの若いものは……」

と繰返す番だった。

ついこの間まで子供だと思っていた実朝が、嫁とりについて、自分の好みをはっきり言うとい うだけでも、ちょっとした驚きだったのに、その欲しい相手というのが、都の姫君とは……。

都そだちの頼朝さえ、伊豆生まれの自分を妻にした。頼家が相手にした女性は数知れないが、それもみな坂東女である。

それをこの三代目の少年は、都の姫君を欲しいとは、いまなら、さしずめ、まだ見ぬ国の、青い眼の金髪娘と結婚したい、というようなものだ。同じ血が流れているとはいえ、都と鎌倉は、まったくの別世界であったからである。

実朝が都の姫君を御台所に迎えたい、と言ったとき、政子はまだ半信半疑だった。

──子供の夢ではないか。

そんな気がした。坂東生まれにしては、ひどく繊細な実朝は、物語の姫君にあこがれるように都人を望んでいるのではないか。

が、話を聞いてみると、彼はなかなかよく考えていた。

「兄君のことを考えると、坂東の豪族から嫁はもらいたくないのです」

兄頼家の悲劇は、愛妾《あいしょう》若狭局の背後から、比企一族がのさばり出てきたための悲劇である。

もし自分が同じように豪族の娘をもらえば、どうしても、こうした問題が起きてしまう。

「わたしは、そういう渦に巻きこまれるのはいやなんです」

だから御台所は、政治に口出ししないような家の娘を迎えたい、といつものおとなしさに似ず、実朝は、はっきり主張した。それだけ兄の悲劇が少年の胸に、深い翳《かげ》をおとしているのを見るようで、政子は胸をつかれた。父の時政にそのことを話すと、

「ほほう、それは」

さすがの彼も、孫の考え深さに舌を巻いたようである。

ところで、都の誰に白羽の矢をたてるか？

これはなかなか難問だ。へたにもちかけて、

「誰が坂東くんだりに行くものですか」

などと断られでもしたら、将軍の面目は丸つぶれになってしまうからだ。

すると、うまいぐあいに、

「それなら、私が――」

交渉役を買って出た者がいた。

時政の後室、牧の方だ。そもそも彼女の実家は、池大納言頼盛（清盛の弟）の所領、駿河大岡の牧を預る庄司である。その関係で都に出て女房づとめをした経験もあるので、いまだに都へはなかなか顔がきく。

しかも彼女と時政の間に生まれた娘は、すでに成人して、関東の豪族、平賀朝雅に嫁いでいる。その朝雅が、いま鎌倉の代表として都の六波羅にあって朝廷との交渉一切をひきうけているのだから、まさに好都合だ。

その日以来、牧の方は俄然活躍をはじめた。

女というものは、嫁とりというと、なぜこうも活気づくものなのだろう。それまで時政のかげでかすんでいた牧の方は、人が違ったように、いきいきとして、

——都のことなら、まかせてくださいな。

とばかり、しゃしゃりでてきた。

しぜん保子はお株をとられた形である。しかも牧の方は、ついに、保子もぐうの音も出せないような、大物の御台所候補者を射とめてしまう。

前大納言、坊門信清の娘である。

坊門家は藤原一門の中の名家で、すでに信清の娘のひとりは、後鳥羽院の寵愛をうけて、坊門局と呼ばれている。

「その妹君なのですからね、姫君は」

牧の方は鼻高々だ。

やがて吉日を選んで嫁むかえの行列が出発した。今度は事が事だけに一行にえらばれたのは、みな若くて、みめかたちのいい若者だった。牧の方が時政との間にもうけた十六になる政範《まさのり》とか、畠山重忠の六男、六郎重保《しげやす》などがその中にまじっていた。

嫁むかえの行列の出発したのは十月十四日、季節としてはもう冬になっていたが、三方山にかこまれたこの鎌倉では、まだ紅葉もうっすら色づきはじめたばかりである。

一行を送り出してしまうと、御所内は俄然忙しくなった。

「さ、お帰りになるまでに、全部模様がえをしなくては」

のどかな日和の御所の縁先に、牧の方の声がぴんぴん響いてくる。

高貴な姫君の御入来にそなえて、御所を万事都ふうにかえてしまおうというのだ。なにしろ、二度上京した政子以外は、ほとんど都を知らない連中だから、万事牧の方の言いなりになるよりほかはない。ここぞとばかり牧の方は、「都では」をふりまわす。御台所の居間の壁代《かべしろ》の大きさから、硯箱《すずりばこ》、櫛箱《くしばこ》、文机《ふづくえ》などの調度にまで一々文句をつけるかと思えば、出入りの女房の裾さばきが乱暴すぎると叱りとばす。豪族の食事の作法が乱暴だと悪口を言っていた保子までが、

「保子どの、将軍さまの乳母たるあなたが、そう口を大きくあけて御飯を上がってはなりませぬ」

ぴしゃりとやられてしまった。

「えらいことになっちゃったわ」

首をすくめているが、保子も内心おだやかでないことは事実だ。

牧の方に悪気はなかったかもしれない。が、女というものは、どうも、一つの事に熱中すると、つい、まわりのことまで考えなくなってしまうものらしい。彼女のはりきりぶりは、御所中の女房の反感を買いこそすれ、ひとりの味方も作れなかったようだ。

御台所到着の日がせまるにつれて、牧の方の興奮はさらに激しくなった。

——あれもたりない。これもやぼったい。ああ、そのうえ、御所の女たちは、どうしてこうも気がきかないのか！

いらだっている矢先、彼女を動顚させる知らせが入った。

先に嫁むかえの行列の中心となって出発した最愛のわが子、政範が、途中で病気になったという知らせである。

——まあ、政範がですって！

知らせを聞いたとたん、牧の方は、腰をぬかしたという。が、いじめられつづけていた御所の女房たちは、彼女に対してひどく冷淡だった。

「あんまり私たちをいじめるむくいよ」

と、いたってそっけない。

折りかえし牧の方から息子の安否を気づかう使いが出された。が、その使いが都につくより早く、重病、危篤、と矢継早な知らせがとびこみ、遂に牧の方を打ちのめす知らせが入った。

「政範どのは、着京された翌日、遂に息をひきとられました」

——ああ政範、鎌倉にいたら、母が何としてでもなおしてみせたのに……

狂ったように泣き叫んだが、もうとりかえしはつかない。それでも勝気な牧の方は寝つきもせず、御台所を迎える準備をとどこおりなくすませた。すみずみまで磨きあげられ、京風の優雅さに塗りかえられた御所に、都から輿《こし》がついたのは、その年もおしつまった十二月二十二日のことであった。

輿から降りたったそのひとを見たとき、居ならぶ人々の口から、思わず、
ほうっ。

という吐息が洩れた。

紅、青、紫——まるで光をそのまま織りものにしたとしか思えない衣裳の豪華さだった。亀甲唐草の、まばゆい唐衣《からぎぬ》の袖口からこぼれおちる表着《うわぎ》、五つ衣の、目もあやな色どりのせいだろうか、裾長にひいた裳《も》のひろがりのせいだろうか、そのひとは、ひどく小さく衣裳の中にうもれていた。

うすく紅をひそませた象牙いろの小さな頬、薄紅梅の花にも似た小さな唇、ひっそりと伏せた

瞳を蔽う黒いまつげが、重たげに長い。

幻の国から舞い降りた天女のような――。

そして女房に手をとられたそのひとが、さや、と衣ずれの音をさせて歩きはじめたとき、武骨な髭武者どもは、一瞬身ぶるいした。

――おお、動くわ……

まるで珍しいものでも見たように、口をぽかんとあけて、後姿を見送った。

これは奥の御所に居流れた女房たちにしても同じことであった。

朝から大騒ぎをして一帳羅をひっぱりだし、紅の、おしろいのとぬりたくって、さて、すましこんで並んだものの、姫の姿をみたとたん、おしゃれなどしないがましだったと気がついた。

もともと土台が違うのだ。まるで作りもののように小さく、あえかな目鼻立ち、きゃしゃな撫で肩をひと目みて、

――女とはこういうものか。

坂東女たちは、自分のごつい体や、ふしくれだった指先を改めて見直す思いであった。

こう差をつけられては勝負にならない。都女にはりあう気持はすっかり失せてしまって、牧の方の指図をうるさがったことを後悔しはじめた。

――もっと細かいところまで気をつけたほうがよかった。

磨きたてたつもりの奥御所も、あのかたの目には、ひどく無趣味なものに映りはしないだろうか……。

いささか自信を失った女たちは、少し従順になり、前よりは牧の方の言うことをきくようになった。最愛の息子を失った牧の方もこれでいくらか心を慰められたらしい。

せている。どこへいっても新御台所の評判はかなりにいい。牧の方はもちろん、時政も赤い鼻をふくらま

——どうじゃ、うちの女房の腕まえはたいしたもんじゃろうが。

たしかに御所の雰囲気は、頼家の時代とはガラッと変わってしまった。頼家の女性関係をめぐる猥雑《わいざつ》な噂や、女たちの後楯になっている豪族の駆引など、重苦しい気分に圧され続けていたのが、いかにも、優雅に明るくなった。

「まことによい御台さまをお迎えなさいました」

御家人たちは、口々にそう言う。

「そうか」

実朝はにこにこ笑っている。

「これでお家は御安泰でございますな」

が、彼等は気づいてはいない。実朝の微笑の後にかくされた複雑な翳を——。

誰からも祝福され、よろこばれているかにみえたこの婚礼——。その中でたったひとり、おめでた騒ぎに酔わない、醒めた瞳をもった人がいたとしたら、それは花婿の実朝だったろう。本来なら一番よろこび、有頂天になるべき人の目が、ひとりめざめていたということは、ある意味では悲劇的なことだったが……。

実朝が都人を妻に望んだ理由の一つは、たしかに政治的な配慮からだったが、もちろんそれと同時に、生涯の伴侶《はんりょ》に、坂東女にない繊細さを求めていた事は事実である。

例の桜井五郎のときにみせたような実朝の心のやさしさは、自然に対するときは、さらに繊細に、きめこまかくなる。

実朝は自然をみつめるのが好きだ。軒端をつたう五月雨《さみだれ》のしずく、風にそよぐ秋の紅葉――そんなものならいつまで眺めていても飽きはしない。

こうしたことは坂東女にはわからない。母の政子はいつも忙しそうだし、彼にきちがいじみた奉仕を続け、彼のことなら何でも心得ているつもりの保子にいたっては、そのほうはとんと鈍感で、

「雨だれが何でおもしろいんです。雨が降れば落ちるのが当りまえですわ」

きょとんとしているといったあんばいなのである。

――都の人ならこうではあるまい。

ひそかに実朝はこう思っていた。ひととおり、和歌や管絃の素養を身につけている都人なら、折々にあわせて、いっしょに風情《ふぜい》を楽しんでもくれよう……。

が、この予想はみごとにはずれた。新御台所は、全くそれらに反応を示さない人間だったのだ。いわゆる上流社会にはよくある型で、うれしいのか悲しいのか、さっぱりわからない、人形のような、無感動な魂の持主だった。

むしろ坂東生まれの実朝の魂のほうがずっと繊細だといってよい。鋭い貴公子然とした兄には似ず、実朝はむしろ北条系のずっしりした風貌《ふうぼう》である。それが傷つきやすい、詩人のような魂を持ち、かれんな人形妻がむしろ鈍感な魂を持つというのは、矛盾しているようだが、案外こうした例は世の中には多いのだ。

数日暮らすうちに、早くも実朝は、妻の性向に気づいたようだ。

が、彼は決して不満を外にあらわさなかったし、浮気もしなかった。そういうたちの人間なのだ。ひどく傷つきやすい魂を持ちながら、自分に対してはきびしい忍耐と苦悩を強いようとする。

弱さと強さ、やさしさと冷静さが、ふしぎに彼の中では同居していた。

いまさら兄のように愛欲の世界に陥ちこんで、豪族間の争いに巻きこまれるよりは、じっと静かにしていたい。

彼はそう思っていたようだ。

が、彼の願いに反して、早くも奥の局のあたりでは波風が起きはじめている。

何かにつけて出しゃばり、あたかも新御台所の親元のような顔をしている牧の方への批判がそろそろ首をもたげ始めたのだ。

実朝のまわりに渦を巻きおこした張本人は牧の方である。都から御台所をみつけてきたことをかさに着て、最近ではまるで親代わりにでもなったつもりで、御台所の世話をやく。そして誰かれかまわず、

「御台所の仰せには――」

と用事をいいつける。保子などは、それを聞くたびに、

「あら、だって御台さまは、お人形のように坐っているだけで、何もおっしゃらないのに……」

ひそかに口をとがらせている。

そのうち、人々は、牧の方が一人の若者に特に意地悪なあたり方をするのに気がついた。

若者の名は畠山重保。豪勇で聞こえた秩父の領主、畠山重忠の息子である。父に似て、きまじめで勇敢で、それでいておとなしいから、御所の女たちには、すこぶる評判がいい。その重保が、何かというと牧の方に文句を言われるのを見て、侍女たちは、

「へんねえ、まるで遺恨でもあるみたいに」

と首をかしげはじめた。しばらくしてやっとわかったことは、彼が都で死んだ牧の方の息子政

範と道づれだった、ということだった。

「牧の方は、政範どのが死に、重保さまが生きのこったのが気にいらないのよ」

「だってそれは仕方がない事だわ、病気の肩がわりなんてできないじゃないの」

「理屈はそうでも、心の中では納得できていないのよ」

盲目的に政範を愛していた牧の方にしてみれば、ありうることであった。

その間にも牧の方の重保へのいやがらせは、ますます露骨になった。時にはさすがの重保も、むっとして言葉をかえすこともあって、二人の間は次第に険悪となった。

いや、二人だけの問題ではない。重保の背後の畠山重忠と、牧の方の後楯の北条時政や、彼女の娘婿平賀朝雅の間にも微妙な波がたちはじめている。

そんなある夏の夜——。

鎌倉の海辺で、突然、時ならぬ喚声が起こった。

謀叛《むほん》だっ。謀叛人をひっとらえろ！

「な、な、なんだって」

人々は不意のできごとにあわててふためき、おっ取り刀で浜辺に駆けつけたが、ふしぎなことに、「謀叛人」はどこにもいない。

「ちぇ、何てことだ。人騒がせな」

寝ぼけ眼をこすりながら、ぶつぶつ言ってひきあげていった。が、このとき、彼らはまだ気づいていなかった。このどさくさにまぎれて、一人の若者がひそかに惨殺されたのを……。

殺されたのは畠山重保——。

となれば、殺した相手もほぼ見当がつくというものである。

「――ああ、やっぱり……」

奥で侍女たちが顔色をかえたそのころ、幕府から正式に、

「重保は謀叛を企んで殺された」

と発表があった。牧の方にそそのかされた北条時政の工作であることは歴然としている。

そしてそのころ、この惨劇も知らずに重保の父重忠は、久々に幕府に出仕するべく、炎天下の武蔵野を横ぎっていたのである。

重保を謀叛人ときめつけた幕府は、早速、畠山征伐の軍勢をくりだした。誰も心の中では、

「無茶だ」

と思っている。が、表面はとにかく将軍実朝の名による畠山征伐の命令だ。いやいやでも従わないわけにはゆかない。

彼らが重忠の一行と出会ったのは、武蔵野の二俣《ふたまた》川のほとりであった。何も知らずに平常の出仕のつもりで出て来た重忠は、武装らしい武装もつけてはいず、手勢も百数十騎、武蔵第一の豪族にしては、全く簡略な行列だった。

むかえうつ側は鎌倉御家人をあげてのものものしさである。いかに十人力といわれた重忠といえども、これではかなうわけがない。

このとき、重忠は最後まで男らしい態度を棄てなかった。彼がわが子重保の横死の知らせをうけたのは、鎌倉勢と激突する寸前だった。

「逃げましょう。今からなら間にあいます」

部下はとっさに言った。

「これでは余りに小勢です。館にひきかえし、総勢をあげて戦って畠山の腕前のほどを目にもの

見せてやりましょう」

が、重忠は首をふった。

「いや、このままでいい」

「みすみす討たれるとわかっていてもですか」

「そうだ。それでいいんだ。わざわざ本領にひきかえすのは、ほんものの叛逆者のやることだ。俺は誰が何といおうと叛逆者ではないんだから、このまま軍勢の間を突切って鎌倉へ行く」

「しかし、到底――」

わかっているというふうに重忠は微笑した。

「突切れるはずはなかろう。が、それでいいと俺は思っている」

最愛のわが子重保を失った彼は、すでに生への執着を棄てていたのかもしれなかった。

畠山一族の奮戦ぶりはみごとだった。百数十騎が一団となって、阿修羅のように荒れ狂い、十数倍する鎌倉勢をたじたじとさせた。戦闘が始まったのは正午、重忠以下全員ことごとく討死したときは、すでに申《さる》の刻をすぎていた。その間四時間余り、たった百数十騎が、いかに驚くべき執拗な抵抗をしめしたかは、これによっても知られる。

一夜を戦場にあかした鎌倉勢が帰ってきたのは翌日の昼すぎ。輝かしい凱旋《がいせん》にしては、みな浮かない顔をしている。ひどく後味の悪い思いが誰しもの胸にたまっているからだ。

「なにかだまし討ちにしたような……」

重忠に対して、どうも気がとがめるのだ。

――俺たちは、どうやら、牧の方にうまく使われたのではないか。

いまや牧の方への不満は、女たちだけではなく御家人の間にもひろがりはじめた。それに応じるように、突然、牧の方を批難するのろしがあがった。

待っていました、とばかり、御家人たちはこれに同調する。誰も驚くどころか、当然だという顔をしている。ただし、のろしのあげ手だけは思いもかけない人物だった。

牧の方攻撃ののろしは、意外にも北条氏の内部からあがったのだ。先頭に立ったのは、四郎義時と弟の五郎である。

彼らの攻撃の矢は、まず牧の方にごまをすっている稲毛重成という豪族にむけられた。彼はもともと畠山の一族なのだが、牧の方から、重忠を倒せば彼らの一族の長者にしてやると持ちかけられて、すっかり彼女の腹心になってしまった。重保の暗殺から、時を移さず、だまし討ちに近い形で重忠を倒したのも、すべて彼の作戦だったといってよい。

御家人の間に、畠山重忠の死を惜しむ声が高まってきたその時期に、北条兄弟は、公然と重成の非をならしはじめた。

御家人たちはそれに力を得た。

「そうか、はっきり言ってもいいんだな、俺たちも――」

それまで、北条氏をはばかって、おさえていた牧の方への不満は、一気に爆発し、人々はわっとばかりに稲毛重成の館に押しかけて、重成を血祭りにあげてしまった。北条兄弟と緊密に連絡をとり、御家人たちの先鋒となったのは、三浦義村である。

が、それだけでは御家人の不満はおさまらなかった。

――何といっても張本人は牧の方なのだからな……

誰の目もそう言っている。

と、そのうち、どこからともなく、奇妙な噂が流れはじめた。

――牧の方が、将軍の命を狙っている。

もっともはじめのうちは、さすがにそれを信用する人はいなかった。

「まさか、そんなことが……げんに、牧の方は、あんなに、将軍の御台所に肩を入れてるじゃないか」

が、一度火のついた噂というものは、それ自身の魔力でどんどん燃えひろがるものだ。しばらくすると、うっかり、

「まさか」

と打ち消そうものなら、その人間までが、牧の方の同調者として警戒的に見られるようになってしまった。

「なにしろ……」

情報通と称する連中は言う。

「牧の方の娘御は、坂東でも指折りの名家、平賀朝雅どのの妻だ。平賀は源氏の一族だからな」

朝雅はなかなか切れる男だ。いま鎌倉の代表者として都に滞在して朝廷との折衝にあたっているが、そっちでも評判はいい。

「だから、牧の方は、あの朝雅を――」

そこまで言って人々は口をつぐむ。

が、もうその先は言わないでもわかってしまう。

そしてこの妙な噂のあと、ついに牧の方は、御家人たちから膝づめ談判されて、鎌倉の政治の表面から手をひかざるを得なくなる。

「まあ、くやしいっ、みんなでよってたかって、私をいじめるのねっ」

泣いて騒いだが、かわいそうだという人は、たった一人しかいなかった。

その一人——。それは彼女の夫、北条時政である。

牧の方へのさまざまな取沙汰は耳には入っていたけれども、いや俺が口をきけば、事はおさまる、と思っていた。が、御家人たちはそう甘くはなかった。頑強に、

「牧の方はひっこめ！」

と繰返し、時政が、

「そ、そんなことは俺が許さん」

一喝しても何の効果もなく、むしろ、

「いや、北条どのもごいっしょに引退なさってもよろしいので」

と言い出すしまつ。

「——ああ、なんたること。創業以来の功労者の俺にむかって……。おい、四郎、五郎、みんな集まれ！」

時政は躍起になって、息子たちを呼びよせようとしたが、四郎や、五郎さえ、

「ま、よくお考えになって……」

顔も見せようともしない。

「親不孝ものめが！」

時政は慨嘆したが、御家人たちはむしろ逆の見方をしていた。いつも時政のいいつけに従って来た四郎や五郎が、今度はっきりした態度をしめしたことを、

「よく俺たちの味方になってくれた」

と歓迎した。

時政にとっては思いがけないつまずきだ。やっと頂上に押しあがったと思ったとたん、足許に大穴があいて落ちこんでしまったようなものだ。が、こうなってはどうにもならない。結局御家人の総意で伊豆に引退させられることになった。

そんな父親を、政子は少し気のどくに感じている。創業以来の功績を思えばまことに不本意な引退であろう。しかしこれ以上牧の方にひっかきまわされて、実朝の前途に暗いかげのさすことを思えば、この際やはり手をひいてもらうよりほかはない。

せめてものなぐさめは、伊豆に引退ときまると、時政が、意外なほどじたばたするけはいを見せなかったことである。

「じゃあ、たっしゃでな」

ひどくさばさばした顔で去っていった。もともとあきらめのいいたちだったし、寄る年波がねばりを失わせたのかもしれない。

じじつ伊豆に帰ってからの時政は、急にぼけてしまって、子供のように牧の方の後を追いまわす、他愛のない老人になってしまったようだ。

この時政引退と前後して、牧の方が将軍に推しているといわれた娘婿の平賀朝雅が都で殺された。朝雅自身にそれだけの野心があったかどうかわからないのだが、牧の方への反感が、御家人たちをそこまで駆りたててしまったのである。

畠山事件が起こったのは夏の暑い最中だったが、すべてが落着したとき、すでに秋のなかばはすぎていた。

やっと御所には平和が訪れてきたようである。実朝の許へ都から「新古今和歌集」が届けられたのもそのころだ。事件のなりゆきに心を痛めていた少年の頰に笑顔がよみがえり、新しい歌集を手に入れたことで、作歌熱も前よりはたかまったようだ。

ちょうどそのころ、政子の許へ都からことづけられたものがあった。政子のところへ都から着いたのは、実朝に贈られた歌集のような「もの」ではなく、生き身の人間である。それもたった二つの、よちよち歩きの童女だった。

綾姫――そんな名前さえまだ身に勝ちすぎるいたいけな童女。それが遠い都から鎌倉へ送りとどけられたのも、じつは牧の方の事件に関連してのことである。

童女は、この事件に坐して殺された稲毛重成の孫娘だった。重成の亡き妻は政子の妹である。妹の死後、政子のほうにはあまりよりつかず、牧の方にばかりごまをすっていた重成のことを、政子は、それほどこころよくは思ってはいなかった。

この重成と政子の妹の間に生まれた娘が、都の公家に嫁いで生まれたのが綾姫だ。運悪く産後の肥立ちが悪く母親が早死したところへこの畠山事件が起きて、重成が誅されてしまったのだが、それを聞くと、都のその公家の家ではちぢみあがってしまった。

――そんな罪人の孫娘を養っていて、かかりあいになってはめんどう至極。

公家などというものは、いつの世でも権威主義で薄情なものだが、後難をおそれて、このがんぜない童女を邪魔もの扱いしだしたのである。

それをふと耳にした政子は矢も楯もたまらず、早速綾姫を鎌倉に呼びよせたのだ。

――かわいそうに。その子には何の罪咎もないのだから……

荒くれの鎌倉武士の胸に抱えられて尼御所につれて来られた綾姫は、人見知りもせず、ちょこちょこと政子のそばまで歩いてくるとにこにこして黙って首をさげた。体の割に頭が大きくて、そのはずみに、ぐらりとするのを、抱きあげて、

「おお、よしよし、よく来ましたね」

頰ずりしながら、思わず政子は声をつまらせてしまった。

人見知りをしないというのは、それだけ、特定の人の胸にすがって愛される味を知らないからでもある。

——事件はおさまったけれども、まだすべてが終ったわけではない。

どこか重成や妹のおもかげのあるあどけない綾姫の顔をみつめながら、政子はそう思った。男たちは力の争いが終ればそれでいいのだろうが、女はそうではない。この子の将来をみつめてゆく役がまだ残っている……。

三浦義村が御所にやってきたのはその数日後である。畠山事件で、稲毛重成を誅する先鋒となっただけに、

「この子が綾姫さまで——」

「行く先はよろしく頼みます」

政子が言うと、

「それはもう……」

武骨な手で綾姫の髪をなでて、

「姫さま、じいの家にもお出かけなされ」

それから、

「御台さまもおしのびにて、ぜひ」

ふと意味ありげな眼つきをした。

小さきいのち

三浦義村というのはふしぎな男である。誰にもない独自な嗅覚を持っているらしい。いつもにげない顔をしてふらりと尼御所にやって来るが、それが、きまって、政子が綾姫の遊び相手になっているときなのだ。

海に突き出た三浦半島の大領主である彼は、潮焼けした顔をほころばせて、きまって、

「大きくなられましたな」

と言う。それ以上お世辞は言わないし、そのあと言うことばもきまっている。

「どうぞ姫さまをつれてお出かけください」

口許には、思いなしか意味ありげな微笑がうかんでいる。そしてさらにふしぎなのは、政子が綾姫をつれて義村の館に行くと、必ず頼家のわすれがたみの善哉が来ていることだった。

義村の妻は善哉の乳母だったからあたりまえといえばあたりまえなのだが、事件のあった後、善哉は生母の賀茂重長の娘、辻どのの手許ですごしていることが多いのに、政子の来る日には必ず三浦の館に来ている。

偶然といえばあまりにも偶然のつみかさねではある。それが何度か続くうち、政子には義村の微笑の意味がわかったような気がした。

叛逆者の刻印を打たれて葬りさられた稲毛重成の孫が政子にひきとられ、ともかくも不足のな

いかしずかれかたをしているのを見て、彼は同じ運命にある養い君、善哉のことをすぐ頭にうかべるのであろう。

——尼御台さま、もう一人、ごらんになっていただきたいお子がおります。

義村の「わが館へお越しを」という言葉には、そうした意味がこめられているのではないか。将軍とはいえ、幕府に楯つく形で命を終った頼家のことについて語るのは鎌倉ではタブーになっている。しぜんそのわすれがたみを、大っぴらに御所につれてゆくことはできない。その善哉のことを思い出してほしいと義村は言っているのではないだろうか。

もちろん、政子は義村に言われるまでもなく、善哉のことはいつも心にかかっている。いたいけな綾姫を見るたびに思い出すのは彼のことだ。正面切って会おうと言えない立場にあるだけ、一見武骨にみえる義村のさりげない心づかいが身にしみた。

尼御所ではそんな事は誰も気づいてはいない。保子などは、義村のことを、

「なんて口下手なんでしょうね。いつも遊びにおいでください、しか言わないんだから……」

肩をすくめて笑っている。が、政子はむしろ、その一言を、今は心待ちするようにさえなっていた。

もっとも善哉のほうはそんなことには一向に気がついていないようだ。六歳の彼はひどいいたずらっ子で、

「祖母君さまですよ」

といっても、ろくすっぽあいさつもせず、三浦の館の庭をはねまわっている。それでも政子は善哉の顔を見るのがうれしい。義村のさりげない計いによる孫とのひそかな対面はその後もしばらく続けられた。

が、よろこびの時期は、しかし、まもなく過ぎた。そのあとに来るものは、むしろ苦しみでしかないことを政子はやがて悟るようになる。

幼い善哉との対面が政子にとって次第に苦痛になって来た理由はたったひとつ――。

それは彼が、あまりにも父親似だからだった。細面のかんの強そうな蒼白いおもざし、つりあがった瞳、何から何まで、亡き頼家の少年時代に生きうつしだといっていい。

「さ、祖母君にごあいさつを遊ばして」

乳母である義村の妻に手をとるようにされて、めんどうくさげに形ばかりのお辞儀をして、ひょいと首をあげたときの、幼児にしては傲岸《ごうがん》すぎる鋭い瞳に射すくめられたとき、

――あ、万寿……

危うく政子は頼家の幼いころの呼び名を口にするところだった。

似ている。

恐ろしいまでに似ている。

頼家が急に幼な子に逆もどりして、この世に帰ってきたような気がした。

――母上、またお目にかかりましたね。

つり上がった目は、そういって彼女をなじっているようにさえ見えた。

政子の思いすごしだったかもしれない。彼女が思わずたじろいだそのとき、善哉はぷいとその座を立って庭へ走り出していた。

三浦義村がしきりに何かを言いかけているのも気づかずに、政子は善哉の走りさったほうをぼんやりみつめていた。頼家との苦悩にみちた過去が、むくむくと頭の中で首をもたげてきた。

――私はやっぱりむごいことをしてしまったのだろうか……

あのときは、もう決して悔いはすまい、と思ってしたことだけれど、やっぱり私は……。

耳の底でかすかな声が聞こえ始めるのを必死になって彼女は追い払おうとした。

あの声だ……。

いつも私を悩ます、私の中のもう一人の私。

笑っている。あざ笑っている。

——いずれそんなことだろうと思ったよ。

——来ないで！　そばによらないで！

必死に目をつむったとき、

「御気分が悪いのでは？」

義村の声が耳のそばでした。

「いいえ」

あわてて微笑したが、頰がこわばっている。遠くで善哉のかん高い声がした。

——あの子は何も知りはしない。

そのことが、むしろ胸を痛ませる。将軍家の御曹子として、はでにかしずかれていたかもしれないあの子。その運命をかえてしまったのは、ほかならぬこの私なのだ……。

が、それでいて、政子は善哉の顔を見なければ落着かない。会えば苦しくなるにきまっているのだが、十日も顔を見ないと不安になり、義村が早く声をかけてくれないか、とそわそわし始めるのである。

そして声さえかけられれば、まるで魔術にでもかけられたように、善哉の許にひきよせられてしまう政子。

――頼家、実朝にもこんなふしぎな愛着を感じたことはあったろうか。自分の心の傾きかたに気づいてぎょっとしながら、

――これが私の贖罪《しょくざい》なのだ……

ひとりでぼろぼろ涙をこぼしたりした。

政子と善哉のひそかなあいびきは、だが、長続きはしなかった。三浦義村の館への微行が度重なって人目につきはじめ、それとともに、あらぬ噂が流れはじめたからだ。

尼御台さまは、善哉どのをかわいがられて、将軍家のおあとつぎになさるおつもりなのか……。

実朝も御台所もまだ年若で子供が生まれるところまで行っていなかっただけに、この噂は、御家人たちの間に動揺をまき起こした。

――かといって、もし将軍家に将来おあとつぎが生まれたらどうなる。また事はめんどうになるぞ。

――善哉どのが将軍家になると、頼家公に味方しなかった俺達の首は危いな。

正直いって、政子はそこまで善哉の将来を具体的に考えていたわけではなかった。いずれは何とかしなければ、とは思いつつも、目前のいじらしさにひかれていたのだが、まわりからの動きで結論を強いられるかたちになった。

幕府の中で度々討論が重ねられた末きめられた、善哉の行くべき最も安全な道というのは、

「仏の御弟子になる――」

ということだった。

その時代においても最も穏当な常識的な解決策である。

――あんな小さな子が……

そう思うと政子はいささかふびんだったが、非業の最期をとげた父や異母兄一幡の冥福を祈らせることは、彼にとって一番ふさわしい、という気もした。決定は表向き「尼御台さまのお計い」ということで発表された。動揺しはじめた御家人をしずめるには、政子の名によって行われることが最も効果があると考えられたからだ。

決定が乳母の夫である三浦義村に伝えられたとき、彼は例によって口数少なく、

「左様で――」

と言ったきりで、その表情からは何も読みとれなかった。その間に話はさらに具体化し、鶴岡八幡宮の別当（長官）の阿闍梨《あじやり》尊暁に弟子入りすることになり、入門の日もその年の十二月ときめられた。

ところが、いよいよ弟子入りというその日、突然思いがけない事が起こった。当の善哉が、

「こんな所にいるのはいやだい」

経机を蹴とばして、だだをこねたのだ。何人もの大人が知恵をしぼったあげくに考え出した路線を、六歳の少年は、遠慮会釈もなく踏みつぶしてしまった。

大人どもはあわてふためいた。が、義村だけは、

「仕方がありませんなあ、まだお小さいのですから……」

はじめて微笑を洩らした。そしてその笑顔を見たとき、政子は、同様にほっとしている自分に気がついた。自分の名によって行われた決定をめちゃくちゃにしてしまったやんちゃ坊主に腹が立つよりも、

――早まって将来をきめてしまわないほうがよかったのだ。

心の底でそんな気がしている。

それでもどうやら善哉は鶴岡の尊暁阿闍梨のもとに落着いた。とはいうものの、お経の勉強のほうはちっとも身を入れず、三浦の館でやっていたと同様、僧坊の中を走りまわって、やんちゃの限りをつくしている。八幡宮への微行の参詣にことよせて、善哉の住む寺坊を見廻り、そのいたずらをたしなめるのが、政子の仕事になった。

「さ、あなたも、もう七つ、赤ン坊ではないのですからね」

赤ン坊でない証拠に、袴着《はかまぎ》の祝いもしてやらねば、ということになった。

袴着――いまで言う七五三の祝いだ。幼児期にわかれをつげて、少年の仲間入りをするという意味のあるこの儀式を、早い子はとっくにすませている。

善哉の袴着の祝いは、晴れて尼御所で行われることになった。いつまでも子供っぽいやんちゃをさせておかないために――表向きはそうだったが、政子の心の中にはもうひとつ、ひめられた思いがあった。

父の顔をろくろく覚えないうちに別れてしまったこの肉親の縁薄い子の、少年としての門出を、せめて華やかに飾ってやりたい。それが、非運の生涯を終ったこの子の父への手向けでもあり、自分の罪ほろぼしでもある……。

袴着は六月十六日ときめられて以来、政子の身辺は急に忙しくなった。少年に似合いそうな絹を蔵からとり出させたり、当日の酒宴の趣向を考えたり……。

「へえ、子どもより孫のほうがかわいいのね。将軍家のお袴着のときは、お姉さまはそんなに夢中にはなられなかったわ」

実朝の乳母でもある妹の保子は、いささか不満のていである。

「あのときは私が口を出さなくても、皆がやってくれましたからね。でも今度は、善哉は私がやってやらなけりゃ、面倒をみてくれる人はいないんです」

と政子はむきになった。

が、当の善哉は、いっこうに袴着の儀式に興味を示さない。何度その儀式作法の順序を教えてもすぐ忘れてしまう。

「さ、もっと本気になって覚えるのよ」

政子がいらだつと、ふいに彼はまじめな顔つきになった。

「ね、袴着がすんだら、刀をもらえるの？　おばあさま」

「ええ、もらえますよ」

「うれしいな。それなら本気でやろうっと。俺、刀が大好きなんだ」

「まあ……。でも善哉、あなたは仏のお弟子になるのですからね。刀なんかどうでもいいのよ」

が、そんな政子の言葉を、彼は耳にも入れない様子だった。

ともあれ、当日の儀式は滞りなくすんだ。袴着の座には、将軍実朝も列席して、神妙に坐っている甥をじっとみつめていた。実朝を招いたのは、政子の計いである。彼女はこの儀式の中に一つの賭けをしていたのだ。

周囲に押されて、善哉を仏門に入れる約束はしてしまったものの、正直いって、政子の心は揺れている。やんちゃで、学問がきらいで、僧侶にふさわしい性格を何一つ持ちあわせていないこの子に果たしてつとまるだろうか。

もちろん理性的に考えれば、誰のためにも、それがよいにきまっているのだが、時には、

——ひょっとして、あの子が実朝のあとつぎにでもなってくれたら、頼家への罪ほろぼしにもなるのだけれど……

そんな気もしないではない。善哉の袴着にわざわざ実朝を臨席させたのも、一つには、こうした彼女の心の揺れに、結論をつけるためだったのだ。

――実朝が善哉を何と思うか？

その日の実朝の瞳に彼女は善哉の未来を賭けようと思ったのだ。

が、母の心を知ってか知らずか、袴着の席に臨んだ実朝の瞳はしごく冷静だった。人一倍感じやすい魂を持っているくせに、将軍の座についてからの彼は、つとめてその感情を押しかくそうとするところがあった。彼が非業の死をとげた兄の子をどんな気持でみつめていたか、その日の短い儀式の間には、とうとうわからずじまいだった。

政子はそれでもあきらめはしなかった。折をみては、それとなく善哉の噂をし、彼がさほど悪い印象を持っていないことをたしかめてから、やっと切りだした。

「善哉のことだけれど、たしかな身よりもなくなってしまったことだし、あなたの養子分にしたらどうかと思うのだけれど……」

実朝の答は意外なほどあっさりしていた。

「そうですね、母上のよろしいように」

聞きようによっては、無関心ともみえる言葉に、政子はむしろ拍子ぬけがした。ちかごろ妻の無表情が移ったのか、この子は私にさえも無表情になった、と思った。が、ともあれ善哉の問題は一歩進んだ感じである。猶子――すなわち養子分になるということは、それだけではあとつぎになることは意味しないが、これで少年は将軍家の一員として身分を保証されたことになる。

――やっとここまで漕ぎつけた……

ほっとする思いで政子は早速善哉を呼びつけて、事の次第を打ちあけた。

始めから終りまで彼は黙って聞いていた。腕白な彼としては珍しいことだった。

「だから、今日からあなたは、将軍家のお子さまなのよ。そのつもりでね」

政子が語り終ったとき、善哉は眼をあげた。

――わかりました……

少なくとも、そうした言葉が、薄紅い唇から洩れることを政子は期待した。

が、善哉はだまったままだ。蒼く光る瞳が、じっと政子をみつめている。その冷たい、氷のような凝視が、ふいにある瞬間を思い出させた。

――あっ、あのときの……

そうだ。まぎれもなく、比企の乱の直後、瀕死《ひんし》の床からよみがえったときの頼家の瞳ではないか。思わずぎょっとしたとき、頼家そっくりの声が響いた。

「そんなことをしてもらって、私がうれしがると思っておいでなんですか」

善哉はいつのまにか秘密をかぎつけていたのである。

――できればなるべく、そっとしておいてやりたい……

という政子の願いはついにむなしくなった。

もちろん、生涯秘しかくしておくことができるとは思っていなかった。それにしても、彼がある程度までものの道程がわかるようになってから、知らせるべきだった。

――そして、その役は、自分でなければならない……

政子は、ばくぜんとそう思っていた。

――つらい、苦しいことだけれど、それが私のつとめなのだ。

が、政子の思いはふみにじられた。それは、いやな役目を誰かが肩がわりをしてくれたのではなくて、むしろ、もっとも悪い形で、少年の耳に秘密がささやかれたのである。

おそらく鶴岡の僧侶のかげ口を、彼は小耳にはさんでしまったのではないか。以来善哉は、ほとんど尼御所へはよりつかなくなってしまった。それまで、ただのやんちゃ坊主だったのが、片意地で反抗的な少年になった。

しかたなしに、鶴岡八幡宮へ参詣した折をとらえ、特別に善哉を呼び出してもらって、

「たまには尼御所にいらっしゃい。いろいろ話したいこともあるから……」

と言うと、それを聞いただけで、彼は鎧を着たような、こわばった表情になって、

「お経を覚えるんで忙しいんです」

そっけなく言った。その瞳は、

——大人なんか信用していないんだ、俺は。

不敵にそう言っているようだった。そのくせ彼は、勉強はきらいで、まわりが口をすっぱくするほど言っても、手習いもせず、お経も覚えず、裏山に登って、遊びほうけているのだという。

善哉の扱いには、八幡でも次第に手をやきはじめてきた。

——生いたちの秘密を知ってしまった善哉を、鎌倉においておくのはどうか。

そんな声も起こりはじめている。

鶴岡の僧侶たちも、

——とうてい若君の教育は手に負えぬ。中央のしかるべき僧から、ゆく先のことについても、じっくり納得するよう話をしてもらい、一方、学問も徹底的に仕込んでもらったほうがいい。

という意見である。

が、手放すとなると、さすがに政子は心配になってくる。

――まだまだ小さいのだから……
なかなか決心はつかないでいるうちに、一、二年はすぎた。が、善哉のわがままは相変わらずなので、ついに政子も人々の提案に従わなければならなくなった。善哉十二歳の秋のことである。出発前に公暁《くぎよう》と名を改めた彼は、将軍家の養子分というので、りっぱな供をつれて、出発し、園城寺に向かった。園城寺は比叡山《ひえいざん》延暦寺と並ぶ当時の大寺である。あわれな運命をになった小さい命は、いま、やっと方向を見いだしたように思われた。

少年を手放した淋しさの中で、それでも、そのときの政子は、ほのかな心のやすらぎを見出していたのであったが……。

幻の船

実朝が将軍になってから鎌倉幕府は、比較的無事な日が続いている。少なくとも頼家当時のような、政情不安はない。これは実朝自身の政治力というよりも、その背後にあって幕政をとりしきっている北条四郎義時の手腕によるものであろう。

彼は相変わらず無口である。が、人々の言うことはよく聞くし、判断も公平である。別に愛想はよくないが、落着いて万事をまかせておいて心配ないような安心感がある。少なくとも、頼家当時、その背後でうごめいた比企一族に対するような反感はない。

実朝自身も、政治家肌ではないから、ややこしい訴訟を裁決することなどは、すべて四郎義時はじめ幕閣の敏腕家にまかせている。

もっとも実朝自身が全く遊離した状態になっていたわけではない。

たとえば、こんなことがあった。

近くの相模川にかけられた橋が古くなって、こわれかけたときのことである。修理するか、しないかについて、幕府内で議論が起こった。

というのは、この橋には、縁起の悪い思い出がまつわりついていたからだ。この橋のできたちょうどそのとき、実朝の父、頼朝が供養に参列し、その帰途、馬から落ちた。それ以来床についたきりで、とうとう頼朝はこの世を去ってしまったのである。しかもこのとき、橋を作ったのが稲毛重成だった。彼も畠山重忠事件のとき、牧の方に加担した罪をとわれて殺された。

——重ねがさね縁起の悪い橋だ。もうこの際、再建はやめよう。

おおかたの意向がそうきまりかけたとき、日ごろほとんど意見を言わない実朝が、めずらしく、口をはさんだ。

あの橋は不吉な橋ではない、というのである。

「父上はたしかにあの直後なくなられたが、武家の棟梁として、十分の仕事をされてからのことだ。伊豆の流人から始まって二十余年、その御生涯は功成り名遂げたものといってよい。また重成の死は自業自得で、何も橋を作ったこととは関係ない。それよりもあの橋はあのあたりの百姓たちになくてはならぬものだ。ぜひ、かけかえるように」

彼は前例にとらわれたりしない、すがすがしい瞳の持主だったらしい。

が、彼のその瞳は日ごろこうした雑事よりもまわりの自然にむけられている事が多かった。彼は側近の腕を信頼していたし、もともと独裁家になるたちではなかったのだ。

人形のような御台所は、相変わらず無反応で、彼の結婚生活は必ずしも幸福ではなかった。しぜん彼は人々と離れて、彼自身だけの世界を楽しむようになった。

彼自身の世界——それは美の世界、和歌の世界である。無風流な鎌倉武士の眼には何とも映らない花ひとつをみても、彼は詩興をそそられるのだ。彼が祖父義朝のためにたてられた大御堂の桜の散ったのを見てよんだ歌がある。

　ゆきて見むと思ひしほどに散りにけりあやなの花や風たたぬまに

やさしい、美しい歌だ。

詩人らしい繊細な心の持主である実朝は、母に対しても思いやりが深い。が、そのかわり、時折は、詩人らしい空想から、とんでもないことを思いついて、政子を驚かせることもある。

「船を作って宋の国へ渡りたい」

突然そう言い出したのもそのひとつだ。

「まあ、宋の国へですって」

まるで夢みたいな、と政子は思った。もちろん海のかなたの宋の国とは、そのころも盛んに行き来が行われている。平家の全盛時代、平清盛が、瀬戸内海を握っていたころは、もっぱらそこへ中国の船がやってきたが、このごろでは、東国へ直接やって来て貿易をしてゆく船もふえてきているのだ。

「だから、私だって行けないことはないでしょう」

と実朝は言うのである。

実朝にこんな思いつきをさせたのは宋の陳和卿《ちんなけい》という人物だ。彼は亡き頼朝が平家に焼かれた東大寺を再建したとき、大仏の鋳造に活躍した男だ。

そのくせ、いざ、再建が成って、頼朝が供養に臨んだとき、会って褒美をとらせようとしたら、

「国敵退治のためとはいえ、多くの人の命を断った人には会いたくない」

と言ってのけ、礼物もろくにうけとらなかった。

ちょっと見には、なかなか骨のある変わり者だが、政子はあまりこの男を信用していない。夫の面目を潰したからというのではなく、何かはったりが強すぎる感じなのだ。

そんなことを言っておきながら、陳和卿は、今ごろになってから鎌倉へやってきた。どうやら、東大寺再建の折にもらった金銀も底をついたので、流れ流れてここまで来てしまったらしいのである。

この陳和卿が、例のはったりで初対面の実朝の前に現われるなり手をあわせて言ったのだ。

「おお、これはこれは、おなつかしい」

初対面の実朝はかなりめんくらったらしい。すると陳和卿はしゃあしゃあとして言ったものである。

「私こそ、前世においてあなたさまの御弟子だった者でございます」

彼によると実朝は前世は中国の医王山というところにある寺の最高位である「長老」だったというのだ。そして彼はその長老に従っていた僧のひとりだと主張した。

「ほほう……」

実朝が興味をしめすと、得たりとばかりに彼は医王山の模様を語り、しまいには、どうあっても、そこへ参拝しなければならぬように話をもって行ってしまった。しかも、

「船のことなら、私におまかせください。みごとな大船を造ってお目にかけます」

胸を叩いて請負った。話を聞いた政子が、

「およしなさい、そんな……」

あの男ははったり屋です、と口がすっぱくなるくらい説得を続けたが、実朝はきかなかった。万事をまかされた陳は、早速、由比ケ浜で大きな船を造り出した。

陳和卿が来てから由比ケ浜の造船工事が次第に進んで行くのを見て、政子は気が気ではない。

――遠い海を越えて宋の国へ行くなんて、とんでもない……

あの男のはったりはわかっているのに、といらいらした。陳は日本で食いつめたのだ。中国へ帰りたいのだが、船がない。そこで大芝居を打って実朝をそそのかしたのにちがいないのだ。

「そんな口車に乗るなんて、あなたもあなたです」

久しぶりで政子は興奮した声を出さざるを得なくなった。

「いや、私は別にあいつにだまされているわけじゃないんです。もともと行ってみたいと思っていましたので」

実朝はいっこうにききいれない。やさしそうでいて、案外、言い出したらきかない面もあるのだ。ひょっとすると本気で彼は宋へ行くつもりかもしれない……。

なのに御台所は例によって全く無反応なのだ。

――あの人は自分の夫が遠くへ行くと聞いても、やきもきしないのだろうか……

見ている政子のほうがいらだってしまう。

――なぜ、行かないで！　と言ってとめないのだろう。それだけ二人の間には愛情がないのだろうか……

が、この船の事件は、あっけない終りをつげる。こんなにまで大騒ぎをして造ったその船は、進水に失敗してしまったのだ。

実朝は少なからずがっかりしたらしいが、政子は正直のところ救われた思いである。

――やれやれ……

気がぬけたような顔をしているところへ、三浦義村が現われた。

「やっと御安心なさいましたな」

将軍をはばかって言いたいことも言わないでいる御家人が多い中で、彼ははっきりと政子の心情を言いあてた。

「ほんとうに……」

思わず政子が溜息のように洩らすと、

「いや、これも、天下が太平な証拠でございます。故将軍家の御時などは、とてもそんなことを思い立たれる余裕はございませんでしたから」

そう言われればそうかも知れない。が、これも旗上げ以来の苦労を知っているからこその言葉で、だんだんそういう人間さえ今は残り少なくなってきている。

「そう思えばお腹も立ちますまい」

義村はなぐさめ顔に言う。創業以来の功臣が次第に死んでしまうと、この義村の存在は政子の心に安らぎを与えてくれる。

それにもうひとつ――。

彼の訪れを心待ちする理由が政子にはあった。それは都に修業にやった孫の公暁の消息を、だれよりもくわしく知っているのがこの義村にほかならなかったからだ。政子には便りひとつよこさない公暁も、乳母の夫である義村には何くれとなく言ってきているらしいのだ。

その日も義村は帰りしなに、何げなく言った。

「都でも御元気のご様子です」

政子が内心公暁の消息を心待ちしていることを、義村自身、ちゃんと心得ているらしい。

「御修業もかなり進んだようです。お若いのに、けなげなことです」

公暁が上洛してすでに六年ちかい月日が流れている。やんちゃ坊主だった彼も、もう十八歳の青年になっているはずだ。得度もすませ、きびしい戒律を守っているという義村の知らせに、いつも政子は涙ぐんでしまう。

「何しろ都では、将軍の御子息であっても区別はしませんからな。公暁さまは、たったひとりでその試練に耐えておいでです」

鎌倉が平和であればあるだけ、孤独な修業を続けている孫のあわれさが身にしみた。父を亡くした不運な孫を、できればいつまでも手許におきたかったのだが、あのときの事情ではひきとめることもならず、つい手放してしまった。が、自分たちがこうしてのんきな日を過しているのに、彼だけが都で苦労していると聞くと、やはり、とりかえしのつかないことをしてしまったような気がしてくる。

立ちかけた義村が、ふと坐りなおしたのは、このときである。

「尼御台さま」

じっと政子の瞳をみつめて彼は言った。

「いつまで公暁さまを都で修業させるおつもりでいらっしゃいますか」

――この男はおそろしいほど私の心を見ぬく……

政子は思わずぴくりとした。ちょうど今も今、彼女はそのことを考えていたのだ。

――仏の弟子として修業をつんだのだからもうそろそろ手許へひきとってもいいのではないか。

妙に反抗的になっていたあのころでは、都へでもやっておくより仕方がなかったが、修業で人間が変わったというなら話は別である。その心の揺れを見すかしたように、もう一度義村は言った。

「一度、顔を見たいとお思いになりませぬか」

そのひとことが、政子の心の中の堰《せき》を切った。そうなると、もう矢も楯もたまらない。

「立派に成人した姿を一度見たいから」

という名目で早速、政子は公暁を呼びもどすことにした。

公暁が都から戻って来たのは、実朝の造った船が進水に失敗した年の夏である。紗《しゃ》の僧衣をまとった彼は、見ちがえるほど背丈ものびて、すがすがしい青年になっていた。さすがに園城寺できびしい修業にたえて来ただけあって、進退も折り目正しく、かつての反抗児のおもかげはどこにもない。

――よくここまでに……

そう思っただけで、政子は涙がこぼれた。成人するにしたがって、亡き父親にますます生き写しになってきたことにも胸をつかれた。色白の細面。髭剃りあとの濃いその顔は、しかし、父親にないある翳があった。

――修業がすぎて体でも悪いのかしら。

ふと政子はそう思った。それから、

――いや、御所の緑が濃すぎるせいかしら。

と思いなおした。いや、無意識に、そう思いこもうとしていたのかもしれなかった。

鎌倉に帰ってからの公暁の生活は、出かける前とは全く別人のおもむきがあった――少なくとも政子にはそう思われた。

鶴岡八幡宮の僧房での彼の日課は、夜の明けきらないうちからはじまる。早朝に身をきよめての読経、礼拝――。その有様を政子は見たわけではないのだが、

「さすがに、園城寺で御修業されただけあって、お声のみごとなこと、思わず、うっとりさせられます」

とは三浦義村の言葉であった。乳母だった彼の妻をはじめ、三浦の一族は、みちがえるような公暁の成人ぶりをわがことのようによろこんでいる。

長い間の修業は、公暁の仏弟子としての行儀作法のほかに、人へのいたわりをも覚えさせたようだ。

「私が鎌倉におりますころにくらべて、おばあさまは、少しお痩せになられましたね」

帰ってきてまもなく、彼はそんなことを言った。以前の彼からは想像もできないやさしい言葉であった。切れの長い、少し蒼味をおびた瞳にみつめられたとき、政子は胸がしめつけられるような気がした。

――今まで誰がこんなやさしい言葉をかけてくれたろうか。

六十年ちかい生涯を、しじゅう気をはりつめて生きてきた政子は、その孫のひとことに、ふいに、心の中のかたまりの重さを思いしらされるような気がした。

「どうぞ、長生きをなさってください」

「ええ、ええ……」

ありがとうという言葉さえ自然には出ない。それより先にのどがつまってしまうのだ。胸の中のかたまりが陽にあたった雪のようにしだいに溶けてくる。涙が出そうになるのをやっとこらえ

て、

——やはり修業に出してよかったのだ。

しみじみとそう思い、弟の四郎にもそれを言った。

「あのままでは、どんな子になるかと思いましたけれど……」

無口の四郎がただ微笑するだけなのはいささか物足りない。こんなときは三浦義村のように、

「そうでございますとも。やはりつらくとも、あのとき手放されたおかげで、公暁さまは人がお変わりになられましたな」

くらいの相槌《あいづち》はうってほしいのである。

それにしても義村はどうしてこう政子の思っていることを言いあててくれるのだろう。

——いや、それも、義村が、乳母の一族として、あの子をいつくしんでくれるからだ。

義村と政子は顔をあわせるたびに、公暁のすばらしい成長ぶりをよろこびあった。

——それにしても何とやさしい瞳だろう。

あの子の瞳には、人をひきつける、ふしぎな魅力がある、と政子は思った。いや政子だけではない。八幡宮の中でも公暁の人気はかなりいい。若い少年たちの賛仰のまとになっているらしく、中でも三浦義村の次男の駒若丸などは彼のそばにつききりだという。

——帰ってきて会ったときに、あの子の瞳の中に翳があると思ったのは、あのやさしさを見ちがえたのだ。

政子はふとそんな気がした。

そのころ——

鎌倉の海辺の漁師たちの間には奇妙な噂が流れていた。

由比ケ浜におきざりにされた実朝の船――進水に失敗した例の中国行きの巨船が、夜な夜な海を恋いしたって夜泣きをするというのである。

「そうじゃろう。もともと船ちゅうもんは、海に浮かぶもんだからな」

「それがああ砂浜でさらしものにされていたんでは、水も欲しくなろうさ」

見あげるばかりの巨体をまぶしげに見やりながら、漁師たちはそんなことをいう。

「で、おぬし、聞いたのか、その夜泣きを？」

「聞いたともよ。いかの夜釣りに出ての帰りがけによ。たしかに聞いた」

その男の話によれば、自分の小舟を砂浜へひきあげての帰りがけその大船の脇を通ると、泣くようなうめき声が、その船から洩れていたのだというのである。

「それがなんとも悲しそうな声でのう」

「あほうめが！」

話を聞いて、せせら笑う者もいる。

「船が泣くものかよ、船が――」

「そんなことを言うなら聞きにいってみろ」

笑われた漁師は、憤然として言う。

それなら――というので、ある夜、その男は、そっと砂浜へしのんでいった。

月のない晩で、あたりは真暗だった。ふとした折に沖合いの波頭が、白くちらりとみえるだけの、ぶきみなほど、静まりかえった中で、その男も、まさしく、船の夜泣きを聞いたのである。

はじめは船体のきしみかと思った。が、風もないその夜、そんな音の聞こえるはずはない。それに音は木のきしむ音よりも人の声に似ていた。うめき声とも泣き声ともつかぬそれは、波音にまじって、きれぎれに響く。たかまってはやみ、たかまってはやむ、うすきみ悪いすすり泣き……。

――船霊《ふなだま》だ！

男はぎょっとして立ちすくんだ。

――あいつの言うとおりだった。

それからのことは覚えていない。危うく四つン這いになりそうにつんのめりながら、彼は走った。

もちろん後をふりむきなどはしない。

おそろしい船霊さまに見つかったら百年めだ。

が、もしも、そのとき、彼に船底に踏みこむだけの勇気があったなら、男は思いがけない光景を見出したはずだ。それは、船霊よりも、ある意味では、彼にとってもっと意外なものであったかもしれない。

船底では二つのからだが、からみあっていた。蛇のようにからみつき、のたうちまわる全裸の肢体。しかもそれぞれは、あきらかに男の裸だった。

あたりに脱ぎちらされているのは、まごうかたなき僧衣である。

からみあった裸の男たち――。それは、公暁と三浦義村の次男駒若丸だったのだ。

「もっと、もっと……」

うめいたのは駒若のほうだった。

「離しちゃいやです」

少女のように、駒若は公暁の胸に顔をうずめて甘えている。

「駒若、さ、今度はお前だ……」

少年の顔が公暁の胸から腹へとかがめられてゆく。舌はその肌に吸いついて離れない。暗闇の中で、低くうめいたのは公暁だったのか、それとも駒若だったのか……。せわしげな息づかいの中で、今度は、はっきり駒若の声がした。

「ほら、こんなに胸が……」

手をとって胸にあてさせている。公暁の指はそのまま駒若の仔鹿のような裸をすべってゆく。

駒若はまたあえぎ始めた。

「いや、いやです」

ふ、ふ、ふ……。

公暁が低く笑った。

「うそだよ。いいくせに——」

「こわいんです。こんなことがあるってこと」

駒若はひしと胸にとりすがった。

「知らなかったんだな、今まで」

「ええ」

駒若は口ごもった。

「公暁さまは、いつから？」

「園城寺にいってすぐだ。ちょうどお前ぐらいな年だったたな。お経のよみかたよりも先に覚えさせられた」

「……じゃあ、今まで何人もと」

「うん、何人か覚えてないな、みんなから一晩だってほっておけないって言われてね」

「くやしいなあ、そんなに……」

駒若はまたむしゃぶりつく。それをあやすようにしながら、

「でも、かわいがられるほうばっかりだったもの。かわいいと思ったのはお前がはじめてだ」

「ほんとですか」

「そうさ」

「うれしい」

駒若は胸にぴったり頬をあてる。

「かわいがるのは私だけにしてください」

「ああ」

「ほんとに、ほんとに約束してくださいますね」

あとはまた倒錯した愛の泥沼だった。

夜あけ近く、二つの人影はそっと船を離れた。巨《おお》きな黒い影を見あげながら、

「うまいところを考えついたもんだな」

公暁は低くしのび笑いする。

「船が夜泣きするって噂を流しときましたからね。誰もよりつきやしませんよ」

「こいつ、子供のくせに」

耳をつねられて、駒若は真顔でいう。

「一晩中おそばにいたいから、一所懸命考え出したんです」

彼は完全に公暁のとりこになってしまっていたのだった。

たしかに公暁には、ふしぎに人の心をとらえずにはおかない魅力があった。それは園城寺の僧たちの隠微な愛撫の中で、自然に身につけてしまった第二の天性というべきものだったかもしれない。その彼にしてみれば、祖母の政子の心をとろかすことなどは朝飯前だったのだ。

が、政子はまだその事に気づいてはいない。

昼は殊勝げな修業三昧《ざんまい》、夜は稚児を相手の隠微な愛欲生活——公暁の二重生活は、誰にも気づかれずに続いた。

義村の口を通じて政子のところに入ってくる公暁の噂は相変わらずいい。それを聞くたび、

——やっと報われた……

老いた政子は、はじめて魂の安らぎを見出す思いである。頼家のときからもつれにもつれた愛の絆《きずな》は、解決のいとぐちをみつけたようだ。

——これで私も安心して死ねる。

もう自分の命も長いことはない、という気のしている政子は、心に秘めてきた一つの計画を口に出すときが来た、と思った。

秘めたる計画——。

それは公暁の将来についてである。彼女はある日、はじめてそれをわが子の実朝に打ちあけた。

「公暁を八幡宮の別当（長官）にしてやってはどうでしょうか」

「別当に？」

実朝はすぐには言葉の意味がのみこめなかったようだ。

「ええ。園城寺へ修業にやったのも、じつはそのためだったのです。あなたも知ってのとおり、あの子の父は非業の死をとげました。もしそんなことがなかったら、今ごろあの子は、別の道を

辿っていたはず――」

「わかりました」

皆まで言わせず、実朝は母の心を読みとったように肯《うなず》いた。将来の御曹子として育つべき運命をねじまげられてしまった公暁には、もう現世の出世は望むべくもない。とすればせめて僧侶として、鎌倉で神仏に仕えるものとしての最高の位置を与えてやってはくれないか――政子はそう言いたかったのだ。

「あなたが将軍として、世俗の世界をまとめ、あの子が神仏の世界をまとめるなら、源氏の家にとってはこれ以上望ましいことはない、と私は思いつづけてきたのです。幸い公暁も、しっかり修業をつんできたようですから」

「母上のよろしいように――」

例によって静かな実朝の答だった。

「ありがとう、これで肩の荷がおりました」

政子は熱くなった眼頭をおさえていた。

「これで、あなたに後つぎさえ生まれれば、もう何もいうことはないのですが」

すると実朝は微笑した。

「これぱかりはどうも……」

二十五をすぎるまで、彼と御台所の間には子供が生まれていない。それなら父や兄のように次々と女を求めればいいのだが、彼にはそのけはいもないのである。あまり堅いのもかえって困る――と政子は頼家の時とはまったく逆な気のもみかたをしはじめている。

ともあれ、公暁の将来はこれで保証された。早速尼御所に呼びつけてこれを伝えると、

「お志、有難くお受けいたします」

例によって、折目正しくあいさつしたが、政子の期待に反して、公暁はさまで嬉しそうな様子は見せなかった。何か自分の思いをはぐらかされた気がして、

「将軍家の特別のお計いなのですからね」

もう一度念を押すように言うと、公暁はふと眼をあげた。

「ありがとうございます。が、私には、別のお願いがあるのです、祖母上さま」

公暁の蒼く光る瞳は、じっと政子をみつめている。

――何かとんでもないことを言いだすのではないか……

ふいに心の中を走った恐れを打消すように、彼女は早口にしゃべっていた。

「八幡宮といえば、この鎌倉の守り神、将軍家もここは特別に敬っておられる所です。そこの別当となることは、いわば鎌倉で最高の尊敬を受けることになるわけですからね」

公暁は微笑した。

「だから私は身に余ることだと思うのです。もちろん、将軍家のお申しつけとならば、ありがたくお受けいたします。でも祖母上さま」

「……」

「それほど重大な役目をはたすには、私の修業がたりません」

公暁は首をかしげ、甘えるように政子をみつめた。

「ですから、お許しくださいませんか、私に千日の修業を……」

「まあ」

「千日の間、八幡宮に参籠するほかは他念なく、ひたすら金胎両部の世界を念じ、礼拝誦経《ずきょう》にう

ちこむ。こうしてはじめて、私ごとき若輩にもこの尊き宮の別当としての資格をそなえられると思うのですが……」

政子は言葉も出なかった。そこまで真剣に考えていようとは……。

「もちろん許すも許さぬもありませぬ。よく言ってくれました」

まもなく公暁の千日修業は始まった。早朝より深夜まで八幡宮に参籠し、その間は粗衣粗食に甘んじ、髭ものばし放題。公式の場にも、原則として出席しない。

一見きゃしゃな公暁が、そのきびしい修業に黙々と耐えているという知らせは、三浦義村から政子に早速伝えられた。

「それはもう、おいたわしいくらいで……」

義村はふびんそうに言う。

「あんなにまで御自分をいじめることはないと思うのですが……」

むしろ千日修業に入ったことを不服にさえ思っている口ぶりである。

「私がすすめたわけではありません。あの子から言いだしたのですよ」

「それにしても、あたら、あのお若さで」

「義村、そなたは少し甘すぎます」

「いや、惜しいのです、その御気魄が」

「え？」

「それだけの御心がけをお持ちのあのかたに、別の世の中が与えられていたならと……」

言いかけて義村は口ごもった。

公暁のけなげさを、政子は会う人ごとに話題にした。話せば誰もかもがその覚悟には感心する。

「お若いに似ず、見あげたもので。さすがに源家のお血筋です」

が、その話を聞いたとき、弟の四郎義時だけは別の反応を見せた。

口の重い彼は例によってただ微笑しただけだったが、そのかすかな表情の中に、手ばなしの讃歎とは別の——むしろ冷笑に近いものを政子は読みとったのである。

四郎義時の微笑は政子には物たりなかった。公暁がどんなに殊勝げな態度だったかを、誰に語るよりも念入りに繰返したのはそのためである。

が、四郎の反応は相変わらずだった。

「そうですか」

たったそれきりだ。

「義村なんかはね、もうかわいそうがって」

政子はいささか、やっきになっている。

「おいたわしい、あのお若さで、ほんとうに惜しい、って言うんですよ」

「惜しい？」

四郎は聞きかえした。公暁のけなげさよりも、義村のその言葉に関心をもったらしい。

「惜しいって、何がです」

「あの気魄が、別の世の中で生かせたらって」

「ほほう、そんなこと言いましたか」

四郎はもう一度にやりとした。

「三浦は公暁のことというと、大変なんですよ。何しろ子供のときから手塩にかけていますからね。あの子もいい乳母をもったものです。肉親の縁の薄い子にとっては、ほんとうにしあわせでした」

軽くうなずいて、四郎は言葉をはさんだ。

「その代わり、あまり肩を入れすぎると、ものごとが、まともに見えなくなりますな」

「何ですって」

「いや」

さりげなく四郎は言った。

「その千日修業ですが、公暁どのがほんとうにつとめられているのかどうか、という声もありますのでね」

「まさか……」

「人の噂かもしれませんがね」

「噂ですとも」

政子は即座に答えた。

「だってあの子の籠っている堂からは、ほとんど四六時中、読経の声が響いているんですからね」

軽くうなずいただけで、もうそのことには触れず、四郎は全く別のことを言い出した。

「由比ケ浜のあの船が夜泣きするという話をご存じですか？」

「ええ、船が夜泣きをするとか……。まさか、そんなことが」

「噂にすぎないでしょうがね、これも」

四郎は軽くつけ加えた。

「それにしても、あの船は、早くとりかたづけられたがよろしいかもしれませんな」

もし、このとき、政子がもう少し冷静であったら、四郎の言っている二つのことのつながりを理解したかもしれない。が、そのときの彼女は公暁のけなげさにおぼれきっていた。そのかぎりでは彼女は、愛にめしいた、おろかな祖母でしかなかったのだ。

そのころも由比ケ浜に打ちすてられた大船では、例によって毎晩、夜泣きが聞こえていた。しかもその夜泣きの声はまぎれもなく、公暁の声であり、駒若の声だったのである。

千日修業しているはずの公暁が？

そのとおり。まさしく、四郎がほのめかしたように、公暁は夜な夜な堂をぬけ出して、駒若と密会をかさねていたのである。

「会いたかったよ」

僧衣をかなぐりすてて、公暁と駒若はからみあう。

ふ、ふ、ふ。……今夜もまんまと大人たちをだましおおせて……。

奇妙な勝利感が、彼らの興奮をさらにかきたてる。もちろんそのころ八幡宮の堂内では読経の声は続いている。それは駒若と同様、公暁の異様な魅力のとりこになり始めた少年たちが、公暁の声に似せてかわりあってつとめているのだ。

公暁のまわりには、そうした若い稚児たちの集団が生まれ始めている。彼らをとろかし、その競争心をあおりながらたくみに操ってゆく——公暁は天性そうした性質を身につけているらしい。少年たちは、いまやこの秘密の集団に心を奪われきっている。隠微なたのしみに結びつけられているだけに、その集団の秘密は、たとえようもない巧妙さで守られていた。政子がそれに気づかなかったのは、ある意味では、やむを得なかったことだったかもしれない。

それに政子は、公暁のかたをつけたあと、もうひとつ、大きな仕事が残っていた。

実朝のあとつぎをきめる、ということである。結婚以来すでに十数年、いまだに御台所には懐妊のきざしがないとすれば、早くあとつぎを定めねばならぬ。

この問題について幕閣できまった意向は、都の権力者、後鳥羽上皇の皇子の誰かを迎えるということだった。近来とかくそりがあわなくなって来ている幕府と朝廷との間をなめらかにするためには、それが一番いい、ということになって、政子はその交渉に上洛することになった。

もっとも表向きは、それまで手許において育てた綾姫——彼女の亡妹の孫を都に縁づかせる、ということで上洛したが、宮中との折衝に日程のほとんどが費やされた。

このとき都側の代表として彼女との応対にあたったのは、後鳥羽上皇の乳母の卿二位《きょうのにい》という女房である。女ながらもなかなかのやり手で一本気の田舎ものの政子には気の疲れる交渉だったが、ともかく、

「まあ、よかろう」

というところまで漕ぎつけた。

莫大な贈物が功を奏したのか、卿二位はその上、わざわざ政子に従二位の位がさずけられるように奔走してくれ、

「上皇さまにも直接お会いになっていらっしゃったら」

とまで言ったが、どうも親切がすぎて薄気味悪くもあり、もし上皇の前で、妙な言葉じりを押さえられてはと用心して、

「御内意を伺っただけで充分です。田舎ものが拝謁などと、とんでもない」

と大急ぎで都を発って帰ってしまった。

鎌倉へ帰ったのは建保六年の四月、山々には、輝くばかりの緑があふれ、海は紺碧に凪《な》いでい

る。が、砂浜には、生気にみちた風物とはうらはらの例の巨船が、風雨に朽ちかけて、まるで幻のように立ちはだかっていた。

修羅燃え

政子が都から帰ると、有力な御家人たちが次から次へとあいさつにやってきた。

「御無事で御帰国何よりに存じまする」

言葉は紋切り型だが、心からのねぎらいが感じられたのは、誰しも、将軍のあとつぎの内定にほっとしていたからであろう。後継者争いは頼家時代でみなこりている。

御老体の御身にてよくこそ……女人の御身で大きなお仕事を……いや、女人なればこそのお働き……。

そんな賞賛を政子は少し大げさだと思った。

——息子のあとつぎをきめるという、母親としてごくあたりまえのことをしただけなのに……

だから三浦義村がやってきて、

「お疲れは出ませんか」

軽くそれだけ言ったとき、かえって、ほっとした。

「疲れました、正直いって。もう年ですね」

微笑してから義村は、

「おあとつぎもきまったことゆえ、じっくりお休みになることですな」

それから、さりげなく彼は聞いた。

「で、おあとつぎの宮様は、いつ御下向になられるのですか」

「いえ、まだそこまでは。ただね、三の宮か四の宮をあとつぎに出してもいい、というところまでです」

「ああ、そこまでですか」

ふと念を押すような言いかたをしてから、思い出したように話題をかえた。

「公暁さまも御修業が大分進まれました。まわりはその御修業のきびしさに感嘆しておるようです」

政子はねぎらいの言葉よりもそのことが聞きたかったので膝をのりだした。

「まあ、そんな修業をして、体にさわらないでしょうか」

「御心配はないと思いますが、でもたしかに変わられたようです」

「会うわけには行きませんか」

千日修業中は、原則として、俗世界の人間とは交渉を持たないことになっている。

「さあ、私も息子の駒若や、八幡宮の連中から御消息を伺うだけですから」

「そこを何とか……」

「難題ですな」

義村はまた微笑した。

会いたいとなると、矢も楯もたまらない。

ほかならぬ祖母の希望というので、公暁も折れて、修業中の身を、ちょっとだけ尼御所にやってきた。

その顔を見たとたん、政子は、

「変わられたようです」

という義村の言葉を思いうかべた。

のび放題の髪と髭、削《そ》げた頬——これが十九歳の青年か、と思うほどのやつれかただった。

「まあ、善哉——」

思わず幼な名が口をついて出た。

「そんなにやつれて……」

が、まもなく、政子は、公暁の変わりかたがそうした外見だけではないことに気がついた。

公暁は政子の前にすわっている。

「御無事で御帰国、何よりと存じます」

折り目の正しさは、前とちっとも変わっていないが、どこか彼の態度がちがうのだ。前は、いかに折り目正しくしていても、彼の中にはある甘えがあった。きかぬ気のくせに、ひどく人なつこく、ちらりとのぞかせるその甘えに、政子はわけもなく魂を吸いよせられていたのに、それが、今の彼の眼からは、あとかたもなく消えていた。

——修業のきびしさのせいだろうか……

今もまたその瞳にみつめられることを願っていたのに、とふと物たりない思いが胸をかすめた。

「体のぐあいは悪くないの」

「いいえ」

ぴしりとしたきびしい視線がはねかえってくる。これまでなら、いいえと言ってもどこか甘ったれが残っていたものを……。

「修業がきつすぎはしないの」

「いいえ、はじめからきびしいのは覚悟してますから」

それ以上、ふみこんでくるものをこばむような口調だった。

——大人になったということなのかしら。

しいて、そう思おうと政子はした。

体だけは気をつけて、という政子の言葉にも、大して関心もしめさず、彼はやがて、

「経を読まなくてはなりませんから」

瘦せた肩をちょっとそびやかすようにして、後も見ずに彼は去っていった。

何か二人の間には大きな溝ができた——いや、公暁のほうで大きな溝を掘り、近づくのをこばんでいるようにみえる。

——どうしてかしら？

わからない。だからむりにも、それは彼が大人になった証拠だと思おうとした。

入れちがいに弟の四郎義時が入ってきたので、政子はたずねた。

「会いましたか、公暁に」

「今そこで」

四郎は例によって物静かに、ごく短く答える。

「ずいぶんやつれていましたわね、大丈夫かしら。本人はそれが修業だと言ってますが」

「ほほう……」

「修業中は外へ出てはいけないんですけど、今日は特別に来てもらったのです」

「……ほ、ほう」

公暁のことだけを考えていた政子は、四郎にあまり注意をはらっていなかった。が、このとき、もうすこし彼の短いつぶやきを耳にとめるべきだったかもしれない。

それでなければ、もっととことんまで、政子は公暁のことに心を奪われるべきだった。

公暁に密着し、その一挙手一投足にまで注意を払っていたら、あるいは、政子は四郎のつぶやきの意味を理解したのではないだろうか。少なくとも、その夜、修業堂の暗闇でかわされたある対話を耳にしていたら、事情は大分ちがっていたはずなのである。

「じゃあ、やっぱり、ほんとなんですね」

堂の中の暗闇で若い声が息をひそめて言う。

「うん、そうらしい。お前の親父の言ったとおりさ」

答えたのは、まごうかたなき、公暁の声だ。その声が、したしげに「お前」と呼ぶからには、ひそめた声の主は、駒若だろう。

「ちっ！」

舌打ちしたのはどっちだったのか。

「わかんないのかなあ、尼御台さまは」

駒若が残念そうにつぶやく。

「わからないさ。おばばなんてみんなそんなもんだよ、ふ、ふ、ふ」

公暁はなげやりな笑いをもらして、

「八幡宮の別当にでもしてやりゃあ、ありがたがっちまうと思ってるのさ」

公暁はこのとき、あるいは自分自身に腹をたてていたかもしれなかった。誰のことも、とろかしてしまわずにはおかない彼の微笑――さんざん試しずみのそれが、祖母の前では、全く通じなかったことに……。

表面折り目正しく、従順をよそおいながら、公暁は、どうやら、大それた望みをそだてていたらしいのだ。

「千日の修業でうまくいくと思ったのになあ」

駒若はがっかりしたようにつぶやき、ひどく無邪気に、おそるべきことを口にした。

「お経なんて何の役にも立たないんだな。あのくらい読めば、将軍家が死んで、公暁さまがあとつぎになれると思ったんだけど……」

「ばかだなあ、お前は」

ぴしゃりと公暁がいった。

「俺のお経にそんな力があるもんか、お前を抱きながらのお経なんかに。それより、これは、時をかせぐための目くらましなんだ」

「時をかせぐったって、あとつぎがきまっちまったら、何にもなりませんよ」

「うん、少し作戦をかえないとな」

それ以来黙りこくってしまったのは、例の愛撫がはじまったからかもしれない。

おそるべきこの計画は、しかし、それからあとも、長い間外へもれなかった。そのころは、駒若だけでなく、公暁のあやしげな魅力に捉えられた若い僧侶たちが、かなりの秘密集団をかたちづくっていたのだが、彼らは秘教的な熱情で秘密を守り通したのだ。

が、その秘密も、ついにのぞかれる日が来た。ある月のあかるい夜、八幡宮を警固していた侍たちが彼らが密議をかさねているのをみてしまったのだ。

幸いこの時は公暁はまじってはいなかった。駒若たちも、ここで感づかれては不利と思ったのだろう、あわや大乱闘の一歩手前で逃げだしたので、何とかおさまった。

もちろん、この事は四郎義時の耳には入っていたのだが、彼はそれを政子に言わなかったし、また駒若の父三浦義村を難詰することもしなかった。彼はそういうたちなのだ。

それに――。

政子はそのころ、ひどく忙しかった。皇族出身の将軍の後継者を内諾して以来、朝廷はやたらに将軍実朝の官位をすすめ始めたのだ。

――養父につりあいをとらせる。

というつもりもあったのかもしれない。辞令をもった使いが次々に鎌倉を訪れ、そのたびに政子はそのもてなしにかかりきりにならねばならなかったのだ。

このところ実朝の官位の昇進は異常なほど早い。右兵衛佐から左中将へ、さらに権大納言から左大将へ――。父頼朝も上洛したとき右大将権大納言に任じられているが、すでに中年すぎてからのことで、二十代の実朝がとんとん拍子に昇進するのは、まさに源氏の家はじまって以来のことだった。

もちろんこれは朝廷側の好意ととればとれないこともないが、昇進にあずかれば、当然、それに見あうだけの「御礼」をしなければならない。これをちゃんと計算にいれての、都側の懐柔策でもあったようだ。

早い話が、辞令を持って来る使いひとつにしても、かなりの役得がある。たとえばこの年の春、実朝は左大将になるとともに形式上左馬寮の御監（総裁の役）に任じられたが、この辞令をもってきたのは権少外記という下っ端役人だったにもかかわらず、馬三匹と砂金を百両ももらっている。

そのくらいだから、その年の六月、実朝が八幡宮に大将になったことを報告する拝賀の儀式を行ったときは、さらに大がかりで、都から勅使をはじめ、上流貴族たちが、続々やってきた。

ただでさえ行儀にやかましい貴族たちに、

「田舎者が……」

とあなどられまい、と政子たちの気のつかいようはなみなみではない。

拝賀の式は六月末の炎暑の中で行われたが、幸い、都びとたちの嘲笑を買うような失態もなく、きわめて順調に行われた。この日政子も実朝の御台所とつれだって、八幡宮の橋のそばに車を出して見物したが、黄斑牛《あめうし》にひかせた檳榔毛《びろうげ》の車から降りたった実朝は、唐草文様を透かせた袍《ほう》をすずやかに着て、従う公卿たちの誰よりも優雅にみえた。

——おのずからしみ出る風格というのだろうか……。これでこそ鎌倉の長者だ！

政子は思わず胸が熱くなった。裾長にひいた裾《きょ》が目の前をよぎり、実朝の歩みにつれて、別の生きものか何かのように、うねって行くのを見つめながら、旗上げ以来四十年の歳月をふと思いかえしていた。

臨席の公卿たちが手厚い贈物を持たされて帰ったのが七月、するとそれを追いかけるように、十月には実朝は内大臣に、十二月にはさらに右大臣に昇進した。

大臣ともなれば、拝賀の式は、さらに大げさになる。臨席の公卿の数も先日の比ではあるまい……。明年正月二十七日がその日と定められて、鎌倉はまたまたその準備に追われはじめた。

その日は晴れていたが、ひるすぎからあいにく、曇りになった。珍しく雪の多い年で、数日前降りつもった一尺近い雪がまだ消えてはいず、その上をわたる風のつめたさのせいか、みるみる空は凍てついたような鉛色を深めた。

「なんとあいにくな――」

儀式は夕方からはじまるということだったので、老いた身をかばって見物をとりやめた政子だったが、その日は何度も空を仰いで気をもんだ。暮れちかく、鉛色の重さをこらえかねたように、空から雪がこぼれはじめた。

「雪明かりということもございます」

なぐさめ顔にいう侍女の言葉を耳に、政子は、黒い袍をまとった実朝の裾長の白い裾が白銀の道をすべってゆくところを思いうかべていた。

実朝の右大臣拝賀の式のはじまったのは酉《とり》の刻（午後六時）。少なくとも、戌《いぬ》の刻すぎには、「無事終了」の報告が尼御所にも、もたらされるはずだった。

立並ぶ松明《たいまつ》の灯にまもられて、やがて八幡宮の階段を降りるであろう実朝――。おそらく雪に包まれたその姿は、夏の日よりもさらにおごそかに、かつ優雅なものであるにちがいない。

――それにしても知らせのおそいこと。使いが来たら、冷えきった都びとたちにまず温いものをすすめるように言ってやらねば……

政子がそんなことを思ったときである。

表が急に騒がしくなって、雪を踏む人のけはいがした。

――使いか？

思わず腰をあげかけたそのとき、

「み、み、御台さまっ」

転がるように走ってきた侍女が手をついた。

「北条家よりお使いが……」

言いも終らないうちに、後に、丈高い武士の姿が見えた。

「御警固にあがりました」

うやうやしく手をついたのは、弟の五郎時連である。

「警固？　なんのことです」

とりみだした侍女と対照的に五郎は落着き払っている。いや、無理に落着こうとしているそのことに、政子は異様なものを感じた。

「どうしたの」

「姉上」

期せずして政子と五郎は同時に声をかけていた。眼で相手を制するようにして、五郎は一膝にじり出た。日ごろ遊び好きでおどけものの彼が、眼をかっと開いて、

「御心静かにお聞き願います」

乾いた声でそういったとき、ある不吉な予感が政子の背筋をよぎった。

「どうしたのです。実朝が何か？——」

自然に唇をついて出た言葉を聞くなり五郎はぎょっとしたようだった。

——これはただごとではない。

思わず政子は立ちあがっていた。

「実朝が？　もしや、急病でも？」

五郎はその視線を避けるようにして手をついて、小さく言った。

「御落命遊ばされました」

「な、なんですって」

政子は耳を疑った。

御落命？　そんな、ばかな……。

思い定めた、というふうに、五郎は、きっと顔をあげた。

「八幡宮の社頭で、不測の椿事《ちんじ》が起こったのです。御社参をすまされた将軍家に、賊が襲いかかり、あえない御最期を――」

庭前に舞う雪が、ぐるぐる廻りだした。

――なんということか！

長く裾をひいた姿を思いうかべていたとき、あの子はすでに命を落としていたというのか。

辛うじて体を支えて、政子はあえいだ。

「そして、賊は？」

「逃げました」

「でも、何者かぐらいはわかったでしょう」

次の瞬間、耳もとで、この世ならぬ地獄の魔王の声を、政子は聞いたと思った。

「賊は……別当公暁どのです」

――公暁が実朝を殺す！

そんな事があってよいものだろうか。

政子は、はじめは信じられなかった。

あの折り目正しい物腰の彼。

都へいってから見ちがえるようにすなおになったあの子。

八幡宮の別当としてはずかしくないようにと、千日修業まで始めたあの子が、どうして……。が、五郎は、政子がはぐくんできた公暁のおもかげを、むざんにも打ちくだいてみせたのである。

「いつわりだったのです、すべて。この日のための——」

——まあ！

政子は声も出なかった。

——公暁！　善哉、おまえは……

あの甘えもしおらしさも、みんな、祖母の私をたぶらかすためのお芝居だったの？　私の言うことは、何ひとつ、まともにとりあおうとしなかったの？　おまえはそんな子だったの？

信じたくなかった。

自分があまりにもみじめすぎた。

「よもや、こんなことになるとは……」

吐息のように洩らすのを、五郎は口ごもりながら、いたわった。

「いや、姉上には申しあげませんでしたが、じつは私たちは内々公暁どのの動きに、眼をつけてはいたのです。しかし、一瞬の差でおくれをとってしまいました。それが残念です」

「一瞬の差？」

「はい」

じつは公暁の手で暗殺が行われる直前、兄の四郎は、これをかぎつけたのだ、と五郎はいった。公暁のまわりの若い僧たちの不穏なうごきを北条一族はまるきり知らなかったわけではない。用心深い四郎義時は、八幡宮内の僧侶に手をまわし、それとなく動静を探らせていた。

ところが、僧侶たちも、この夜の大胆な計画は、まぎわになるまで、かぎつけることができなかった。

——これはあやしい！

一人の僧が感づいて、そっと四郎義時に耳うちしたのは、まさに拝賀の礼の始まる寸前だった。こうしたときの常として、四郎も儀式用の太刀しか帯びていない。しかも礼装では自由もきかないし、頼みとする武士たちは警固に狩り出され八幡宮のはるか彼方にたむろしている。将軍はすでに前に進みかけている。

——万事休す！

と彼は思った。が、ねばり強い彼は、あきらめはしなかった。とっさに仮病を装って、席を脱けた。この夜彼は剣を捧持して将軍に従う役だったのが、さりげなく傍らにいた侍臣の源仲業に代わってもらった。

それから裏道づたいに八幡宮から程近い北条館まで、彼は雪の道を走った。ともかく手勢を集めることだ。

——儀式がすむまでに！

が、さすがの四郎もこれは及ばなかった。彼が八幡宮へ手勢をひそませるより早く、惨劇は行われてしまったのである。

そのとき、実朝は、まだ、何も知らされていなかった。八幡宮での拝礼の間にも、その席に別当公暁が姿を見せなかったことに、何一つ疑いもいだきはしなかったろう。彼もまた、公暁の千日参籠を信じて疑わなかったひとりだったのである。

滞りなく儀式はすんだ。

居並ぶ公卿たちに見送られて、彼は社殿を出て、石の階段を降りかけた。

一段、一段……。

きし、きし、と木沓《きぐつ》の下で雪が鳴った。

ほとんど降りかけたそのとき。

ふっと足が重くなった。

いや足ではない。長くひいた裾が瞬間重くなったのだ。

ふりかえろうとしたときである。

後で黒い化鳥が宙を蹴った。

「親の仇！」

はっきり、そう叫ぶのを聞いた瞬間、鈍い衝撃を後頭部に感じた。

それが最期だった。

黒い僧衣のその男は、一太刀で、あざやかに実朝の首をはねていたのである。

全く瞬間のできごとだった。

社頭は大混乱に陥った。気がつくと、黒い同じような僧形がばらばらっととび出し、公暁を守るように立ちはだかった。

「動くな、斬るぞ！」

実朝に従っていた公卿たちは、それを聞いただけで雪の階段をころげ落ちた。血を見て興奮したらしい公暁は、さっきから、

「斬れ！　斬れ！」

と絶叫している。じじつ何人か逃げかけて殺された。そのうち、四郎義時にかわって剣を持っ

ていた源仲業がうろうろしているのを見つけると、何を思ったか公暁は、

「逃がすな！」

気ちがいじみた叫び声をあげた。僧衣のひとりがパッと走りよって一太刀あびせると、仲業はかんたんにのけぞった。もしも四郎がその場にいたら当然その運命を辿るところだった。

公暁は僧たちに守られて、八幡宮の裏手の僧坊にひきあげたらしかった。

「なんということを……」

政子は五郎の報告を聞きながら、呆けたように繰返した。

常識では考えられない事件に、

「気が狂ったのでしょうか、あの子は……」

つぶやくと、五郎は、言いにくそうに、しかし、はっきりとそれを打消した。

「いや、そうではございますまい。みごとな作戦です。我々はおくれをとりました」

「だって、やたらに人を殺したりして」

「決してやたらではありません。ちゃんと考えておられる。仲業を狙ったのが何よりの証拠です。闇の中ですから、公暁どのは四郎兄上とまちがわれたのですよ」

「まあ、では、四郎も殺すつもりだったのね」

「そうです。将軍家と北条を倒す、それが今度の狙いだったのです。恐るべき計画です。だからこそこうして警固に参ったのです。公暁どのの後に恐るべき相手がいます」

「それはだれ？」

「おわかりになりませぬか」

五郎は表情をきつくした。

「三浦義村です。公暁どのの乳母の夫の——」

——義村、三浦義村……

その名を、政子は、何かふしぎなものでも耳にするような思いで聞いた。そしてその名と、潮焼けした、一見おだやかそうにみえる彼の顔が重なりあったとき、ふいにぞくっと身ぶるいが背筋を走った。

「義村！　あの三浦義村ですって！」

思わず腰をうかせた。

「お気づきになりませんでしたか」

意外なほど五郎の声は静かだった。

「あれは賢い男です。長いこと、じっとがまんして待っていたのです。比企能員のように表に出しはしませんでしたが、あいつは、公暁どのの天下の来る日を夢みていたのです」

「まあ……」

そうだったのか！

突然足許をさらわれて、深い谷へ陥ちこむようなめまいを政子は感じていた。

伊豆に幽閉された頼家を見舞ったあと、

「くれぐれも善哉を頼むと仰せられました」

意味ありげにささやいたあの男。してみると、三浦義村の計画的な工作はあのときからはじまっていたのだろうか。

折にふれては、「善哉さまがお気のどくです」と、政子の孫への思いをかきたててきた、巧妙きわまる布石……。

——それを私は……。私の心がわかるのは、義村だけだ、とさえ思っていたのだ。

じわじわと、いつのまにか義村の術に陥っていた自分に、気づいたのはこの瞬間である。自分の手で袴着をさせ、実朝の猶子にし、都へ修業にやったのをわざわざ呼びよせて八幡宮の別当にし、まるで自分は義村の思うままに運んでやっていたようなものではないか。

——それが不運な孫への、せめてもの祖母の愛だと思いこんでいた私！

——ああ、どうしよう。とりかえしのつかない事になってしまった。

「もしも……もしも私が——」

公暁を呼び戻さなかったら……と言いかけて政子は絶句した。組みあわせた手がふるえ、歯ががくがく鳴り、体じゅうが火の玉のようになって、思わず眼をとじたとき、つとその体をやさしく包むような五郎の声がした。

「いや、これはなにも姉上だけの御責任ではありません」

「だって……」

「公暁どののことにかかわりなく、三浦との対決は、しょせん避けられぬものと覚悟はしていましたし、兄上もそのおつもりでした。ただ、今度は不意を衝《つ》かれたのです。私たちにも落度があったのです」

五郎の言葉は、口先のなぐさめとしか思えなかった。

「だって、だって、現に実朝は公暁に殺されてしまったのですよ。死んだ命はもうとりかえしがつかないじゃありませんか」

狂おしく、身をよじって泣きふしたそのとき、先のように静かだが、やや力のこもった声で五郎は言った。

「いかにも。が、兄上をも殺すという三浦の計画は失敗しました。義村がそれに気がついたかどうか。気づいたとしてどうするか。これからが、じつは戦いはこれからです。一足おくれはしましたが、北条もすでに態勢はととのいました。姉上、おつらくても、今しばらく御辛抱を」

——戦いはこれからだ。

といった五郎の言葉はまさに正しかった。道を隔てて、やや斜めに向かいあった北条と三浦の館は、霏々《ひひ》として降る牡丹雪《ぼたんゆき》に包まれて、無気味な対立を続けている。大鎧に身をかためた侍が眼を血走らせて庭前にひしめき、大篝火《おおかがりび》は雪風に時折苦しげに身をよじりながら、闇を焦がす。北条の備えは完璧だといってよかった。瞬時に態勢をととのえた四郎の手並みはさすがにあざやかだった。

——さあこい、勝負！

が、三浦の館は沈黙を続けている。

半刻、そして一刻……。

三浦の館に沈黙を続けさせたものは何か？

それは早くも義村の耳に達した義時脱出の知らせだった。義時が、どたん場で僧のささやきを聞いたように、三浦もまた、八幡宮にはりめぐらした情報網から、誰よりも早くその事実をつかんだのだった。

身一つで逃れた義時は電光石火、合戦の準備をしたにちがいない——三浦義村の眼には、北条館の大篝火から侍たちのひしめきまでが、あざやかに浮かんでくる。

——しまった！　俺の一代の不覚だった。四郎を逃がしたことは……

じわじわと脇の下に脂汗がにじんでくる。

——戦うべきか、否か……

この一刻は義村にとって、戦いそのものよりも苦しい修羅の刻々であった。が、雪の下の僧房に帰った公暁は、そんなことは知るよしもない。ずしりと重い実朝の首をひきずるようにして部屋に入ると、

「飯だ！」

大声で怒鳴った。体がじっとしていられないほど興奮しているのに、

——落着かなくてはいけない。いや、落着いてるんだ、俺は……

むりにもそう思おうとした。

——人殺しをしたあとで飯を食う。これだって落着いてる証拠じゃないか。

子供っぽい虚勢に彼は熱中した。やがて膳が運ばれてきたが、どうしたのか左手が首を離れそうにも離れない（じつは緊張のあまり指が硬直してしまったのだが）。しかたなしに右手で椀の中の飯を手づかみにしてかぶりついた。

——首を肴《さかな》に飯を食う。いいじゃないか、それも……

そのほうが英雄らしく見えるんだ、と彼は理屈をつけながら、長くのびた髪をうるさそうにゆすった。

——千日修業とはうまい口実だったな。明日からでも将軍になれるくらいに髪がのびてるじゃないか……

にやりとしたつもりだったが、それは陰惨な顔のゆがみとしかみえなかった。

食事をすますと、彼は気ぜわしげに聞いた。

「駒若は？」

八幡宮での暗殺の成功を見すまして、彼は三浦の館に走った。

「父に知らせて、すぐお迎えに来ます」

と言ったにしてはおそい、といらだちながら、公暁は気早やに立ち上がっていた。

「飯はすんだし、俺のほうから出かけてゆこう」

雪は一段とはげしくなったが、それも公暁の足には冷たいとも思えない。

――さあ、今から将軍だぞ！　父上の位をうばった叔父も、その後楯の北条も殺した今は、鎌倉で俺と三浦に手向かうものはひとりもいないはずだ。

――この手で、この手で奪いとったんだ。将軍職を。

勝ちほこった公暁は、そのとき、祖母の政子のことなどは、ひとかけらも思い出してはいなかった。ぎゅっ、ぎゅっ、と踏みしめるたびに、足の下の雪までが、
将軍、将軍……。

といっているような気がした。

八幡宮の裏山を降りてゆくと、ぼうっと三浦の館のあたりがあかるい。

――待ってるんだな、俺を。いますぐゆく。

雪の中を泳ぐようにして門に近づくと、

「何者！」

鋭い声がした。

「三浦のものか」

「いかにも」

すかさず、低い声が返ってきた。

「俺だ。公暁だ。迎えがおそすぎるぞ」

黒い人影を彼は迎えと思ったのだ。人影は、ずずずっと、近づきすぎる程近づいたかと思うと、

「別当どの、お覚悟！」

雪をきって白刃がひらめいた。

危うく身をかわしながら、咄嗟《とっさ》に公暁が思ったことは、

——三浦を装う何ものかだ！

ということだった。

「何者だっ！　名乗れっ」

気がつくと、黒い人影が、二人、三人とふえて、公暁をじっととりまいている。

彼の顔に恐怖の翳が走ったのはこのときである。実朝を殺すときは、まわりの数百の警固の人々さえ、恐れはしなかった彼が、なぜか、この瞬間ひるみを見せた。

「駒若っ、駒若っ！」

声のかぎり絶叫し、やたらに太刀をふりまわしながら、彼は三浦の館の門へと、よろめきながら走った。

——助けてくれっ。早くっ。

雪に足をとられ、つんのめるようになりながら、

——あと三間、あと二間、閉ざされた門にあと一息！

と思ったとき、後で太刀風が唸った。首をすくめて、夢中で太刀を投げつけ、やっと、門に手がかかった。

――助かった。

と思った。

「駒若っ！」

体ごと門にぶつけて叫んだ瞬間、右肩から左乳へと、彼は袈裟《けさ》がけに斬られていたのである。

が、数瞬早く、彼が門に辿りついていたとしても、結果は同じことだった。三浦の門は彼が押そうと突こうと、決して開きはしなかったのだから。

三浦義村は、どたん場で公暁を裏切ったのだ。北条義時暗殺が失敗し、北条館が戦闘態勢をとのえたと知った彼は、駒若の哀訴も聞きいれずに門を閉ざした。綿雪の舞う中に公暁を待ちうけていた黒い影の一隊は、義村に意を含められた暗殺隊に他ならなかったのである。

風が出てきたのだろう。雪はときに左に右にと狂ったような乱舞を見せた。

――雪が笑っている。

と政子は思った。

――おろかな、この私を、雪までが、あざ笑っている……

三浦義村が公暁を討ちとったという知らせは、その夜のうちに、政子の許へも報らされた。彼女は、一夜にして、子と孫を一気に失ってしまったのだ。しかも、その蔭では、裏切りに裏切りが重ねられている。

――公暁。おまえは、ちっとも私の心をわかってはくれなかったのだね。十何年間、おまえをいたわりつづけてきた、私へのおかえしはこれだったのだね……

――義村、よくも私をだまし続けておくれだった。そして、最後には、あの公暁をさえ、お前は裏切ったのだね……

なぜかくも恐ろしい終末を私は味わわねばならないのか。四十余年間、私は夫を、子供を愛しつづけてきた。その間、一夜だって、その人たちの不幸を願ったことがあるだろうか。なのに……。

大姫、三幡、頼家、実朝、そして公暁――。

それらの子供たちは、まるで、指の間からこぼれ落ちる水のように、私のそばをすりぬけ、不幸の翳を曳きながら死を急いでいった。これが愛の代償なのだろうか。

――これが私が生きたということなの？

いつか、政子は、胸の中の、もうひとりの自分に語りかけていた。おそらく、痛烈な、容赦のない言葉のはねかえってくることを予想しながら。

だが――。

胸のなかの自分は答えてくれない。その冷酷な言葉にさえすがりつきたいと胸のなかに求めた、もうひとりの自分すらも、いまは、答えてくれないのだった。

政子は、いま、自分が、荒涼たる孤独の座に、たったひとりで取残されていることを感じていた。

――私はたったひとりぼっちなのだ。

この惨たる孤独に耐えて、はたして私は生きていけるだろうか。

大姫の死、夫の死、三幡の死……。それらにうちひしがれながらも、気がついてみるとそれを切りぬけてきた私だけれども、だからといって今度これをのりきるだけの自信は全くなかった。

しかも今度ぐらい自分の存在を必要とするときはないのだ、と政子は思った。

――公暁を呼びよせた責任をとるためにも、私はしなければならない事が残っている。

おそらく夜が明ければ、将軍を暗殺した叛逆者公暁を討取った功労者として、私は何も知らぬ顔をして三浦義村を賞しなければならないだろう。北条、三浦との対立の危機を救うには、それしか道はないのだ。

夜はまだ深い。狂ったように乱舞する雪のひとひらひとひらが、火の粉にみえ、政子は修羅の火に包まれている自分を感じた。

——火は燃えつづけるのだろうか。私の生きるかぎり……

雪の庭を背に政子は静かに首を垂れて、いつまでも立ちつくしていた。

解説

大矢博子

それまでのイメージが鮮やかに覆《くつがえ》された。

かつて北条政子は日本三大悪女のひとりと言われ（あとの二人は日野富子と淀君）、嫉妬深く、権勢欲が旺盛で、夫である源頼朝をけしかけて鎌倉幕府のファーストレディにまでのし上がり、夫・息子亡きあとは尼将軍として簾中から政治を動かした――という具合に語られることが多かった。

いや、「かつて」と書いたが、もしかしたら「今も」かもしれない。

ところが永井路子『北条政子』を読むと、その印象はことごとく打ち破られる。ここにいるのは悪女でも烈女でもなく、「なぜこんなことになってしまったのか」と己の運命に戸惑うひとりの女性であり、夫を慕い子を心配してやまないひとりの母の姿だ。

しかも決して奇を衒《てら》ったのではなく、『吾妻鏡』などの史料を深く読み込んだ上での、極めて説得力のある政子像なのである。

永井路子は鎌倉幕府創成期を舞台にした短編集『炎環』（一九六四年・光風社→文春文庫）で翌年の第五十二回直木賞を受賞。「有名人は登場させない」という縛りを自ら設け、阿野全成、梶原景時、北条保子、北条義時の四人をそれぞれ主人公にした作品集である。

その後、北条政子を書かないかというオファーを受ける。著者にとって初めての新聞連載だった。それが本書『北条政子』である。一九六九年に講談社より刊行。『炎環』と本書の二冊を原作に作られたのが、一九七九年のNHK大河ドラマ『草燃える』だ。

余談ながら、当時中学生だった私は源頼家役の郷ひろみ目当てにドラマを見て、一気に鎌倉三代に魅せられたのを覚えている。岩下志麻演じる北条政子の印象が強烈で、原作『北条政子』を手にとったのが永井作品との出会いだった。「それまでのイメージが鮮やかに覆された」のはこの時だ。のめり込んで読み、これほどまでに激しくも悲しい運命に翻弄された女性がいたという事実に、ただただ圧倒されたものだ。

その後も、『北条政子』は複数の版元から文庫や全集の形で刊行され続け、読まれ続けてきた。著者の初期を飾る代表作のひとつと言っていい。今回、文春文庫で装いも新たに読者にお届けできることをとても嬉しく思う。

書かれた当時から既に半世紀以上経つが、まったく古びない。それだけ普遍的なテーマを扱っているからでもあるし、五十年経っても覆される部分がほとんどないほど歴史解釈がしっかりしていた証左でもある。従来のファンはもちろん、若い読者にも新鮮な気持ちでお読みいただけるはずだ。

物語は政子と源頼朝の出会いから始まる。

政子は伊豆の小豪族、北条氏の娘だ。頼朝は父が平治の乱に敗れ、逃げているところを捕らえられたが命だけは助けられて伊豆に流された。ふたりが出会ったのは政子が二十一歳、頼朝が三十歳と、当時にしてはかなりの晩婚である。

政子の父、北条時政が大番（三年の任期で都の警護にあたる）で京に行っている間に、ふたりは結ばれる。だが、帰ってきた時政はふたりを認めない。平家全盛の世に、土地も財産も持たない流人と一緒になってもメリットがないわけだ。そこで時政は政子に平氏の山木兼隆との縁談を用意する。けれど政子はそれを蹴って、雨の中を一山越えて頼朝のもとに走るのである。

ここでちょっと補足しておこう。本書では婚礼の席から逃げ出したことになっているが、これは『源平盛衰記』の記述を下敷きにしていると思われる。実際には山木が伊豆に来たのはもっとあとで、政子はそのときすでに長女の大姫を出産していたので、『源平盛衰記』のこのくだりは創作であろう。それについては永井路子自身も『美女たちの日本史』で訂正している。だが、婚礼の席から身ひとつで逃げ出す方がはるかにドラマティックだし、政子の情熱を表すには最適のエピソードだ。ここはむしろ『源平盛衰記』の著者に拍手を送りたい。

さて、この段階では伊豆の小豪族の娘と流人の結婚である。特にどうということもない。ところが運命とは面白いもので、ただ好きになって結婚しただけの相手が、源氏の正嫡として世の覇権を握るまでに出世してしまうのである。

イメージが覆された、と書いた中のひとつがこれだ。それまでは、政子や時政が権勢欲を剝《む》き出しに、「あなたは源氏の頭領なのだから」とたきつけるような場面をドラマや小説でも時々目にしていた。けれど前述したように、当時は平家の全盛時代なのだ。源氏が旗揚げするなど誰も（本人すら）予想していない。将軍になったのは結果論であり、権力を求めるならはじめから頼朝と結婚しようなんて思うはずがない。

そもそも北条家も、さほど立派な素姓ではなかった。政子はありていに言えば単なる田舎の土豪の娘であり、親の言うなりに政略結婚が求められるような家柄ではない。好きな人と結婚しても、まあいいか、と許される程度の格だったのである。皇族に嫁いで家の力を増すことが強いられた同世代の平家の娘たちとは、そもそも出発点が違うのだ。

それが、あれよあれよという間に夫が何やら神輿《みこし》に乗せられ、気づけばトップレディである。御台様である。これは政子が本当に望んでいたことなのだろうか？

この物語のベースはそこだ。政子は権勢欲などではなく「好き」という気持ちだけで頼朝と結婚した。そこが『北条政子』の出発点であり、根幹だ。

十四歳まで京で育った夫は正妻の他に多くの恋人をもって当たり前という京の風習に馴染んでおり、それが田舎娘の政子には納得できない。だから焼きもちを焼く。庶民なら派手な夫婦喧嘩というだけで済むものが（愛人の家を叩き壊すのが「派手」の一言でおさまるかはさておき）、御所様と御台様の争いになってしまい、家臣にまで迷惑をかける結果になる。

子供たちに対してもそうだ。長男は乳母の一族に育てられ会うこともままならない。乳母の一族はその子が成長したとき重臣として抱えられることが多く、頼家の乳母を務めた比企家はどんどん力を増していく。結果、戦乱が起きる。これも小豪族の娘の政子が乳母というもののシステムを知らなかったがゆえだ。なお、頼朝亡き後の将軍の座をめぐるあれこれから三代将軍・実朝暗殺の背景まで、すべて乳母一族の権力争いが背景にあったという視点には膝を打った。実に道理に合う。

政子は愛すること・愛されることの幸せを何より大事にする女性だったから、長女・大姫の幼い恋が無残な結果に終わったときの痛みが誰よりもわかる。だから逃そうとした。捕らえられた静御前が、頼朝の前で義経への思いを込めて舞った気持ちが誰よりもわかる。だから助けようとした。自分に反発する長男・頼家に対する苛立ちも、その遺児・公暁にかけた過剰な情けも、すべて我が子、我が孫を愛おしく思う気持ちからなのである。そう見ることで、北条政子という女性に一本の筋が通るのだ。

これははからずも将軍の妻に、そして将軍の母になってしまった女性が、子を愛したい、子に愛されたいと願いつつも立場がそれを許さず、夫と四人の子と、さらには孫にまで先立たれてしまう悲しみを描いた物語なのである。

政子は実朝の死後、京から迎えた幼い四代将軍の代行として尼御台から尼将軍と呼ばれるようになる。実際には北条義時による差配が大きかったと思われるが、この簾中政治が政子の名を不動のものにした。そして最大の見せ場は承久の乱に際し、集まった御家人たちに檄を飛ばした有名な演説だ。

どの小説やドラマでもクライマックスとして描かれてきたこの演説を、だが、永井路子は描かなかった。実朝と、孫である公暁を同時に失い、ただ呆然とする場面がラストシーンだ。尼将軍になる前の「母である政子」の終焉で、物語は幕を閉じるのである。永井路子が北条政子の何を書きたかったか、この構成にすべてが表れている。

源氏が立たなければ——流人の夫と土豪の娘の妻が四人の子に囲まれて健やかに過ごす生涯が、もしかしたらあったかもしれない。夫の浮気に腹を立てて愛人宅に乗り込み、その度に子供たちや兄妹に宥められるような、そしてあとで家族の笑い話になるような、大河ドラマではなくホームドラマのような暮らしがあったかもしれない。

はたして政子にとって、どちらが幸せだったのだろう。

歴史小説は長らく男性作家の世界だった。島崎藤村や森鷗外に始まり、子母澤寛、吉川英治、海音寺潮五郎、山岡荘八——そして司馬遼太郎という大きな頂《いただき》が登場する。そんな中、女性の歴史小説家のパイオニアとなったのが永井路子と杉本苑子だ。

永井路子の作品には、著者のジェンダーを感じさせない『氷輪』『雲と風と』『この世をば』のような小説がある一方で、やはり女性をテーマにした作品群が目立つ。舞台となった時代順に並べると、持統天皇の『茜さす』、元正天皇を描いた『美貌の女帝』、『波のかたみ　清盛の妻』、日野富子を描いた『銀の館』。戦国時代では、今川の尼御台・寿桂尼の『姫の戦国』、『山霧　毛利元就の妻』、浅井三姉妹の『乱紋』、『流星　お市の方』、『王者の妻　秀吉の妻おねね』、『一豊の妻』、細川ガラシャの『朱なる十字架』……。枚挙に遑《いとま》がないとはこのことだ。

世に歴史小説は多けれど、永井路子登場当時、女性を描いたものは実に少なかった。そもそも女性は史料にも残っていないことが多い。たとえば本書の政子にしろ、政子という名は三代将軍実朝の時代に朝廷から官位を授かった際、父の名から一字もらってつけられたものだ。つまり頼朝が知る妻の名は「政子」ではなかったはずで、では何という名前だったかはわかっていないのである。

そんな中にあって、永井路子は女性の目から見た歴史を、または、歴史の中に見た女性の姿を、書き続けてきた。歴史の中で人が、その女性が、どのように生きたか。戦に行くわけでもなく、一国一城の主を目指すわけでもない女性たちが、どう歴史に翻弄され、その中で何を思い、何と戦い、何を守り、何を摑んできたのか。その時代ごとに、立場ごとに、女性に課せられた試練を、彼女たちひとりひとりがどう受け止め、何を為したのか。彼女たちの生き方が現代の私たちに何を告げるのか。何を伝えるのか。それが永井路子の歴史小説なのである。先に挙げたどの作品も、歴史の中の女性を描くことで初めて可能になった新たな視点、新たな解釈に満ちている。傑作揃いだ。どこからでもかまわない、手にとってみていただきたい。

二〇二二年のNHK大河ドラマは、三谷幸喜脚本による『鎌倉殿の13人』に決まった。北条義時を主人公に、まさに本書と同じ時代を描いたものになるようだ。私が『草燃える』の郷ひろみや岩下志麻をきっかけに永井路子を知ったように、多くの人が本書に出会うことを願っている。従来のイメージを覆す、母であり女であるこの北条政子の物語は、まさに時代を超えて読まれるにふさわしい一冊なのだから。

（書評家）

本書は一九九〇年三月刊文春文庫の新装版です。

文春文庫

北《ほう》条《じょう》政《まさ》子《こ》

定価はカバーに
表示してあります

2021年1月10日　新装版第1刷
2022年5月30日　　　　第5刷

著　者　永《なが》井《い》路《みち》子《こ》
発行者　花田朋子
発行所　株式会社 文藝春秋

東京都千代田区紀尾井町 3-23　〒102-8008
TEL 03・3265・1211㈹
文藝春秋ホームページ　http://www.bunshun.co.jp

落丁、乱丁本は、お手数ですが小社製作部宛お送り下さい。送料小社負担でお取替致します。

印刷製本・凸版印刷

Printed in Japan
ISBN978-4-16-791625-1

（　）内は解説者。品切の節はご容赦下さい。

高橋克彦
鬼九郎孤月剣　舫鬼九郎4
父との対面を果たすため、九郎は仲間たちと京に向かう。だが九郎の存在を厭う父の命を受けた風魔衆が、次々と一行に襲いかかる。鬼九郎の運命は？　シリーズ完結編。（西上心太）
た-26-22

田中芳樹
蘭陵王
あまりの美貌ゆえに仮面をつけて戦場に出た中国史上屈指の勇将、高長恭（蘭陵王）。崩れかけた国を一人で支えながら暗君にうとまれ悲劇的な死をとげた名将の鮮烈な生涯。（仁木英之）
た-83-1

高橋由太
猫はおしまい
江戸に連続する凄惨な「手首斬り」殺人。事件を目撃した同心・平四郎が犯人に狙われている？　案じた飼い猫の仕事人まるがとった策とは――人気時代小説シリーズ、感動の最終巻。
た-93-5

高殿　円
剣と紅　戦国の女領主・井伊直虎
徳川四天王・井伊直政の養母にして、遠州錯乱の時代に一命を賭して井伊家を守り抜いた傑女。二〇一七年NHK大河ドラマにもなった井伊直虎の、比類なき激動の人生！（末國善己）
た-95-1

高殿　円
主君　井伊の赤鬼・直政伝
お前の〝主君〟はだれだ？　井伊家再興の星として出世階段を駆け上る井伊直政。命知らずの直政に振り回されながら傍で見守り続けた木俣守勝の目からその生涯を描く。（小林直己）
た-95-2

田牧大和
甘いもんでもおひとつ　藍千堂菓子噺
菓子職人の兄・晴太郎と商才に長けた弟・幸次郎。次々と降りかかる難問奇問に、知恵と工夫と駆け引きで和菓子屋を切り盛りする。和菓子を通じて、江戸の四季と人情を描く。（大矢博子）
た-98-1

田牧大和
晴れの日には　藍千堂菓子噺
菓子バカの晴太郎が恋をした!?　ところが惚れた相手の元夫は、奉行所を牛耳る大悪党。前途多難な恋の行方に不穏な影が忍び寄る。著者オリジナルの和菓子にもほっこり。（姜　尚美）
た-98-2

（　）内は解説者。品切の節はご容赦下さい。

千野隆司
出世商人《しゅっせあきんど》（一）
急逝した父が遺したのは、借財まみれの小さな艾屋《もぐさや》だった。跡を継ぎ、再建を志した文吉だったが、そこには商人としての大きな壁が待ち受けていた!?　書き下ろし新シリーズ第一弾。
ち-10-1

千野隆司
出世商人（二）
借財を遺し急逝した父の店を守る為、新薬の販売に奔走する文吉。しかし、その薬の効能の良さを知る商売敵から、悪辣な妨害が……。文吉は立派な商人になれるのか。シリーズ第二弾。
ち-10-2

津本　陽
薩南示《じ》現《げん》流
勇猛とおそれられた示現流開祖・東郷重位の妥協を許さぬ一生を描いた表題作ほか、示現流達人たちの太刀風を骨太に綴った剣豪小説集。〝不敗の剣法〟示現流ここにあり。（武蔵野次郎）
つ-4-56

津本　陽
信長影絵（上下）
すべては母に疎まれたことから始まった——。渇いた心が信長を天下統一に駆り立てた。『下天は夢か』から四半世紀、より深い人間解釈で描かれた、津本文学の集大成。（末國善己）
つ-4-70

津本　陽
剣豪夜話
剣道三段、抜刀道五段の著者が描く武人の魂。歴史に名を刻んだ剣豪、現代に生きる伝説的な武人。その壮絶な技と人生を通じて、日本人の武とは何かを考える、著者最後となる一冊。
つ-4-72

月村了衛
コルトM1851残月
懐に隠した最新式コルト拳銃。それが江戸の暗黒街の幹部・郎次の切り札だ。卑劣な裏切りで組織を追われた彼は銃を手に復讐を誓う。第17回大藪春彦賞受賞の大江戸ノワール。（馳　星周）
つ-22-1

恒川光太郎
金色機械
時は江戸。謎の存在「金色様」をめぐって禍事が連鎖する——。人間の善悪を問うた前代未聞のネオ江戸ファンタジー。第67回日本推理作家協会賞受賞作。（東　えりか）
つ-23-1

（　）内は解説者。品切の節はご容赦下さい。

鳥羽 亮
蟷螂《かまきり》の男
八丁堀「鬼彦組」激闘篇

ある夜、得体のしれない賊に襲われ殺された材木問屋の主人の遺体に残された傷跡は、鬼彦組の面々が未だ経験したことのない形状だった。かつてない難敵が北町奉行所に襲いかかる！

と-26-14

鳥羽 亮
奇怪な賊
八丁堀「鬼彦組」激闘篇

大店に賊が押し入り番頭が殺され、大金が盗まれた。中からは厳重に戸締りされていて、完全密室状態だった。そしてまた別の店が——一体どうやって忍び込んだのか！　奴らは何者か？

と-26-15

鳥羽 亮
福を呼ぶ賊
八丁堀「鬼彦組」激闘篇

福猫小僧なる独り働きの盗人が、大店に忍び込み、挨拶代わりに招き猫の絵を置いていくという事件が立て続けに起きた。被害にあった店は以前より商売繁盛となるというのだが……。

と-26-16

鳥羽 亮
強奪
八丁堀「鬼彦組」激闘篇

日本橋の薬種問屋に盗賊が入った。被害はおよそ千二百両ほど。ところが翌朝その盗賊たちが遺体で発見された。一体何が起きたのか？　仲間割れか？　鬼彦組に探索の命が下った。

と-26-17

土橋章宏
チャップリン暗殺指令

昭和七年（一九三二年）、青年将校たちが中心となり首相暗殺などクーデターを画策。陸軍士官候補生の新吉は、来日中の喜劇王・チャップリンの殺害を命じられた——。傑作歴史長編。

と-33-1

永井路子
炎環

辺境であった東国にひとつの灯がともった。源頼朝の挙兵、それはまたたくまに関東の野をおおい、鎌倉幕府が成立した。武士たちの情熱と野望を描く、直木賞受賞の名作。（進藤純孝）

な-2-50

永井路子
山霧 毛利元就の妻（上下）

中国地方の大内、尼子といった大勢力のはざまで苦闘する元就の許に、鬼吉川の娘が輿入れしてきた。明るい妻に励まされながら戦国乱世を生き抜く武将を描く歴史長編。（清原康正）

な-2-52

（　）内は解説者。品切の節はご容赦下さい。

永井路子
北条政子
伊豆の豪族北条時政の娘・政子は流人源頼朝に恋をする。源平の合戦、鎌倉幕府成立。御台所となり実子・頼家や実朝、北条一族、有力御家人の間で乱世を生きた女を描く歴史長編。（大矢博子）
な-2-55

中村彰彦
二つの山河
大正初め、徳島のドイツ人俘虜収容所で例のない寛容な処遇がなされ、日本人市民と俘虜との交歓が実現した。所長こそサムライと称えられた会津人の生涯を描く直木賞受賞作。（山内昌之）
な-29-3

中村彰彦
名君の碑
保科正之の生涯
二代将軍秀忠の庶子として非運の生を受けながら、足るを知り、傲ることなく、兄である三代将軍家光を陰に陽に支え続け、清らかにこの世に身を処した会津藩主の生涯を描く。（山内昌之）
な-29-5

新田次郎
武田信玄
（全四冊）
父・信虎を追放し、甲斐の国主となった信玄は天下統一を夢みる（風の巻）。信州に出た信玄は上杉謙信と川中島で戦う（林の巻）。長男・義信の離反（火の巻）。上洛の途上に死す（山の巻）。
に-1-30

新田次郎
怒る富士
（上下）
宝永の大噴火で山の形が一変した富士山。噴火の被害は甚大で、被災農民たちの救済策こそ急がれた。奔走する関東郡代の前に立ちはだかる幕府官僚たち。歴史災害小説の白眉。（島内景二）
に-1-36

新田次郎
槍ヶ岳開山
妻殺しの罪を償うため国を捨て、厳しい修行を自らに科した修行僧・播隆。前人未踏の岩峰・槍ヶ岳の初登攀に成功した男の苛烈な生き様を描いた長篇伝記小説。「取材ノートより」を併録。
に-1-38

葉室　麟
銀漢の賦
江戸中期、西国の小藩で同じ道場に通った少年二人。不名誉な死を遂げた父を持つ藩士・源五の友は、名家老に出世していた。彼の窮地を救うために源五は……。松本清張賞受賞作。（島内景二）
は-36-1

（　）内は解説者。品切の節はご容赦下さい。

葉室　麟
いのちなりけり
自ら重臣を斬殺した水戸光圀は、翌日一人の奥女中を召しだした。この際、御家の禍根を断つべし――。肥前小城藩主への書状の真意は。一組の夫婦の絆の物語が動き出す。（縄田一男）
は-36-2

葉室　麟
花や散るらん
京で平穏に暮らしていた雨宮蔵人と咲弥。二人は朝廷と幕府の暗闘に巻き込まれ、江戸へと向かう。赤穂浪士と係り、遂には吉良邸討ち入りに立ち会うことになるのだが……。（島内景二）
は-36-3

葉室　麟
恋しぐれ
老境を迎えた与謝蕪村。俳人、画家として名も定まり、よき友人や弟子たちに囲まれ、悠々自適に暮らす彼に訪れた最後の恋。新たな蕪村像を描いた意欲作。（内藤麻里子）
は-36-4

葉室　麟
無双の花
関ヶ原の戦いで西軍に与しながら、旧領に復することのできたただ一人の大名・立花宗茂。九州大友家を支える高橋紹運の嫡男、宗茂の波乱万丈の一生を描いた傑作。（植野かおり）
は-36-6

葉室　麟
山桜記
命の危険を顧みず、男は妻のため出兵先の朝鮮半島から日本へ還る（「汐の恋文」）。大名の座を捨て、男は妻と添い遂げた（「花の陰」）。戦国時代の秘められた情愛を描く珠玉の短編集。（澤田瞳子）
は-36-7

葉室　麟
影踏み鬼
新撰組篠原泰之進日録
伊東甲子太郎を慕い新撰組に入隊、後に赤報隊に身を投じた久留米藩脱藩隊士、篠原泰之進。彼の目を通して見た新撰組の隆盛と凋落。（朝井まかて）
は-36-8

葉室　麟
嵯峨野花譜
若くして活花の名手と評判の高い少年僧・胤舜は、ある理由から父母と別れ、京都大覚寺で華の道、人の道を学びつつ次第に成長を遂げていく。もう一つの天保の改革秘話。（澤田瞳子）
は-36-10

（　）内は解説者。品切の節はご容赦下さい。

葉室 麟
大獄
西郷青嵐賦
西郷隆盛は薩摩藩主の島津斉彬に仕え、天下国家のことに目覚める。一橋慶喜擁立のため主斉彬とともに暗躍するが、主の急死、そして安政の大獄により全てを失い……。（内藤麻里子）
は-36-11

安部龍太郎・伊東 潤・佐藤賢一
葉室 麟・山本兼一
合戦の日本史
当代きっての歴史小説家五人が、日本史を大きく変えた、桶狭間の戦いから幕末維新の戦いまでを徹底的に分析した大座談会をここに収録！
は-36-51

畠中《はたけなか》 恵
まんまこと
江戸は神田、玄関で揉め事の裁定をする町名主の跡取・麻之助。このお気楽ものが、支配町から上がってくる難問奇問に幼馴染の色男・清十郎、堅物・吉五郎と取り組むのだが……。（吉田伸子）
は-37-1

畠中 恵
こいしり
町名主名代ぶりは板についてきたものの、淡い想いの行方は皆目見当がつかない麻之助。両国の危ないおニイさんたちも活躍する、大好評「まんまこと」シリーズ第二弾。（細谷正充）
は-37-2

畠中 恵
こいわすれ
麻之助もついに人の親に?!　江戸町名主の跡取り息子高橋麻之助が、幼なじみの色男・清十郎、堅物・吉五郎とともに様々な謎と揉め事に立ち向かう好評シリーズ第三弾。（小谷真理）
は-37-3

畠中 恵
ときぐすり
恋女房のお寿ずを亡くし放心と傷心の日々に沈む麻之助。幼馴染の清十郎と吉五郎の助けで少しずつ心身を回復させていく。ＮＨＫでドラマ化もされた好評シリーズ第四弾。（吉田紀子）
は-37-4

畠中 恵
まったなし
妻を亡くした悲しみが癒えぬ麻之助。年の離れた許婚のいる堅物の吉五郎とともに、色男・清十郎に運命の人が現れることを願うが――「まんまこと」シリーズ第五弾！（福士誠治）
は-37-5

（　）内は解説者。品切の節はご容赦下さい。

畠中　恵
ひとめぼれ
盟友・吉五郎の様子が最近ヘンなのは、許嫁の一葉のせい？　町名主の跡取り息子・麻之助が様々な謎ともめ事に挑む大人気シリーズ。そんな彼にも新たな出会いが――。　（紗久楽さわ）
は-37-6

平岩弓枝
花影の花
大石内蔵助の妻
大石内蔵助の妻の視点から描いた平岩弓枝版忠臣蔵。華々しく散った夫の陰で、期待に押しつぶされる息子とひたむきに生きた妻。家族小説の名手による感涙作。吉川英治文学賞受賞作。
ひ-1-129

平岩弓枝
蘭陵王の恋
新・御宿かわせみ4
麻太郎の留学時代の友人・清野凜太郎登場！　凜太郎は御所に仕える楽人であった。凜太郎と千春は互いに思いを募らせていく。表題作ほか「麻太郎の友人」「姨捨山幻想」など全七篇。
ひ-1-238

平岩弓枝
千春の婚礼
新・御宿かわせみ5
婚礼の日の朝、千春の頰を伝う涙の理由を兄・麻太郎は摑みかねていた。表題作ほか、「宇治川屋の姉妹」「とりかえばや診療所」「殿様は色好み」「新しい旅立ち」の全五篇を収録。
ひ-1-239

平岩弓枝
お伊勢まいり
新・御宿かわせみ6
大川端の旅宿「かわせみ」は現在修繕休業中。この折に「かわせみ」の面々は、お伊勢まいりに参加。品川宿から伊勢路へと慣れぬ旅を続けるが、怪事件に見舞われる。シリーズ初の長篇。
ひ-1-240

平岩弓枝
青い服の女
新・御宿かわせみ7
大嵐で休業を余儀なくされた旅宿「かわせみ」が修復され、お伊勢まいりから戻った面々。相も変わらず千客万来で、奇妙な事件も。明治篇七巻目となるシリーズ最新作。　（島内景二）
ひ-1-241

火坂雅志
天地人
（上下）
主君・上杉景勝とともに、信長、秀吉、家康の世を泳ぎ抜いた名宰相直江兼続。〝義〟を貫いた清々しく鮮烈なる生涯を活写する長篇歴史小説。ＮＨＫ大河ドラマの原作。　（縄田一男）
ひ-15-6

（　）内は解説者。品切の節はご容赦下さい。

火坂雅志
真田三代（上下）
山間部の小土豪であった真田氏は幸村の代に及び「日本《ひのもと》一の兵《つわもの》」と称されるに至る。知恵と情報戦で大勢力に伍した、地方の、小さきものの誇りをかけた闘いの物語。（末國善己）
ひ-15-11

火坂雅志
常在戦場
行商人ワタリの情報力で仕えた鳥居元忠、「馬上の局」と呼ばれた阿茶の局、「利は義なり」の志で富をもたらした角倉了以など、家康を支えた異色の者たち七名を描く短篇集。（縄田一男）
ひ-15-13

火坂雅志
天下《てんが》 家康伝（上下）
惜しまれつつ急逝した著者最後の文庫本。信長のアイデアも、秀吉の魅力もない家康が、何故天下人という頂に辿り着けたのか、その謎に挑んだ意欲作！（島内景二）
ひ-15-14

百田尚樹
幻庵《げんなん》（全三冊）
「史上最強の名人になる」囲碁に大望を抱いた服部立徹、幼名・吉之助は、後に「幻庵」と呼ばれ、囲碁史にその名を刻む風雲児だった。天才たちの熱き激闘の幕が上がる！（趙　治勲）
ひ-30-1

藤沢周平
隠し剣孤影抄
剣客小説に新境地を開いた名品集〝隠し剣〟シリーズ。剣鬼と化し破牢した夫のため捨て身の行動に出る人妻、これに翻弄される男を描く「隠し剣鬼ノ爪」など八篇を収める。（阿部達二）
ふ-1-38

藤沢周平
海鳴り（上下）
心が通わない妻と放蕩息子の間で人生の空しさと焦りを感じる紙屋新兵衛は、薄幸の人妻おこうに想いを寄せ、闇に落ちていく。人生の陰影を描いた世話物の名品。（後藤正治）
ふ-1-57

藤沢周平
逆軍の旗
坐して滅ぶか、あるいは叛くか—戦国武将で一際異彩を放ち、今なお謎に包まれた明智光秀を描く表題作他、郷里の歴史に材をとった「上意改まる」「幻にあらず」等全四篇。（湯川　豊）
ふ-1-59

（　）内は解説者。品切の節はご容赦下さい。

藤沢周平
回天の門（上下）
山師、策士と呼ばれ、いまなお誤解のなかにある清河八郎は、官途へ一片の野心ももたない草莽の志士でありつづけた。維新回天の夢を一途に追った清冽な男の生涯を描く。（関川夏央）
ふ-1-61

藤沢周平
蟬しぐれ（上下）
清流と木立にかこまれた城下組屋敷。淡い恋、友情、そして忍苦―苛烈な運命に翻弄されながら成長してゆく少年藩士・牧文四郎の姿を、ゆたかな光の中に描いた傑作長篇。（湯川　豊）
ふ-1-63

藤沢周平
春秋の檻　獄医立花登手控え（一）
居候先の叔父宅でこき使われながら、小伝馬町牢医者の仕事を黙々とこなす立花登。ある時、島流しの船を待つ囚人に思わぬ頼まれ事をする。青年医師の成長を描く連作集。（末國善己）
ふ-1-65

藤沢周平
風雪の檻　獄医立花登手控え（二）
重い病におかされる老囚人に「娘と孫を探してくれ」と頼まれ、登が長屋を訪ねてみると、薄気味悪い男の影が――。青年獄医が数々の難事件に挑む連作集第二弾！（あさのあつこ）
ふ-1-66

藤沢周平
愛憎の檻　獄医立花登手控え（三）
新しい女囚人おきぬは、顔も身体つきもどこか垢抜けていた。そのしたたかさに、登は事件の背景を探るが、どこか腑に落ちない。テレビドラマ化もされた連作集第三弾。（佐生哲雄）
ふ-1-67

藤沢周平
人間の檻　獄医立花登手控え（四）
死病に憑かれた下駄職人が過去の「子供さらい」の罪を告白。その時の相棒に似た男を、登は牢で知っていた。医師としての理想を探りつつ、難事に挑む登。胸を打つ完結篇！（新見正則）
ふ-1-68

藤井邦夫
恋女房　新・秋山久蔵御用控（一）
〝剃刀〟の異名を持つ南町奉行所吟味方与力・秋山久蔵が帰ってきた！　嫡男・大助が成長し、新たな手下も加わってスケールアップした、人気シリーズの第二幕が堂々スタート！
ふ-30-36

（　）内は解説者。品切の節はご容赦下さい。

藤井邦夫
騙《かた》り屋《や》
新・秋山久蔵御用控（二）
可愛がっている孫に泣きつかれた呉服屋の隠居が金を用立ててやると、実はそれは騙りだった。どうやら年寄り相手に騙りを働く一味がいるらしい。久蔵たちは悪党どもを追い詰める！
ふ-30-37

藤井邦夫
裏切り
新・秋山久蔵御用控（三）
大工と夫婦約束をしていた仲居が己の痕跡を何も残さず姿を消した。太市は大工とともに女の行方を追い見つけたかに思えたが、彼女は見向きもしない。久蔵はある可能性に気づく。
ふ-30-38

藤井邦夫
返討ち
新・秋山久蔵御用控（四）
武家の妻女ふうの女が、名前も家もわからない状態で寺に保護されたが、すぐに姿を消した。女は記憶がない〝ふり〟をしているのではないか——。女の正体、そして目的は何なのか？
ふ-30-39

藤井邦夫
新参者
新・秋山久蔵御用控（五）
旗本を訪ねた帰りに柳河藩士が斬殺された。物盗りの仕業ではなく辻斬りか遺恨と思われた。だが藩では事件を闇に葬ろうとしている。はたして下手人は誰か、そして柳河藩の思惑は？
ふ-30-40

藤井邦夫
忍び恋
新・秋山久蔵御用控（六）
四年前に起きた賭場荒しの件で、江戸から逃げた主犯の浪人がどうやら戻ってきたらしい。しかも、浪人を追う男の影もちらついて……。久蔵の正義が運命を変える？　シリーズ第6弾。
ふ-30-41

藤原緋沙子
切り絵図屋清七
ふたり静
絵双紙本屋の「紀の字屋」を主人から譲られた浪人・清七郎は、人助けのために江戸の絵地図を刊行しようと思い立つ。人情味あふれる時代小説書下ろし新シリーズ誕生！
（縄田一男）
ふ-31-1

藤原緋沙子
切り絵図屋清七
紅染の雨
武家を離れ、町人として生きる決意をした清七。与一郎や小平次らと切り絵図制作を始めるが、紀の字屋を託してくれた藤兵衛からおゆりの行動を探るよう頼まれて……新シリーズ第二弾。
ふ-31-2